KB148067

아리랑

조정래 대하소설

아리랑

11

제4부 동트는 광야

해냄

차례

아리랑 제4부 동트는 광야

11권

18

위장전향

"음마, 음마, 소쿠리럴 그리 대면 쓰간디. 더 옆으로 틀어, 더."

"쩌쩌쩌, 다 옆으로 새나간다. 물질 봐감서 소쿠리 대여."

"얼랴, 얼랴, 토하 한두 번 뜨간디 손이 저리 헛돌고 그런댜. 자네 시방 무신 생각허고 있능겨!"

"생각언 무신 생각. 간밤에 서방 품에서 마디마디 찌릿찌릿허고 두리둥실 떠올르고 숨 꼴딱 넘어가든 그 꿀맛에 여적 취해 있는 것이제."

"옳여! 아까 아칙에 봉게 강샌 지게 진 사지가 오뉴월 엿가락맨치로 축 늘어졌드라."

"그려, 그려, 저사람 필경 간밤에 호시럴 타도 지독시리 탄 것이 구마."

"하먼, 강샌 그 코럴 보소. 호시럴 태웠다 허먼 배꼽이 툭 불거지게, 쌔가 쏙 빠지게 태우겄제."

"아이고메, 애맨 사람 잡덜 말어. 그것 귀경 못헌 지가 닷새도 넘었응게."

"워메, 워메, 저 말허는 것 잠 보소. 누구넌 보름도 맛 못 보고 사는디 이 삼복 염천에 닷새 갖고 저 발광이시."

"하이고, 보름썩이나 넴기는 것이 뉘 집 물건이다냐. 엿이나 바꽈묵어야 쓰겄다."

"실답잖은 소리 허덜 말어. 엿장시 눈에넌 명씨백였간디. 고런 물건언 삶어서 된장 발라놔도 개도 안 물어가."

"하이고, 잘난 소리 되게 헌다. 퇴깽이허고 개가 허능 것 보지도 못혔능감? 자주 방정떰서 퇴깽이썹허먼 멀혀. 밑만 추지게 맹글어 놓제. 배고프다 싶을 적에 떠억허니 일어나서 개 안 부럽게 진득허니 질게 혀주는 것이 진짜배기제."

"아이고 염병헌다. 그 맛에 도통해 부렀네 이."

"이사람덜아, 날 푹푹 쪄대는디 맘 싱숭생숭허니 맨글지 말어."

"아니, 과부니 걱정이여 냄편이 폣병쟁이니 걱정이여. 황소 겉은 냄편 요렇타께 두고."

"그려, 잘되았네. 시방보톰 짠득짠득허니 풀 믹여갖고 밤 되기 무섭게 냄편 홀라당 홀겨불드라고."

"하먼, 고것 좋제. 한바탕 땀 쫙 뽑고 나서 늘어져 삐딱허니 찌운 은하수럴 보먼 낮에 이리 욕본 것도 봄눈 녹디끼 사르르르 풀리고 잠언 또 얼매나 달디다냔 말이여."

"하이고, 그 맛에 미치다가 남정네 삭신 녹아내리는 것언 안 생각허고? 낮에 소금땀 쏟고 밤에 피땀 쏟게 허고."

"얼라, 유식이 탈이여. 여름 방사 보약이고, 겨울 방사 비상이란 말도 몰르는감!"

"아이고, 주딩이덜 그만 놀려. 조상님네덜이 욕허시겄다."

"요런 빌어묵을 일 험스로 음담도 안 허면 사람 복장 터져 어찌 살으라고."

"하먼, 이 이얘기에넌 부처님도 빼식히 웃는다등마. 조상님네덜언 요런 이얘기 안 허고 살았간디 머."

"또, 또 소쿠리 잘못 댄다."

예닐곱 명의 여자들이 논가의 물길을 따라서 민물새우를 뜨고 있었다. 젓갈새우보다 조금씩 큰 민물새우들은 윗논에서 쏟아져 내리는 물줄기 아래서 수백 수천 마리씩 무리 지어 맴돌이 휘돌이를 하고 있었다. 초여름에는 속살이 꿰비칠 듯 맑은 청옥빛이던 민물새우들은 날이 무더워지고 알을 배게 되면서 미묘한 청갈색으로 변해 있었다. 8월 중순이 넘어서면서 논물이 밭는다는 것을 어찌 그리 용하게 아는지 민물새우들은 7월이면 조알갱이보다 더 작은 알들을 수없이 많이 매달아 배불뚝이가 되어 있었다. 소쿠리를 든 여자들은 새우떼를 한쪽으로 몰아가며 재빠른 동작으로 떠내고 있었다.

도망가지 못하고 소쿠리에 담긴 새우들은 튀어오르고 파닥거리고 뒤엉키며 한동안 분주하게 수선을 피웠다. 그 소쿠리는 저만치 논두렁에 모여앉은 여자들 쪽으로 옮겨졌다. 소쿠리는 커다란 함지박에 엎어지면서 새우들을 털어냈다. 새우들은 다시 발버둥질을 했지만 이미 물을 떠난 신세라 아까보다 한결 기운이 떨어져 있었다. 또 예닐곱 명의 여자들이 함지박가로 둘러앉아 일손을 재게 놀리고 있었다. 그들 앞에는 두 개의 단지와 커다란 소금바가지가 놓여 있었다. 여자들은 새우를 한 마리씩 집어 세심하게 알을 뜯어내 단지에 담고 있었다. 온갖 거친 일들을 다 해 남자 손 못지않게 투박해진 여자들의 손에 잡힌 한 마리의 민물새우는 너무 작아 보였고, 거기서 뜯어낸 알들은 더욱 적은 양이었다. 한참 동안 알을 뜯어 담은 다음 한 여자가 소금 한 줌을 집어 단지 안에 고루고루 뿌렸다.

"썩을 놈에 것, 어느 세월에 이 단지로 하나가 차겄냐."

어떤 여자가 침을 내뱉었다.

"긍게 말이여. 꼭 뻥아리 눈물 겉애갖고 말이시."

"으째 지주라고 생게묵은 잡것덜언 토하알젓에 환장덜얼 허능가 몰라."

"저사람 자다가 봉창 뚜딜기네 시방. 맛나기로 젓 중에 질이요, 정력에 좋기로 동삼이 아이고 할배 헌다는디 눈에 불 안 쓰게 생겼어."

"그려, 애첩이 저붐끝으로 살짝만 찍어묵어도 따구럴 올려붙인다고 안 혀."

"문딩이 잡것덜, 소작으로 피 뽀는 것도 모지래서 요런 열불나는 일꺼정 부래묵고."

"하이고, 말도 말소. 작인 팔자 꼬부랑 팔자, 서럽고 드러우먼 니도 지주 되라고 안 혀."

"그려, 정가놈도 만석꾼 되고 봉게 왜놈덜도 비우 맞치고 드는 판 아니여."

"말도 말어, 그리 독허고 징허게 만석꾼 되면 머헐 것이여. 우리헌티 그리 죄짓고 지가 지명대로 살 상불러."

"실답잖은 소리 말소. 욕 많이 묵는 놈이 오래 산단 말도 몰릉가. 정가 그놈 백 년도 더 살 것잉마. 그리 욕심이 끝이 없으니 욕심 따라 기도 승해진다고 안 허드라고."

"아이고, 정가놈언 사람 종자가 아니여. 즈그 자석덜헌테꺼정 그리 야박허니 허는 것 잠 보소. 썩을 놈, 그 재산 저승에 지고 갈 것이여 머시여."

"아, 긍게로 큰자석 그리 망쳐논 것 아니고 머시여. 지 눈깔 지가 찔른 것이제."

"그려, 그놈 행투허는 것 보면 앞날이 발써 훤혀. 정가놈 꼬드라지면 그 큰아덜놈이 당대에 재산 다 엎어묵을 것잉마."

"하먼, 하먼. 딱 즈그 큰아부지 꼴 나겄제."

"그나저나 우리도 재수넌 드럽게도 없는 팔자여. 해필허고 정가놈 겉은 악독헌 놈 밑에서 소작료 넘덜보담 더 띧기고, 이 땡볕 속에서 이 지랄꺼정 험서 살어야 허니."

"그런 소리 말어. 그려도 조선놈 지주가 처묵을 토하알젓 담구는 것이 낫제 왜놈 지주가 처묵을 것 담구는 작인덜 속이 어찌겄능가."
"왜놈 지주가 토하알젓얼 다 묵어?"
"이사람 귀 막고 사능가? 거 하이야 타고 댕기는 죽산면 왜놈 있덜 안혀. 그놈이 토하알젓이면 환장얼 헌다는 것 아니여."
"아니 그 독허기로 소문난 하시모톤가 먼가 허는 놈 말이여?"
"그려, 그놈. 그놈이 토하알젓 많이 담구라고 작인덜얼 물이 못 나게 잡진다드랑게."
"그놈이 토하알젓에 은제보톰 맛딜였는디?"
"그야 알겄어? 소문난 지 얼매 안 된게 질어야 이삼 년이겄다."
"염병헌다, 쪽바리놈. 고것도 쌧바닥이라고 못된 것만 배와갖고 못된 행투허고 자빠졌다. 그놈 타고 댕기는 하이야에넌 으째 베락얼 안 치는고."
"아이고, 하늘이 언제 악독헌 놈덜 벌허는 것 봤능가. 시장시런 소리넌 허지럴 말소."
"아이고메, 더와 숨맥혀 죽겄다. 바람 살랑살랑 이는 감나무 밑 평상에 앉어 흰쌀밥에 해금내 사르르 도는 토하알젓이나 비베묵었으면 살겄다."
"어따, 쌔넌 짤라도 침언 질게 뱉고 잡고나."
"아서라 말어라 헛꿈 꾸덜 말어라. 이내 몸 소작 신세 서러움만 짚어진다."
한 여자가 육자배기 가락에 실어 말을 엮었다.
여자들에게 욕을 푸짐하게 얻어먹고 있는 것은 정상규였다. 그는 대부분의 다른 지주들이 그렇듯 젓갈 중에 젓갈로 치는 민물새우알젓을 장만하기 위해 소작인들의 아내를 내몰아 사역을 시키고 있었다. 그러나 지줏집의 잔칫날이나 초상을 치를 때 소작인들이 불려가 일을 도맡아해도 단 한푼 노임이라는 것이 주어지지 않는 것처럼 토하알젓을 담그는 데도 수고비라는 것은 전혀 없었다.

정상규는 마침내 작년으로 만석꾼의 꿈을 이루게 되었다. 그야말로 귀신도 그의 땅을 밟지 않고서는 오갈 수가 없도록 큰 부자가 된 것이었다.

"어이 주모! 술상 안 내올 참이여!"

스물서너 살 나 보이는 청년이 마루에 다리를 내뻗고 앉아 소리 질렀다.

"아이고, 몣 분썩이나 말해야 알아묵겄소. 우리넌 땅 파서 장사 허냔 말이오."

주모가 부엌 앞에서 남새를 다듬으며 쳐다보지도 않고 맞소리를 질렀다.

"아, 자네 눈에넌 만석꾼 농토가 뵈지도 안 혀."

청년은 애꿎은 기둥을 걷어차며 또 소리쳤다.

"구실이 서 말이라도 꿰어야 보배 아니겄소."

주모의 거침없는 야유였다.

"머시여? 그려서 나넌 홍어좆잉게 술 더 못 주겄다 그것이여?"

"홍어 머시고 문어 머시고 간에 밀린 술값이나 끄고 말허씨요."

주모는 냉정하게 내쳤다.

"참말로 이러기여. 그 농토가 다 내 것 된다는 것 알고 허는 소리여 몰르고 허는 소리여!"

"하이고 참, 고것이 어느 세월이겄소. 마른 하늘서 쏘내기 쏟아지기 고대험서 외상술 퍼주다가 이년이 먼첨 쪽박 차게 생겼소."

"어허! 그까진 외상이 얼매나 된다고 그려. 우리 아부지가 천년 만년 살 것도 아니겄고, 우리 아부지 숨만 꼴딱허먼 그 당장 어찌 되는지 몰러?"

그 청년은 어디서 한잔했는지 얼굴에 약간 술기운을 비치고 있었다. 그는 정상규의 큰아들 정방현이었다.

"두고 보자는 만석꾼 안 무서운게 얼렁 외상이나 끄란 말이오. 발써 쌀 열 가마니 값이 넘었소."

"아니, 참말로 이럴 것이여! 요런 씨부랄 놈에 집구석얼 팍 그냥!"

정방현은 벌떡 일어나더니 마루끝에 놓인 빈 국밥그릇을 치켜들었다. 곧 패대기를 칠 기세였다.

"아이고메, 알겄소. 기둘리씨요, 기둘려."

사십객의 주모는 손을 저어대며 일어섰다. 정방현의 거칠고 앞뒤 안 가리는 성질에 그릇 하나 깨는 것으로 끝날 리 없었던 것이다. 그만큼 화를 지르고 뜸을 들였으니 어서 술을 먹여 보내는 것이 상수였다. 돌깍쟁이 애비한테 돈 한푼 얻어쓰지 못하는 신세지만 떼일 염려는 없는 외상이기는 했다.

"닌장맞을, 만석꾼이면 멀혀. 천석꾼만도 못헌 불쌍놈이제. 돈 아까와 상급핵교 안 보내서 멀쩡헌 자석 저리 망쳐논 인종언 시상에 그놈 하날 것이다. 그 지독시런 놈이 필경 지 자석헌티 벌받제……."

주모는 술상을 차리며 구시렁거리고 있었다.

정상규는 큰아들이 고보를 나오자 더는 학교를 보내지 않았다. 큰아들은 일본으로 유학을 가고 싶어했지만 정상규는 요지부동이었다.

"고보꺼정 배왔으먼 배울 것언 다 배운 것이여. 유학입네 허고 일본 가먼 시건방만 들고 집안 망쳐묵는 못된 것만 배와갖고 온다. 느그 작은아부지 허는 꼬라지럴 봐."

정상규는 말은 이런 식으로 했지만 속셈은 아까운 돈 더 쓰고 싶지 않았던 것이다. 그는 눈앞에 다가와 있는 만석꾼 될 날을 하루라도 앞당기려고 혈안이 되어 있었다. 그의 아내는 큰아들을 대학에 보내려고 애걸도 하고 울기도 하고 했지만 그는 끝끝내 말을 듣지 않았다.

그때부터 그의 큰아들 정방현은 술타령을 하기 시작하고 거칠게 변해갔다. 정상규는 큰아들에게 면서기를 하든지 어쩌든지 돈벌이를 하라고 성화를 댔다. 그러나 정방현은 아예 아버지를 대면하려고 하지 않았다. 결국 정상규는 구설수에 오르게 되었다. 사람들은 정상규의 속셈을 어찌 그리 잘 찍어내 욕을 하고 흉을 보는지 몰랐다.

그런데 몇 년이 지나자 정상규는 또 똑같은 문제에 봉착하게 되었다. 작은아들이 고보를 졸업하게 된 것이다.

작은아들 의현이는 형 같은 꼴을 당하지 않으려고 조건을 달리

하고 시기를 앞당겨 아버지 공략에 나섰다.

"아부지 지넌 일본으로는 안 갈랑마요. 경성에 있는 대학으로 가고, 공산주의 겉은 것은 절대로 안 허겄구만이라."

작은아들이 이렇게 나오자 정상규는 못내 당황했다.

"느그 성이 대학얼 안 갔는디 니가 대학얼 가먼 어찌 되겄냐."

정상규는 머리를 짜내 이런 식으로 대응했다.

"아이고, 아덜 또 한나 베래놀라고 이러요. 자석덜 전정 다 망침서 만석꾼이면 머허고 돈 많으면 머헌다요. 지발 적선헌다고 의현이넌 대학얼 보냅시다. 이러다가 자석덜헌티 줄줄이 원수 사요. 천석도 못 되는 집안서도 일본으로 유학 보내는 것 보지도 못허요. 넘덜 눈도 무서운디."

그의 아내는 애걸복걸하며 매달렸다.

"어허, 졸업언 당아 멀었는디 어찌 이리 미리보톰 설레발치고 북새통이여."

말이 궁해진 정상규는 이렇게 공박하며 피해 섰다.

매앰 매앰 맴 쓰르르…….

매미들이 시샘이라도 하듯 극성스레 목청을 뽑아대고 있었다. 매미들의 울음소리로 땡볕 내리쬐는 한낮 더위는 더욱 무더워지고 있었다.

삼베옷을 추레하게 걸친 남자가 그 더위를 헤치며 쭈뼛쭈뼛 정상규의 집으로 들어서고 있었다. 그는 다름 아닌 정재규였다. 머리는 희끗거리고 얼굴은 늙고 입성마저 후줄근한 그의 몰골에서는 가난이 줄줄 흘러내리고 있었다.

"아니, 무신 바람이 불었다요?"

대청에서 부채질을 하고 있던 정상규가 대뜸 내쏘았다. 얼굴을 찌푸린 그는 일어나지도 않고 곰방대만 빨고 있었다. 그는 여전히 낡은 망건에 낡은 삼베옷을 걸치고 있었다. 만석꾼이란 티는 어디에서도 찾을 수가 없었다.

"이, 그저 그냥 걸음힜구만……."

정재규는 동생 눈치를 살피며 대청끝에 엉덩이를 걸쳤다. 그리고 구겨지고 때 전 손수건으로 땀을 닦았다. 그런데 그의 얼굴은 늙은 것만이 아니었다. 혈색이라고는 없이 파리한 게 어딘가 아픈 것 같았다.

"염천에 유람이라, 신간 편해 좋소."

정상규는 올라앉으라는 말도 하지 않은 채 형을 비꼬고 있었다.

"그려, 집안언 다 무고허고?"

정재규는 바늘 돋친 동생의 말을 한쪽 귀로 흘려보내며 인사를 차렸다. 그건 하고 싶어서 하는 인사가 아니라 말이 궁해서 하는 입치레였다.

"몰르겄소, 무고헌지 유고헌지. 나가 군청에 볼일이 있어 나갈라든 참이오."

정상규는 거짓말을 꾸며대며 일어날 태세를 취했다. 또 손 벌리고 나올 것이 뻔해 선수를 치려는 것이었다.

"아이고 동상, 동상, 나 말 쬐깨 들어보드라고. 질게 말 안 헐 것잉게."

정재규는 곧 동생을 붙들기라도 하려는 듯 다급하게 두 팔을 벌렸다. 그 당황한 얼굴은 너무 비굴해 보였다.

"아, 날도 더운디 한마디로 딱 짤라서 말허씨요."

정상규는 짜증을 내며 신경질적으로 부채질을 해댔다.

"다른 것이 아니고 말이여 이, 동상이 만석꾼이 된 지도 1년이 되았응게 말이시 논얼 많이도 말고 열 마지기만……."

"아니, 머시여!"

정상규는 버럭 소리치며 부채로 마룻장을 쳤다.

"아니, 아니, 논얼 그냥 도란 것이 아니여."

정재규는 다급하게 손을 내젓고 고개를 흔들어댔다.

"글먼 머시요?"

정상규는 눈을 부릅뜬 채 형을 노려보았다.

"나가 무신 염치로 논얼 그냥 도라고 허겄어. 그것이 아니고 말이시, 논이야 자네 이름으로 두고 한 열 마지기럴 나가 작인 부쳐묵게 해도라 그런 것이구마."

"아니, 고것이 무신 새 날아가는 소리다요? 둘러치나 메치나 그 열 마지기 소출이 넘 것 되는 것이야 뻔헌디. 고것도 말이라고 허고 앉었소."

정상규는 부채 든 손으로 삿대질을 해댔다.

"어이 동상, 나가 살먼 얼매나 살겄능가. 나 좀 살게 히주소."

정재규는 울상이 되어 동생을 바라보았다. 두 손을 모으지 않았을 뿐이지 빌고 있는 것이나 마찬가지였다.

"아, 아덜놈이 돈벌이허고 있는디 워째 나헌티 와서 이러요."

정상규는 고개를 홱 돌려버렸다.

"아이고, 말도 말소. 그놈이 글씨 지 에미허고 딱 짜갖고 나럴 웬수 대허디끼 험서 땡전 한 닢 안 준단 말이시. 나가 얼매나 팍팍허먼 이리 자네럴 찾어왔겄능가."

"허! 죄넌 진 대로 가고 공언 딲은 대로 간다는 옛말이 그른 디가 하나또 읎당게." 정상규는 아주 통쾌함을 느끼며 콧방귀를 뀌고는, "처자석이 몰라라 허는 사람얼 머시가 이쁘다고 딴사람덜이 알은치허겄소. 글고 나넌 만 석으로 심이 다 찬 것이 아니란 것이나 아씨요. 인자보톰 만 5천 석얼 채우기로 혔다 그것이오. 그리 알고 가보시게라." 그는 부채를 휘저으며 나가라는 손짓을 했다.

"아이고 동상, 글먼 닷 마지기, 닷 마지기만 돌려주소. 나 불쌍허니 생각허고."

정재규는 손가락 다섯 개를 쫙 펴 보이며 허둥거렸다.

"헹, 닷 마지기 아니라 반 마지기도 어림읎소."

정상규는 싸늘하게 내치며 부채를 활활활 부쳐댔다.

"보소 동상, 도규는 우리 우현이 대학 학자금얼 대주덜 안혔다고. 긍게 인자 자네넌 나럴 잠 살게 히주소."

"나야 또 만 5천 석 채와야 헝게 반 마지기도 축낼 수 없다고 안혔소. 그 인심 좋은 도규집이나 가봇씨요."

정상규는 자리를 차고 일어나버렸다.

"아이고, 베룩이도 낯짝이 있드라고 나 인자 그 집에넌 못 가네. 어이, 나 잠 보소."

정재규가 황급히 동생을 붙들려고 하는 바람에 그 자세가 기는 꼴이 되었다.

"헹, 우리가 성제간 연이 끊어진 지가 언젠디 인자 와서 보고 말고 혀라. 날아가든 새 똥구녕이 웃겄소. 허고, 중국놈덜허고 전쟁이 붙어 세금이 올르는 바람에 천불이 솟는 판인디 그 무신 넋나간 소리여, 소리가."

정상규는 가래를 돋워 내뱉으며 짚신을 끌고 마당으로 내려섰다.

정상규가 말하는 세금은 지난 4월 1일부터 적용된 중일전쟁특별세였다. 총독부에서는 중일전쟁에 대비하느라고 그 특별세만이 아니라 연달아 새로운 법들을 공포해 대고 있었다. 2월에 중일전쟁특별세와 함께 육군특별지원령을 공포했고, 4월에는 육군병 지원자 훈련소관제를 공포했으며, 5월에는 일본의 국가총동원법의 조선 적용을 공포했고, 6월에는 각 학교에 학교근로보국대 조직을 지시함과 아울러 각 도에 근로보국대를 조직하도록 명령했으며, 전국적으로 방공훈련을 실시했다. 그리고 7월에는 국민정신 총동원 조선연맹을 창립시켰고, 전국의 사회주의 사상 전향자들을 중심으로 전조선사상보국연맹을 결성하게 했고, 전국 교원들과 관공리들에게 제복 착용을 지시했다. 그 숨가쁜 조처들은 다름 아닌 전 조선의 전시체제화였다.

어찌할 수 없이 동생의 집에서 빈손으로 물러난 정재규는 땡볕 속을 터덕터덕 걷고 있었다. 푸르른 들녘에는 새하얀 해오라기가 가늘고 긴 목을 세우고 느린 걸음을 한가롭게 옮겨놓고 있었다. 해오라기의 그 고상하고 우아한 자태를 보자 정재규는 그만 가슴이 찡 울리고 눈시울이 뜨거워졌다. 한창 호시절의 자기 모습이 떠올랐던 것이다. 맘껏 멋부리고 돈을 뿌려댔던 지난날의 기억들이 줄줄이 떠오르고 있었다. 일본기생들을 발가벗기던 술판, 수천 원씩이 오락가락했던 노름판, 일본경찰 간부들도 슬금슬금 눈치를 보았던 돈의 위력……, 다 그립고 안타까운 기억들이었다. 설마 이런 꼴이 될 줄은 몰랐었다. 그놈의 미두, 모두가 미두 때문이었다. 미두에만 손대지 않았더라도 이렇게까지 망하지는 않았을 거였다. 제아무리 술이란 것이 밑 빠진 독에 물 붓기고, 계집들 밑이 한정 없이 깊다 하나 미두에 손대지 않았더라면 살아생전 알거지가 되지는 않았을 거였다. 왜 미두에 손을 댔던고. 아니, 중도에서라도 왜 손을 못 떼었던고. 내가 망하는 동안에 상규놈은 만석꾼이 되지 않았는가. 미두를 중도에서 손을 뗐더라면 지금도 2천 석, 아니 천 석은 지닐 수 있지 않았던가. 정재규는 정말 돌로 발등을 찍고 싶었다. 그러나 다 부질없는 후회였다. 지금 당장 서럽고 야속한 것은 아내와 아들이었다. 아무리 재산을 탕진하고 거덜냈다 하나 그렇게 야박하게 할 수는 없는 일이었다. 겨우 세끼 밥 이외에는 정말 돈 한푼을 구경시키지 않았다. 여자 독기는 오뉴월에도 서릿발이 친다는 것은 꼭 아내를 두고 하는 말이었다. 집까지 날아간 그날 이후로 아내는 살이 닿지 못하게 내치면서 원수 대하듯 했고, 아들까지도 그렇게 만들어버렸다. 하긴 아들놈이 그렇게 담 너머 개 보듯 무시하는 것이 꼭 아내의 수작만은 아니기도 했다. 자신이 재산을 탕진하는 것을 아들놈은 어려서부터 쭉 보아왔던 것이고, 작은어머니에게 학비를 타러 다니면서 얼마나 눈치가 보였을 것인가. 그래도 고맙고 고마운 것이 막내동생 도규요 계수였다. 그리 덕을 볼 줄도 모르고 도규에게 논을 제일 적게 준 것이 참 미안하고 면목 없었다. 그나저나 이런 꼴로 언제까지 살아야 하나. 아니, 왜 이리 어지러우냐……, 내가 왜 이러냐…….

정재규는 푸른 들판이 빙글빙글 도는 어지러움 속에 숨을 헉헉거리며 논길에 쓰러졌다. 한 손으로 가슴을 누르고 또 한 손으로는 풀포기를 움켜잡은 채 그는 숨이 넘어가고 있었다.

한편, 정도규는 덕유산 속 화전민의 움막에 동지들과 함께 모여 있었다. 그 움막은 어느 화전민이 버리고 떠난 것이었다.

정도규까지 네 명의 얼굴은 모두 침통했다. 그들 중에 정도규가 40대 중반으로 가장 나이가 많았고, 나머지 세 사람은 엇비슷하게 서른두셋 정도로 보였다.

"그러니까 다른 조처들에 비해서 전향자들이 전조선사상보국연맹을 결성한 것은 우리의 기분이 나쁠 뿐이지 별로 우려할 만한 것은 아닐 것이오. 총독부가 노리는 것은 시위효과지 정작 그 사람들이 할 만한 일은 없지 않겠소."

정도규가 세 사람을 둘러보았다.

"예 그렇긴 합니다만, 여기저기 돌아다니면서 강연 같은 것을 할 수 있지 않겠습니까. 자기들의 전향을 변명해 가며 사회주의를 부정하고 내선일체를 찬양하는 식으로 말입니다. 그럼 사회주의 의식을 가지고 있는 학생들이나 대중들이 어떻게 되겠습니까. 혼란을 일으키고, 동요하고, 그들을 본받고……, 악영향이 의외로 클 수도 있지 않겠습니까."

선이 굵은 얼굴에 안경을 낀 사람의 말이었다. 그는 이현상이었다.

"이 동지의 말도 일리가 있소. 분명 그런 나쁜 영향을 끼칠 국면이 있고 다른 한편으로는 그들이 이미 전향자들이기 때문에 오히려 역효과가 발생하는 국면도 있을 것이오. 모반자·간신·변절자·배신자 등에 대해서는 불신하고 멸시하는 것이 우리 민족의 공통적 가치관이고 정서기 때문이오."

정도규는 담배를 빼들었다.

"헌데, 이렇게 사면초가로 악법들이 나오면 사태는 더욱 심각해지는 것 아닙니까. 전국적으로 조직되는 근로보국대 같은 것은 특히 우리 운동의 장애물입니다. 무슨 대책을 세워야 되지 않겠습니까."

콧날이 날카로운 조직원의 말이었다.

"오늘 모임의 주안점이 그것이기도 하니까 좋은 의견들을 말해 보시오."

정도규가 담배를 깊이 빨았다.

"저어, 유승현 동지의 위장전향은 어떻습니까?"

이현상이 정도규를 쳐다보았다.

"비밀이 잘 지켜지고 효과가 크오. 본인은 손가락질당하고, 관에서 감투를 씌우고 해서 여러모로 괴로워하지만 말이오."

정도규의 얼굴에 웃음이 어렸다. 유승현의 괴로운 승리가 아주 통쾌하지 않을 수 없었던 것이다.

"예, 그럼 위장전향을 더 적극 추진하는 게 어떻겠습니까? 지금 우리가 처한 상황 속에서 적 속에 들어가 적들의 파괴공작을 막는 동시에 대중들이 사회주의 의식을 견지케 하는 가장 적극적이고 효과적인 전략은 위장전향밖에 없다고 생각합니다. 감옥에서 많은 동지들이 전향을 거부하며 투쟁하고 있는 것은 위대하지 않을 수 없습니다. 그러나 엄밀히 따지면 그건 운동의 수면상탭니다. 또한 지금 우리가 벌이고 있는 투쟁도 힘겹고 고생이 많습니다만 이것도 따지고 보면 외곽 배회입니다. 오죽하면 '국내 망명'이라는 말까지 나왔겠습니까. 그런 측면에서 위장전향은 적극 추진되어야 한다고 생각합니다."

이현상의 침착한 말이었다.

"예, 그 의견에 찬성합니다."

여지껏 말이 없었던 눈썹 짙은 조직원이 담배를 끄며 말했다.

"으음……, 그게 적 속으로 들어가는 유일한 방법이기는 하오. 허나 거기에 문제가 없는 게 아니오. 첫째는 전향자로 행동하다 보면 부지불식간에 변질되어 정말 전향자가 되어버리는 위험이오. 둘째는 위장전향이 드러나서 더 심하게 당하게 되는 점이오."

정도규의 지적이었다.

"예, 그 점 잘 알고 있습니다. 그러니까 의식이 투철한 동지면 그

두 가지 문제점이 동시에 해결될 수 있지 않겠습니까?"

이현상이 내놓은 대안이었다.

"그야 더 말할 것 없소."

정도규가 고개를 끄덕였다.

"그럼 저도 위장전향에 찬성부터 하겠습니다."

콧날 날카로운 조직원의 말이었다.

그러니까 위장전향의 안건은 표결에 부칠 것도 없이 만장일치가 되었다.

"예, 그럼 정 선생님을 적임자로 제안합니다."

이현상이 대뜸 한 말이었다.

정도규는 물론이고 다른 두 명도 어리둥절해졌다.

"예, 전부 놀라실 줄 알았습니다. 그럼 그 이유를 간략히 설명드리겠습니다. 의식의 면에서 투철하신 거야 조선공산주의자 제1세대로서 저희 세대를 학습시키고 이끌어오셨으니까 더 말할 필요조차 없습니다. 두 번째는 이런 거칠은 지하투쟁을 하시기에는 이제 연세가 너무 많으십니다. 그동안에 겪어오신 고생도 너무 심했고, 젊은 저희들이 뵙기에 너무 죄송스럽습니다. 우리 운동의 장래를 위해서 지금부터는 조금이라도 휴식을 취하시며 건강을 지켜 나아가야 합니다. 끝으로 조직자금이 갈수록 고갈상태에 빠지고 있습니다. 정 선생님의 재력을 토대로 수익 높은 어떤 사업을 해서 그 문제를 해결해 주시기 바라는 것입니다. 물론 조직체계의 불변은 더 말할 필요가 없습니다."

"예, 그거 좋은 의견입니다."

"예, 찬성입니다."

두 조직원이 거의 동시에 의사표시를 했다.

정도규는 팔짱을 긴 채 묵묵히 앉아 아……, 내 나이가 벌써 마흔다섯인가. 그렇지, 태현이가 대학생 아닌가. 사회주의를 접하고 20여 년……, 그동안 해놓은 일이 무엇인가. 왜놈들 등쌀에 형체는 없지만 한 일은 적잖았지. 조선사람 전체에게 사회주의라는 것을 인식시킨 것, 15년여에 걸쳐서 소작쟁의·노동쟁의·동맹휴학을 주도해 가며 현실문제를 해결하고 독립의식을 무장시킨 것, 헛보낸 세월은 아니었다. 꿋꿋하게 살려고 애썼고, 앞으로도 그래야지…….

정도규는 팔짱을 풀며 긴 침묵을 깼다.

"조직의 원칙대로 만장일치인 동지들의 결정을 따르겠소."

19

쌀밥

만년설을 머리에 이고 있는 천산산맥은 언제나 신비스럽고 우람하고 장엄했다. 천산산맥은 몸피가 거대하면서 길이도 끝없이 길었다. 그리고 능선은 톱니 모양으로 이어져 나가며 험준한 산줄기를 이루어내고 있었다. 천산산맥은 하늘을 가르며 하늘에 닿아 있었다. 마치 하늘에 도전하고 하늘을 제압하려는 것처럼. 천산산맥은 사람이 오르는 것을 거부하는 것처럼 아득히 멀리 있으면서도 언제나 사람들을 위압하고 있었다. 천산산맥을 보고 압도당하지 않는 사람이 없었고 경건한 마음을 갖지 않는 사람이 없었다. 그 장엄한 모습을 보는 순간 사람들은 자기도 모르게 솟는 경탄의 소리와 함께 압도당했고, 계절의 변화를 아랑곳하지 않고 언제나 순백의 자태를 드리운 만년설을 보면서 신비스러운 경건함을 느끼지 않을 수 없었다.

아들의 무덤 위에 가을 들꽃을 한아름 놓은 윤선숙은 먼 천산산맥을 하염없이 바라보고 있었다. 아들의 가슴을 쓰다듬듯 한 손을 무덤 위에 올리고 있는 윤선숙의 눈에서는 눈물이 줄지어 흘러내리고 있었다.

여보, 어쩔 수 없었어요. 아무리 경환이를 지키려 했지만 어쩔 수 없었어요. 절 나무라지 마세요. 제가 얼마나 몸부림쳤는지 당신도 잘 알잖아요. 당신, 어머님, 경환이까지 잃고 정말 더 살고 싶지 않았어요. 갈대밭뿐인 이 소금땅에서 더 살아야 할 아무 희망이 없었어요. 주환이와 명혜를 데리고 함께 죽고 싶었어요. 몇 번이고 죽으려 했는데, 허나 아이들이 무슨 죄가 있어요. 두 아이의 눈을 보면서 제가 잘못 생각하고 있다는 것을 깨달았어요. 벌써 1년 세월이 지났어요. 무엇을 위해 사는 것인지 모르겠어요. 아니, 주환이와 명혜를 잘 키우려고 몸 부서져라 열심히 살았어요. 저에겐 오로지 그 생각밖엔 없고, 그게 유일한 보람이고 희망이에요. 이 살벌한 땅, 황무지에서 다른 무슨 희망이고 꿈이 있겠어요. 연해주는 천국이었어요. 여긴 지옥이에요. 이 지옥에서 우리 조선사람들은 모두 일하는 짐승들일 뿐이에요. 사람들은 연해주에서 생각했던 것들을 다 잊었어요. 아니, 억지로 잊으려고 해요. 독립이니 해방이니…… 그런 걸 여기선 용납하지도 않고, 또 여기서 그런 생각을 한다는 건 부질없다는 걸 사람들은 다 알아요. 천산산맥이 가로막힌 여기서 조선은 너무 멀고 어느 쪽인지도 모르잖아요. 저처럼 모두가 자식들 때문에 사는, 일하는 짐승들이 된 거예요. 그게 당국이 바라는 거고, 그래야 그나마 연명할 수 있으니까요. 우린 너무 비참하게 버려지고 짓밟히고 있어요. 그러나 어쩌겠어요, 우릴 구해줄 사람은 이 세상에 아무도 없는데. 여보, 오늘이 경환이가 당신 곁으로 떠난 날이에요. 부디 경환이를 잘 보살펴주세요. 외롭지 않게…… 심심하지 않게…….

윤선숙은 만년설 거기 어디에 남편이 꼭 살고 있을 것만 같았다. 평소에도 만년설을 바라보면 남편의 얼굴이 불현듯 떠올랐고, 꿈에서도 남편이 만년설을 타고 내려오는 것을 보았다. 남편이 만년설 거기 어딘가에 살면서 아이들과 자신을 지켜보고 있는 것 같은 환상을 떼칠 수가 없었다.

윤선숙은 눈물을 닦고 무덤으로 눈길을 돌렸다. 들꽃무더기가 스산한 바람결에 잘게 떨리고 있었다. 꽃들의 흔들림 위로 아들의 모습이 선연하게 떠올랐다. 숨을 거두기 직전의 모습이었다. 눈을 번히 뜬 채 엄마를 부르던 그 모습. 윤선숙은 흑 울음을 터뜨렸다. 윤선숙은 손으로 입을 가리고 한참을 느껴울었다.

"아가, 경환아, 또 춥겠다. 잘 자. 엄마가 또 올게."

윤선숙은 무덤을 다둑거리며 소리내서 말했다. 남편과는 달리 속으로 말하면 아들이 알아듣지 못할 것 같았던 것이다. 무덤 위로 눈물이 뚝뚝 떨어져내리고 있었다.

윤선숙은 어지러움을 느끼며 무덤 앞에서 일어났다. 무덤들이 즐비하게 널려 있었다. 크기도 제각각이었고 방향도 제각각이었다. 다만 바가지를 엎어놓은 것 같은 봉분들만 같을 뿐이었다. 그 봉분이 조선사람들의 묘인 것을 말해 주고 있었다. 저세상으로 떠날 때마다 여기저기 내다 묻은 것이라 묘들은 크기도 방향도 구구각색이었다.

날로 늘어나고 있는 그 묘들을 볼 때마다 윤선숙은 마음이 쓰라렸다. 작년 한 해 동안에 죽은 사람들이 수백 명으로 공동묘지를 이루고 있었다. 그러나 묘지는 이곳만이 아니었다. 여기는 가까운 집단농장들의 사람이 묻힌 것일 뿐 다른 곳에도 이런 묘지들은 또 있었다.

경환이는 타슈켄트에 도착해서 열흘을 넘기지 못하고 죽었다. 이틀 동안은 걷잡을 수 없이 토하고 설사를 해대다가 사흘째 저세상으로 가고 말았다. 어디 들어앉을 집도 없이 어수선한 속에서 약 한번 써보지 못하고 당한 황망한 일이었다. 허약한 아이들과 노인네들이 똑같은 증세로 줄줄이 죽어갔다. 물이 달라지면서 생긴 풍토병이었다.

그러나 어느 가족이나 슬퍼할 겨를이 없었다. 우선 밤추위를 막을 움막이라도 짓고 산 사람이 먼저 살아가야 할 방도를 찾는 것이 더 시급했던 것이다. 관도 없이 시체를 내다버리듯 묻고 사람들은 갈대를 베어서 움막짓기에 나서고는 했다. 그나마 기차를 타고 오면서 눈 속에 묻었던 것보다는 낫다고 위안할 수밖에 없었다.

조선사람들 앞에 놓여진 것은 억센 갈대숲이 우거진 황량한 황무지뿐이었다. 사람이 살 수 있는 시설이라고는 전혀 아무것도 없었다. 군인들이 조선사람들 앞에 쏟아놓은 것은 헌 농기구들뿐이었다. 그건 연해주를 떠나올 때 거둬들여 화물칸에 따로 실어온 것이었다. 곡식은 배급할 테니 그 농기구로 빨리 땅을 개간하라는 것이었다. 죽으면 죽고 살면 살라고 황무지에다 완전히 내다버린 것이었다.

"세상에 이런 법은 없소."

"우리 조선사람들이 잘못한 게 뭐가 있소."

"우리가 짐승이오?"

"짐승도 이렇게는 못살아요."

"이렇게 당하고만 있을 수는 없소."

"그렇소. 그 좋은 집, 좋은 땅 뺏고 내몰았으면 그만한 집과 땅을 내놔야 이치에 맞지."

그들은 마침내 분노했다. 그리고 관에 따지고 나서기로 했다. 러시아말을 잘하는 식자 든 사람들을 대표로 뽑았다.

"이렇게 나섰다가 혹시 무슨 일 당하지는 않을까요?"

"그건 염려 없소. 기차에 탔던 군인놈들은 다 떠나고 없소."

"됐소, 일을 시작합시다."

그러나 그 항의는 무참히 짓밟히고 말았다. 그 대표들은 기차에서처럼 또 종적이 묘연해지고 말았다. 하나 다른 것이 있다면 죄목이 분명히 밝혀진 것이었다. 소비에트 정책에 대한 반동행위. 사람들은 그때서야 확연히 알았다. 비밀경찰은 다 똑같은 비밀경찰이고, 조선사람들은 철저하게 버림받고 있다는 것을.

그런데 집단농장이 편성되면서 끔찍한 명령이 떨어졌다.

'고려인들은 앞으로 10년 동안 절대 이 지역을 벗어나서는 안 된다.'

이 금족령 앞에서 조선사람들은 오히려 무표정했다. 정당한 말 한마디 할 수 없는 공포와 설사병에다, 밤추위를 견디지 못해 사람들이 죽어가고 있는 위급함에 비하면 그 금족령은 먼 메아리였던 것이다.

여자 남자 할 것 없이 나서서 땅을 파고 갈대를 베었다. 추위를 막을 움막을 지을 수 있는 유일한 재료는 황무지에 우거진 갈대뿐이었다.

"아무리 움막이라도 갈대만 가지고 어떻게 집이 되나요?"

윤선숙은 울상이 되어 김두만에게 물었다.

"예 선생님, 아무 걱정 마세요. 무식한 놈 말로, 하늘이 무너져도 솟아날 구멍 있는 것 아닙니까. 제 집 옆에 선생님 집을 지어드릴 테니 보고만 계십시오."

김두만은 느긋하고 넉넉하게 웃었다.

그 꾸밈없고 두둑한 웃음을 보는 순간 윤선숙은 가슴 뭉클한 어떤 빛을 느꼈다. 동시에 돌아가신 아버지의 모습을 보았다.

"이 세상에 사람이 못살 경우란 없는 법이다. 그저 마음이 천하고, 천하가 마음속에서 다스려지는 게야. 내 손에 들어오지 않은 돈 남이 잘 쓰면 됐지."

장사에 속거나 돈을 떼이고도 아버지는 늘 그런 식으로 말씀하시며 웃어넘겼던 것이다. 아버지의 웃음과 김두만의 웃음은 너무나 많이 닮아 있었다.

그래, 웃자. 우는 것보다 낫지. 죽지 못할 바에는 웃어야지.

윤선숙은 억척스럽게 땅을 팠다. 난생처음 해보는 일이었지만 힘드는 줄을 몰랐다. 두 아이를 하루라도 빨리 밤추위에서 막아내야 했다. 그곳 추위는 시베리아의 추위에 비하면 별것이 아니었다. 낮에는 영하 이삼 도 정도였다. 그러나 밤이면 기온이 뚝 떨어지면서 바람이 세차게 불어댔다. 천산산맥에서 불어닥치는 그 바람은 몹시도 차고 매웠다. 병든 사람은 밤추위를 못 견뎌 죽기도 했다. 모두 황량한 황무지에서 갈대숲을 바람벽 삼아 이불을 뒤집어쓰고 밤을 지새웠다.

윤선숙은 갈대를 베러 나섰다.

"아이고 선생님, 그냥 계세요. 손 다 상하십니다. 언제 이런 일을 해보셨다고."

김두만이 민망해하며 만류했다.

"저도 무식한 말 한마디 할까요? 백지장도 맞들면 낫다잖아요."

"예? 아, 예에……, 허허허허……."

자기 말을 흉내 내는 것을 알아들은 김두만은 너털웃음을 터뜨렸고, 윤선숙도 따라 웃었다.

윤선숙은 갈대베기가 너무 어려웠다. 낫질이 서툴러서만이 아니었다. 갈대는 엄청나게 굵고 키가 컸던 것이다. 갈대는 보통 굵기가 손가락 다섯 개를 합한 것만했고, 키는 2미터 이상 3미터에 이르렀다. 그건 갈대가 아니라 흡사 나무였다. 그래서 사람들은 벌써 며칠 사이에 새 이름을 지어냈다. 사람들은 그 갈대를 '참대'라는 새 이름으로 불렸다.

윤선숙은 그 이름이 좋았다. 갈대라고 하기엔 너무 크고 '참대'라고 하니까 흡사 대나무 같은 그 모습과 어울렸던 것이다. 사실 울창한 갈대숲은 차라리 무슨 나무숲이라고 해야 옳았다. 그런데 그 울창함이 실감나는 사태가 벌어졌다. 사람들이 갈대를 치기 시작하자 여기저기서 짐승들이 괴성을 지르며 내뛰었던 것이다. 그건 멧돼지들이었다. 울창한 갈대숲은 멧돼지들의 보금자리였던 것이다.

갈대를 무더기무더기 베어 모은 사람들은 움막을 짓기 시작했다. 움막은 땅을 사람 키 깊이로 파내고 그 위에 갈대로 지붕을 해 덮는 것이었다. 아무리 움막이라고 하지만 지붕을 얹자면 지붕의 틀을 짜는 들보와 서까래 그리고 그것을 받치는 기둥으로 쓸 나무는 있어야 했다. 그러나 그런 재목이 있을 리 없었다. 그 누구도 그것이나마 달라고 하자고 입을 열지 않았다.

그런데 사람들은 구덩이 사방에다 기둥을 세웠다. 윤선숙은 눈이 휘둥그레져 그 기둥을 유심히 살펴보았다. 그건 위아래의 굵기를 똑같이 하려고 갈대 여섯 개를 세 개씩 서로 위아래가 바뀌게 해서 한덩어리로 묶은 것이었다. 그런데 그 묶은 끈이 더 기가 막혔다. 갈대의 껍질을 넓적하게 벗겨 대여섯 군데를 동여맨 것이었다. 들보도 서까래도 그런 식으로 해결되었다. 다만 그 쓰임새에 따라 갈대의 수가 많고 적어질 뿐이었다. 지붕은 갈대를 잎 달린 채로 엮어서 세 겹 정도씩 덮었다. 한 겹일 때는 틈새로 하늘이 보이다가 세 겹을 덮자 하늘이 지워졌다.

갈대의 쓰임새는 그것으로 끝나지 않았다. 방구들을 놓는 데도 썼다. 구들장을 어디서 구할 수가 없으니까 방고래에 갈대를 촘촘히 걸치고 그 위에 두껍게 흙을 발랐다. 갈대구들장이 생겨난 것이었다. 그리고 흙이 드러난 벽도 갈대로 가려 갈대벽을 만들었다. 문도 물론 잔갈대로 엮어 달았다. 온통 갈대로만 지어진 움막이었다. 사람들은 그것을 '깔둥막'이라고 이름 지었다. '갈대움막'이라는 함경도말이었다.

그런데 갈대의 쓰임새는 또 남아 있었다. 작은 갈대들은 땔감으로 불땀이 너무 좋았던 것이다. 갈대움막에서는 연기마저도 갈대 연기가 피어오르기 시작했다.

하지만 움막을 짓고 있는 사람들의 손은 남녀 가릴 것 없이 억센 갈대를 다루느라고 긁히고 찍히고 베어 상처투성이였다. 윤선숙도 손에 상처가 나는 것을 아랑곳하지 않고 갈대벽 같은 것은 손수 만들었다. 남의 손을 빌리기만 한다는 것이 너무 염치없고 미안했고, 누구나 처음 하는 일인데 자기라고 못할 리 없었던 것이다.

움막은 식구에 따라 크기가 다를 뿐 모두 한 칸짜리였다. 갈대문을 들치고 들어가면 높낮이로만 구분되는 부엌과 방이 한 칸을 이루고 있었다.

"와아, 집이다아!"

"야아, 따뜻하다아!"

방바닥을 말리느라고 불을 뜨끈뜨끈하게 땐 첫날 밤 주환이와 명혜는 좋아서 어쩔 줄을 모르며 소리쳤다.

윤선숙은 그러는 두 아이를 보며 가슴이 미어졌다. 연해주의 집에 비하면 이게 어찌 집일 수 있는가. 그러나 한 달 반의 죽을 고생을 겪은 아이들은 연해주의 집은 잊어버리고 이 거지움막에 기뻐 날뛰는 것이었다. 고생은 아이들마저 그렇게 변화시켜 놓은 것이다. 가엾은 것들, 불쌍한 것들, 저것들의 장래가 어찌 될 것인가……. 윤선숙은 입술을 깨물며 속울음을 울었다.

따뜻한 방에서 오랜만에 곤히 잠든 두 아이를 품고 윤선숙은 잠을 이루지 못했다. 그동안 분노와 울분 속에 떠오르고는 했던 생각들이 다시금 격랑을 일으키고 있었다.

조선족에게 쏘련은 도대체 무엇인가. 쏘련은 왜 조선족을 이렇게 핍박하는가. 전 인류적 해방을 외치고 있는 공산주의 모국 쏘련이 왜 이 모양인가. 약소민족의 독립을 지원한다는 쏘련이 어찌 이럴 수가 있는가. 그건 다 거짓이고 위장인가? 아니, 강제이주를 시키는 어떤 이유가 있다고 하자. 우리에게 알릴 수 없는 불가피한 이유가 있다고 치자. 그렇다면 정당하게 사람 대접을 해야 할 게 아닌가. 왜 할 일은 제대로 안 하고 바른말을 하는 사람들을 마구잡이로 죽이는가. 제놈들에게 사람을 개 잡듯 죽일 권한이 어디에 있는가. 그리고 죄인이고 노예라 해도 이렇게 가혹하게 취급할 수는 없는 일이다. 아니, 짐승도 이렇게는 취급할 수가 없다. 흉악무도한 놈들! 인민해방, 인민혁명, 인민의 천국, 전 인류적 해방, 약소민족의 독립 지원, 새빨간 거짓말! 도둑놈들! 사기꾼 집단!

윤선숙은 걷잡을 수 없는 흥분 속에 눈물을 쏟았다. 소련의 혁명 완수를 위해 백군과 일본군을 물리치려고 싸우다가 불구가 된 남편이 총구 앞에서 어떤 심정이었을까를 생각하면 그만 미칠 것만 같았다.

윤선숙은 소련에 대해서 마음을 닫았다. 그전에 가졌던 호의도 기대도 완전히 지웠다. 소련은 이제 증오의 대상일 뿐이었다.

움막을 지어가면서 여기저기서 연기가 피어오르기 시작하자 멀리 떨어져 있는 원주민들이 다가와 먼발치에서 구경하는 일이 잦아졌다. 자기네들끼리 나누는 이야기를 알아들을 수 없었지만 그들이 신기해하는 눈치인 것은 알 수 있었다. 자기네들과 비슷한 색깔의 사람들이 어느 날 갑자기 못쓰는 땅에 부려져 갈대만으로 집 비슷한 것을 지어대고 있으니 신기할 만도 한 일일 거였다.

원주민들은 한눈에 보기에도 좋은 땅인 높직한 위치에 자리잡고 있었다. 농토도 마을을 중심으로 펼쳐져 있었다. 낮고 습기 많은 갈대밭은 그들이 버려버린 황무지였다.

움막짓기를 끝낸 그들에게 새로운 명령이 떨어졌다. 집단농장별로 지정된 황무지를 개간하라는 것이었다. 겨울 동안 개간해서 내년부터 농사를 지어야 한다고 했다. 그런 명령이 없었더라도 조선 사람들은 살아가기 위해서 황무지를 개간하지 않을 수 없는 막다른 길에 처해 있었다.

갈대를 잘라 움막을 지은 것은 개간작업의 일부분을 미리 한 셈이기도 했다. 하나의 집단농장은 네 개의 브리가다(분조)로 짜여져 있었다. 한 개 브리가다에는 분조장 아래 60명에서 70명이 편성되었다. 그들이 개간해야 할 땅은 대개 25만 평에서 30만 평씩 배당되었다.

윤선숙도 개간에 나섰다.

"아니 선생님, 이러지 마세요. 선생님은 아이들을 가르치셔야지 이게 말이 됩니까."

제3분조장인 김두만이 펄쩍 뛰었다

"지금 학교가 없는걸요."

"예, 곧 학교부터 지어야지요. 어디 자식들 공부를 중도작파할 수야 있습니까. 우리끼리 의논 중에 있으니까 선생님은 그때까지 쉬세요."

"아닙니다. 저도 갈대뿌리 하나라도 뽑아야지요. 혼자 노는 건 다른 여자분들한테도 면목 없고 말이 안 됩니다."

18세 이상 여자들은 모두 브리가다에 편성되어 있었던 것이다.

"그럼 그러시지 말고 이렇게 하는 게 어떻겠습니까. 아이들을 모아가지고 옛날얘기도 해주시고, 창가도 가르쳐주시고, 놀이도 시키시고 그래 주세요. 그것도 다 공부 아닙니까. 모두 그걸 더 좋아하고 원할 겁니다. 그래야 학교도 더 빨리 짓게 되구요."

김두만은 역시 조선사람답게 그 경황 중에서도 자식들의 교육을 중시하고 있었다. 연해주에서도 조선사람들은 두 가지로 유명했다. 첫째는 조선사람들은 바위 위에 올려놔도 살아난다는 것이었고, 둘째는 조선사람들은 굶으면서도 자식들을 가르친다는 것이었다.

윤선숙은 김두만의 의견을 따르기로 했다. 각 집단농장은 120세대 정도로 이루어졌다. 윤선숙은 아이들을 상급반과 하급반으로 분류했다. 그리고 상급반을 오전에, 하급반을 오후에 모이게 했다. 김두만의 말대로 부모들은 그런 시도나마 기뻐하고 반겼다. 윤선숙은 실낱 같은 희망이나마 붙든 기분이었다.

조선사람들은 배급받은 잡곡으로 근근이 배를 채우고 날마다 개간이라는 중노동에 시달렸다. 반찬이라고는 소금뿐인 밥을 먹고 매일 갈대뿌리와 싸우는 것이었다. 갈대가 엄청나게 큰 만큼 그 뿌리들도 억세고 깊이 박혀 있었다. 그리고 뿌리들은 서로 얽히고설켜 떡덩어리를 이루고 있었다. 갈대가 없는 지역은 다른 풀들이 군락을 이루고 있기도 했다. 그런데 그 뿌리들 또한 갈대뿌리 못지않게 뽑아내기가 어려웠다.

그러나 그나마 다행인 것은 겨울인데도 연해주처럼 날씨가 춥지 않은 것이었다. 바람은 많이 불어도 평지에서는 눈을 보기가 어려울 정도였다. 눈이 내리기는 하지만 이내 녹아버리는 것이었다. 그러나 천산산맥은 만년설 위에 또 눈이 내리고 내려 온통 눈으로 뒤덮여 있었다.

하루도 쉬지 않는 노동이 계속되고 있는 가운데 사람들은 끊임없이 죽어갔다. 거의가 노인이나 아이들이었다. 먹는 것이 부실한 데다가 전혀 치료를 받을 수 없으니 병에 걸렸다 하면 십중팔구 저승객이 될 수밖에 없었다.

그런데 남자들은 노동을 하는 틈틈이 신원조사를 받아야 했다.

그건 주로 학력과 경력에 대한 조사였다. 그 조사관들은 물론 러시아인 당원들이었고, 통역을 하는 조선인 당원들이 하나씩 끼여 있었다. 그 조선사람들은 몇 년 전에 연해주를 떠나 당원교육을 거쳐 이곳에 미리 배치된 사람들이었다. 그런데 연해주에서 살아온 조선사람들은 러시아말을 숙달되게 하는 사람이 그리 많지 않았다. 어느 지역에서나 조선사람들끼리 모여살다 보니 대개 러시아말이 서툴 수밖에 없었다. 남자들은 그 조사를 받으며 하나같이 불안해하고 께름칙해했다.

"자네보곤 뭘 묻던가?"

"뭐 별거 아니야. 이쪽으로 이주시킨 걸 어떻게 생각하느냐는 거야."

"뭐라구? 그게 답하기 얼마나 곤란한 건데. 그래 뭐라고 했나?"

"곤란하긴 뭐가 곤란해. 평소에 생각하던 대로 답했지."

"뭐라고?"

"그건 말도 안 된다. 어찌 그럴 수가 있느냐, 그랬지."

"에이 거짓말. 그 반대로 했구만그래."

"그리 잘 알면서 뭘 묻고 그러나. 다 목이 하나씩밖에 없는 신세에."

"그래, 우리 같은 신세에 어쩔 수 없지. 헌데 왜 그런 걸 조사하고 그러지?"

"글쎄, 그리 멍청한 수로 속마음을 떠보려는 것도 아닐 테고……."

"그러게 말야. 영 찜찜해."

"빌어먹을, 일도 힘들어 죽겠는데 미친놈들이 별 수작질을 다 해."

사람들이 알아차린 것은 자신들이 의심받고 감시당하고 있다는 사실이었다.

김두만네 집단농장의 사람들은 개간작업만 하는 것이 아니었다. 일요일에는 흙벽돌만들기를 했다. 짚 대신 갈대잎을 잘게 썰어 섞어서 목침덩이보다 두 배 정도의 크기로 흙벽돌을 만들었다. 그건 학교를 짓기 위한 것이었다. 봄이 되면 아이들을 가르치게 하자는 계획 아래 모두 힘을 모으고 있었다. 그 일을 주도하고 있는 건 김두만이었다.

윤선숙은 사람들에게 너무 폐를 끼치는 것 같아 아이들을 모으는 일에 더욱 열성을 바쳤다. 갈대숲만 펼쳐져 있는 허허벌판 황무지에서 다른 놀이를 찾을 수 없는 아이들도 갈대더미로 바람막이 한 노천학교로 곧잘 모여들었다.

그런데 뜻밖의 일이 벌어졌다. 상급반 아이들에게 며칠 동안 가르친 아리랑을 합창시키고 있는데 경찰들이 들이닥쳤다. 윤선숙은 경찰서로 끌려갔다. 그리고 비밀경찰로 넘겨졌다. 윤선숙은 아무 영문도 모른 채 공포에 떨었다. 비밀경찰의 악명은 오래전부터 소문나 있었고, 남편도 비밀경찰한테 당한 것이었다.

"왜 그 노래를 가르쳤나?"

"고려 노래라서 가르쳤습니다."

"고려 노래란 걸 누가 모르나. 그게 아니고, 소비에트를 반대 선동하려고 그랬지!"

"아, 아닙니다. 절대 아닙니다."

"아니긴 뭐가 아냐. 소비에트에는 소비에트 국가(國歌) 하나뿐이야. 그런데 넌 소비에트에서 고려 국가를 가르쳤는데도 소비에트 반대 선동이 아니란 말야!"

"아닙니다, 아리랑이란 노래는 고려 국가가 아닙니다. 그건 고려 사람들이 즐겨 부르는 민요일 뿐입니다, 민요. 여기 있는 고려인 당원들에게도 물어보세요."

거듭되는 신문에 시달리다가 윤선숙은 이틀 만에야 가까스로 풀려날 수 있게 되었다. 조선인 당원들이 윤선숙의 말을 뒷받침해 주었고, 남자가 아니라는 것이 크게 작용한 것이었다.

"앞으로 또 가르칠 텐가!"

"아, 아닙니다. 저, 절대 안 그러겠습니다."

"소비에트에 충성과 함께 그걸 맹세할 수 있나!"

"예, 맹세합니다."

"좋아, 서약을 해."

윤선숙은 풀려나고 나서야 집으로 내달으며 줄곧 눈물을 쏟았다. 굴욕적으로 빌고 서약을 하고 한 것은 의식에 없었다. 머릿속에는 온통 두 자식의 생각뿐이었다.

윤선숙의 이야기를 듣고 사람들은 모두 어이없어하고 기막혀했다.

"이젠 별걸 다 간섭이군."

"이거 숨막혀서 어디 살겠어."

"그나저나 다시는 가르치지 못하게 했으니 그게 부르지도 못하게 한 것 아닌가?"

"가만있어, 그게 어떻게 되는 건가?"

"어떻게 되긴 뭐가 어떻게 돼. 그게 바로 그 말이지."

"아리랑을 못 불러? 아리랑을 금지해? 그럼 이게 뭐가 되나? 우린 그럼 무슨 노랠 부르지?"

"허허 참, 기막힌 일이로구나."

그런데 다른 집단농장에서도 똑같은 일이 벌어졌다. 다만 다른 것이 있다면 어른들이 일을 하면서 합창을 한 것이었다.

그 사람들이 붙들려가면서 각 농장마다 명령이 떨어졌다. 아리랑 금곡령이었다. 그런데 금지령은 그것만이 아니었다. 조선의 모든 명절을 쇠지 못하게 한 것이었다. 그러나 그보다 사람들을 더욱 놀라게 한 것이 있었다. 제사를 지내지 못하게 한 것이었다.

해가 바뀌고 2월이 왔다. 사람들은 계절의 변화에 놀랐다. 표가 나게 날이 풀리면서 봄기운이 돌더니만 중순을 지나면서 나무들에 새 움이 돋기 시작하고, 풀들이 파릇파릇 새싹을 피워냈다. 그리고 하순으로 접어들면서 온갖 꽃들이 피어나 들녘을 찬란하게 장식했다. 그러나 그 어떤 것보다도 사람들의 눈길을 사로잡은 것은 나날이 물이 불어나고 있는 강이었다. 아무다리야와 시르다리야 강에는 겨울에 볼 수 없었던 힘찬 기세로 물줄기가 굽이쳐 흐르기 시작했다. 천산산맥을 온통 하얗게 뒤덮었던 눈이 마침내 녹아내리는 것이었다. 연해주보다 두 달이 이르게 오는 봄이었다.

물이 불어나는 강물을 보면서 사람들은 모두 가슴 설레었다. 숙명처럼 논농사를 해야 하는 그들에게 물만큼 반갑고 귀한 것은 없었던 것이다. 사람들은 새로운 힘을 냈다. 물길을 터서 강물을 끌어들여야 했던 것이다.

사람들은 잠시도 쉴 틈 없이 일과 싸웠다. 논둑을 쌓고 수로를 내어 올해부터 벼농사를 지어야 했던 것이다. 배급은 추수철까지 한정되어 있어서 가을에 수확을 거둬들이지 못하면 굶어죽게 되어 있었다. 사람들은 먼동이 틀 때부터 어스름이 내릴 때까지 황무지에 철 이른 땀을 뚝뚝 떨구었다.

그렇게 일에 매달리면서도 사람들은 기어이 3월 말에 학교를 지어냈다. 윤선숙은 너무 고맙고도 미안해 말을 제대로 할 수가 없었다. 흙벽돌을 쌓아올려 갈대로 지붕을 덮은 학교는 다른 관공서 건물들에 비하면 형편없이 초라하고 볼품이 없었다.

"이거 참, 꼭 짐승우리 같아 죄송합니다. 우리 생활이 차차 나아지면 새로 좋게 짓도록 하지요."

김두만이 미안해했다.

"아닙니다. 전 너무 좋고 과분합니다. 그저 열심히 가르치겠습니다."

윤선숙의 눈에는 그 어떤 왕궁보다도 더 좋아 보였고 눈물겨울 뿐이었다. 윤선숙은 흙벽돌을 만들 때부터 자신의 땀방울도 섞인 것이 더없이 떳떳하고 보람스러웠다.

4월이 되면서 더위가 느껴지기 시작했다. 짧은 봄이고 빨리 오는 여름이었다. 여름이 빠르면 그만큼 겨울도 빠를 것은 절기의 자명한 이치였다. 절기의 변화를 짚는 데 귀신인 농부들은 볍씨 뿌릴 시기를 앞당겼다. 개간이 덜 된 논도 말이 끄는 쟁기질로 갈아엎어물을 대기 시작했다.

"세상에 안 되는 일은 없구먼."

"그럼, 사람의 힘이 무섭다는 말이 괜히 있는 게 아니지."

"참 신기하군 신기해."

"아이고, 꿈만 같네."

사람들은 논에서 논으로 이어지는 물줄기를 바라보며 감격하고 감개무량해하고 있었다.

그런데 날씨가 더워지면서 사람들이 새로운 병을 앓기 시작했다. 모기가 번창함에 따라 말라리아가 퍼지고 있었던 것이다. 그러나 움막생활에서 모기에 안 물릴 수가 없었고, 약은 약대로 구할 수가 없었다. 사람들이 또 잇따라 죽어가고 있었다. 그저 치료책이라는 것이 하루 걸러 한 번씩 오한과 함께 열이 심하게 날 때 찬물로 낯을 씻거나 머리를 감지 말라고 하는 것이 고작이었다. 열을 내리게 하려고 그렇게 한 사람들은 십중팔구 목숨을 잃었던 것이다.

윤선숙은 밤잠을 거의 자지 않았다. 잠든 두 아이를 지키고 앉아 모기 잡기에 혈안이 되어 있었다. 그 어떤 일이 있어도 두 자식에게 불행이 범접하지 못하도록 막아야 했던 것이다. 더 이상 가슴 찢어지는 일을 당할 수가 없었고, 두 자식은 삶의 유일한 기둥이고 희망이었다.

윤선숙은 학교에 오는 아이들에게도 절대로 개울가 풀섶에 가지 말라고 이르고 또 일렀다. 모기들은 낮에는 그런 습한 곳에 숨어 있었던 것이다. 그런데 아이들은 걸핏하면 개울로 나갔다. 고기잡이를 하려는 것이었다. 아이들은 개울에 붕어와 잉어가 있다는 것을 어떻게 용케도 알아냈던 것이다. 굶주리는 아이들에게 불에 구워 소금에 찍어먹는 붕어와 잉어의 맛이 얼마나 기막힐 것인지는 더 말할 것이 없었다.

그런데 말라리아에 사람들이 죽어가고 있는 것만큼이나 중대한 사태가 벌어졌다. 볍씨를 뿌리고 한 달이 지났는데도 여러 곳에서 전혀 싹이 자라오르지 않았던 것이다. 제대로 자란 것은 벌써 물 위로 한 뼘 정도 솟아 있었다.

사람들은 그 원인을 찾아내려고 눈에 불을 켰다. 그런데 이상한 현상을 발견하게 되었다. 벼가 자라나지 않는 지역에서 어쩌다가 한두 줄기의 벼를 찾아낼 수 있었다. 사람들은 그런 벼를 유심히 살펴보았다. 그런 벼들은 희한한 공통점을 가지고 있었다. 모두가 갈대의 실뿌리 사이에 걸려 물속에 뿌리발을 하는 동시에 싹을 물 위로 키워올리고 있었던 것이다. 그 갈대뿌리는 미처 다 뽑아내지 못하고 갈아엎어 물을 채운 것이었다. 그런데 볍씨를 뿌릴 때 잘못되어 갈대뿌리에 걸린 것들은 싹을 틔우고 정작 제대로 땅에 닿은 것들은 전혀 싹을 틔우지 못했던 것이다. 사람들은 그때서야 원인을 알아차렸다. 땅에서 소금기가 돋아나고 있기 때문이었다. 그 깨달음을 확실히 뒷받침해 주는 사실이 있었다. 이곳에서 갈대만큼 흔한 것이 소금이었다. 그런데 그 소금이 바닷가가 아니라 산에서 캐내는 돌소금이었다. 소금이 나는 산이 있듯 평지에도 소금기를 품은 소금땅이 여기저기 있었던 것이다.

사람들은 새로운 일을 하기 시작했다. 벼가 나지 않은 논들의 물을 전부 뺐다. 그리고 새 물을 다시 채웠다. 그 물을 삼사 일 두었다가 다시 빼고 새 물을 채웠다. 소금기를 빼기 위한 물갈이였다.

남자들이 그렇게 논일에 매달리고 있을 때 여자들은 밭일에 땀을 쏟고 있었다. 제일 먼저 씨를 뿌린 것이 콩과 고추였다. 간장 된장 고추장을 먹지 못한 것이 벌써 반년이 넘고 있었다. 그 다음에 무 배추 시금치 갓 같은 채소씨를 뿌렸다. 볍씨만큼 소중하게 챙겨 넣었던 것이 그런 씨앗들이었다. 뿌리 깊은 농부들의 본능이었다.

오래 묵혀둔 땅이라서 그런지 채소들은 아주 잘 자랐다. 채소가 나기 시작하면서부터 사람들은 모두 생기가 돌았다. 소금으로만 절이고 간을 맞추었지만 김치와 국을 먹을 수 있게 된 것이었다.

그런데 그곳의 여름날씨는 특이했다. 4월부터 8월까지 하늘에서 구름 한 점 볼 수가 없었다. 하늘은 짙푸르게 맑기만 했고, 한창 더운 6월 한낮에는 삼십칠팔 도까지 올라갔다. 그런데 더 이상한 것은 몇 달 동안 비 한 방울 내리지 않는데도 전혀 가뭄이 들지 않는 것이었다. 가을부터 겨울 동안 내린 눈비를 땅은 묘하게도 잘 품고 있었던 것이다.

벼들이 누릿누릿 익어가고 있는 7월 말쯤이었다. 어느 날 밭에서 일을 하고 있던 김두태의 아내가 장딴지를 싸잡으며 비명을 지르고 쓰러졌다. 다른 여자들이 놀라 쫓아갔다.

"저, 저, 저것……, 저것……."

이 알아들을 수 없는 말을 남기고 김두태의 아내는 눈이 뒤집힌 채 숨이 끊어지고 말았다.

너무 놀란 여자들은 김두태 아내의 몸을 살폈다. 오른쪽 장딴지가 동전 크기만큼 빨갛게 부어올라 있고 그 가운데에 가시로 찌른 것 같은 흔적이 남아 있었다. 여자들의 눈은 주위를 샅샅이 살폈다.

"저것인가 보다, 저것 !"

어느 여자가 손가락질하며 소리쳤다.

그 여자가 손가락질한 곳에는 꼬리를 치켜세운 이상하게 생긴 거미 한 마리가 유난히 불룩한 배를 끌 듯하며 느리게 기어가고 있었다.

"저 거미가 그랬을까?"

"뱀이 아니고?"

"맞어, 저게 독거미야."

"그래, 꼬리가 달리고 이상하게 생겼잖아."

"아이고, 백사만 무서운 게 아니네. 모기에 뱀에 거미에, 이놈의 땅은 사람 살 데가 아니야."

그 거미는 산란기에 꼬리로 독침을 내쏘는 독거미였다. 그 독은 말도 즉사시킬 만큼 무섭다는 것을 경험이 없는 그들은 몰랐던 것이다.

졸지에 아내를 잃어버린 김두태는 논일은 안중에도 없이 밭으로만 헤매고 다녔다. 그의 손에는 굵은 갈대줄기가 몽둥이처럼 들려 있었다. 그는 독거미를 찾아내기만 하면 갈대줄기로 마구 내려치며 통곡하듯 소리를 질러대고는 했다. 먼발치에서 그의 그런 모습을 바라보며 여자들은 눈시울을 적셨다.

추수가 가까워진 9월 초순께였다. 윤선숙의 농장에서 네 사람이 잡혀갔다. 그 갑작스러운 체포에 사람들은 놀라면서도 어리둥절했다. 윤선숙이 더욱 놀란 것은 그 네 사람 속에 김두만이 포함되어 있었던 것이다.

그런데 다른 농장들에서도 똑같은 일이 벌어졌다는 소식이 들려왔다. 잡혀간 사람들 수는 조금씩 달랐다. 사람들은 무슨 영문인지 알아내려고 애를 썼다. 그러나 며칠이 지나도 그 까닭을 알아낼 수가 없었다. 그런데 사람들은 잡혀간 이들한테서 한 가지 공통점을 찾아냈다. 그들이 식자층이거나 똑똑한 사람들이라는 점이었다. 사람들은 그때서야 지난 일을 되짚으며 문득문득 깨닫고 있었다. 그건 몇 달 전에 실시한 신원조사였다.

보름쯤 지나 소문이 퍼졌다. 그들은 모두 딴 곳으로 이송되었고, 죄목은 일본스파이거나 소비에트 정부를 반대한 반동이라는 것이었다. 그것이 가당치도 않은 누명이라는 것을 뻔히 알면서도 사람들은 항의 한마디 하지 못했다. 다만 왜 그들이 그런 일을 당해야 하는지 깨달았을 뿐이다.

윤선숙은 새로운 슬픔과 증오 속에서 남편을 생각하고 있었다. 남편은 어차피 무사할 수 없는 운명이었던 것이다.

그런 일을 저질러놓고 마치 달래기라도 하듯 관에서 알린 소식이 있었다. 개간한 땅의 수확은 소출이 안정될 때까지 3년 동안 공출을 면제한다는 것이었다.

사람들은 풀죽고 맥빠진 채 첫 농사의 가을걷이를 시작했다. 밭농사가 실한 것에 비해 정작 논농사는 부실했다. 소금논에서 수확이 전혀 없는 데다 첫해 농사라서 이런저런 실수가 따랐던 것이다.

"이래 가지고 한 해가 살아질까?"

"글쎄, 모자랄지도 모르겠군."

"모자라도 별수 없지. 밭농사한 것으로 어찌 때워나가고 그래야지."

"이럴 줄 알았으면 밭농사를 더 해야 하는 건데."

"원, 빌어먹을. 땅에서 소금기가 올라올 줄 누가 알았겠나."

"내년에는 농사를 지을 수 있을까 몰라?"

"바닷가 간척논 간기 빼는 데 3년 걸린다고 하지 않던가. 내년에도 안 되기 쉽지."

타작하는 남자들의 말은 근심스럽고 우울했다.

추수가 끝나고 집집마다 쌀이 분배되었다. 쌀을 받는 사람들의 얼굴에는 감격과 슬픔이 엇갈리고 있었다.

"야아, 쌀밥이다, 쌀밥!"

주환이가 만세 부르듯 두 팔을 뻗쳐올렸고

"아이 좋아라, 쌀밥!"

명혜는 손뼉을 치며 깡충거렸다.

"그래, 어서 많이들 먹어라."

윤선숙은 아이들에게 숟가락을 들려주었다. 주환이와 명혜는 정신없이 밥을 퍼넣기 시작했다.

윤선숙은 목이 메어 밥을 떠넣을 수가 없었다. 사람들이 그동안 겪어낸 고생들이 떠오르면서, 밥이 감히 입에 떠넣어서는 안 되는 어떤 고귀한 것처럼 느껴졌다.

천산산맥이 차츰 흰옷을 갈아입고 찬바람이 거세지면서 겨울이 완연해지고 있었다. 그런데 이상한 소문이 떠돌기 시작했다. 조선사람들의 정착금을 중간에서 착복했던 관리들이 조사를 받고 있다는 것이었다. 애초에는 집을 다 지어주게 되어 있었고, 병원 치료비며 부식비 같은 것도 책정되어 있었다고 했다. 그 '중간'이라면 지방의 고급당원이었고, 그런 자리는 모두 러시아인들이 차지하고 있었다.

그런 소문은 조선사람들을 뒤늦게 분하고 원통하게 만들었다. 그러나 그 소문의 진상을 확인할 길이 없었고, 더구나 분풀이할 대상은 어디에도 없었다.

윤선숙은 그 소문 앞에서 쓰디쓰게 웃었다. 그 소문에서처럼 조선사람에 대한 처우 계획이 사실이었다 하더라도 털끝만큼도 위로를 받지 않았다. 왜냐하면 강제이주를 시킨 소련정부의 처사에 근본적으로 동의하지 않기 때문이었다. 그리고 연해주에서 그랬던 것처럼 사회주의 국가 소련은 러시아인들로 중추를 이룬 당원들의 타락으로 도처에서 병들어가고 있음을 확인하고 있었다.

20

제3세대의 얼굴

"아구고메 추워라. 요놈에 짓도 인자 오늘로 끝이다."

유기준이 밥상을 들고 들어오며 부르르 떨었다. 방 안으로 통바람이 몰려들었다.

"야, 밥냄새 안 나냐?"

유기준이 벌겋게 언 손으로 방문을 닫으며 박용화 쪽으로 눈총을 쏘았다.

박용화는 앉은뱅이책상 앞에 고개를 빠뜨리고 앉아 있었다.

"……."

박용화는 무거운 얼굴인 채 돌아앉았다.

"야, 참 좆겉어서 못살겄다. 니가 그 지랄이면 나 겉은 놈언 어지께밤에 폴새 무등산 소낭구에다 목매달아야 혔겄다. 쌍판 피고 밥이나 묵자."

유기준이 털퍽 주저앉으며 숟가락을 들었다.

밥상에는 잡곡 섞인 밥 두 그릇, 콩나물국, 살얼음 낀 김치, 곤쟁이젓갈이 전부였다. 자취하는 학생들의 밥상다웠다.

"……."

박용화는 마지못한 듯 숟가락을 들었다.

"참 시상언 공평허지도 못허다. 29등 헌 놈언 웃고 3등 헌 놈언 불어터져 있으니. 나넌 3등만 한분 혀보면 원도 한도 없겄다."

유기준이 혀를 차며 밥을 떠넣었다.

"니넌 나 속 몰라."

박용화의 말이 퉁명스러웠다.

"아니, 1등 못 차지혀서 분이 끓는 뻰헌 속얼 알고 모르고가 머시가 있냐? 배불른 놈 욕심이제."

"꼭 그것만이 아니여. 머시라고 헐까……, 나가 밉고 한심스러서 그려."

국을 조금 떠넣은 박용화는 쓴 입맛을 다셨다.

"엎어치나 메치나 그것이 그 소리제."

유기준이 킁 콧소리를 내며 웃었다.

"되았어, 그렇다고 해둬. 니넌 죽어도 내 속얼 몰를 것잉게."

박용화는 쓰게 웃으며 국에다가 밥을 말았다. 성적표를 받고 나서 입맛이 싹 가셔버린 것이었다.

"몰르기넌 머시럴 몰르냐? 니넌 광주로 오기 전에넌 니가 질로 머리 좋다고 생각혔겄제. 근디 광주로 오고부텀은 1등이 되다 말다

허고, 그렁께 니 능력에 의심이 가고, 니 뜻대로 안 되는 니가 밉고 한심스럽고 그리되는 것 아니여?"

유기준의 지적에 박용화는 그만 가슴이 뜨끔해졌다.

"……."

박용화는 감정을 들키지 않으려고 밥을 숟가락 가득 떠서 입으로 몰아넣었다.

"광주 아닌 촌에서 광주사범에 온 놈덜치고 즈그가 대그빡 질로 좋다고 생각 안 해본 놈덜이 어디 있겄냐. 광주사범에넌 다 수재덜만 모였다고 시상이 인정허는 판잉께. 니넌 이번 학기에 2등도 아닌 3등으로 밀려나 속이 더 상허는 모냥인디, 그만허면 천재로 나가 인정헝께 다 잊어부러라. 니가 그리된 것이야 니 머리가 모지래서가 아니고 그놈으 가정교사 허니라고 시간이 모지래서 그리된 것 아니냐. 그러고 1등이고 50등이고 졸업만 허면 선생질 해묵는 것이야 매일반인디 무신 상관이 있냐. 도회지냐 벽촌이냐 허는 차이가 나기넌 허제만, 요런 놈으 시상서 암디서나 밥 빌어묵으면 되았제 고것이 다 무신 소양이 있겄냐."

유기준은 사뭇 진지해져 있었다.

"허기사 그려. 다 잊어불자."

박용화는 태도를 바꾸며 웃어 보였다. 그러나 그는 유기준의 말에 동의하는 것이 아니었다. 유기준의 말이 더 듣기 싫어 그만 막으려는 것이었다. 유기준의 말은 위로가 아니라 귀찮은 간섭일 뿐이었다. 유기준의 말은 언뜻 들으면 그럴싸한 것 같지만 그건 어디까지나 공부가 뒤처진 자들의 자기 위안이고 체념주의일 뿐이었다. 도회지와 벽촌, 그건 단순히 지역의 차이가 아니었다. 1등인생과 3등인생의 진로 구분이었다. 그 구분으로부터 10년, 20년이 지나면 어떻게 되어 있을 것인가. 교감과 평교사, 교장과 평교사의 차이로 나타나게 된다. 그런데도 다 똑같은 밥 빌어먹기인가. 박용화는 속으로 경멸의 웃음을 보내고 있었다.

"니 집에넌 참말 안 갈 것이여?"

유기준이 말을 바꾸었다.

"속편헌 소리 말어라. 나야 니맨키로 학자금 대주는 부모가 없응께로."

박용화는 한숨짓듯 말했다.

"차암, 방학에 집에도 못 가고……."

유기준이 혀를 차며 미안쩍은 표정을 지었다.

"나야 팔잔께 니나 밥해 묵든 신세 면허고 편케 잘 쉬다가 와."

"니 혼자 삼시세끼 다 해 묵을라면 살맛 나겄다."

"미쳤다냐? 식은 밥언 밥 아니여?"

"이 삼동에 식은 밥 묵겄다고? 머리가 너무 잘 돌아도 탈이다."

"아랫목에 묻어두는디 무신 걱정이여. 얼기만 안 허면 없어서 못 묵제."

"잘되았다. 나가 얼매나 소중헌 인물인지 새록새록 알게도 되고."

"그려, 평소에넌 통 몰르고 산께 잉?"

그들은 마주 보고 웃었다.

그들은 대조적인 인상이었다. 박용화가 가무잡잡한 얼굴에 차돌같이 야무지고 성깔 있게 보이는 데 비해 유기준은 해말쑥한 얼굴에 여자처럼 얇삽하고 유순해 보이는 인상이었다.

"그나저나 그 검사 나리 자제분께서 그리 돌대그빡이라 방학 내내 속깨나 터지겄다."

유기준이 밥그릇을 긁으며 혀를 찼다.

"그런 돌대그빡이 있어야 나 겉은 인생도 사는 것 아니여. 속터지는 것이야 즈그 에미 애비고, 나야 고맙기만 허제."

박용화는 한쪽 눈을 찡그리며 씨익 웃었다. 그 표정이 날카로우면서도 잔인해 보였다.

"요분에 성적이 잠 올랐을끄나? 니 체면이 있는디."

"쪼깐이야 올랐겄제. 나가 밥줄 안 떨어질 맨치넌 갤치고 왈긴께."

박용화는 숟가락을 놓았다.

"그것도 명색이 왜놈 씬디 니가 왈긴다고 듣겄냐?"

유기준이 의심쩍어하는 눈길로 물었다.

"몰르제. 나가 왈긴다는 것이 즈그 아부지헌테 일른다는 것인디, 그 말에넌 겁얼 묵기야 허제만 그 속이야 알 수 있간디. 설거지넌 나가 혀줄 것잉께 니넌 인자 떠날 채비나 혀라."

박용화가 일어났다.

"아니여, 아니여, 월권허덜 말어. 그런 값싼 휴매니즘이 바로 원칙을 깨는 적잉께."

유기준은 손을 저으며 밥상을 붙들었다.

박용화는 변소를 다녀오고, 유기준은 짐을 챙기고 있었다.

"지기럴, 조선어 시간 없앤 것은 아무리 생각혀도 너무 과혔어."

책을 뽑아 가방에 넣고 있던 유기준이 투덜거렸다.

"꾸척시럽게 무신 소리여? 그것이 언제 적 일이라고."

벽에 기대 눕듯이 하고 있던 박용화가 옆눈질을 했다.

"책얼 봉께 또 생각이 나서 허는 소리제. 헐 일이 따로 있제, 혀도 너무혔어."

유기준의 어조가 달라지며 얼굴이 찡그려졌다.

"니 사범학교생이 못허는 소리가 없다 이."

박용화가 픽 웃었다.

"사범학교생이라고 속도 없다냐. 조선놈언 조선놈이고, 쓰고 단 것이야 다 알제."

"쟈가 시방 무신 소리 허능겨? 똑 퇴학당헐 소리만 허고 앉었네."

박용화가 정색을 하며 상체를 일으켰다.

"야, 야, 그리 놀래덜 말어라. 말이 그렇다 그것이제 다 된 잔치에 코 빠칠 맨치 용기가 있는 것도 아니고 멍청허지도 않은께."

박용화의 기세에 눌리는 것인지 속마음을 감추는 것인지 유기준은 희멀건하게 웃어 보였다.

"내선일체가 시작되았는디 조선어 시간 없애는 것이야 당연지사제. 안 그러고야 내선일체가 되덜 안코, 내선일체가 안 되면 조선사람덜만 손핸께."

다시 등을 기대는 박용화의 말은 단호했다. 그런데 그 말은 교장의 말 그대로였다.

"옳여, 공자님 말씸이여."

유기준의 말은 찬동을 하는 것인지 비꼬는 것인지 그 어조가 아주 묘했다.

그들 사이에는 더 말이 없었다. 무슨 생각을 하는지 박용화는 눈을 감고 있었고, 유기준은 부지런히 짐을 싸고 있었다.

유기준이 말하는 조선어 시간 폐지는 작년(1938년) 4월에 일어난 일이었다. 총독부는 조선교육령 개정에 따라 보통학교·고등보통학교·여자고등보통학교 규정을 폐지하고 소학교·중학교·고등여학교 규정을 전면적으로 실시했다. 그리고 중학교 과정의 조선어 시간을 일어·한문·역사·수학 등의 과목으로 대체하도록 해버렸다. 내선일체를 내세운 조선어 말살정책의 시작이었다. 그것은 1월에 전국적으로 일본어강습소 1천여 개를 개설하고 전 조선인에게 일어강습을 지시한 것과 맥을 같이하고 있었다.

"야 용화야, 나 갈란다."

유기준이 큼직한 가방을 들고 일어섰다.

"이, 가자."

박용화가 벌떡 일어나서 벽에 걸린 교복을 내렸다.

"가기넌 어디럴 가!"

유기준이 눈치를 채고 손을 저었다.

"사랑과 권세는 돈으로 살 수 있을지 모르나 우정만은 돈으로 살 수 없는 거어디니, 벗이여 내 순수한 우정을 사양치 마아시라아."

박용화가 활동사진의 변사 흉내를 내며 재빠르게 교복을 갈아입고 있었다.

"짐도 벨라 없는디 멀라고 가."

유기준은 박용화에게 정말 미안한 심정으로 말했다. 집에 가지 못하는 박용화의 마음을 더 상하게 하고 싶지 않았던 것이다.

"어찌 그리 울상이다냐? 나가 니 부러와서 더 서운해헐랑가 몰라 그러지야? 아서라, 나가 소학생이냐. 그런 걱정 말고 올 때 꽂깜이나 많이 챙게오니라. 가자, 싸게."

박용화는 유기준의 어깨를 치며 먼저 방문을 나섰다.

"짜석, 드럽게 배짱 씬 칙허네."

유기준이 뒤따르며 내쏘았다.

박용화는 유기준이 사라진 개찰구 저쪽을 한동안 바라보고 있다가 돌아섰다. 그런 감상을 막아내려고 애를 썼지만 방학에도 집에 가지 못하는 서글픔이 가슴을 가득 채우고 있었다.

박용화는 역에서 터벅터벅 걸어나가며 눈앞에 어른거리는 모습을 지우려고 했다. 언제나 그런 것처럼 어머니는 가난에 찌들린 모습이었다. 다 낡아빠진 무명옷에 메마르고 늙은 얼굴이었다. 평생 가난에 시달리고 고생에 지친 그 모습은 멀리 떨어져 있을수록 애절한 그리움이고 쓰라린 눈물이었다.

"나야 암시랑토 안타. 니나 공부 열성으로 히여. 연필 한 자리 못 사줌서 무신 에미라고…… 이 고상 잊즘서 살게 부디 큰사람 돼야 써."

작년부터 방학 때 집에 못 오게 되는 것을 알고 어머니가 한 말이었다.

부디 큰사람 돼야 써…….

어머니 말의 여운을 따라 또 한 사람의 모습이 떠올랐다. 보통학교 때의 담임 야스코 선생이었다.

"난 네가 사범학교에 꼭 합격할 줄 알았어. 넌 나의 가장 사랑하는 제자고 자식이나 다름없어. 그런데 이젠 선생으로 내 뒤를 잇게까지 됐으니 이 얼마나 기쁜 일이냐. 모름지기 황국신민으로 큰 교육자가 되거라. 그런 뜻으로 이 만년필을 선사한다. 나를 대하듯이 만년필로 열심히 공부해라."

박용화는 무심결에 교복 윗주머니를 만져보았다. 야스코 선생의 체취와 함께 만년필이 만져졌다.

"내 벌이가 코딱지만혀서 식구덜 믹여살리기도 모지랜다. 니 전정 니가 알어서 고학얼 혀, 고학. 나맨치로 신세 안 망칠라면 딴짓거리 허덜 말고."

술취한 형의 말이었다. 전력이 나빠 직장 옮기는 것을 결국 포기해 버린 형은 술타령이 심해졌다. 형은 머리가 좋은 것에 비해 어리석기 짝이 없었다. 어쩌자고 만세시위에 앞장섰다가 퇴학을 당해 평생을 망치게 된 것인지 도무지 이해할 수가 없었다. 그뿐만 아니라 형은 한 시절 사회주의 운동에도 가담했던 눈치였다. 그런 짓이야말로 수재의 어리석음이 아닐 수 없었다. 학생들 이삼백 명이 변두리 목포바닥에서 시위를 벌여 무엇을 어떻게 하자는 것인가. 아니, 젊은 혈기였으니까 그건 또 이해한다고 치자. 그 다음에 다시 사회주의 운동에 발을 들여놓은 것은 어찌 된 일인가. 일본을 상대로 사회주의 혁명을 꿈꾸었던 것 아닌가. 참 가당찮고 어림없는 짓이었다. 대일본제국의 막강한 힘 앞에서 그건 망상일 뿐이었다. 그 도전은 목선과 철선이 싸우기였고, 토끼와 호랑이의 싸움이었다. 자신은 보통학교 4학년 때 벌써 그런 것들을 다 알았던 것이다. 그런데 어떻게 어른들이 그런 것을 모르는지 답답할 노릇이었다.

이제 일본은 중국을 이기며 나날이 승승장구하고 있었다. 일본은 벌써 중국을 절반 가까이 차지하고 있었다. 머지않아 중국을 다 차지하게 되면 일본은 그야말로 아시아의 태양이었다. 이런 시점에서 내선일체라니, 그 아니 황공한 은혜인가. 조선사람도 차별받지 않고 일본사람과 똑같이 된다는 건 출세하는 데 얼마나 좋은 기회인가.

"자네의 황국신민으로서의 충심을 높이 사 추천하는 바이니 추호의 실수도 없이 성심을 다해주기 바라네."

교무주임이 가정교사 자리를 알선해 주며 한 말이었다.

조선사람의 집도 아니었고 그렇다고 일본상인의 집도 아니었다. 일본검사의 집이었으니 학교에서도 얼마나 신중을 기했을 것인가. 그런데 결국 자신이 뽑힌 것이었다. 검사, 그건 판사와 함께 최고의 권력기관에 속했다. 그런 사람의 자식을 가르치게 되었다는 건 더없는 영광이고 다시없는 기회일 수 있었다. 그런 사람이 도와주기만 한다면 출셋길은 훤히 열린 것이나 다름없었다. 학비도 벌고, 배경도 만들고…… 혼신의 힘을 다 쏟지 않을 수 없었다. 그러다 보니 시간을 너무 많이 빼앗겨 3등으로 밀려나고 말았던 것이다.

어디 두고 보자, 이번 방학에 미리 다 공부를 해둘 테니까!

박용화는 역전의 넓은 마당을 가로지르며 어금니를 맞물었다. 아직 1년의 기회가 남아 있었다. 발령에는 졸업반 성적이 결정적 영향을 미치게 되어 있었다.

박용화는 내친김에 수학 참고서를 사가지고 들어가기로 했다. 미리 공부를 해가자면 수학은 아무래도 참고서가 있어야 했다.

박용화는 부르르 떨며 본정통 쪽으로 방향을 잡았다. 매운 바람이 바짓가랑이 속으로 파고들었다. 내의를 입지 않아 찬바람은 사타구니까지 타고 올랐다. 어렸을 때부터 내의라곤 입어본 적이 없었다. 속옷 살 돈이 있으면 더 보태 겉옷을 사입어야 하는 형편이었다.

박용화는 추위를 이기려고 빠르게 걸었다. 외투를 입은 사람들마저도 추위를 타고 있었다. 무등산 상봉에는 어느새 눈이 하얗게 내려 있었다. 겨울이 깊어져 가고 있었다.

본정통은 언제나 화장을 야하게 한 여자처럼 화려했다. 유리창이 번들거리는 상점마다 제각기 특성 있는 물건들로 치장해 놓고 사람들을 유혹하고 있었다. 박용화는 가끔 본정통에 나올 때마다 기분 좋지 않은 느낌을 갖고는 했다. 그건 한마디로 하면 위축감과 생소함이었다. 그 감정은 처음 본정통을 구경하면서 생긴 것이었다. 광주의 본정통은 그 생김부터가 유별났다. 일직선으로 뻗은 길은 10리가 넘는 것처럼 까마득했고, 우마차는 물론이고 인력거도

다니지 못하게 되어 있는 길 양쪽으로는 맘껏 치장하고 멋을 부린 상점들이 빈틈없이 줄지어 있었던 것이다. 그 번화함과 화려함 속에서 괜히 어둘리고 주눅들면서 자신이 초라하게 느껴지는 것이었다. 그러나 그건 '괜히'가 아니었다. 자신은 너무 가난해서 그 많은 상점들의 물건을 아무것도 살 수가 없었던 것이다. 그런데 그 움츠러들고 낯선 감정은 세월이 흐르면서도 영 없어지지 않았다. 그러나 단 한 군데 당당하게 들어가는 곳이 있었다. 그건 책방이었다. 책방도 서너 군데가 있었는데 제일 큰 곳으로 다녔다. 책 종류가 많아서만이 아니었다. 제일 큰 곳을 이용하면서 당당해지고 싶고 으스대고 싶었던 것이다.

박용화는 언제나처럼 양쪽의 상점들은 쳐다보지도 않고 책방으로 곧장 걸어갔다. 아직 시간이 일러 책방에는 서너 사람밖에 없었다. 박용화는 그 한가함이 썩 기분이 좋았다. 느긋한 마음으로 책구경을 시작했다. 철학책 문학책 인생론 설화집 종합상식…… 사고 싶은 책들이 너무나 많았다. 그러나 참고서를 한두 권 사보는 것만으로도 힘에 벅찼다. 그 읽고 싶은 책들은 교사가 되어 월급을 받은 뒤로 미룰 수밖에 없었다. 목차만 훑어보고 도로 꽂고는 했다.

"어머, 박용화 상!"

여자의 목소리에 놀라 박용화는 얼떨결에 고개를 돌렸다.

"아니, 에이코……."

바로 옆에 서 있는 여학생은 다쿠야의 누나 에이코였다. 그런데 그 옆에는 다른 여학생이 또 있었다.

"책 사러 왔군요?"

별로 예쁘지는 않으면서도 깜찍하고 어딘가 당돌한 느낌을 풍기는 에이코가 생긋 웃었다.

"예에…… 참고서 좀 사려고……."

박용화는 에이코를 알아본 순간부터 긴장해서 얼굴이 굳어졌고 말끝도 제대로 맺지 못하고 있었다.

"누구니?"

에이코 옆의 여학생이 속삭였다.

"응, 인사해. 우리 동생 다쿠야의 가정교사 박용화 상, 이쪽은 내 친구 후미코예요."

에이코가 두 사람을 인사시켰다.

"첨 뵙겠습니다. 박용화라고 합니다."

박용화는 당황스럽게 모자를 벗으며 인사했다.

"네, 안녕하세요. 후미코예요. 사범학교생에, 조선학생으로 검사님댁 가정교사라, 머리가 천재신가 보죠?"

고개를 까딱한 후미코가 대뜸 한 말이었다.

"아, 아닙니다. 그저……."

말을 더듬는 박용화의 얼굴이 달아올랐다.

"말해 뭘 해. 언제나 이찌방!"

에이코가 엄지손가락을 세워 보였다.

"아이, 징그럽고 겁나는 사람이구나."

후미코는 이렇게 말해 놓고 킥 웃었다.

"그럼 저는 이만……."

박용화는 그만 자리를 피하려고 했다.

"저어, 어제 방학했지요? 우린 오늘 했어요. 이젠 시간도 자유고 날도 춥고 하니까 우리 어디로 단팥죽에 모찌 먹으러 가요."

에이코의 느닷없는 말이었다.

"아니 저어……, 저는 저어……."

박용화는 너무 당황스러웠다. 주머니에는 몇 전밖에 남아 있지 않았다. 그렇다고 책을 물러달라고 할 수도 없었다.

"걱정하지 말아요. 방학 기념으로 내가 살 테니까요."

에이코가 눈치 빠르게 말했다.

"이거 참……, 그냥 두 분이서……."

박용화는 몸둘 바를 모르고 있었다.

"조선천재하고 동석하는 영광을 주시지요."

후미코는 일본여학생다운 활달함을 보이고 있었다. 일본여자들은 조선여자들처럼 그렇게 심하게 내외하는 법도 없었지만 특히 신식공부하는 여학생들은 언행이 무척 자유로웠다.

박용화는 어찌할 수 없이 두 여학생을 따라 책방을 나섰다.

박용화는 에이코가 그렇게 반갑게 대해준 것이 너무 뜻밖이고 고마웠다. 에이코를 이렇게 밖에서 만난 것은 처음이었다. 서로가 학교에 다니고 자신은 저녁에 다쿠야를 가르치고 하다 보니 밖에서 우연히 만날 수 있는 기회는 거의 없었던 것이다. 그러나 에이코는 지난 1년 동안 정이 들었다는 것을 그렇게 표현한 것이었다. 에이코는 그동안 수학문제를 풀어달라고 몇 번 부탁해 온 일이 있었다. 그러면서도 에이코는 어딘가 도도하고 냉정한 태도였었다. 그건 어쩌면 동급생으로서 그런 부탁을 하는 것이 창피스럽고 부끄러워 오히려 더 그랬는지도 모를 일이었다. 그리고 친밀감을 나타낼 만큼 시간이 쌓인 것도 아니기는 했다.

단팥죽에 찹쌀떡을 파는 집들은 본정통 샛길에 많았다. 그건 일본사람들이 겨울철에 유난히 좋아하는 간식이었다. 따끈따끈한 단팥죽에다 숯불에 구워낸 말랑말랑한 찹쌀떡을 곁들여 먹으면 추위에 언 몸을 녹이는 데는 썩 괜찮기도 했다. 그래서 그건 언제부터인지 모르게 조선사람들도 즐겨 먹는 것이 되고 말았다. 다꾸앙(단무지)이나 왜간장이 그런 것처럼.

"난 처음에 박상이 우리 일본사람인 줄 알았어요. 생김이 어찌 그리 일본사람 같지요?"

에이코보다 곱상하게 생긴 후미코가 목도리를 풀며 생긋 웃었다.

"아니 뭐……."

박용화는 당황스러워하며 어물거렸고

"얘 좀 봐. 초면에 못하는 소리가 없네."

에이코가 눈을 흘겼다.

"아니, 초면에 못할 소리긴. 생김이 그렇다는 것뿐인데."

후미코도 맞받아 눈을 흘겼다.

"자아, 젠사이 드세요."

마침 탁자에 옮겨지고 있는 단팥죽을 에이코가 박용화 앞에부터 밀어놓았다.

"방학하자마자 놀 생각은 하지 않고 참고서부터 사다니, 난 공부에 그리 미치는 사람들이 신기하기도 하고, 도무지 이해할 수가 없어요."

후미코가 예쁘장한 눈을 깜박이며 말했다.

"그러니까 우린 맨날 30등짜리 아니니. 부모들한테 야단이나 맞고."

에이코가 픽 웃었다.

"두 분도 책 사러 오시지 않았습니까."

박용화는 용기를 내서 말했다.

"책이면 다 책인가요. 우린 새로 나온 애정소설 있나 보러 간 거예요. 후후후후……."

후미코가 입을 가리고 웃었고, 에이코는 후미코의 허벅지를 꼬집었다.

"아니 얘, 니네 아버지가 까다로운 분이신데 박상을 가정교사로 채용한 걸 보면 박상을 굉장히 인정하는 모양이지?"

후미코는 말머리를 돌렸다.

"그럼. 박상 듣는 데서 한 말은 아니지만, 내 아들이었으면 좋겠다고 하실 정돈데."

박용화는 가슴이 쿵 울리는 충격을 느꼈다.

"그래? 그거 간단하잖아. 사위를 삼으면 되는 건데."

"얘가 정말 못하는 소리가 없어. 넌 입이 너무 방정이라 탈이야."

에이코의 얼굴이 빨개졌고, 못 들은 척 단팥죽을 퍼넣고 있는 박용화의 가슴에서는 우르릉 쿵쾅 천둥이 치고 있었다.

"얘, 얘, 나 허벅지 다 멍들겠다. 젠사이 한 그릇 사주고 이렇게 막 꼬집어대기니?"

후미코는 아파서 죽는 시늉을 했다.

"넌 이젠 더 말하지 말어."

에이코는 톡 쏘아붙이고는 단팥죽을 마구 먹기 시작했다.

"기집애두. 농담도 진담도 모르고 그래."

후미코도 단팥죽만 먹기 시작했다.

박용화는 집으로 돌아가면서도 가슴에 천둥의 울림이 그대로 남아 있었다. 그건 농담일 뿐이었지만, 농담으로라도 그런 말을 들을 줄은 상상도 못했던 것이다. 그리고 에이코의 얼굴이 왜 그리 빨개졌는지 모를 일이었다.

방문을 열고 들어서던 박용화는 주춤 멈춰섰다. 방이 휑뎅그렁하고 썰렁한 것이 그렇게 넓어 보일 수가 없었다. 방은 양쪽 벽에 놓인 두 개의 앉은뱅이책상 자리를 빼고 나면 두 사람이 비좁게 지내왔던 공간 그대로였다. 그런데 그게 갑자기 넓어 보이는 것이었다. 그건 유기준이 차지했던 방의 공간이 아니라 마음의 공간이었던 것이다.

옷을 갈아입은 박용화는 가슴 설렘으로 새로 사온 책의 포장지를 뜯었다. 돈을 아끼고 아껴 책을 한 권씩 살 때마다 그 기쁜 설렘은 언제나 새로웠다.

책장을 넘겨가던 박용화는 손길을 멈추었다. 조선어 시간을 없앤 것에 대해 불만스러워했던 유기준의 말이 문득 떠올랐던 것이다.

기준이는 여지껏 조선어책을 가지고 있었던가……?

박용화는 의아스러웠다. 아까 말했던 품으로 보아서는 가지고 있는 것 같기도 했었다. 유기준이가 문학적 취향이 좀 있기는 했지만 그런 불만을 품고 있으리라고는 생각하지 못했던 것이다. 박용화는 호기심이 동해 유기준의 책상 쪽으로 기어갔다.

두 칸짜리 책꽂이에는 책들이 빼곡하게 꽂혀 있었다. 박용화는 책들을 빠르게 훑어나갔다. 과연 조선어책은 아래칸 맨 구석에 꽂혀 있었다. 박용화는 묘한 감회를 느끼며 그 책을 뽑아 펼쳤다. 그런데 무엇이 툭 떨어졌다. 두툼하게 접힌 종이였다. 박용화는 그것을 집어 책 속에 다시 꽂을까 하다가 펼치기 시작했다. 그것은 그냥 흰 종이가 아니라 등사잉크가 밴 인쇄물이었던 것이다.

두 번 접힌 종이를 다 펼친 박용화는 인쇄물의 제목을 보는 순간 질겁을 했다.

사회주의와 조선혁명!!!

다시 보아도 그건 틀림없이 사회주의와 조선혁명이었고, 느낌표가 셋씩이나 찍혀 있었다. 박용화는 가슴이 벌떡거리는 것을 느끼며 빠르게 종이를 넘겨보았다. 깨알 같은 글씨로 가득 찬 인쇄물은 모두 네 장이었다.

이놈이 어떤 지하써클에 가담하고 있는 것인가! 아니, 어디서 우연히 얻어 호기심으로 그냥 가지고 있는지도 모르지. 아니야, 이런 걸 가지고 있다가 걸리면 곤욕을 치른다는 걸 너무나 잘 알면서 호기심으로……? 아니야, 이건 예삿일이 아니야.

박용화는 책마다 빼내 뒤지기 시작했다. 열서너 권을 뒤졌지만 아무것도 나오지 않았다. 그런데 지나쳐간 책 중에서 책껍질을 마분지로 싸놓은 책이 아무래도 이상했다. 마분지의 두꺼운 질감과는 다르게 무언가가 그 속에 들어 있는 것 같은 느낌이었던 것이다.

박용화는 그 책을 다시 집어들었다. 역시 두툼한 느낌인 것이 속에 무엇인가 들어 있는 것이 분명했다. 박용화는 서둘러 마분지를 벗겼다. 마분지와 양쪽 표지 사이에서 또 접힌 종이가 툭툭 떨어졌다.

노동자 농민은 왜 조직화되어야 하는가!

등사물을 펼친 박용화는 신음을 물었다. 등사물은 아까처럼 네 장이었는데 두 장씩 나눠서 마분지 속에 넣은 것이었다. 그건 표나지 않게 감추려고 한 의도가 분명했다.

이놈이 미쳤나. 지금이 어느 때라고. 아니, 사범학교에 다니는 놈이 어찌 이럴 수가 있는가…….

더 설마 하고 말고 할 것이 없었다. 유기준은 틀림없이 사회주의 지하서클에 가담되어 있는 것이었다.

한 방에서 나를 그렇게 까맣게 속이고 있었다니…….

박용화는 배신감과 두려움이 동시에 엄습하는 것을 느꼈다. 그리고 머리에 잡히는 것이 있었다. 유기준의 성적이었다. 유기준은 1학년 때 10등 정도의 성적이었다. 그런데 자꾸만 떨어지기 시작해 이번에는 29등까지 밀려났다. 그러면서도 별로 수치스러워하지도 않았고 괴로워하지도 않았다. 그게 다 사회주의에 정신을 빼앗긴 탓이었다.

내가 왜 여지껏 눈치를 채지 못했을까…….

그건 유기준이가 철저하게 감추려고 한 탓도 있지만 자신의 무관심에도 원인이 있었다. 서로 공부에 방해가 되지 않게 한다고 책상을 양쪽 벽에다 붙이고 등지고 앉는 생활을 해왔던 것이다. 그렇게 등지고 앉아 자신은 가정교사로 빼앗긴 시간을 벌충하려고 책에만 매달리면서 유기준에게는 아무 관심도 없었던 것이다. 그런데 유기준은 공부하는 척해 가며 엉뚱하게도 사회주의 혁명을 꿈꾸고 있었던 거였다. 책상과 책상과의 사이는 둘이서 이불을 펴고 누우면 비좁을 정도였다. 그 좁은 공간, 짧은 거리 사이에는 보이지 않는 철벽이 쳐져 있었던 셈이었다.

책들을 정돈하고 난 박용화는 어지러운 혼란에 빠져들었다. 유기준이 왜 그렇게 되었는지, 이 일을 어찌해야 할 것인지, 언제부터 그렇게 된 것인지, 유기준과의 관계를 어떻게 해야 하는 것인지, 이런저런 생각들이 얽히고설켜 어느 것부터 가닥을 잡아야 할 것인지 종잡을 수가 없었다.

그러나 그런 생각들을 압도하고 있는 것은 배신감이었다. 그동안 유기준은 자신의 언행에 대해서 어떻게 생각했을 것인가. 그 생각을 할수록 소름이 끼치고 분통이 터져올랐다. 오늘만 해도 조선어 시간 폐지는 당연하다고 하지 않았던가. 그 말을 듣고 유기준은 속으로 얼마나 비웃고 경멸했을 것인가. 그런데 그런 식의 언행은 그동안 무수히 많았던 것이다. 그때마다 비웃음과 경멸을 당해온 것을 생각하면 견딜 수가 없었다.

그런데 왜 정반대의 생각을 가진 나와 동거를 한 것일까? 그렇게 들통나지 않게 감추려고 애쓰면서. 자취할 마땅한 상대를 구하지 못해서? 글쎄, 자취생들이 적잖으니까 구하려고 들면 못 구할 것이 없었다. 왜 그랬을까? 왜…… 그건가! 나를 이용해 신분을 위장하려는 것. 어쩌면 그랬을지도 몰랐다. 아, 또 하나! 검사집에 드나드니까 무슨 정보를 얻으려고.

이렇게 생각이 비약할수록 박용화의 감정은 차가워지면서 분통이 분노로, 분노가 증오로 바뀌고 있었다.

유기준 그놈은 정말 사회주의 혁명을 믿는 것일까? 아니면 단순한 감상일까? 신념이든 감상이든 어찌 그런 생각을 가질 수 있을까. 사회주의 운동은 이미 끝장난 것이 아닌가. 그건 경찰의 끊임없는 수사 때문만이 아니다. 거물급 사회주의 운동가들이 얼마나 많이 전향을 했는가. 그리고 다른 사건들에 연루된 사회의 저명인사들도 또 얼마나 많이 전향서를 발표하고 있는가. 세상 돌아가는 것을 너무 잘 아는 그 사람들이 어련히 잘 알아서 전향을 했을 것인가. 기준이놈은 이광수 신흥우 같은 사람들이 전향서를 쓰는 것을 보지도 못하는가. 그 유명한 사람들이 하는 대로 따라가면 될 텐데 제놈이 뭐가 잘났다고 다 거덜난 사회주의 운동에 뛰어들었단 말인가…….

수양동우회 사건으로 보석 중이던 이광수 외 28명은 1938년 11월에 사상전향진술서를 재판장에게 제출했고, 그보다 두 달 앞선 9월에는 이승만의 동지회의 국내 지부인 흥업구락부 사건으로 구속된 신흥우 등 54명이 전향성명서를 발표하여 기소유예 처분을 받았던 것이다.

박용화는 이어지고 이어지는 생각들로 하마터면 공부 가르치러 가는 것을 잊을 뻔했다.

다쿠야의 성적은 9등이 올라 있었다. 박용화는 속으로 휴우 안도의 한숨을 내쉬었다. 앞으로 1년은 보장된 것이었다.

"박 선생님, 너무 수고하셨어요. 검사님도 아주 기뻐하실 거예요. 그리고 내일 아침 일찍 오세요. 검사님도 뵐 겸 식사 같이 하게요."

다쿠야의 어머니가 어느 때 없이 환하게 웃으며 말했고

"정말 놀랐어요, 저 밥통 성적을 그렇게 올려놓다니. 박상은 역시 능력자예요."

낮에 만났던 일로 친밀감이 더 생긴 것이 분명한 에이코가 어머니 옆에 앉아 거들었다.

박용화는 계속 유기준의 생각에 빠져 공부도 되지 않았고, 밤새도록 잠까지 설쳤다. 유기준이가 장해 보이기도 했고, 어리석어 보이기도 했고, 용기 있어 보이기도 했고, 무모해 보이기도 했고……. 모르는 척 그냥 지내야 할 것인지, 딴 이유를 대고 헤어져야 할 것인지, 그대로 지내다가 만약 수사에 걸려드는 날에는 자신에게도 피해가 미칠 것이고, 빨리 헤어지는 게 가장 현명한 것이 아닌지……. 매일같이 황국정신의 충일을 교육받고 있으면서 정반대의 사상으로 무장하고, 황국정신의 최일선 수호자요 전파자로서 기능해야 할 소임을 맡은 소학교 교사가 그런 사상을 품고 어찌 행동하려 한 것일까……. 경찰은 사범학생들만은 믿었다. 사범학생들 또한 자신들의 세계에서는 불온사상이 뿌리발을 할 수 없다고 믿고 있었다. 그러나 그건 착각이었다. 이 일을 어떻게 해야 좋단 말인가…….

새벽녘에 설핏 든 잠에서 깨어났지만 박용화의 머릿속은 여전히 혼란스럽고 뒤숭숭했다. 어느 것 하나 결론이 내려진 것이 없었다.

박용화는 다쿠야네 집으로 발길을 서둘렀다.

"박군, 수고했네. 성적이 향상된 김에 이번 동계방학을 이용해 가일층 기초를 튼튼하게 잡아주게. 시간을 두 배로 늘려서 말이야. 물론 보수도 두 배로 지불하지. 이거 받아두게. 특별 상여금이야."

다쿠야의 아버지가 봉투를 내밀었다.

다다미방에 일본식으로 무릎을 꿇고 앉은 박용화는 얼굴을 제대로 못 든 채 떨리는 손으로 봉투를 받아들었다. 그러면서 또 생각하고 있었다. 아, 나도 대학을 가서 법관이 되면 얼마나 좋을까. 이시하라 검사를 대할 때마다 불현듯 떠오르는 생각이었다. 소학교 교사…… 그리고 기껏 출세를 해보아야 다 늙어서 교장을 하는 것이었다. 판검사와 교장, 권세로나 지위로나 그건 비교조차 안 되는 것이었다. 그런 데다 판검사는 서른 전에도 될 수 있어서 평생을 권세를 누리는데 교장은 최소한 마흔을 넘어야만 바라보는 자리였다.

박용화는 이시하라 검사의 집을 나오다가 퍼뜩 떠오르는 생각을 붙들었다.

이시하라한테 그걸 제보해서 대학 가는 기회로 삼으면 어떨까!

이 생각과 동시에 유기준의 얼굴이 떠오르고 가슴이 두근거리기 시작했다.

박용화는 그 생각을 떼치려고 하면서도 떼치지 못하고 열흘이 넘게 고민했다. 그런데 이시하라 검사가 신년휴가를 얻어 부인과 소학생인 두 아이를 데리고 일본에 다녀온다는 것이었다. 생각하고 또 생각했지만 입을 열 수가 없었다. 박용화는 좀더 생각하기로 했다.

아버지가 일본으로 떠나자 다쿠야는 그날부터 공부를 하지 않고 밖으로 내뛰려고만 들었다.

"아버지 안 계시는 며칠만이라도 나 좀 못살게 굴지 말아요. 박상은 날 가르쳐 돈을 버니까 좋겠지만 난 미칠 것 같아요."

다쿠야가 소리치며 대들었다.

돈벌이……?

박용화는 심한 모독감과 함께 후려치고 싶은 분노를 느꼈지만 꾹 눌러 참았다. 사실 그만한 돈벌이 자리는 구하기 어려웠고, 어린 것을 상대로 양양한 전도를 망칠 수는 없는 일이었다.

그런데 사흘째 되는 날 다쿠야는 기어이 일을 저질렀다.

"아침 일찍 도망 나갔어요. 나도 어쩔 수 없었어요. 그 대신 내 수학 좀 봐주세요. 숙제가 너무 많거든요."

에이코의 말이었다.

박용화는 어쩔 수 없이 에이코를 따라 2층으로 올라갔다. 그러나 마음은 무겁기만 했다. 만약 다쿠야가 한 짓을 이시하라 검사가 알면 어찌 될 것인가. 여행을 떠나면서 잘 보살피라고 몇 번이고 당부했던 것이다.

"왜 그리 기분이 나빠 보여요?"

에이코가 방으로 들어서며 생긋 웃었다.

"다쿠야 일을 검사님이 아시면 어떡합니까."

"그야 우리 둘이만 비밀로 하면 되잖아요."

에이코는 더 진한 눈웃음을 지었다.

"또 식모가 있잖아요."

"그야 내가 책임지는 거구요. 아무 걱정 말고 앉으세요. 사실 다쿠야도 불쌍하잖아요."

에이코는 아양 떨듯 하는 목소리로 말하며 박용화의 팔을 붙들어 앉혔다. 박용화는 섬뜩 놀라며 방석에 주저앉았다. 어찌할 틈도 없었다.

붉은 칠이 된 넓은 앉은뱅이책상 가까이에 놓인 무쇠화로에는 백탄이 화력 좋게 이글거리고 있었다.

"수학이란 게 왜 있는지 모르겠어요. 나 같은 예술가 지망생에겐 무용지물이에요."

에이코가 짜증스럽게 말하며 책을 끌어당겼다. 그리고 박용화의 옆으로 바짝 붙어앉았다. 박용화는 자신도 모르게 주춤 떨어져 앉았다.

"아이, 왜 그래요. 우리 둘밖에 없는데."

박용화가 에이코의 목소리가 달라진 것을 느끼는 순간 에이코는 박용화의 목을 감고 들었다. 그 바람에 박용화는 뒤로 벌렁 넘어갔다. 목을 감은 채 박용화 위에 포개진 에이코는 입맞춤을 시작했다.

박용화의 눈앞에는 이시하라 검사의 얼굴이 쑥 밀려들었다. 그런데 다음 순간 들리는 말이 있었다.

'간단하잖아. 사위를 삼으면 되는 건데.'

그렇지, 굴러 들어온 기회다!

이 생각을 하는 순간 박용화는 몸이 확 불붙는 것을 느꼈다. 그는 에이코를 힘껏 끌어안았다. 그리고 몸을 뒤쳐 에이코를 다다미 바닥에 눕혔다.

"아흐응, 그래요, 그래요……."

에이코의 뜨겁고 비릿한 콧소리였다.

박용화의 손이 에이코의 치마를 걷어올렸다.

21

입 속의 노래

김건오는 중국인 대원과 함께 눈보라 치는 산속을 헤매고 있었다. 눈보라는 어찌나 심한지 몇 발짝 앞이 안 보일 지경이었다. 눈보라는 공중에서만 휘몰아치는 것이 아니었다. 세차게 몰아치는 바람은 휘돌고 맴돌면서 땅에 쌓인 눈을 휩쓸어대며 눈발을 일으켰다. 그러니까 눈보라는 하늘에서 내리는 것과 땅에서 솟는 것이 뒤엉키며 짙은 안개가 낀 것처럼 뿌옇게 시야를 막고 있었다.

눈발은 무슨 가루처럼 작고 가늘었다. 너무 세차게 불어대는 바람결에 산산이 바스러져 내리는 것이었다. 그래서 만주나 시베리아에서는 함박눈을 보기가 어려웠다. 영하 40도의 혹한을 품고 휘몰아치는 바람은 그대로 칼날이었다. 바람이 세찬 만큼 잎 다 떨어진 밀림의 가지들을 울리는 바람소리는 요란하고도 기괴했다.

온몸이 눈으로 뒤덮인 두 사람은 골짜기로 굴러 떨어지지 않으려고 안간힘 해가며 산중턱을 타고 있었다. 골짜기에는 거센 바람에 휘몰린 눈이 그 깊이를 알 수 없도록 쌓여 있었고, 자칫 잘못해서 굴러 떨어지게 되면 눈 속에 파묻혀 목숨이 위태로웠던 것이다. 두 사람은 포위망을 뚫다가 부대를 잃어버린 거였다. 그들은 사흘째 아무것도 못 먹고 부대를 찾아 헤매고 있었다. 배고픔과 추위에 지칠 대로 지친 그들은 이제 배고픔도 추위도 거의 느끼지 못하고 있었다. 몸은 얼 대로 얼어 마비상태에 이르러 있었고 너무 탈진해 정신마저 혼미해지고 있었다.

"김 동지, 저거……, 저거 뭐지?"

중국인 대원이 비틀거리며 총끝으로 앞을 가리켰다.

"뭐? 저거……, 저거 뭐지?"

눈썹과 짧은 수염에 눈이 잔뜩 묻은 김건오가 눈을 껌벅이며 되물었다.

몇 발짝 앞의 아름드리 나무에 무언가가 매달려 있었던 것이다. 그리고 그 위에 무슨 종이가 붙어 있었다.

두 사람은 누가 먼저라고 할 것 없이 그쪽으로 허덕거리며 다가갔다. 그들의 눈에 먼저 띈 것은 종이에 그려진 그림이었다.

"아, 아니, 이게 뭐야?"

"아니, 이게, 이게!"

그들의 말은 겹쳐졌고, 서로를 쳐다보는 놀란 눈에는 묘한 광채가 어려 있었다. 조금 전의 흐리고 풀린 눈들이 아니었다.

종이에는 음식을 걸게 차린 상 앞에서 한 남자가 발가벗은 미녀를 안고 술을 마시고 있는 그림이 그려져 있었다.

그들은 나무 앞으로 더 바짝 다가섰다. 그림 밑에는 글씨가 씌어져 있었다.

지금 곧 투항하라. 쌀밥과 미녀와 돈이 너희들을 기다리고 있다. 아래의 쌀밥을 먹고 원기회복해서 곧 투항하라. 절대로 처벌하지 않고 우대한다.

중국인 대원과 김건오의 손이 거의 동시에 나무에 걸린 망태기를 붙들었다. 그리고 두 사람의 눈길이 부딪쳤다. 서로를 노려보는 눈에서는 적의가 뻗치고 있었다.

"진 동지, 나눠먹어야지."

김건오가 흐리게 웃었고

"그래 김 동지, 똑같이 나눠."

중국인 대원이 고개를 끄덕였다.

그들은 망태기를 떼내렸다. 과연 망태기에는 쌀밥덩이가 담겨 있었다.

"정말 밥이다, 쌀밥!"

중국인 대원이 환성을 지르며 망태기에 손을 집어넣었다.

쌀밥덩이는 크지 않았다. 딱 주먹만했다. 그건 돌멩이처럼 딱딱하게 얼어 있었다.

두 사람은 칼을 꺼내 밥덩이를 반으로 나누려고 낑낑 힘을 썼다.

"똑같이 나눠, 똑같이!"

중국인 대원이 숨차게 말했고

"글쎄, 걱정 말어."

김건오가 주먹으로 칼자루를 내려치며 내쏘았다.

두 사람은 바람을 등지고 앉아 얼음덩이와 똑같은 밥덩이를 허겁지겁 먹어대기 시작했다. 눈보라는 그칠 줄 모르고 휘몰아치고 밀림은 기괴한 소리로 울어대고 있었다.

그렇게 자극적인 그림과 함께 쌀밥까지 매달아놓은 것은 일본군이 새로 시작한 유인술이었다. 일본군은 항일연군 대원들이 굶주림과 추위에 얼마나 고통받고 시달리고 있는지를 꿰뚫어보고 그런 적극적인 심리전을 전개하기 시작한 것이었다. 일본군은 작년에 이미 투항권고문을 계속 붙여서 꽤나 효과를 보고는 이렇듯 자극적인 방법을 고안해 낸 것이었다.

"김 동지, 가자."

"그래, 가야지."

김건오는 눈앞이 좀 트이는 것 같은 기분을 느끼며 대답했다. 그러나 일어날 기운은 나지 않고 그대로 앉아 한숨 자고 싶은 생각뿐이었다. 얼어죽지 않으려고 그동안 잠도 제대로 자지 못했던 것이다.

"아니, 이거 말이야!"

중국인 대원의 목소리가 커졌고 김건오는 그에게 눈길을 돌렸다. 중국인 대원은 종이를 흔들고 있었다. 김건오는 퍼뜩 정신이 들었다.

"뭐, 뭐라고?"

"이거 말이야, 투항, 투항하자고."

종이를 흔드는 중국인 대원의 목소리는 좀더 커졌다.

"……."

"우린 이러다가 죽고 말 거야."

"……."

김건오의 눈앞에는 아버지의 얼굴이 떠올랐다.

"얼어죽은 대원들 많이 봤잖아."

"……."

지삼출 아저씨의 얼굴도 떠올랐다

"이젠 더 싸워봤자 가망 없어."

"……."

방대근 대장의 얼굴도 떠올랐다.

"대원들은 절반도 훨씬 더 넘게 줄어버리고, 먹을 것도 없고, 무슨 수로 싸워 이기냐."

"……."

양세봉 장군의 얼굴도 떠올랐다

"정빈 대장이 괜히 투항했겠냐."

안 돼, 그래도 안 돼!

김건오는 속으로 부르짖었다

"난 이제 개죽음 하고 싶지 않아. 이걸 봐, 쌀밥, 고기, 여자, 술, 돈, 따뜻한 방. 왜 대답이 없냐. 넌 싫으냐!"

"진 동지, 그래선 안 되잖아."

김건오는 흔들리는 마음을 다잡으며 중국인 대원을 응시했다.

"안 되긴 뭐가 안 돼. 가망이 없는 줄 알면서도 개죽음 하겠다는 거야?"

"간부들을 생각해 봐. 철통 같은 간부들……."

"다 소용없어. 굶어죽고 얼어죽는 판에 마음만 철통 같으면 무슨 소용이 있냐. 간부들도 결국 굶어죽고 얼어죽고 말 건데. 난 그런 개죽음 하기 싫어."

그래, 다 그렇게 될지도 몰라…….

김건오는 풀뿌리를 캐먹고 나무껍질을 벗겨먹었던 일들을 떠올렸다.

"김 동지는 싫으면 관둬. 나 혼자 갈 테니까."

중국인 대원이 일어섰다.

이 산중에서 나 혼자……!

김건오는 덜컥 겁이 났다. 바위틈이며 나무에 기댄 채 죽어 있는 대원들의 모습이 떠올랐다. 그리고 아직도 입 안에 남아 있는 쌀밥의 맛이 새롭게 진동했다. 마음이 건잡을 수 없이 허물어지고 있었다.

"옛날의 정빈 대장은 지금 어떻게 되어 있는가! 왜놈들의 길잡이 노릇을 하며 우리 항일연군을 토벌하는 데 앞장서고 있다. 이건 얼마나 무서운 배신이고 더러운 행위인가. 왜놈들이 우대한다는 건 새빨간 거짓말이다. 투항자들을 다 그렇게 악용하고 있다. 남아들이 그렇게 더럽게 살아야 하겠는가, 용맹스럽게 싸우다가 당당히 죽어야 하겠는가. 여러분은 조국을 위해 당당히 죽을 각오를 해야 한다. 그것만이 자랑스러운 남아의 길이고, 우리가 왜놈들에게 이기는 길이다."

방대근 대장이 조선과 중국의 부하들에게 해온 훈시였다.

김건오는 어금니를 맞물며 눈을 감았다.

"정말 안 가겠어? 좋아, 그럼 나 혼자 간다."

중국인 대원이 걸음을 옮겨놓기 시작했다.

내가 네놈을 그냥 보낼 줄 알고…….

김건오는 총을 붙들고 일어섰다. 몸이 휘청하며 현기증이 일어났다. 중국인 대원은 눈보라 속을 허우적거리며 가고 있었다. 김건오는 나무에 몸을 기대며 총을 겨누었다.

그런데……, 얼어죽은 동지들의 모습이 다시 눈앞을 가렸다. 추위보다 더 견디기 어려운 굶주림이 떠올랐다. 아까 보았던 그림이 그 위에 겹쳐졌다.

진 동지를 죽이고 나서 나 혼자……, 결국 부대를 못 찾게 되면…….

눈 위에 난자당해 죽은 대원들의 모습과 함께 공포감이 엄습해 왔다. 김건오의 마음은 와르르 무너지고 있었다.

"진 동지, 진 동지, 함께 가, 함께!"

김건오는 소리치며 눈보라 속을 허겁지겁 뛰기 시작했다.

일본군의 집단부락을 이용한 차단작전과 대규모 병력을 투입한 포위작전은 항일연군에게 치명적인 타격을 가했다. 끝없이 조성되는 집단부락은 식량 고갈을 초래했고, 끈질기게 되풀이되는 포위작전은 인명피해를 가속화시켰다. 배고픔과 추위라는 최악의 상황에 몰린 항일연군은 고전을 면치 못했다. 또한 대원들의 사기도 날로 저하되어 가고 있었다. 그런데 대원들의 사기를 더욱 떨어뜨린 것이 투항권고문이었다. 배고픔과 추위를 이겨내지 못한 대원들이 투항하기 시작했던 것이다.

그런데 제1로군 전체를 놀라게 한 충격적인 사건이 발생했다. 1937년의 동계토벌이 지나간 작년 6월 말 제2사장 정빈이 부하들을 데리고 일본군에 투항한 것이었다. 1로군 대원들 전체가 너무 놀란 것은 그가 제2사장이기 때문만이 아니었다. 정빈은 1로군 군장 양정우가 가장 신뢰했던 같은 중국인 간부였던 것이다.

그런데 정빈은 투항만 한 것이 아니었다. 일본군의 길잡이가 되어 토벌에 앞장섰던 것이다. 그는 며칠 전까지 동지이고 상사였던 양정우의 목을 겨누고 나선 것이었다. 그것이 일본군의 강요였건 어쨌건 간에 그는 이중 배신을 한 것이었고, 1로군 대원들의 놀라움은 이만저만이 아니었다.

정빈의 투항을 알게 된 양정우는 급히 부대를 재편성시키고 활동지역도 바꾸었다. 부대의 모든 기밀이 송두리째 일본군으로 넘어간 것에 대비한 조처였다. 그래서 1로군의 제1사에서 제6사까지는 1개 경위여단과 3개 방면군으로 개편되었다. 방대근은 경위여단의 부여단장으로 직위가 바뀌었다. 그건 다른 방면군 군장과 같은 직위였다.

1로군 병력은 1년 사이에 반 이상 줄어들었다. 대부분이 동계토벌 동안 얼어죽고 굶어죽고 총 맞아 죽어 빨치산의 숙명적인 죽음의 행로를 걸어간 것이었다. 그리고 나머지가 투항자들이었다. 그들 중에 칠팔십 퍼센트가 중국사람들이었다.

작년 11월부터 또다시 본격적으로 시작된 일본군의 동계토벌은 해가 바뀌어도 끝나지 않았다. 혹한이 절정을 이루는 1월이라 오히려 더 심해지고 있었다. 일본군의 차단작전으로 항일연군은 식량난만 극심하게 겪고 있는 것이 아니었다. 모든 물자 고갈에 허덕이고 있었다. 그중에서도 특히 심각한 것이 신발과 약품이었다. 매일같이 험한 산을 몇십 리씩 오르내리고 이동하다 보면 신발은 금세금세 밑창이 드러났다. 가죽장화는 아예 바라지도 않고 일본말로 '치카타비'라고 부르는 신발을 구하는 것도 여간 어렵지가 않았다. 그리고 약품도 거의 구할 수가 없어 안 죽어도 될 사람들이 죽어가고 있었다.

그런 난관을 돌파할 수 있는 길은 두 가지밖에 없었다. 산 아래 집단부락들을 습격하는 것과, 산중의 토벌대를 지원하고 있는 보급부대를 기습하는 것이었다. 그건 적들에게 타격을 가하는 동시에 필요한 물자를 구하는 이중 효과를 볼 수 있었다. 한 가지 문제는 적진으로 뛰어드는 위험이었다. 그러나 어차피 목숨을 내건 싸움이었고, 그 길을 택하지 않으면 아사와 동사가 기다리고 있을 뿐이었다. 그건 바로 일본군의 작전에 굴복하는 것이기도 했다. 그런데 그 작전의 위험만큼 유리한 점도 없지 않았다. 일본군은 포위작전에 혈안이 되어 병력을 산중에 집중시키고 있기 때문에 그런 곳은 후방으로 경계가 소홀할 수밖에 없었다. 그 허점을 찌르자는 것이었다.

방대근은 눈보라 치는 밤을 택해 부대를 출발시켰다. 눈으로 발자국을 지워 추적을 따돌리기 위해서였다. 목적지는 미리 탐색을 끝낸 보급부대였다. 그 부대는 두 겹의 산줄기를 벗어나 분지에 자리잡고 있었다. 통나무로 엮은 임시방편의 큰 창고가 넷이었고, 배치된 병력은 60여 명이었다. 담도 통나무로 엮어져 있었고, 동서 양쪽 문에 경비초소와 함께 기관총이 설치되어 있었다.

눈보라 치는 밤의 어둠은 비 쏟아지는 밤의 어둠보다 더 먹물이었다. 바람 때문에 더 그렇게 느껴지는지도 몰랐다. 그러나 산악의 야간활동에 익숙한 그들은 신속하게 이동해 가고 있었다.

어둠 속에 두 개의 불빛이 깜박거리고 있었다. 보급부대의 양쪽 초소였다.

"제1단 동쪽 문, 제2단 서쪽 문, 제3·4단 남쪽 담. 제1단이 공격을 개시헌 후 5분 정도 경과하여 제2단이 공격을 개시하여 적얼 분산, 교란시킨다. 그 사이 제3·4단언 담얼 넘어 창고럴 습격헌다. 우리가 정탐한 바로는 인근에 다른 전투부대가 없다. 허나 만일에 대비해서 30분 이내에 작전 완료, 철수헌다. 각 단 행동 개시!"

방대근의 작전 명령이었다.

제1단과 제2단 20명씩이 분산되었다. 방대근은 제3·4단의 장비를 다시 점검했다. 담을 타넘고 가시철망이나 구덩이 위에 걸치기 위한 사다리가 각 단에 두 개씩이었다.

"일단 담얼 넘으면 3단은 경계, 4단이 창고 습격, 그 담에 임무교대헌다. 3단 각 분대넌 방화럴 잊지 말도록!"

방대근은 제3·4단을 이끌며 천천히 이동하기 시작했다.

이광민은 제2단을 신속하게 몰아 서쪽 문 주위에다 분대별로 배치시켰다.

"만일의 사태가 돌발하더라도 분대의 대오는 철저히 지키도록!"

이광민은 네 분대장들에게 속삭이듯 낮은 소리로 명령했다. 그러나 그 목소리에는 외침만큼 강한 힘이 들어가 있었다. 만일의 돌발사태란 포위 공격을 당하는 것을 말하는 것이었다. 그리고 분대의 대오를 철저히 지키라는 것은 낙오병이 생기지 않게 함과 동시에 투항자를 막으려는 조처였다. 분대단위 대오 고수는 모든 부대에 내려진 명령이었다.

탕!

타당 탕 탕…….

눈보라 속에 총소리가 울리기 시작했다.

"공격 준비!"

이광민은 분대장들에게 명령하며 손짓했다. 분대장들은 기민하게 흩어져 갔다.

따다다다 따르륵…….

기관총 사격이었다.

그리고 여기저기서 터지는 외침과 함께 새로 생겨난 불빛들이 오락가락하기 시작했다. 이광민은 그 불빛들을 응시한 채 빠르게 셈을 세고 있었다.

쿵! 쾅!

따다다다 따르륵…….

타당 탕! 탕!

수류탄 기관총 소총 소리들이 어지럽게 뒤엉키고, 바람소리에 겹겹의 메아리가 실리고 있었다.

"공격억 개시!"

이광민은 명령과 동시에 방아쇠를 당겼다. 그 총소리를 신호로 서쪽 문에도 불이 붙었다.

서쪽 문에서도 공격이 시작되자 보급부대 안은 고함소리와 호루라기소리, 뛰박질소리로 야단법석이었다. 3단과 4단 대원들은 빠른 동작으로 통나무담을 타넘고 있었다. 제일 먼저 담을 넘어온 방대근은 구덩이와 가시철망을 확인하고 있었다.

"그런 것 없습니다."

3단장의 보고였다.

"다시 한 번 확인허시오."

방대근은 자신의 눈에도 그런 것들이 보이지 않았지만 재차 명령했다. 집단부락에 비해 너무 허술한 것이 마음에 걸렸던 것이다.

"역시 아무것도 없습니다."

"됐소. 그렇다고 아조 안심허지넌 마시오. 혹시 다른 덫이 있을

지 모릉게."

방대근은 왜놈들도 이리 허술한 데가 있나 생각하며 주의를 시켰다.

양쪽 문에서는 총소리들이 요란하고 뜨거웠다. 보급부대 안의 시끌벅적하던 소란은 가라앉아 있었다. 병력이 양쪽으로 분산된 것이 분명했다.

방대근은 앞장서며 부대를 이끌었다. 창고에 접근할 때까지 다른 장애물은 나타나지 않았다. 그 허술함에 방대근은 저으기 놀랐다. 전선과는 멀고, 임시 주둔이라서 담 이외에는 장애물을 설치하지 않은 모양이었다. 또한 그 허점은 항일연군을 얕잡아본 데서 나온 것이기도 했다. 방대근은 묘한 쾌감을 느끼며 부대를 재빠르게 지휘하고 있었다.

4단 대원들은 분대별로 창고를 하나씩 맡았다. 각 창고의 큰 문에는 빗장만 질러져 있을 뿐 자물쇠는 채워져 있지 않았다. 창고로 들어간 대원들은 미리 준비한 홰에 불을 붙였다. 횃불이 밝아지면서 창고에 쌓인 물건들이 드러나기 시작했다. 그들은 쌀·신발·약품·총알을 찾기 시작했다.

양쪽 문에서는 총소리가 치열했다. 총소리 속에 날카로운 비명이 섞이기도 했다. 4단 대원들은 3단 대원들과 임무를 교대했다. 총을 겨눈 방대근은 창고에서 창고로 뛰기 시작했다. 그는 창고에 불 지르는 것을 지휘해 나갔다. 부하들이 물건을 챙겨담는 동안 그는 직접 불 잘 붙을 것들을 모았고, 횃불을 거기 놓고 나오라고 마지막 명령을 내렸다.

3단과 4단 대원들은 다시 담을 타넘기 시작했다. 양쪽 문에서는 여전히 총소리들이 난무하고 수류탄이 폭발하고 있었다.

짐을 무겁게 진 3단과 4단 대원들은 숨을 씩씩거리며 눈보라 속을 걷고 있었다. 그들은 보급부대의 불빛이 한참 멀어진 지점에서 걸음을 멈추었다. 그리고 그들은 명령에 따라 총을 한 방씩 쏘며 외쳤다.

"우와아아—."

퇴각 신호였다.

"분대별로 퇴각한다. 1분대 퇴각!"

이광민은 급히 명령을 내렸다.

3분대까지 퇴각을 확인한 이광민은 마지막으로 명령했다.

"4분대 퇴각!"

쾅!

폭음과 함께 섬광이 부챗살처럼 뻗쳐올랐다. 그리고 비명들이 찢어지고 있었다. 4분대에 수류탄이 날아든 것이었다.

이광민은 등에 강한 충격을 느끼며 눈 위에 퍽 엎어졌다. 눈에서 불꽃이 튀는 현기증과 함께 그는 정신을 잃어버렸다.

양쪽 문에서 총성이 멎었다. 부대 안에 다시 소동이 벌어지고 있었다. 일본군들이 고함지르고 소리치며 창고로 뛰어가고 야단법석이었다.

이광민은 정신이 깨어났다. 몸을 일으키려고 했다. 그러나 몸은 말을 듣지 않았다. 어둠 속에서 신음소리가 들리고 있었다. 그는 그때서야 수류탄 공격을 당했다는 것을 깨달았다. 그는 다시 몸을 일으키려고 했다. 그러나 고개를 들 수도 없었고 손 하나 움직일 수가 없었다. 그는 눈에 묻힌 왼쪽 볼의 차가움이 한없이 시원하다고 느꼈다. 그 시원함이 온몸으로 퍼지면서 몸이 하얗게 표백되어 가는 것을 느꼈다. 그는 가물가물해져 가는 의식 속에서 태극기가 나부끼는 것을 보고 있었다. 청산리전투가 끝나고 퇴각한 산속의 소나무 가지에 내걸었던 태극기였다. 그 태극기 위에 겹쳐지는 얼굴이 있었다. 어머니였다. 그 모습들이 점점 멀어져 가고 있었다.

1로군에서는 긴급사항을 결정했다. 치료가 불가능한 중환자와 병약자들을 하산시키는 것이었다. 치료시설과 약이 없는 상태에서 더 이상 산에 있다는 것은 무모하게 죽음을 기다리는 것일 뿐이었다. 그런 죽음을 막고, 집을 찾아가 치료를 받게 하자는 조처였다.

그런 환자들은 여러 곳의 비밀 아지트에 수용되어 있었다. 비밀 아지트는 지형지물을 이용해서 판 굴이 대부분이었다. 그런 곳은 지형지물이 교묘한 데다가 눈까지 두껍게 덮여 있어서 여간해서는 찾아내기가 쉽지 않았다. 그 환자수용소들의 한 가지 공통점은 물가까이 있다는 점이었다. 한 수용소에는 대개 20여 명씩이었고, 그들 중에는 총상 환자와 동상 환자가 가장 많았고, 더러 폐병이나 다른 병을 앓는 환자들이 섞여 있었다. 그 환자들 중에 제일 절망적인 것이 동상 환자였다. 동상으로 수용소에 들어올 정도면 이미 손발이 썩어 들어가는 상태라 절단수술밖에는 다른 방법이 없었다. 그런데 그런 대수술을 할 시설도 치료약도 없었던 것이다. 겨울이 긴 데다가 추위가 너무 혹독해 항일연군 대원들 중에 손발이나 귀에 얼음이 안 박인 사람은 단 한 사람도 없었다. 다만 그 정도가 조금씩 다를 뿐이었다.

그 결정에 따라 송가원은 비밀아지트를 돌기 시작했다. 송가원도 오른쪽 발의 새끼발가락과 네 번째 발가락에 동상이 걸려 있었다. 그리고 옥녀는 두 손 손가락이 전부 동상이었다. 자꾸 물을 만지게 되는 탓이었다.

"정말 조심하시오. 이러다가 큰일나는데."

송가원은 남들 보지 않는 틈만 생기면 옥녀의 손을 열이 나도록 문질러주며 말하고는 했다. 그것이 유일한 치료법이라는 것이었다.

그러나 옥녀는 오히려 동상 걸리기 잘했다고 생각하고 있었다. 송가원이 손을 그렇게 문질러줄 때마다 한없이 달고 그지없이 황홀한 행복을 느낄 수 있었던 것이다. 일본군의 대대적인 토벌작전으로 병원이 비밀아지트로 변하면서 단 한 번도 깊은 사랑을 나누어보지 못했던 것이다. 토벌을 피해다니느라고 둘만의 잠자리란 상상할 수도 없었다.

송가원과 옥녀를 호위하는 무장대원은 넷이었다. 그건 군장 지위와 맞먹는 특대우였다. 그런데도 송가원은 또 총으로 무장하고 있었다. 사령부에서는 만일의 사태에 대비하라고 총을 지급해 주었던 것이다.

송가원은 환자들에게 사령부의 결정을 전달했다.

"……그러니까 여러분들은 앞으로 이삼 일 안에 하산할 준비를 하십시오. 집에 가서 치료를 하면 여기보다 훨씬 나을 겁니다."

송가원은 자신이 맡고 있는 수용소의 환자들을 모두 하산시킬 작정이었다. 사령부에서는 선별을 하라고 했다. 그러나 선별하고 말고 할 것이 없었다. 수용소에 머물러야 하는 그들은 이미 중증이었고, 다시 총을 들고 싸울 가망이 있는 사람은 거의 없었던 것이다.

그런데 환자들은 놀란 기색으로 한동안 말이 없었다.

"저는 안 갈랍니다. 내려가 봐야 찾아갈 집도 절도 없어요."

한 사람이 불쑥 말했다. 두꺼비라는 별명을 가진 강원도 철원 사람이었다. 스물대여섯쯤 되는 그 사람은 동상에 총상까지 심했다. 산밭을 일구며 나뭇짐을 져내 살아가던 그는 일본순사를 죽이고 도망 온 것으로 유명했다. 어느 날 철원으로 나뭇짐을 지고 나왔다가 순사가 무작정 지게를 걷어차 넘어뜨리는 바람에 결기가 솟아 그 순사를 떠밀었다. 그런데 벌렁 넘어간 순사는 그대로 죽고 말았다. 그 길로 줄행랑을 친 것이 만주였다. 항일연군에 들어온 그는 어찌나 용맹스럽게 잘 싸웠던지 분대장까지 올라갔다. 그러나 허벅지에 총상을 입어 수용소 신세를 지지 않을 수 없게 되었다.

"그러지 말고 내려가서 어쨌든 병원엘 찾아가도록 하시오. 병원에 가면 곧 나을 병인데 여기 이러고 있어서는 결국 죽게 된단 말이오."

송가원은 일부러 몰악스럽게 말했다.

"왜놈들한테 잡혀 죽는 건 안 생각하시오. 난 여기서 그냥 죽겠소."

그의 말은 퉁명스러웠다.

"잡혀 죽긴 왜 잡혀 죽어요. 가짜로 투항하는 척하면 되는데. 어쨌든 귀한 목숨은 건져얄 것 아니오."

"아니, 상부에서 그러라고 했나요?"

그가 눈이 휘둥그래졌다.

"예, 그렇게라도 해서 목숨을 보존해야 한다고 결정했어요."

투항자들이 계속 생겨 따로 지켜야 할 기밀이 없는 형편이었다. 그리고 부대가 상황에 따라 빈번하게 이동하고 있어서 투항자들의 제보로 피해를 입는 경우는 거의 없었던 것이다. 그래서 사령부에서는 투항을 역이용해 환자들을 살리자는 계획을 세운 것이었다.

"그것도 좋은 방책이구만요. 왜놈 덕에 몸 나아가지고 다시 들어오면 되겠군요."

그 사람은 정말 두꺼비처럼 눈을 껌벅껌벅하며 웃었다.

"예, 그러면 더욱 좋겠지요."

송가원은 미처 그런 생각까지는 못했던 터라 반색을 하며 고개를 끄덕였다.

"그럼 이별이 목전에 닥쳤는데 우리 옥비 명창 노래나 한 가락 들어보면 좋겠는데요."

딴사람이 불쑥 말했다.

"그래요?"

송가원은 고개를 돌렸고, 무슨 유인물을 읽고 있던 옥녀가 고개를 들면서 두 사람의 눈이 마주쳤다.

송가원은 옥비가 읽고 있던 것이 《3·1월간》인 것을 알아보았다. 그건 옥비가 가지고 다니는 것이 아니라 환자수용소마다 비치된 것이었다.

"이건 다들 읽었습니까?"

송가원이 옥비의 손에서 《3·1월간》을 가져가며 물었다.

"예, 달달 욀 정도로 읽었어요."

"그럼요. 읽을 게 뭐가 또 있나요."

환자들은 모두 당연하지 않느냐는 반응을 보였다.

그 《3·1월간》은 재만한인조국광복회의 기관지였다. '조선사람들은 중국사람들과 연합하되 조선의 해방을 위해서 투쟁한다'는 취지의 코민테른 결의가 나오면서 그 구체적인 실천으로 항일연군 안의 조선사람들을 중심으로 결성된 것이 재만한인조국광복회였다. 그리고 그 기관지로 등사본이나마 《3·1월간》이 매달 발행되고 있었다. 그 내용은 반일과 해방투쟁, 민족단결이 주를 이루었다. 그 《3·1월간》은 조선대원들의 정신무장을 위한 학습자료이기도 했다.

"그럼 옥비 명창이 노랠 한 곡조 불러야겠소."

송가원이 조금 옆으로 비켜앉으며 말했다.

"무신 노래로……."

옥비는 부끄러운 듯 고개를 숙임막하며 사람들을 둘러보았다. 많이 야위고 거칠어진 얼굴에 잔잔한 웃음이 번지고 있었다.

"타향살이요."

두꺼비가 재빨리 곡목을 댔다. 그건 조선대원들이면 누구나 애창하는 노래였다.

적에게 에워싸이다시피 하고 있는 유격투쟁에서 소리내어 노래를 한다는 것은 있을 수 없는 일이었다. 항일연군 내에서 세 가지 절대금지 사항이 있었다. 소리·불빛·연기가 그것이었다. 소리내지 말 것, 불빛 내지 말 것, 연기 내지 말 것인 그 세 가지는 적과 직결되는 것인 동시에 생명과 직결되는 것이었다. 그 사항을 어기는 것은 바로 적을 부르는 것이나 마찬가지였던 것이다.

그러나 박수도 손바닥이 서로 엇갈려 소리가 안 나게 공(空)박수를 치듯 노래도 소리가 퍼져나가지 않게 부르는 요령이 있었다. 목소리를 한껏 낮추어 입 안에서만 굴리면 가까이 모여앉은 사람들에게만 들릴 뿐 몇 발짝만 떨어져도 전혀 들리지 않았다.

옥비는 나부시 고개를 숙였다. 환자들은 열렬하게 공박수를 쳤다.

타아하앙사아리 며엇해에더언가아아…….

두 손을 가슴에 포갠 옥비는 눈을 사르르 내려감은 채 노래를 시작했다. 환자들도 눈을 내려감으며 낮게 흐르는 노랫소리에 귀를 모았다. 그들의 입은 소리를 내지 못한 채 노래를 따라 부르고 있었다.

옥비는 눈물 젖어오는 가슴으로 절절하게 노래를 부르고 있었다. 그렇게나마 노래를 부를 때가 사는 것 같고 행복했던 것이다. 환자들이 자기 노래를 듣고 기뻐하는 것이 옥비는 무척 흡족하기도 했다.

"옥비 노래가 어떤 명약보다 낫소. 아픈 것도 잊고 저리들 좋아할 때 병이 낫는 법이니까."

송가원의 이런 말에 옥비는 더욱 보람을 느껴 어느 환자수용소에서나 노래 청을 거절한 적이 없었다.

"재청이오, 재청!"

환자들이 공박수를 치는 가운데 어떤 사람이 재청을 불렀다. 그들의 눈에는 물기가 젖어 있었다.

"예, 이번에는 아리랑을 불러주시오."

옥비는 다시 고개를 조아리며 앉음새를 고쳤다.

아아리라앙 아아리라앙 아아라아리오오…….

소리가 낮고 가늘어 더욱 애절하고 서럽게 느껴지는 가락이 흐르기 시작했다.

22

그들은 그렇게 속았다

남만석이 포함된 이민단 200호는 기차를 탄 지 꼬박 7일 만에 하얼빈역에 내렸다. 거기서 다시 만척회사의 트럭을 타고 서쪽으로 300여 리를 실려갔다.

그들이 내린 곳은 산줄기가 멀리 보이는 드넓은 벌판이었다. 그런데 이상한 것은 그 어디에도 사람 살 집이 보이지 않는 것이었다. 해는 져서 어스름은 내리고, 그들을 실어온 트럭들은 방향을 되돌려 돌아가고 있었다. 남은 것은 그들을 인솔하고 온 만척회사 직원 대여섯과 총을 든 군인 열 명이었다.

"요상허시? 워째 요런 허허벌판에다 똥 푸대끼 혀부린댜?"

"금메 말이여. 여그서 하로 쉬어가잔 것도 아니겄고."

"여그가 우리 살 땅 아닐랑가?"

"무신 소리여? 집이라고넌 눈얼 씻고 찾어도 없는디."

"긍게 우리가 속은 것 아니겄냔 말이제."

"워쩌? 아이, 베룩도 낯짝이 있제 그리 속히기야 허겄능가."

남자들이 끼리끼리 모여 수군거리는 말이었다.

그때 호루라기소리가 울렸다. 사람들의 눈길이 일제히 그쪽으로 쏠렸다. 한 사람이 흙벽돌 위에 높직이 올라서 있었다.

"에에 또, 지금부터 하는 말 똑똑히 들으시오. 바로 여기가 당신들이 살 땅이오. 내일부터 보름에서 스무 날 동안 추워지기 전에 여기 있는 자재로 당신들이 살 집을 지어야 되오. 집은……."

"잡소리 말어! 집 준다고 약조헌 것언 머시여!"

어느 남자가 고함을 질렀다.

"맞어. 워째 초장보톰 거짓말이여!"

다른 남자가 더 크게 소리질렀다.

"개좆이나, 사람얼 멀로 보고 허는 개지랄덜이여!"

또다른 남자가 어기차게 외쳐댔다.

남자들이고 여자들이고 웅성거리기 시작했다.

탕! 탕! 타당!

총소리가 진동했다. 군인들이 흙벽돌 위로 뛰어오르며 총을 겨누었다.

사람들은 순식간에 얼어붙고 말았다.

"에에 또, 방금 소리지른 세 사람을 끌어내 처벌할 수도 있소. 그러나 처음이니까 용서하도록 하겠소. 만약 앞으로 또 그러는 자들이 있으면 그때는 가차없이 총살이오, 총살! 여기 있는 군인들은 앞으로 계속해서 당신들을 감시할 테니까 명심하도록 하시오." 그 조선사람은 싸늘한 눈길로 사람들을 휘둘러보고는, "집 때문에 당신들을 속였다고 생각하는 모양인데, 그건 속인 게 아니라 이민자들이 너무 많아 일손이 달려 그리됐다는 걸 똑똑히 알아두시오. 그리고 당신들은 아주 재수가 좋다는 걸 미리 알아두시오. 저쪽 흑룡강 일대로 간 이민자들은 지금 황무지에서 나무뿌리 풀뿌리를 캐내면서 논밭을 만들어가고 있소. 그런데 여기는 그런 고생할 필요가 없이 바로 농사를 지을 수 있는 농토요. 이게 얼마나 큰 혜택인지 농부인 당신들이 더 잘 알 거요. 만약 여기가 싫은 사람들은 얼마든지 그런 곳으로 보내줄 수가 있소. 더 길게 말하지 않겠소. 그럼 지금부터 곡식을 배급할 테니까 가족끼리 줄을 맞춰 서시오." 그는 쨍쨍한 소리로 협박을 해댔다.

가족 수에 따라 쌀도 보리도 아닌 조가 배급되기 시작했다. 그건 몇 년 전부터 조선에도 나돌고 있는 만주산 조였다.

"하 이것 참, 보리도 아니고 조밥 신세라니……."

"니기럴, 보리라도 반썩 줄 것이제."

사람들은 뜬내 나는 조를 받아들고 한숨을 토하며 맥이 풀렸다. 배급은 사흘치씩이었다.

"요것 참말로 드럽게 되았다. 인자 와서 옴도 뛰도 못허고."

남만석의 매형 김진배는 얼굴을 구길 대로 구긴 채 말이담배를 마구 빨아댔다.

"참말이제 왜놈덜언 믿지 못헐 개종자덜이로구만."

남만석이도 담배연기를 질게 내뿜으며 이를 뿌드득 갈았다. 그는 절망스럽기도 하고 면목이 없기도 하고, 그 심정을 뭐라고 형용할 수가 없었다. 왜놈들에게 속은 것도 속은 것이었지만, 매형과 어머니를 대할 면목이 없어 마음은 참담하기만 했던 것이다.

"그렁께 똥인지 된장인지 잘 알아봤어얄 것 아니여. 어쩐지 자네가 너무 설레발얼 치드라니."

김진배는 아주 노골적으로 처남을 타박하고 들었다.

"누가 요럴지 알았당게라."

울상이 된 남만석은 먹구름 같은 한숨을 뭉텅이로 토해냈다.

"거 무신 째진 북 치는 소리여. 한나 보면 열얼 알드라고 그리 줘어보고도 왜놈덜 곤조통얼 몰랐다는 것이여?"

김진배의 어투는 더 강해져 있었다.

"요 일언 설마 혔제라."

남만석은 궁지로 몰리며 한숨만 더 짙어졌다.

"이사람아, 설마가 사람 잡는 것 몰라."

노을기가 사위어지고 있는 서쪽 하늘을 하염없이 바라보고 있던 죽림댁이 입을 열었다.

"아서, 아서. 다 엎어진 물이고 깨진 옹구여. 다 잘되자고 헌 일잉게 맘덜 상허지 말고 앞일이나 생각혀. 맘덜 상허면 그것이 병이고 화가 된게. 이 땅 널른 것 봉게로 그리 잘못 온 것언 아닌 것 겉기도 허구마."

그 말은 사위와 아들에게 하는 것 같았지만 실은 곤궁한 입장에 처한 아들을 구해내려는 것이었다.

그런데 그 말은 죽림댁이 목포를 떠나 이곳에 올 때까지 처음으로 입을 뗀 말이기도 했다. 죽림댁은 아들이 2년 전에 이민 이야기를 꺼냈을 때부터 이번에 기차를 탈 때까지 만주에 올 생각은 전혀 없었던 것이다. 아들과 사위의 등쌀에 더는 견딜 수가 없어서 마음은 남편 곁에 둔 채로 어쩔 수 없이 끌려온 것이었다. 그러나 지난날 땅을 빼앗길 때 그랬던 것처럼 또 총부리를 들이대고 있으니 이 낯설고 묘한 냄새나는 땅에서 살아갈 도리밖에 없는 일이었다.

사방이 어둑어둑해지고 있었다. 사람들은 짐을 풀어 솥을 꺼내고, 개울물을 떠다가 밥짓기를 서둘렀다. 그리고 이불보퉁이를 풀어 아이들을 감싸야 했다. 10월 초순이었지만 가을걷이는 이미 끝나 있었고, 밤이 되면서 남쪽의 겨울 같은 추위가 몰려들었던 것이다.

총독부 정책을 대행하는 만척회사에서는 금년 1월부터 또다시 제3차 농업이민 1만 1천 호 모집을 시작했던 것이다. 그들 200가구는 목포와 신안 일대 그리고 정읍과 고창 일대에서 모집된 사람들이 섞인 것이었다.

이튿날 아침 군인들이 나서서 무작정 그들을 줄지어 세웠다. 그리고 무 토막치듯 반으로 갈랐다.

"이쪽 사람들은 빨리 짐을 챙겨라!"

군인 대장의 명령이었다.

지적당한 쪽이 딴 곳으로 옮겨간다는 것을 사람들은 금세 알아차렸다.

"나 저짝으로 가게 히줏씨요. 우리 한집안 사람인디요."

"나도 저짝으로 보내주시게라. 우리 한동네 사람이 갈라졌구만요."

이 사람 저 사람이 나서면서 분위기가 어수선해졌다.

"가만히 있지 못해! 가봤자 10리 밖이야. 살면서 얼마든지 만날 수 있어."

만척회사 직원인 조선사람이 빽 소리질렀다.

사람들은 그만 움츠러들고 말았다. 10리라는 것에 안도하기도 했던 것이다.

"오나가나 저런 백여시 겉은 놈덜언 꼭 있네 잉."

"긍께 말이시. 멀 얻어 처묵자고 이 멀고먼 디꺼정 와갖고 저 염병지랄인지 몰르겄네."

"똥통에 구데기만도 못헌 놈덜이 개썹에 보리알 끼대끼 여그저그 잘도 기여 붙어묵고 사는구마."

"소리 안 나는 총이 있으면 저런 씨부랄 놈덜보톰 싹 쥑여없애야 되는 것인디."

남자들이 수군거리는 말이었다.

100가구 600여 명이 짐들을 이고 지고 떠나갔다. 나머지 사람들을 놓고 군인들은 다시 조편성을 시작했다. 집짓기조, 담쌓기조, 호파기조로 나뉘었다.

"얼어죽지 않고 총 맞아 죽지 않으려면 하루라도 빨리 집을 지어라. 어젯밤에 자봐서 다 알겠지만 여긴 벌써 남쪽의 겨울과 같다. 그리고 이 지역은 또 공산비적들이 총질을 해대며 식량을 뺏어가고 사람들을 죽이는 곳이다. 하루라도 빨리 집을 짓지 않으면 그놈들 손에 식량도 다 뺏기고 총 맞아 죽게 된다. 다들 똑똑히 명심하라."

군인 대장의 살벌한 말이었다.

그 말이 아니었어도 사람들은 벌써 집을 빨리 지을 생각을 하고 있었다. 하룻밤 사이에 아이들은 감기가 들어 콧물을 흘리고, 노인들은 기침을 하고 있었던 것이다. 그러나 사람들은 '공산비적'이란 말은 알아듣지 못하고 있었다. 그건 바로 동북항일연군을 말하는 것이었고, 이 지역은 중국인 조상지 장군이 이끄는 제3로군의 활동지역이었다.

남만석은 매형네와 갈라지지 않은 것만을 다행으로 생각하며 담쌓기조에서 일을 시작했다. 사람들은 하루 일을 해보고 자기들이 어떤 모양새의 동네에서 살게 될 것인지 대충 짐작하게 되었다. 턱없이 넓게 금그어진 네모를 따라 흙벽돌을 쌓아가고, 그 담을 따라 구덩이를 파면서 모두가 한 울안에 살게 된다는 한 가지 사실이 드러났던 것이다.

세 가지 일이 동시에 진행되는 가운데 제일 희한한 것이 집짓기였다. 트럭을 타고 온 예닐곱 명의 목수들은 사람들이 옮겨다 놓는 목재들을 별로 재거나 자르는 일이 없이 집모양새를 얽어가고 있었다. 그건 그들이 뛰어난 목수이기 때문이 아니었다. 그동안 집단부락을 수없이 지어오면서 모양이 일정한 집단주택의 목재들을 조립식으로 미리 준비해 둔 것이었다.

삼사 일이 지나면서 병통이 생기기 시작했다. 사람들 사이에서 감기만 심하게 퍼지는 것이 아니었다. 뜻밖에 설사병들이 생겨났다. 그건 다름 아닌 수질이 나빠 얻은 병이었다.

"물을 꼭 끓여 먹어, 끓여서."

약을 좀 구해달라는 말에 대꾸는 이랬다.

사나흘 설사는 사람을 몰라보게 수척하게 만들었고, 설사가 곱똥으로 바뀌면서 몸을 가누지 못하고 앓아누웠다. 그건 단순한 설사가 아니라 사람의 목숨을 위협하는 이질이었다. 그러나 사람이 기운을 못 차리고 쓰러져도 땅바닥밖엔 앓아누울 데가 없었다.

여자들까지 기운을 쓸 수 있는 사람들은 모두 집짓기에 나섰다. 집을 하루라도 더 빨리 짓는 것이 사람을 살리는 길이었던 것이다. 일들은 훨씬 빨리 진척되어 나아갔다. 군인들은 할 일이 없어서 잡담을 하거나 휘파람이나 불어댔다.

그러나 칠팔 일이 지나면서 여기저기서 통곡이 터지기 시작했다. 곱똥에서 피똥을 싸던 환자들이 끝내 이질을 이겨내지 못하고 죽어가는 것이었다. 주로 아이들과 노인들이었다.

집들은 예정보다 나흘이나 빠르게 11일 만에 완성되었다. 1개동에 10세대씩 들어가는 판잣집 10개동이 줄지어 서 있었다. 식구가 얼마이건 간에 방 하나, 부엌 하나씩이 배당되었다. 그러나 밤추위 속에서 한뎃잠을 자던 것에 비하면 그것은 천국이었다. 아이들은 좋아서 소리치며 팔딱팔딱 뛰었다. 온돌방은 따뜻했던 것이다.

창고와 공회당이 완성되고, 우물에서 맑은 물을 길어올리기까지는 사흘이 더 걸렸다. 담 밖 구덩이를 따라 가시철망이 쳐지고, 담네 귀퉁이에 포대가 설치되는 것으로 집단부락은 완전히 제 모습을 갖추게 되었다. 군인들은 일본군과 만주군이 다섯 명씩, 열 명으로 불어났다. 사람들은 그때서야 자기들이 군인들의 감시 아래 죄인과 똑같은 감옥살이 생활을 하게 된 것을 알았다.

땡땡땡땡땡땡…….

종 대용으로 공회당 기둥에 매달린 레일 토막이 요란하게 울려댔다.

아이들만 빼고 모든 사람들은 허둥지둥 공회당 앞으로 모였다.

"이래 가지고 공비들의 내습에 대처할 수 있으무니까!"

일본군이 서툰 조선말로 외치며 발을 굴렀다.

비상소집 훈련이었던 것이다.

남자들로 자치대라는 것을 짰다. 그리고 순번대로 밤마다 야경을 돌고, 포대 경계병들의 보조 노릇이 그들의 임무였다.

그동안 날씨는 완연히 겨울로 바뀌어 있었다. 사람들은 짐을 정리해 가며 사나흘 편히 쉬었다.

"아이고, 이만허면 살겄네."

"으째 속이 컬컬헌 것이 한잔 생각 간절허시."

"하먼, 말 사면 견마 잽히고 싶은 법 아니드라고."

"그나저나 요런 불쌍놈덜이 방 한나가 머시여."

"아니 글먼, 저놈덜이 둘썩 줄지 알었등감? 그리 쥐어보고도 헛소리여."

"하이고 이사람아, 붕알 긁으랑게 장딴지 긁덜 말어. 헛소리넌 저

사람이 허는 것이 아니고 자네가 허는 것이여."

"머시여? 헛소리넌 나가 무신 헛소리."

"허어 참, 인자 발바닥 긁는 벽창호시. 저 사람 밤에 그 재미 못 봐 그러는 거 아니여."

"하이고, 나넌 또 무신 소리라고. 기운이 없어 탈이제 고것이 스기만 잘혐사 무신 걱정이당가. 아, 마누래 궁뎅이 빼게 히서 뒤로 살짝허니 허면 쥐도 새도 몰르는 것 아니여."

"옳여, 자네 발써 그리혔고나!"

"어허, 사람 잡네."

"아하하하……."

"어허허허……."

이런 한담도 잠시였다.

남자들은 모두 집 떠날 채비를 해야 했다. 그들은 멀리 보이는 산으로 숯을 구우러 간다는 것이었다. 그 밑도 끝도 없는 말에 사람들은 어리둥절했다.

"숯언 무신 숯이여?"

"나가 안가, 자네가 안가. 즈그놈덜 꼴리는 대로 허는 것이제."

"보나마나 뻔허덜 안혀. 왜놈덜 숯 없음사 삼동에 갱신얼 못허덜 안트라고. 즈그놈덜 붕알 따땃허니 녹힐라고 우리 붕알 얼릴라는 것이제."

"참 씨부랄 놈덜, 개좆겉이 사람 부래묵을라고 지랄염병이시. 농새꾼얼 멀로 보고 숯쟁이 맨글라는 것이여."

"참말이제 드럽다. 만주꺼정 와서 숯쟁이질이 웬 말이다냐. 인자 조상 젯상에 절도 못 올리게 되았다."

사람들은 숯 굽는 일의 생소함이나 고달픔 이전에 숯 굽는 일 자체에 혐오감을 나타냈다. 일본세상이 되면서 숯은 장작이나 솔가리나무를 압도할 정도로 번창했다. 다다미방에서 겨울나기를 하는 일본사람들은 방마다 숯불화로를 끼고 살았기 때문이다. 그러다 보니 산속 숯가마에서 숯쟁이로 먹고사는 조선사람들도 많아졌고, 숯장사로 떼돈을 버는 일본사람들도 많아지면서 목탄조합이 생겨나기까지 했다. 그리고 지게에 숯을 지고 다니는 조선 숯장수들도 흔하게 볼 수 있었다. 그러나 짚불이나 솔가리불을 화로에 담아 쓰는 농부들로서는 숯을 거들떠보지도 않았다. 더구나 코밑은 물론이고 손이며 옷에도 숯검정칠을 하고 다니는 숯쟁이나 숯장수들을 농부들은 싸잡아 '숯쟁이'라고 부르며 천시했다. 그건 단순히 자기들에 비해 그들의 몰골이 지저분하고 더러워서 그러는 것만이 아니었다. 농자천하지대본(農者天下之大本)이라는 대대로 물려온 자부심을 은근히 품고 있는 농부들은 기껏 일본사람들한테 빌붙어 먹고사는 숯쟁이나 숯장수들을 경멸하고 있었던 것이다.

그러나 그들은 왜 자기들이 숯쟁이로 끌려가야 하는지 그 내막을 전혀 모르고 있었다. 중국과 전쟁을 일으킨 일본은 전반적으로 물자난을 겪고 있었다. 그중에서도 제일 시급한 것이 기름(석유·휘발유)이었다. 그래서 총독부는 1938년 1월에 인조석유(人造石油)제조사업법을 공포했다. 그리고 4월에는 원료공급난으로 전국 고무

공장의 휴업사태가 발생했다. 또 8월에는 동·연·아연·석의 사용 제한령을 공포했다. 그리고 금년 1월에는 새로운 물자동원으로 그 전의 자발적 폐품회수운동을 강제동원으로 전환하는 계획안을 발표했다. 이어서 4월에는 못·철사·철판 등의 배급통제를 실시했다. 그리고 8월에는 마침내 철도국에서 목탄자동차 시험운행을 최초로 시도했다. 숯으로 가는 자동차, 그건 바로 인조석유의 제조 성공이나 다름없었다. 기름자동차를 목탄자동차로 개조하는 것은 이미 만주까지 퍼져 있었던 것이다. 그러니 자동차들을 움직이기 위해서 숯을 계속 구워내야 했다.

그러나 말이 숯 굽는 일이었지 그들이 맞닥뜨린 것은 두 가지 일이었다. 벌채와 숯 굽는 일을 동시에 하도록 되어 있었다. 먼저 아름드리 나무들을 찍어 넘어뜨려야 했고, 그 다음에 가지들을 잘라내 숯가마에 넣을 수 있도록 토막을 내야 했다. 그러니까 그곳은 산판 겸 숯가마였고, 일본사람들은 목재와 숯을 동시에 구하는 일거양득을 취하고 있었다.

산에는 그들만 있는 것이 아니었다. 우람한 산줄기의 등성이마다 다른 집단부락에서 끌려온 조선사람들이 일을 하고 있었다.

"아니, 이리 부래묵으면 품삯은 어찌 되는 것이여?"

며칠이 지나자 누군가가 내놓은 말이었다.

"그려, 요것이 예사로 심드는 일이 아니덜 안혀. 산판일에다 숯쟁이일에다, 품삯얼 받어도 곱쟁이로 받어야 헐 판이여."

"고것 공자님 말씸이시. 당장 따져봐야 될 일 아니라고?"

"그렇고말고. 만척놈덜언 낭구 폴아묵고, 숯 폴아묵고 이중으로 돈벌이허는 것 아니겄어."

"잉, 그렇구만. 그리 오지게 돈벌이험서 우리헌티 품삯얼 안 준다는 것언 우리럴 홍어좆으로 아는 기여."

"그려, 괴기넌 씹어야 맛이 나고 말언 털어놔야 방책이 생기드라고, 듣고 봉게 고것 참 아조 존 생각이네."

"글먼 당장 따지고 나스드라고."

"아니, 아니여. 산판이고 부두 겉은 디서 그 간조란가 머신가 계산허는 날이 메칠이여? 열흘인가 그렇제?"

"맞어, 대개 다 열흘이여."

"글먼 열흘 채우고 보는 것이 어쩌겄능가?"

"잉, 고것도 존 생각이시."

"그려, 그래야 따지기도 좋제."

이런 발의는 다음날로 다른 숯막 사람들에게도 금세 퍼져나갔다.

의견일치를 본 그들은 사흘을 더 기다렸다. 열흘 간의 일이 끝났건만 돈을 줄 기미 같은 것은 전혀 보이지 않았다. 그들은 경비대 막사 앞으로 모였다. 만척회사 직원 한 명이 군인들과 함께 거처하고 있었던 것이다.

그들을 먼저 맞이한 건 군인들이 겨눈 총구였다. 분위기가 심상치 않은 것을 느낀 군인들은 총부터 들이댔다. 그들은 조선사람들과 항일연군을 차단시키는 목적을 겸해 상주하고 있었다.

"우리 품삯은 어찌 되는 것이오?"

"심진 일얼 시키먼 품삯얼 쳐줘얄 것 아니겄소."

"어떤 산판이고 숯가마고 품삯 안 주는 디넌 없소."

그들은 만일을 생각해 대표 같은 것은 뽑지 않고 누구인지 모르게 여기저기서 외쳐댔다.

"뭐라고, 품삯? 다들 정신 나갔나! 지금 부락에서 처자식들은 뭘 먹고 있나. 그건 누가 먹여주는 건가. 그것이 품삯이 아니고 뭐야. 다들 정신 똑똑히 차리라구. 다시 그따위 소릴 지껄이는 놈들은 가차없이 처벌하고 말 테니까. 알겠나! 빨리 해산해."

만척회사 직원의 기세는 시퍼렜다.

"해산해, 해산!"

"빨리빨리 해산해!"

군인들이 곧 총을 쏠 것처럼 설치며 소리쳤다.

그들은 흩어져 숯막으로 돌아갈 수밖에 없었다. 따져야 할 말들을 가슴에 담은 채.

식구들이 먹는 것이라고는 뜬내 나는 조밥에 소금국뿐이었다. 자신들이 먹는 것은 다른 잡곡도 섞인 밥에 된장도 풀린 국이라 조금 나은 편이었지만 그 모든 것이 중노동의 품삯과 합당한 것인지를 따져야 했다. 그건 주먹구구로 따져도 어림없이 안 맞는 액수였다. 그러나 총을 들이대는 판이니 말 한마디 꺼낼 수가 없었다.

"참말로 갈수록 태산이다."

"나가 미친놈이제. 왜놈덜얼 믿다니."

"시상에, 요리도 악독헌 놈덜이 어디 또 있으까."

"근디 말이여, 이민인지 개붕알인지가 시작된 것이 3년인디, 어찌 요런 소문이 한 가닥도 안 들렸을꼬?"

"자다가 봉창 뚜딜기는 소리 허덜 말어. 집단부락인지 감옥인지 맨글어놓고도 그런 소리여? 사람덜마동 각단지게 집단부락에 가두고 그리 옴지락딸싹 못허게 감시럴 해대는디 무신 수로 소문이 나겄어."

"인자 으째야 쓰까?"

"으쩌기넌 멀 으째. 다 똥 싸 뭉갠 팔자제."

"굶어죽어도 지 땅서 굶어죽어야 허는디."

"그나저나 요런 빌어묵을 놈에 땅언 어찌 이리 10월에 엄동설한이고 이 개지랄이여."

찬바람 스며드는 숯막에 남자들의 한숨소리만 짙었다.

무릎에 머리를 웅크려박고 앉은 남만석은 또 후회에 후회를 곱씹고 있었다. 그의 눈앞에는 목포의 부두와 다도해가 선하게 떠올라 있었다. 남만석은 '발등을 찍고 싶다'는 말이 무슨 말인지 비로소 절감하고 있었다. 기어이 땅을 찾으라는 아버지의 유언을 거역해 받는 벌이라는 생각이 들기도 했다. 왜놈들은 달라진 것이 없는데 고생살이를 면해보려는 자신의 약은 생각으로 더 큰 고생살이의 구렁텅이로 빠졌다는 생각이 들기도 했다. 어머니께는 너무 면목 없고 죄스럽기만 했다. 자신이 이렇게 고향이 그리운데 어머니는 얼마나 더할 것인가. 아버지의 산소 앞에서 울음을 그치지 못했던 어머니의 모습이 가슴 아리게 다가왔다.

숯굽기 한 달을 넘기면서 사람들은 언제 집으로 돌아가게 되는지를 궁금해하기 시작했다. 날씨는 점점 더 추워지고, 온몸에 숯검정 범벅인 일은 지긋지긋하기만 하고, 보고 싶은 건 처자식뿐이었던 것이다.

"언제까지 일하냐고? 왜, 놀고먹고 싶어서? 내년 봄 농사 시작할 때까지 해야지."

이 응답 앞에서 사람들은 그만 말을 잃어버렸다.

한편, 집단부락의 여자들도 편안히 앉아 있지를 못했다. 나날이 추워지는 날씨에 땔감을 구해야 했던 것이다. 여자들은 10리, 20리 밖의 둔덕빼기 억새밭이나 강가의 갈대밭을 찾아가야 했다.

여자들은 살얼음이 끼는 10월의 추위에서 말로만 들어온 만주의 추위를 실감하고 있었다. 더 추워지기 전에 땔감을 비축하려고 여자들은 하루도 빠짐없이 떼지어 나섰다. 그나마 다행인 것은 거리가 멀어서 그렇지 버려진 땅에 억새와 갈대는 지천으로 많았던 것이다. 군인들은 이미 남자들을 볼모로 잡아두었다는 듯 여자들이 떼지어 나무를 하러 나서는 것에는 별 관심이 없었다.

"어무니, 인자 고만 쉬시랑게라."

남만석의 아내는 아침마다 시어머니를 만류했다.

"아니여, 암시랑토 안타."

죽림댁은 아무 표정 없는 얼굴로 짚신을 꿰신었다.

"어무니, 넘덜이 지럴 숭본단 말이어라. 아그덜도 심심해허고."

남만석의 아내는 왜 시어머니의 얼굴에서 웃음기가 가시고 저리 깊은 근심이 서리게 되었는지 너무나 잘 알고 있었다. 시어머니는 고향땅을 떠나오면서 세상 살 재미를 잃어버린 거였다. 그건 남편이 저지른 큰 잘못이었다. 그런데도 시어머니는 아들 원망하는 말은 한마디도 내비치지 않았다. 그 원망스러움을 속으로 다 삭이자니 얼마나 속이 아플 것인가. 남만석의 아내는 시어머니에 대한 죄스러움이 큰데 시어머니는 나무까지 하러 나서는 것이었다.

"가자, 나가 기운 남었을 직에 한 짐이라도 더 보태야제 새끼덜이 안 얼제."

죽림댁은 앞서 집을 나섰다.

죽림댁은 아무리 기를 썼지만 젊은 여자들이 이는 나뭇짐을 당할 수가 없었다. 젊은 여자들에 비해 표나게 작은 나뭇짐을 이고도 숨을 헐떡거려야 하는 자신에게서 죽림댁은 이제 쓸모없이 늙었다는 것을 깊이 느끼고 있었다.

죽림댁은 날마다 이어온 나뭇짐을 사위네와 똑같이 반으로 나누었다.

"니 서운해 말어라 이."

죽림댁은 나뭇짐을 나누면서 며느리에게 말하고는 했다.

"하먼이라, 어무니 맘 다 아는구만요."

남만석의 아내는 시어머니의 마음을 헤아리며 흔쾌하게 대꾸했다.

"나가 딸넌 좋으라고 이러는 것이 아니다. 김 서방 대허기가 바늘방석이라……."

"야아, 아범이 실수헌 것 다 아는구만요."

죽림댁은 아들이 사위를 만주로 끌어온 잘못을 그렇게라도 해서 갚고 싶었던 것이다.

그런데 큰 사고가 터졌다. 정읍에서 온 한 서방네 딸이 공회당 뒷기둥에 목을 매달아 죽은 것이었다.

"군인 싯이서 옷 벗기고 막……."

"이, 군인덜도 옷 벗고……."

"누나럴 꼼지락도 못허게 잡고……."

서너 아이가 부들부들 떨며 더듬거린 말이었다.

여자들은 무슨 사태가 벌어졌었는지 알아차렸다. 한 서방의 아내는 열다섯 살 먹은 딸의 굳어진 몸을 끌어안고 한바탕 통곡을 하고는 사무실로 내달았다. 그 눈에서 파란 불이 돋고 있었다. 여자들도 모두 뒤쫓아갔다.

군인들은 모두 시치미를 뗐다. 대장도 어리둥절한 얼굴이었다. 여자들은 아까 그 아이들을 데려왔다.

"아까 그놈덜이 누군지 알지야?"

"겁묵지 말고 대."

"하먼, 엄니 아줌니덜이 이리 있응게 겁묵을 것 하나또 없다."

여자들은 아이들을 안고 에워싸며 말했다. 그런 여자들의 눈빛도 달라져 있었다.

아이들은 세 군인을 손가락질해 나갔다. 그때서야 세 군인은 당황하는 기색을 드러냈다.

"이놈의 새끼들!"

대장이 세 군인의 따귀를 차례로 후려갈겼다.

다음날 군인 셋은 어디론가 끌려갔고, 여자들은 한 서방네 딸을 땅에 묻었다.

"아이고오, 아이고오, 민메누리로 돌라고 헐 적에 주고 올 것을……, 입열 줄이자고 즈그 언니 맘에도 없는 집에 시집보낸 것이 죄진 것 같애서 그냥 딜고 왔등마 요것이 무신 날베락이랴, 아이고오, 아이고오, 나 못살어, 즈그 아부지보고 머시라고 말히야 쓴다냐……."

한 서방의 아내는 딸의 무덤을 치며 통곡했다.

타국으로 떠나며 입을 하나라도 줄이자고 딸을 시집보낸 것은 한 서방네만이 아니었다. 딸이 이팔청춘 열여섯 살이 넘은 집에서는 거의가 시집을 보내고 떠나왔던 것이다. 그래서 집단부락이 완성되기 전에 벌써 사람들은 총각들의 수와 처녀들의 수가 턱없이 맞지 않는다는 것을 느꼈던 것이다.

여자들의 나무하기는 더욱 극성스러워졌다. 날씨가 하루 다르게 추워지고 있었던 것이다. 한 서방네 아내도 한 사나흘 몸져누웠다가 다시 낫을 들고 나섰다. 어린 자식들이 넷이나 더 있었던 것이다.

집집마다 집 뒤에는 갈대단과 억새단들이 집 높이로 쌓여져 올라갔다. 여자들은 갈대와 억새가 짚보다 더 불땀이 좋은 것을 큰 다행으로 생각하고 고마워했다. 갈대와 억새는 재가 많이 나왔다. 여자들은 재도 함부로 하지 않고 부락 밖에 넓고 나직하게 구덩이를 파고 모았다. 농사가 몸에 밴 여자들의 지혜였다. 재에 오줌을 섞으면 그보다 더 좋은 거름이 없었던 것이다.

남만석의 아내는 잠자리에서 일어나며 옷고름을 여몄다. 시어머니와 아이들이 잠들어 있었다. 그녀는 시어머니를 깨울까 봐 발끝으로 가만가만 걸어 밖으로 나왔다. 시어머니는 잠귀가 밝은 데다 만주로 오고부터는 잠을 잘 자지 못했다.

그녀는 밥을 다 지었다. 그런데도 시어머니는 일어나지 않았다. 웬 늦잠인가 싶고, 이상한 생각이 들어 그녀는 방으로 들어왔다. 시어머니는 여전히 잠들어 있었다. 나무를 가자면 어서 아이들에게 밥을 먹여야 했다. 그녀는 아이들부터 깨우기 시작했다. 감히 시어머니를 깨울 수는 없고, 그 소리를 듣고 시어머니가 어련히 일어나랴 싶었던 것이다.

아이들이 일어나는데도 시어머니는 여전히 그대로였다. 불길한 생각이 순간적으로 그녀의 머리를 쳤다. 그녀는 서둘러 시어머니에게로 다가갔다.

"어무님, 어무님……!"

그녀는 손끝이 섬뜩한 것을 느꼈다.

죽림댁은 자는 듯 숨이 끊어져 있었다.

"어무님, 어무님, 어무님……."

23

변절자는 용서 말라

"안녕하시오, 주간 선생."

야유조와 시비조가 뒤섞인 목소리에 송중원은 고개를 들었다.

문 앞에 서 있는 것은 예상대로 형사 우지마였다. 그는 작달막한 키에 어울리지 않게 거만스러운 웃음을 입가에 물고 있었다.

"어서 오십시오."

송중원은 반가운 척하며 펜을 놓고 일어섰다.

직원들이 일을 하는 척하며 우지마에게 빠른 눈총을 쏘고 있었다.

"앉으시지요."

송중원은 부드럽게 웃으며 자리를 권했다.

"별일 없소?"

우지마가 의자에 털퍽 앉으며 형사 특유의 상스러운 어조로 물었다. 그의 눈길은 재빠르게 송중원을 훑고 있었다.

"예, 아무 일도 없습니다."

송중원은 우지마의 눈을 쳐다보며 아주 우호적인 웃음을 보냈다. 그런 자들을 대할 때는 눈길을 피해서는 안 되고, 그러면서 당신을 무서워하고 있다는 느낌이 들게 태도를 취해야 한다는 것을 송중원은 잘 알고 있었다. 눈길을 피하면 당장 의심을 하고 들고, 무서워하는 척하지 않으면 사적 감정으로 해코지를 하려고 들었다. 고문하는 자들이 고문에 굴복하지 않으면 자기에게 도전하는 것으로 생각해 으레 사적 감정을 돌발시켰다. 그때부터 고문은 극치를 이루는 것이었다.

"당신은 항상 아무 일도 없지."

아까의 '주간 선생'이라는 호칭도 묘한 시비조였지만 '당신'이란 호칭은 노골적인 시비조였다.

"예, 아시다시피 잡지만 만들고 있지 않습니까."

송중원은 더욱 부드럽게 웃으며 일본식으로 머리를 연거푸 조아렸다.

"누가 아나, 그 속을."

우지마는 흘리듯 말하면서도 눈은 싸늘하게 송중원을 노려보았다.

"무슨 말씀을 그리 서운하게 하십니까. 모범적으로 살고 있는 것 다 아시면서."

송중원은 정색을 했다. 이런 경우 어물거렸다간 영락없이 트집거리가 되는 것이었다.

"거 이번에 공포된 조선인 씨명(氏名)에 관한 건을 어찌 생각하시나?"

우지마는 묘하게 웃으며 담배를 꺼내 물었다.

"그야 내선일체를 촉진할 수 있는 실질적인 조치로 시기적절한 거지요."

송중원은 지체없이 대답했다.

"그게 진심인가?"

"예, 그게 사실 아닙니까."

"그럼 창씨개명을 실시하게 되면 당신은 뭘로 바꿀 거야?"

우지마는 담배연기를 내뿜으며 재미있다는 듯 웃고 있었다.

"그야 좋고 마음에 드는 것을 더 생각해 봐야지요. 자식들한테까지 전해줄 건데 함부로 할 수는 없는 것 아닙니까."

흥, 네놈 얕은 수에 내가 걸려들 것 같으냐.

송중원은 여유 있게 말했다.

"아, 그건 그렇지. 자식들한테까지 전해주려면 성이 좋아야지." 우지마는 고개를 끄덕끄덕하더니, "잡지에 뭐 이상한 건 없고?" 그는 급히 말머리를 돌렸다.

"예, 없습니다."

"그래 없어야지. 총독부에서 걸려 날 뒷북치게 만들면 우리 좋은 사이가 박살나는 거니까."

우지마는 노골적으로 협박하고 있었다.

"그런 염려 전혀 하지 마십시오."

송중원은 능란하게 받아넘기고 있었다.

"사장 나리는 어디 행차신가?"

"예, 외출했습니다."

"사장만 같아도 좋은데……."

우지마는 담배를 끄고 일어났다.

우지마를 배웅한 송중원은 뜨거운 탕 안에 들어앉았다가 나온 것처럼 전신에 맥이 풀리는 것을 느꼈다. 그는 곤혹스럽고 복잡한 심정으로 담배에 불을 붙였다. 스스로에게 기분이 상하기도 했고, 직원들에게 창피스럽기도 했고, 그놈이 더럽고 징그럽기도 했고, 그러지 말자고 하면서도 그놈을 대하는 것은 전혀 숙달되지가 않았다.

"창씨개명에 우지마로 하겠다고 그러시지 그랬어요. 그놈 좋아하는 꼴 좀 보게 말입니다."

한 직원이 자리에서 일어나며 말했다.

"흠, 미처 그 생각을 못했었군."

송중원이 담배를 빨며 쓰게 웃었다.

"그랬으면 의형제 삼자고 덤비라고? 아유, 징그러."

다른 직원이 과장되게 어깨를 떨었다.

경리담당 여직원이 킥 웃으며 입을 가렸다.

"그 얼마나 영광이야. 종로경찰서 고등계 형사를 아우로 두는 건데."

처음의 직원이 정색을 한 척 말했고

“그도 그렇네. 주간님께서 신세 편해질 절호의 기회를 놓치셨습니다. 아 참, 아깝고 아깝습니다.”

다른 직원이 가슴을 치는 시늉을 했다.

“그거 아깝네. 허허허허…….”

송중원은 일부러 소리내서 웃었다. 직원들의 마음씀에 화답하려는 것이었다. 우지마가 한바탕 휘젓고 가면 직원들은 꼭 그런 식으로 자신의 마음을 풀어주려고 했던 것이다.

“주간님, 전화 왔습니다.”

송중원은 여직원에게 수화기를 받아들었다.

“송형인가? 나 일랑이네. 여기 길 건너 다방인데 좀 나올 수 있나?”

“자네가 다방에? 응, 곧 가지.”

송중원은 무슨 일이 있다는 것을 직감했다. 황일랑은 다방이고 카페를 영 싫어했다. 꼴사나운 서양풍이라는 것이었고, 맛도 없는 물 한 잔에 두부 서너 모 값이 말이 되느냐는 것이었다. 늘 궁색한 살림을 꾸려가는 소설가의 실감나는 계산법이었다.

“이사람아, 차 두 잔이면 보리쌀이 반 되고, 두부가 대여섯 모고, 장작이 서너 다발인지 모르진 않겠지? 어디서 눈먼 돈 생겼나?”

송중원은 자리잡고 앉으며 황일랑을 놀리듯이 말했다.

“흥, 찻값을 자네가 내지 않을 수 없을걸. 내 정보나 들어보고 그런 말 하게.”

황일랑이 거만스러운 표정을 지었다.

“정보? 어째 으시시하군.”

송중원은 담뱃갑을 황일랑 앞에 놓으며 어서 말하라는 눈짓을 했다.

"놀라지 말게. 이 편지부터 읽어봐."

황일랑은 다 낡은 외투주머니에서 반으로 접힌 봉투를 꺼내 탁자에 던지고 담배를 빼들었다.

송중원은 봉투를 집어들어 펴다가 발신인의 이름에 눈길이 멈추었다.

아니……!

소설가 이 아무개의 이름 석 자가 또렷했던 것이다.

송중원은 서둘러 편지를 꺼냈다. 편지지는 한 장이었고, 세로로 쓴 내용은 길지 않았다.

군의 작품은 관심 있게 읽고 있다. 품격과 수준을 갖춘 작품들이라고 생각한다. 필을 든 것은 다름이 아니고 두 달 전에 새로 결성된 조선문인협회에 가입하기를 권유하는 바이다. 그리고 군같이 유능한 신인이 일어로 작품을 써서 기량을 맘껏 발휘하기 바란다. 그리하면 군의 전도와 출세를 내가 보살피고 힘이 될 수 있을 것이다.

대충 이런 내용이었다.

송중원은 눈을 질끈 감았다. 머리를 쿵쿵 울리는 충격이 연속되고 있었다.

"이사람아, 눈떠. 내가 놀라지 말라고 미리 말했잖은가."

황일랑이 놀리듯이 말했다.

아, 정말 해도 너무하는구나…….

송중원은 신음을 어금니에 물며 더디게 눈을 떴다.

"어떤가, 내가 굉장한 존재로 뵈지 않나? 자칭 조선의 톨스토이요, 조선의 대문호라고 하는 거물한테서 그런 편지까지 다 받으니 말야."

황일랑이 거드름을 피워 보였다.

"그렇군……."

송중원의 핏기 없는 얼굴이 더 핼쑥했다.

"과연 자네한테 찻값을 물릴 만한 정보 아닌가?"

"그래, 내가 밥까지 사지."

눈길을 떨구고 있는 송중원이 중얼거리듯 말했다.

"자넨 역시 사리판단이 빨라서 좋아."

황일랑이 필요 이상으로 키들키들 웃었다.

송중원이 담배를 빼들었다.

"이봐, 자네한텐 그거 사약이야."

황일랑이 담배를 뺏으려고 했다.

"빌어먹을, 어서 죽기나 했으면 좋겠네."

송중원은 거칠게 성냥을 그어댔다.

"현진건은 '술 권하는 사회'라더니 자네한텐 담배 권하는 사회로구먼."

황일랑은 연상 키들키들 웃어댔다.

"이런 편지……, 자네한테만 보낸 건 아니겠지?"

송중원은 비로소 눈길을 들어 황일랑을 빤히 쳐다보았다.

"물론이지. 등사만 안 했다뿐이지 이름 바꿔가며 여럿한테 보냈지."

황일랑도 웃음기를 거두고 대꾸했다.

"그걸 받고 어떤 반응들일까?"

"어떠긴. 소설가 한우섭은 득달같이 달려가 만선일보에 취직하는 추천서를 받았다는데."

"뭐라고!"

송중원은 의자 등받이에 몸을 부렸다.

"뭐 그리 놀랄 것 없네. 그보다 더한 사람들도 마구 친일파로 넘어가기 바쁜 판인걸."

황일랑이 피식 웃었다.

"도대체 그 양반은 왜 그 모양일까. 친일을 하려면 혼자서나 할 일이지."

"참 순진하긴. 단체를 만들었으니 이젠 거느리는 세력이 있어얄 것 아닌가."

"그 세력 뭘 하려고?"

"영리한 사람이 자꾸 왜 이러나. 그 편지에 자명하게 나와 있지 않은가. 자기 자신의 전도와 출세를 위해서지."

"글쎄, 그런 편지를 써야 할 정도로 압력을 받는 건가?"

"천만에. 그 사람은 솔선수범해서 충성을 하는 거야. 진정, 진심으로 일본사람이 되고 싶어한단 말일세. 자네도 보면 모르겠나?"

"빌어먹을, 무슨 그런 개같은 인종이 다 있어."

송중원이 담배를 잉끄리며 내뱉었다.

"그렇지, 이제야 속시원한 말 한마디 하는군. 그러니까 그자를 친일파라고 하는 건 큰 실례를 범하는 것인지나 알아두게나."

황일랑 특유의 비꼬는 어투가 나오고 있었다.

"그래, 우리가 아직도 조선사람 대접을 하고 있어서 그리 부르는 거지. 헌데, 혹시 한우섭이는 만나봤나?"

"뭐하러 만나. 노모가 중병이라 어쩔 수 없었다, 아이들을 더 이상 굶주리게 할 수가 없었다, 출산한 아내가 굶고 있다, 자식들을 맹무식 만들 수는 없지 않느냐, 문학가가 지사는 아니지 않느냐, 예술과 지조는 별개 아니냐, 이따위 변절자들의 판에 박은 괴설이나 들어주려고 만나?" 황일랑은 아이들이 숨가쁘게 구구단을 외워대는 것처럼 줄줄이 엮어대고는, "자네 혹시 그놈한테 원고료 선불한 것 없나?" 그는 송중원을 지그시 쳐다보았다.

"글쎄, 좀 있긴 있는데……."

"나 그럴 줄 알았어. 얼만데?"

"글쎄, 한 50원 되나……."

송중원의 얼굴이 곤혹스러워졌다.

"야단났군. 아니, 가만있자. 그런 놈들한테는 악착같이 받아내야 하네. 이젠 월급도 많이 받을 텐데 그 돈 떼먹게 둘 수는 없잖은가. 결국 자네가 변상해 내야 할 판인데 그게 말이 되나?"

"글쎄, 가까이 있는 것도 아니고 북간도 용정으로 가버리는 건데 무슨 수로……."

"이사람아, 자넨 그놈의 인정이 탈이야. 용정 아니라 북경이라도 그렇지. 사흘거리로 편질 보내는 거야. 제놈도 열 번 받으면 토해내지 별수 있겠나."

황일랑은 한우섭에 대한 적의를 그렇게 표현하고 있었다.

"글쎄, 그 짓을 그거……."

"이보게, 자네가 못하겠으면 내가 자네 이름으로 편지를 대신 써주지. 이건 단순히 돈문제가 아니야. 우리가 할 수 있는 최소한의 응징이지. 그 돈 받기를 포기하고 자네가 뒤집어쓰는 건 값싼 인정주의도 못 되고 악의 조장이야, 악."

황일랑은 악을 쓰듯 '악'에다가 힘을 썼다.

"응징이라……, 알겠네. 내가 편지하지."

송중원이 마른 입맛을 다셨다.

"자네 약속하게. 편지를 보낼 때마다 나한테 보여준다고."

송중원이 어이없다는 듯 웃었다.

"이사람아, 자넬 위해서만이 아니야. 나도 분풀이 좀 하려고 그래. 그놈이 만주에 가서 독립투사들을 비적이니 공비니 해가며 필을 놀려댈 것을 생각하면 미치겠단 말이네. 그 짓 해서 받은 돈으로 그 유명한 용정 색주가에서 계집들 끼고 술이나 처먹고."

황일랑의 눈에서는 분노가 일렁이고 있었다.

송중원은 황일랑의 청결하고도 강건한 의지를 보고 있었다. 궁핍한 생활조건으로 보자면 그도 얼마든지 한우섭처럼 될 수 있었다. 그가 마음대로 소설을 써내지 못하는 것도 그 청결하고 강건한 의지 때문이었다. 나운규의 〈아리랑〉 같은 작품만을 머릿속에 수십 편 담고 있으니 소설로 써보았자 발표될 리가 없었다. 이미 잡지사마다 자체 검열 기준이 마련되어 있었던 것이다.

"알겠네. 자네한테 검열을 받도록 하지."

"흐흐, 느닷없이 검열관 감투 썼군."

낡은 외투깃을 타고 흐르는 황일랑의 웃음이 쓸쓸하고도 허탈했다.

"그렇지 않아도 눈치 빠른 젊은 놈들이 자진해서 가입한다는 소문이던데 그런 식으로 매수까지 하니 조선문인협회도 총독부의 돈독한 사랑을 받을 날도 머지않았군."

"간부 나리들 살판나게 생겼지."

두 사람은 마주 보며 떫고 쓴 웃음을 지었다.

조선문인협회는 두 달 전인 10월 29일 이광수 최남선 김동환 이태준 박영희 등이 중심이 되어 결성한 친일문학단체였다.

"그나저나 자넨 요새 어떤가?"

황일랑이 이야기를 바꾸었다.

"글쎄, 사장이 잡지 발행에 흥미가 식어가는지, 내가 자꾸 싫어지는 것인지……, 하여튼 좋지가 않네."

"젠장, 딴 사업에 손댄다는 소문은?"

"무슨 돈벌이 회사를 차리긴 차릴 모양인데, 난 전혀 관심 없네."

"그자도 친일파 다 된 건가?"

"뭐, 친일파까지는 모르겠고, 처음과 달리 마음이 변해가고 있는 건 사실이지."

"그자도 별수 없는 속물이로군."

"어쩌겠나, 윗물이 더러워져 있으니."

"그래, 아랫사람들이 핑계 대고 변명하는 게 대유행이니까. 혹시 잡지를 그만두는 건 아닐까?"

"그럴지도 모르지. 그만하면 만석꾼 자식으로 돈 바르게 쓴 셈이고, 잡지도 오래 해온 편 아닌가."

송중원의 말은 담담했다.

"그리되면 자네가 문제 아닌가."

"나도 친일 하지 뭐."

"농담이 아니고, 자넨 나보다 장가를 일찍 들어 한창 돈 들어갈 때 아닌가."

"이 없으면 잇몸으로 살지."

"잇몸이 있어야 말이지."

"그 얘긴 그만해. 발등에 떨어진 불도 아닌데."

송중원이 괴로운 듯 말했다.

"알겠네. 좌우간 숨막히는 일들뿐이니 어찌 살지. 요런 빌어먹을 세상에선 이상처럼 자식 없이 일찍 죽는 게 제일이야."

"체, 왜 갑자기 경멸해 마지않던 이상 타령이야. 자네도 염세주의로 기우나? 그것도 문인협회 가입 동기의 하나가 될 수 있는데."

송중원이 일어날 채비를 하며 웃었다.

"웬일인가, 그럴듯한 농담을 다 하고. 이상의 글 태반은 서양놈들 것 모방이지만, 죽음 하나는 산뜻한 게 창조적인 데가 있거든."

"가세, 어디 가서 술이나 한잔하지."

"역시 내 정보가치가 술까지 뻗치는군."

황일랑은 쿡쿡거리며 일어섰다.

"그걸 잡지에 그대로 실어버리지 못하는 게 한이네."

"염려 말게. 내 자식한테까지 물려줄 테니까. 내 자식대에 가서는 설마 이놈의 세상이 끝장나지 않겠어?"

"응, 그것도 참 좋은 방법이군. 우리 다 죽고 나서 그 편지가 공개되면 참 가관이겠네. 해방이 된 땅에서 얼마나 비판을 당하고 얼마나 조롱거리가 되겠나. 잘 보관해 두게."

삐꺽거리는 나무계단을 내려가면서 송중원은 정색을 하고 말했다.

"기다려라 역사의 심판을!"

황일랑이 팔을 뻗치며 웅변조를 흉내 냈다.

해거름의 거리에 몸을 웅크린 사람들이 종종걸음을 치고 있었다. 길가에는 지저분한 눈이 쌓여 있었다.

"식민의 거리에 겨울바람은 차고
묶인 삶들은 신음하는데
외로운 영혼의 방황은
오늘도 어느 거리에 그림자를 드리우는가."

하늘을 올려다보고 길을 건너며 황일랑이 읊었다.

"그거 괜찮은데. 누구 신가?"

"누구 시긴. 그냥 나오는 대로 지껄이는 거지."

천상 문인인 황일랑이 쓰고 싶은 글을 쓰지 못하는 괴로움과 외로움이 그 즉흥시 속에 배어 있음을 송중원은 가슴 아프게 느끼고 있었다.

"또 한 해가 다 가는군."

황일랑이 외투깃을 세웠다.

"그러게……."

"곧 나오려나?"

"응, 퇴근시간이 다 됐네."

"그럼 나 여기 있겠네."

"추운데 들어가지."

"인사하기도 귀찮고, 여기가 좋네."

"그래, 나 곧 내려옴세."

송중원은 편지를 가져온 황일랑의 심정을 헤아리며 혼자 사무실로 올라갔다.

한 해가 저물고 있었다. 황일랑은 술병이 났는지 어쩐지 며칠째 아무 연락도 없었다. 그는 위장이 별로 좋지 않아 가끔 소다를 먹으면서도 술자리가 생기면 폭음을 했다. 그 폭음은 괴로움의 크기요 분량이었다. 송중원은 날마다 그를 기다리고 있었다. 연말이고 해서 다소라도 원고료를 챙겨주려고 손쉽게 쓸 수 있는 글감을 마련해 놓고 있었던 것이다.

그러던 어느 날 점심을 먹고 온 사장이 불렀다.

"주간님, 오늘 밤에 시간 어떠세요?"

"예, 별일 없습니다."

"잘됐군요. 몇 분하고 술자리를 하기로 했으니 주간님도 동석하시지요."

"예……."

송중원은 다음 말을 기다렸다. 그러나 사장은 더 말이 없었다. 그렇다고 되짚어 무슨 술자리냐고 물어볼 수도 없었다. 이쪽에서 기다리는 예의를 갖추었으면 사장은 의당 누구와 무슨 일로 만나는 술자리라는 설명을 하는 것이 예의였던 것이다. 송중원은 그냥 자리를 뜰 수밖에 없었다. 무언가 석연찮기도 했고 기분이 언짢기도 했다.

그런데 술집에서 세 사람을 만나보고 송중원은 너무 놀랐다. 철학교수 황인곤, 소설가 이석진, 사회비평가 문신행이 전혀 뜻밖이기 때문만이 아니었다. 그들은 두 가지 공통점을 지닌 인물들이었다. 신문들에 자주 토막글을 쓰며 이름이 오르내리는 유명인사들이었고, 글에 아주 모호하고도 기묘하게 친일냄새를 풍기고 있었던 것이다.

사장이 왜 이런 사람들에게 최고급 술집에서 술을 사는 것인지 송중원은 그 의도와 속셈을 찾아내려고 신경을 곤두세웠다. 사장은 전에도 유명필자나 유명인사들과 더러 술자리를 같이 해왔었다. 그건 사장의 사교인 동시에 자기 과시였다.

오늘도 그런 것인가……?

송중원은 그 이상을 짚어낼 수가 없었다. 그러면서도 께름칙한 기분은 가셔지지 않았다. 그 사람들의 성분이 마음에 걸렸고, 전에는 미리 의논을 했었던 것이다.

"중국은 언제쯤이나 다 차지하게 되겠습니까?"

사장 민동환의 말이었다.

일본이 당연히 이긴다는 것을 전제로 한 그의 말투에 송중원은 어이가 없었다.

"그야 냉정하게 말하면 시간문제 아니겠습니까. 벌써 중국의 중요한 지역은 다 점령한 상태니까요."

사회비평가 문신행이 자기 말의 신빙성을 높이려는 듯 '냉정하게'라는 말을 앞세워 내놓은 대답이었다.

"그렇습니다. 중국은 애초부터 일본의 적수가 못 되었지요. 늙고 병든 호랑이가 중국이고, 젊고 총 잘 쏘는 포수가 일본이니까요."

철학교수 황인곤이 자기 유식을 과시하듯 말했다.

"그 비유가 참 철학적이고도 문학적입니다. 일본이 아세아의 맹주가 될 날도 머지않았지요."

소설가 이석진이 맞장구를 쳤다.

기생들을 앞세우고 술상이 들어왔다. 술상 두 개가 옆구리를 붙이고 나란히 놓였다. 기생들까지 열 명이 둘러앉아야 하기 때문이었다.

"거 문 빨리 닫아라."

민동환이 호령했다.

바깥날씨가 너무 추워 유리창 달린 마루가 있는데도 방으로 통

바람이 몰려들고 있었다. 그러나 넓은 온돌방은 모두가 양복을 벗었을 만큼 방바닥이 따끈따끈했다.

기생들 다섯이 윗목에 나란히 서서 나비춤을 추듯이 차례로 인사를 했다. 손님 세 사람이 기생들을 고르고, 술자리가 짜여졌다. 기생들이 날렵하게 술을 따랐다. 두 개의 큰 교자상에는 온갖 술안주들이 자리다툼을 하듯 빽빽하게 차 있었다.

"자아, 세 분 선생님들을 저희 잡지의 편집위원으로 모시게 된 것을 축하하며 한잔 쭈욱 드십시다."

사장 민동환이 술잔을 치켜들며 목청 높여 말했다.

뭐라고……!

송중원은 머리가 쿵 울리면서 정신이 아찔해지는 현기증을 느꼈다.

나를 이렇게 몰아내!

곧 쓰러질 것만 같았다. 그러나 송중원은 이를 앙다물었다. 추태를 보여서는 안 되었다. 자존심이 있었다. 송중원은 술잔을 들었다.

"자아, 앞으로 잘해봅시다."

"예, 새 마음 새 뜻으로!"

"조선계는 더욱 잘될 겁니다."

송중원의 눈에는 허허대고 껄껄거리는 세 사람의 모습이 흐릿하게 잡히고 있었다.

송중원은 왼손으로 상끝을 붙들었다. 가슴이 화끈거리며 열기가 솟구치고 있었다. 목에서 피냄새가 났다. 그러나 그들을 따라 술잔을 비웠다. 술을 넘기자마자 구역질이 왈칵 솟아올랐다. 송중원은 다시 어금니를 맞물며 구역질을 참아내려고 했다. 그러나 기침까지 터지려고 했다. 도저히 더 참을 수가 없어 송중원은 입을 막고 일어섰다.

송중원은 변소로 가며 기침을 하기 시작했다. 그의 뒤를 기생이 종종걸음 치며 따르고 있었다.

송중원은 숨을 헐떡거리며 토악질을 했다. 술이 다시 넘어왔다. 그 술냄새가 마치 민동환의 말인 것처럼 역하게 느껴졌다. 더 넘어오는 것은 없으면서도 구역질은 한동안 계속되었다. 송중원은 한 손으로 가슴을, 다른 손으로 배를 싸잡고 몸부림했다. 가슴은 뜨거웠고 배는 뒤틀리고 있었다.

가까스로 구역질을 가라앉힌 송중원은 벽을 붙들고 일어섰다. 벽에 자신의 모습이 드러났다. 벽에 걸린 큰 거울이었다. 창백한 얼굴, 부시시한 머리칼, 눈물 비어져 나온 눈…… 초라하기 그지없는 모습이었다.

"자아, 세 분 선생님들을 저희 잡지의 편집위원으로 모시게 된 것을 축하하며……."

……그러니까 넌 나가라는 것이었다. 일방적인 편집위원 선정은 편집권의 박탈인 동시에 파면 통고였다. 단둘이 앉아서 말하기 곤란하니까 그런 악랄한 방법을 동원한 것이었다. 지하고문실에서 발가벗긴 몸뚱이를 짓밟힐 때보다 더 참혹한 기분이었다. 그때는 상대가 왜놈이었고 저항하는 의미가 뚜렷했었다. 그런데 같은 조선

사람에게, 그것도 아우의 친구에게……. 민동환은 솔직했어야 한다. 생각이 달라졌다고. 미리 통고했어야 한다. 함께 일하기 어렵다고. 그랬으면 서로 웃는 얼굴로 헤어졌을 것이다. 어디 마음 변하는 것이 민동환뿐인가. 소위 지식인이라는 것들의 변절 경쟁은 얼마나 심한가. 가지가지 변명과 궤변들을 늘어놓으면서. 그런 자들에 비하면 민동환은 오래 견디어온 편이고, 속으로는 진작부터 변질되고 있었던 것이다. 어쩌면 자신의 잘못이었는지도 모른다. 민동환이가 이런 식으로 일을 꾸미기 전에 벌써 눈치를 채고 물러가 주었어야 했던 것이다. 그런데 민동환의 변화를 느끼면서도 오히려 잡지를 더 바르게 세우려고 의지 강한 필자들만 동원해 댔으니……. 그래, 더 이상 자존심 상해하지 말자. 악랄은 곧 비열이 아니더냐. 어차피 오래 갈 사이는 아니었으니까 그의 악랄을 이해할 필요는 없지만 그의 비열은 불쌍하게 생각하자. 내가 더 감정을 상하는 건 저런 부류들에게 지는 것이다. 그 충격을 깨끗이 씻어내고 여길 떠나자. 서로 더 이상 말이 필요 없으니까.

송중원은 거울을 보고 웃었다. 거울도 웃고 있었다. 웃으니까 그 모습이 한결 좋아 보였다. 그는 손수건을 꺼내 눈을 훔치고 얼굴을 닦았다. 머리카락도 간추렸다. 민동환이가 야비한 수법을 썼으면 이쪽에서는 당당한 태도로 받아들이는 것이 이기는 것이었다. 송중원은 옷차림까지 손질하고 변소에서 나왔다.

"선생님, 어디 많이 편찮으세요? 술이 얹히셨나요?"

그때까지 멀찍이 지켜서 있던 기생이 뛰어오며 하얀 수건을 내밀었다.

"아니 괜찮아. 추운데 방에 들어가 있지 뭘……."

송중원은 수건을 받아들며 웃었다. 수심 깃들인 인상인 기생의 얼굴에 추위가 오소소 묻어 있었다. 전에 민동환이 벌인 술자리에서 한두 번 본 적이 있지만 이름 같은 것은 기억이 없었다.

"선생님, 무슨 약 좀 드릴까요?"

"아니, 됐소."

송중원은 걸음을 옮겨놓았다.

양복 윗도리와 외투가 방 안에 있었다. 기생을 시킬까 생각했다. 그러나 괜히 번잡해질 것 같았고, 당당한 태도도 못 되었다. 손수 옷을 입고 나오기로 했다.

"이젠 잠꼬대 같은 독립 운운할 때가 아닙니다. 일본과 화합 방법을 모색할 때지요."

"그렇구말구요. 일본이 아세아의 맹주가 될 날이 목전에 닥쳤는데 눈치가 있어야지요. 일본이 내선일체를 내세운 건 우리 입장에선 고맙기도 한 거지요."

"예, 그건 천만다행입니다. 우리 조선사람들을 종으로 취급하지 않고 동등하게 받아들이는 건데, 우리가 의지할 데는 그 이상 더 좋은 게 없지 않습니까."

방에서 들려나오는 거침없는 말들이었다.

똥통에 구더기만도 못한 놈들…….

송중원은 방문을 옆으로 밀쳤다.

"아니, 어디 불편하신가요?"

황인곤이 기생을 껴안은 채 눈치 빠른 척 물었다. 술기운 내비친 그의 두툼한 얼굴에는 능란한 사교적 웃음이 는적이고 있었다.

"아닙니다."

송중원은 무표정하게 벽 쪽으로 걸어가 윗도리를 내려서 입고 외투를 팔에 걸었다.

"아니 주간님, 왜 이러십니까?"

민동환이 고개를 돌렸다.

"오늘의 처사를 파면으로 받아들이겠소."

송중원의 냉정한 대꾸였다.

"아닙니다, 그게 아니고……."

"변명할 것 없소. 서로 거북하니까."

송중원은 방을 나섰다.

"아니 주간님, 그게 아니고……."

민동환의 목소리가 조금 커졌다. 그러나 민동환은 따라나오지 않았다.

"선생님, 외투 입으세요. 추우신데요."

대문까지 따라나온 기생이 말했다.

"응, 그래야겠군."

송중원은 외투를 걸치려고 했다. 그런데 기생이 외투를 잡고 거들어주었다.

"선생님……!"

송중원은 느낌이 이상해서 고개를 돌렸다. 기생이 눈물 글썽한 눈으로 빤히 쳐다보고 있었다. 그 얼굴에 수심이 더 깊어 보였다. 송중원은 가슴이 뭉클함을 느꼈다. 기생은 정 많게도 파면당한 것을 걱정하고 있었다.

"고맙소. 들어가시오."

송중원은 자신도 모르게 존대로 말하고는 돌아섰다.

어두워진 거리의 겨울바람은 차가웠다. 송중원은 몇 번이고 찬바람을 들이켰다. 가슴의 열기는 가셔지고 없었다. 어디 가서 술을 마시고 싶었다. 황일랑이 있었으면 싶었다. 그러나 집에까지 찾아가기는 너무 멀었다. 황일랑은 뭐라고 할까? 또 기발한 독설을 퍼부어대겠지. 그는 이제 어느 잡지사를 찾아가나? 잡지마다 친일로 기울고, 문학지들은 순수문학이란 포장지로 친일을 눈가림하고, 거의 모든 문인들은 예술의 순수성을 내세우며 현실의 모순과 문제점들을 교묘하게 기피하고 외면하면서 자기 합리화의 변명거리로 삼았다. 문학은 당대의 모순과 갈등이 반영되어야 하고, 현실의 고난과 고통이 형상화되지 않으면 안 된다. 이 세계적인 정의는 그들 앞에 무색하고 공염불일 뿐이었다. 그들의 작품에는 '식민지시대'가 눈을 씻고 찾아도 없었다. 그런데 그들의 작품은 '순수문학'이라는 이름으로 의미 부여되고 미화되고 있었다.

"태풍이 몰아치면 큰 나무에서부터 풀잎 하나까지 영향을 받지 않는 게 뭐가 있냐. 그런데 그런 현실을 완전히 외면하고 기피하면서 순수라? 이 사기꾼들아, 제대로 쓸 용기가 없으면 주둥이나 까

발리지 말어. 예술지상주의가 네놈들 사기치는 데 이용해 먹으라고 생겨난 줄 아냐? 뻔뻔하고 치사스러운 놈들 같으니라구."

어느 술자리에서 만취한 황일랑이 술상을 엎으며 외쳐댄 말이었다.

"국외자로서 볼 때 조선의 지식인들은 참 문제가 많습니다. 조국이 식민지 상황에 처했을 때 어느 나라에서나 배반자와 반역자들은 있게 마련입니다. 그러나 그 정도가 문제고, 어느 계층이냐가 문제겠지요. 현재 조선의 심각성은 지식인들의 배반과 반역이 급증하고 있다는 데 있습니다. 지식인들은 어느 나라 어느 사회에서나 영향력을 행사하게 됩니다. 그 영향력은 개인적 차이는 있겠지만, 바로 지식인들의 명망성을 생산해 냅니다. 지식인들치고 그 명망성을 의식하지 않는 사람은 하나도 없습니다. 그 유명해지고자 하는 욕구는 지식인이 되고자 공부를 할 때부터 의식·무의식적으로 잉태되는 본능 같은 것 아닙니까. 솔직히 말하자면 전 생애를 하느님 앞에 바치기로 서원한 우리 성직자들에게도 명망성의 유혹이 있습니다. 그러니 일반 지식인들이 갖는 그 욕구가 얼마나 강하고 치열할 것인지는 더 말할 것 없지 않습니까. 그런데 중요한 것은, 지식인들이 향유하는 사회적 영향력과 명망성에는 반드시 그에 상응하는 사회적 책임과 의무가 따른다는 점입니다. 다시 말하면 지식인들이 행사하는 영향력을 수용하는 것은 누굽니까. 대중들입니다. 지식인들의 명망성을 만들어준 것은 누굽니까. 그것도 대중들입니다. 그러므로 대중들은 지식인들을 유명하게 만들어준 만큼 그들에게 사회적인 책임과 의무를 다할 것을 요구하게 됩니다. 그 책임과 의무의 부여를 지식인의 사회적 사명이라고 하는 거겠지요. 그런데 조선지식인들의 문제는 바로 그 사명감의 인식 부족에서 비롯되고 있습니다. 사회적 영향력을 행사하고 싶고 유명해지고 싶은 본능만 있을 뿐 사회적 책임과 의무를 다하려는 이성은 없다 그런 말입니다. 그러다 보니 상황에 따른 기회주의와 이기주의에 능하게 되고, 식민치하에서도 출세하고 유명해지고 싶은 본능만 자꾸 발동하게 됩니다. 그건 민족적으로 사회적으로 무척 불행한 일입니다. 왜냐하면 그 잘못된 지식인들의 행태가 대중들에게 영향을 미쳐 대중들의 의식을 파탄시키는 동시에 친일을 확대시키고, 또다른 지식인들을 동요시킴과 아울러 합리화시킵니다. 그런데 조선사회의 심각성은 지식인들이 이미 그 단계를 넘어섰다는 데 있습니다. 다시 말하면 변절하는 지식인들이 많아지면서 자기들끼리 자기 변명을 할 수 있도록 결속해서 변절논리를 창출해 내는 지경까지 와 있다 그겁니다. 그 논리가 치졸하고 교활하다 하더라도 논리인 이상 최소한의 설득력을 갖게 되고, 궤변일수록 사람들을 현혹시키는 마력이 강하듯 고통에 시달리고 있는 대중들에게 그들의 교활한 논리는 상상 이상으로 악영향을 미치고 있습니다. 대중들이 그들의 행위를 본받아 친일행위를 자행하고 그들의 논리를 내세우며 죄의식도 부끄러움도 못 느끼게 된다 그겁니다. 저는 신자들을 통해서 그런 구체적인 현상을 보면서 조선의 위기를 실감하고 있습니다. 결론적으로 말을 정리하지요. 조선의 모든 지식인들에게 주어진 이 시대의 사명감은 무엇이겠습니까. 그건 열 번 백

번 말해도 똑같이 조국을 되찾기 위해 몸바치고 투쟁하는 것 아닙니까. 그러나 그 적극적인 투쟁이 여의치 못하거나 자신이 없으면 차선책으로 소극적 투쟁은 해야 합니다. 지식인의 소극적 투쟁이란 무엇입니까. 자기가 갖춘 지식으로 벌어먹기를 거부하고 단념하는 것입니다. 그리고 가장 낮은 데로 내려가 노동을 하면서 벌어먹는 것입니다. 식민지 지배자들은 식민지 지식인들의 협조를 전혀 얻을 수 없고, 일반 대중들은 유명한 지식인들이 자기들과 똑같은 노동을 하면서 살아가는 것을 확인하는 상황, 그 이중적 파급효과가 얼마나 크겠습니까. 박영효 최린 이광수 최남선 같은 사람들이 친일을 하지 말고 그렇게 했으면 어떻겠느냐구요. 그러나 불행하게도 조선의 지식인들에게는 그런 결단력이 전혀 없습니다. 왜냐하면 앞에서 지적한 사회적 사명감의 인식 부족과 함께 노동을 천시하는 봉건적 양반근성이 골수에 박여 있기 때문입니다. 그런 지식인들은 그들의 알량한 지식을 이용해 이미 구구한 변절 이유들을 마련해 놓고 있습니다. 그러나 그게 어떤 이유든 간에 단 한 가지도 용납되거나 용서되어서는 안 됩니다. 인류가 사회와 국가를 형성한 이후 민족반역의 죄보다 더 큰 죄는 없기 때문입니다. 그동안 조선 사람들이 얼마나 치열하게 독립투쟁을 해왔고 얼마나 많이 죽었는지 잘 알고 있습니다. 제 동료들이 여러 식민지국가들에서 봉직하고 있습니다. 그들과 계속 서신 교환을 통해서 파악하고 있는 사실입니다만, 조선사람들의 투쟁이 가장 치열하고 끈질깁니다. 일본의 식민통치가 세계적으로 가장 가혹한 것은 이미 잘 알려진 사실이고, 그런 상황 아래서 조선사람들이 가장 치열하고 끈질기게 투쟁하고 있다는 것은 가히 세계적인 사건이 아닐 수 없습니다. 이 말은 그저 듣기 좋으라고 하는 말이 아니라 조선에서 23년을 살다가 쫓겨나는 제가 마지막으로 남기는 진실한 말입니다. 제가 신사참배 반대운동을 중단하지 않은 죄로 쫓겨납니다만, 솔직히 말해서 우리 천주교나 개신교나 조선사람들한테는 면목이 없고 미안함이 많습니다. 우리 양쪽 교단은 일본과의 갈등을 피하기 위해 정교(政教)분리 원칙을 세워놓고 3·1운동 때도 방관만 했었지요. 그 결과 신자들이 격감하고, 장기간 교세확장이 안 되었던 아픈 교훈을 잊지 않고 있습니다. 그러나 그후로도 정교분리 원칙은 고수되었고, 신사참배 문제도 양쪽 교단의 몇몇 학교가 자진 폐교하긴 했습니다만 결국 총독부에 굴복하고 말았습니다. 제가 쫓겨나는 것은 예수님의 가르침을 수호하자는 것이었지 조선사람들을 위한 것이 아니었으니까 실은 이 인터뷰에 응할 자격이 없습니다. 그러나 23년을 살아온 땅에 대한 감회도 있고, 인터뷰를 청해 온 것이 송 선생님이 처음이자 마지막이라 어떤 분인지 뵙고도 싶고 그랬습니다. 제가 한 말을 그대로 쓰면 잡지에 실리기 어려울 텐데, 못 실린다 해도 전혀 심려하지 마십시오. 송 선생님과 이렇게 대화한 것만으로도 흡족하고 보람이 크니까요."

임마누엘 신부는 역시 예견을 정확히 했었다. 그 인터뷰는 민동환의 반대로 게재하지 못했던 것이다.

송중원은 걸음을 멈추고서야 설죽의 술집 앞에 와 있는 것을 알았다.

"어머 선생님, 어서 오세요."

설죽이 반색을 했다.

"나 외상술 좀 마시러 왔소."

"예, 얼마든지요. 헌데, 혼자세요?"

"가능하면 술동무도 좀 해주고요."

송중원은 허물어지듯 주저앉았다.

"아니, 무슨 일 있으세요?"

"흥, 아주 조오은 일이오."

송중원은 히물거리고 웃었다.

"무슨 일이신데요?"

설죽이 바싹 다가앉았다.

"나 파면당했소."

"어머!"

"오늘 술값 못 받을지도 모를 거요."

"왜 그랬어요? 그 사장도 변심했나요?"

"하, 귀신이 따로 없군. 허형이 어째서 반했는지 이제 알겠소."

"너무 상심 마세요. 취직이야 또 하면 되니까요. 제가 곧 술상 들여올게요."

설죽이 다급하게 밖으로 나갔다.

송중원은 눈을 감았다. 허탁이 못내 보고 싶었다.

24

거룩한 죽음, 이름 없는 꽃들

관동군은 '만주 3개년 치안숙정계획' 마지막 해를 맞이하여 '동변도(東邊道) 치안숙정계획'을 구체화시켰다. 그것은 간도·통화·길림의 동남만주 일대에서 활동하고 있는 항일연군 제1로군을 완전히 소탕해 버리기 위한 작전이었다. 관동군 제2독립수비대 사령관인 노조에 소장을 토벌대장으로 한 그 작전은 1939년 10월부터 1941년 3월까지 실시하며, 7만 5천 명의 대병력을 투입하는 것이었다.

관동군이 그렇게 대병력을 동원하는 데는 이유가 있었다. 첫째는 한만국경지역에서 활동하는 제1로군이 아직까지도 항일연군 중에서는 제일 강력했고, 둘째는 1939년 노먼한에서 소련군과 무력충돌이 생겼는데 일본군이 패한 사건이 발생했던 것이다. 그 패배는 일본군에게 큰 충격이었고, 만약에 소련과의 전쟁을 생각할 때 후방기지 겸 작전기지로서의 만주가 완벽한 치안을 확보한 가운데 안정되어야 하는 것이 무엇보다 급선무였던 것이다.

이 토벌작전에는 병력만 어마어마하게 동원된 것이 아니었다. 그전의 포위·차단·섬멸 작전을 강화하는 한편으로 '진드기 전법'을 새로 전개했다. 진드기 전법이란 토벌전 특수전 같은 데서 단련되고 숙달된 강한 병사들로 특수공작대를 조직하여 항일연군을 찾아다니며 추격하고 또 추격해서 일각의 여유도 주지 않고 끝내는 지쳐 쓰러지게 만드는 것이었다. 그건 포위작전에서 유격대의 소부대가 쉽게 빠져나가는 허점을 보완해 유격대를 잡는 또다른 유격전법이었던 것이다.

그리고 일본군은 그들의 오래된 작전 중의 하나인 현상금도 내걸었다. 1로군 간부들에게 막대한 현상금이 붙은 전단이 사방에 뿌려졌다. 양정우 방대근 조아범 김일성 진한장 최현에게는 1만 원, 박득범 방진성은 5천 원, 위증민 전광에게는 3천 원씩이 붙어 있었다.

1940년 1월로 토벌 4개월째를 맞은 1로군들은 많은 피해를 입은 채 소부대로 분산하여 일본군을 피하고 있었다. 부대 규모가 클수록 피해가 크기 때문이었다.

제3방면군 12단 단장 천상길은 다섯 명으로 줄어든 부하들을 이끌고 노숙할 만한 곳을 찾고 있었다. 아침나절에 포위망을 뚫느라고 사력을 다한 데다 하루종일 추위 속에 눈길을 걸어 부하들은 기진맥진해 있었다.

"단장님, 저거, 저거 뭡니까?"

꽁꽁 얼어붙은 부하 하나가 말을 제대로 못하며 바위 쪽을 가리켰다.

"음, 왜놈들이 또 투항권고문을 붙인 거겠지."

바위에 붙은 종이를 보며 천상길은 픽 웃었다.

"그래도 뭔지 가봐야지요? 찢어버려야 하니까요."

다른 부하의 말이었다.

"그러지."

천상길은 고개를 끄덕이며 부하들을 앞장섰다.

바위 앞에 다다른 그들은 모두 소스라치게 놀라고 말았다.

'제1로군 군장 양정우가 체포되었다.'

주먹만큼씩 크게 쓴 글씨였다.

'이제 항일연군은 완전히 와해되었다.'

두 번째 줄이었다.

'일본군은 세계 최강의 무적의 군대다.'

세 번째 줄이었다.

'아래 편지를 장본인에게 전해주라.'

네 번째 줄 밑에는 봉투 하나가 붙어 있었다.

"단장님, 이게 정말일까요? 군장님이……."

부하 하나가 떨리는 목소리로 물었다. 다른 부하들도 불안하고 두려운 빛을 드러내고 있었다.

"아니야!"

천상길은 일단 부정했다. 군장이 체포되면 1로군은 끝장나는 것이었다. 1로군이 끝장나면 항일연군은 없어지는 것이나 마찬가지였다. 1로군 대원들은 누구나 1로군이 항일연군 중에서 제일 강하다는 것을 자부심으로 갖고 있었던 것이다.

"이건 왜놈들의 조작이야. 지금 동지들은 불안해하고 무서워하고 있지! 바로 그 점을 노리고 왜놈들이 조작한 거야. 우리 대원들의 사기가 떨어지고 동요하고 실망하게 만들려고 말야. 왜놈들이 얼마나 교활하고 악질적인지 겪어봐서 잘 알잖나. 절대로 속아선 안 돼!"

천상길은 부하들 하나하나를 응시하며 강하고 단호하게 말했다. 그게 조작이라는 확신이 없었다. 그렇기 때문에 그는 더욱 강하게 부정하고 있었다. 자기 자신부터라도 그 부정의 힘에 의지해야 했던 것이다. 그렇지 않으면 이 살을 에는 추위와 눈구덩이에서 더 이상 견딜 도리가 없는 일이었다.

"예, 맞습니다. 이건 틀림없이 왜놈들이 꾸며댄 거짓말입니다. 우리 경위여단이 얼마나 강한데 군장님이 체포됐겠어요."

한 부하의 말에 천상길은 살아난 기분이었다. 자신이 그런 말을 하는 것보다는 부하 쪽에서 그렇게 말하는 것이 효과적이었던 것이다.

"바로 그거야. 우리 경위여단이야말로 무적의 최강부대 아닌가."

천상길은 아까보다 더 힘차게 말하며 주먹을 흔들어 보였다. 그의 손을 감싸고 있는 벙어리장갑은 장갑이라고 할 수 없을 정도로 낡고 찢어져 속에서 솜이 드러나고 있었다. 때 절고 헐어빠진 그들의 옷도 나뭇가지며 가시 같은 것들에 걸리고 찢겨져 장갑 꼴이기는 마찬가지였다.

"헌데 이 편지는 뭘까요?"

"어디 또 무슨 수작을 했는지 보자."

천상길은 기세 좋게 두껍고 큰 종이를 북 찢으며 말했다. 그러나 속으로는 그 편지를 부하들 앞에서 보고 싶지 않았다. 또 무슨 내용으로 대원들의 사기를 떨어뜨리고 마음을 동요시킬지 알 수 없었던 것이다. 그렇다고 편지를 못 보게 할 수도 없었다. 그러면 더 궁금해하고 의심스러워해 오히려 상호 간의 신뢰가 깨질 수 있었다.

천상길은 내키지 않는 마음으로 봉투에서 편지를 꺼냈다. 한 장의 편지는 연필로 씌어져 있었다.

간청서

소인의 차남 전춘생은 열아홉 살 철없는 젊은 혈기로 가출하여 항일연군에 가담하였습니다. 하오나 항일연군은 대일본군의 적수가 되지 못하여 나날이 수없이 죽어가고 있다는 소문입니다. 더욱이나 항일연군은 속산에 갇혀 먹을 것이 없어 배를 곯고, 입을 것이 없어 이 삼동에 떨고 쫓긴다는 소문도 전해 듣고 있습니다. 그런 소문들을 듣고 부모로서 차마 밥을 목에 넘길 수가 없고, 불땐 더운 방에서 잠도 잘 수가 없습니다. 더구나 가망 없는 싸움에 귀한 목숨 헛되게 버릴까 봐 날이면 날마다 달이면 달마다 애가 타고 피가 마릅니다. 그리고 더욱 몸이 다는 것은 옆집 김용칠이가 투항해서 아무

벌도 받지 않고 오히려 상점에 취직까지 시켜준 일본군 덕에 돈벌이 잘하고 장가들어 자식 낳고 잘사는 것을 보면 우리 춘생이 걱정으로 사는 것 같지 않습니다. 우리 춘생이도 용칠이같이 살 수 있도록 어서 찾아주시기를 간청드리면서 이 글월을 올립니다.

천상길은 머리가 띵해지면서 이 편지가 사실인지 아닌지 혼란이 일어났다. 어찌 보면 사실 같기도 했고 어찌 보면 조작 같기도 했다. 비틀비틀 잘 쓰지 못한 연필글씨와 애타하는 부모의 마음을 보면 사실이었고, 그 글이 막히는 데 없이 매끈하게 잘 지어진 것을 보면 조작이었다. 그러나 어느 쪽인지 자신있게 분간이 되지 않았다. 천상길은 편지를 찢어버리지 않고 본 것을 후회했다. 자신이 잘 분간이 되지 않을 때 부하들은 더 말할 것이 없었던 것이다. 그러나 이제 돌이킬 수 없는 일이었고, 단장으로서 태도 결정만 남아 있었다.

"이런 흉악한 놈들, 제놈들이 쓴 편지를 그대로 베끼게 했구나. 글씨를 이렇게 못 쓰는 사람이 어떻게 글을 이렇게 잘 짓나. 우리를 잡지 못하니까 이제 별놈의 간악한 짓을 다 하는구나."

천상길은 분노에 찬 얼굴로 말하며 편지를 부하들에게 내밀었다.

편지를 받아든 부하들이 서로 얼굴을 디밀었다. 천상길은 돌아서며 사방을 둘러보았다. 깊은 산에 적설만 가득하고, 바람이 없으니 정적은 깊었다. 왜놈들에게 쫓기고 포위망을 뚫고 하면서 지난 석 달 동안에 남만주에서 동만주를 오간 것이 네 차례였다. 이제 1월 한 달만 더 버티면 추위는 고비를 넘기게 되는 거였다. 추위만 덜해도 버티기가 한결 수월했다. 그러나 문제는 식량과 물자였다. 금년에는 식량과 물자가 더욱 달렸다. 왜놈들이 수많은 병력으로 더욱 철저하게 차단한다는 것이었다. 식량을 구하기 위해서 목숨의 위험을 무릅쓰며 집단부락을 습격하기 시작한 것은 벌써 오래된 일이었다. 그러나 이쪽이 고통스러우면 왜놈들도 고통스럽기는 마찬가지였다. 차이가 있다면 왜놈들이 옷을 좀더 두툼하게 입고, 세끼 밥을 굶지 않는다는 것이었다. 앞으로도 왜놈들을 계속 끌고 다니며 고통을 당하게 하는 것이 이기는 방법이었다. 천상길은 아버지와 동생들의 모습을 지우며 어금니를 맞물었다.

"아직도 다 안 읽었나?"

천상길은 부하들 쪽으로 돌아섰다.

"아 예, 다 읽었습니다."

부하 하나가 편지를 내밀었다.

"어떤가, 내 말이 맞나 틀리나?"

천상길은 편지를 북 찢으며 부하들을 휘둘러보았다.

아무도 대답을 하지 않았다. 그들의 얼굴은 시무룩하고 슬픈 기색이 드러나 있었다.

"왜, 집 생각들 나나? 당연히 나겠지. 그래, 맘놓고 집 생각들 해도 좋아. 그러나 정신 똑똑히 차려야 해. 지금 동지들이 집 생각을 하며 슬퍼하는 것, 그게 바로 왜놈들이 노리는 거야. 이런 악랄한 수법으로 향수에 젖게 하고, 마음을 약하게 만들고, 전의를 잃게 하려는 것 아닌가. 내 말이 틀리나?"

천상길은 편지를 겹치고 겹쳐서 계속 찢어대며 부하들을 주시하고 있었다.

"예, 단장님 말이 맞습니다."

"그래요, 글씨에 비해 글이 너무 잘 지어진 것이 수상해요. 틀림없이 조작된 겁니다."

응답은 이렇게 했지만 부하들의 얼굴은 밝아지지 않았다.

"자아, 모두 편지는 잊어버리도록 해. 왜놈들은 무슨 수를 써서든 우리를 망치려고 하니까 거기에 속아 넘어가선 안 돼. 지금까지 우리가 해온 고생이 모두 물거품이 되는 거니까. 알겠나!"

천상길은 엄한 눈초리로 부하들을 훑었다.

"옛."

"알겠습니다."

부하들이 차려 자세를 취했다.

"좋아. 어두워지기 전에 빨리 노숙처를 찾자. 자아, 출발."

천상길의 판단은 틀리는 데가 없었다. 1로군 군장 양정우는 체포되지 않고 엄연히 경호대의 보호 속에 부대를 총지휘하고 있었다. 다만 소부대로 유격전을 전개하고 있는 대원들이 양정우를 직접 보기가 어려울 뿐이었다. 편지도 가족에게 베껴 쓰기를 강요해서 만들어낸 조작이었다. 일본군은 수단과 방법을 가리지 않고 토벌전과 심리전을 병행시켜 나아가고 있었던 것이다.

그들은 한참을 더 걸어 남쪽 비탈에 박힌 바윗덩이들을 찾아냈다. 북풍막이에 안성맞춤이었고, 등성이가 가까워 만일의 사태에 신속하게 대처할 수 있는 위치였다.

그들은 바위 밑의 눈을 발로 다지기 시작했다. 그렇게 다져야만 그 위에 누워도 눈이 눅어지지 않았다. 눈이 다져지자 솔가지를 꺾어다가 깔았다. 하얀 눈 위에서 솔잎들은 유난히도 푸르러 보였다. 그 솔잎들이 그들에겐 요였다. 솔가지를 깔면 눈의 냉기가 한결 덜했다.

그들은 바위를 등지고 웅크리고 앉았다. 천상길이 배낭에서 무엇인가를 꺼냈다. 조그마한 광목자루였다.

"자아, 저녁들 먹어야지."

천상길이 자루에 손을 넣었다.

부하들이 헐어빠진 장갑들을 벗고 두 손을 모아 바가지를 만들었다. 천상길이 옆의 부하의 손바가지에 자루에서 꺼낸 것을 한 주먹 흘려주었다. 손바가지에 담긴 것은 수수였다. 천상길은 부하들에게 차례로 수수 한 주먹씩을 나눠주었다. 그러고 나니 자루는 홀쭉해졌다.

"자아, 다들 먹지."

그들은 손바가지에 입을 대고 날수수를 먹기 시작했다.

어둑살과 함께 바람이 일어나고 있었다. 잎 다 떨어진 실가지들 사이로 별들이 돋아나고 있었다.

수수를 다 먹은 그들은 눈을 한 덩어리씩 뭉쳐서 먹었다. 어둠이 짙어지고 있었다. 어둠 저 멀리 나란히 줄을 선 불빛들이 나타나기 시작했다. 일본군들의 야영지였다. 일본군들은 어두워지기만 하면 행동을 멈추고 횃불들을 밝혀댔다. 추워서 불을 피우는 것만이 아니었다. 항일연군의 야간기습을 막기 위한 것이었다.

"누구 나하고 보초를 설 사람."

천상길의 말에 부하 하나가 나섰다.

"다른 사람들은 이제 자도록."

네 사람은 솔가지 위에 나란히 누웠다. 그리고 두루말이 담요 한 장을 펴서 덮었다. 그들은 영하 40도의 혹한 속에서 곧 잠이 들었다.

보초는 한 시간 간격으로 두 사람씩 교대했다. 동사를 방지하기 위해서 시간 간격이 짧았다. 자정 무렵이었다.

탕!

탕!

두 보초가 잠든 누군가를 향해 총을 쏘아댔다. 그리고 그들은 어둠 속으로 도망치기 시작했다.

"어, 뭐냐, 뭐냐!"

"무, 무슨 일이냐!"

놀라고 당황한 목소리들이 뒤엉켰다.

"으으으……, 으윽……."

어둠 속에서 고통스러운 신음소리가 울리고 있었다.

"단장님이다!"

"아니, 단장님을!"

"저, 저, 배신자들!"

"단장님……."

"단장님……."

신음소리가 멈추고 말았다. 어둠 속에서 바람소리만 거칠었다.

한편, 경위여단에서는 긴급사태가 벌어져 있었다. 포위망을 돌파하는 과정에서 참모장 정수룡이 일본군에 체포된 것이었다. 1로군의 정보가 토벌대에게 고스란히 넘어가게 된 위기였다.

방대근은 긴급연락대를 편성해 직접 지휘하고 나섰다. 참모장의 정보로 토벌대가 공격을 개시하기 전에 각 방면군에게 이동 명령을 전달해야 했다. 각 방면군의 사령부 밀영 위치가 토벌대에게 알려지는 경우 치명타를 입게 되는 것이었다. 촌각을 다투는 긴급작전이었다.

방대근은 2명 1개조로 짠 연락병들을 각 방면군에 띄웠다. 그리고 행군을 계속하며 2차로 연락병들을 보냈다. 만일의 사태에 대비하기 위해서였다. 연락병의 임무란 중요하고도 위험했다. 정보를 가지고 있을 뿐만 아니라 행동도 혼자나, 많아야 둘이서 하는 것이었다. 부대와 외따로 떨어져 눈 뒤덮인 산속에서 길을 찾아가야 하는 것이다. 그런데 돌발사태가 빈번한 유격전에서 찾아간 부대가 어디론가 이동해 버린 경우도 적지 않았다. 그때부터 연락병들에게는 더 심한 고통과 위험이 따르게 되었다. 이동한 부대를 찾으려고 산속을 헤매야 하는 것이다. 그러다가 길을 잃고 조난당하기도 했고, 포위에 걸려 사살당하기도 했고, 식량이 떨어져 굶어죽기도 했다. 그래서 연락병들은 몸이 튼튼하고, 정신무장이 견고하며, 산속의 지리를 잘 알아야 하는 것을 기본 조건으로 했다. 임무의 중요성만큼 연락병들은 특별대우했고, 일반 대원들도 연락병이라면 다르게 생각했다.

방대근은 부하 네 명을 데리고 미리 정해둔 두 군데 비상지점에서 연락병들을 규합했다. 예정된 엿새째까지 무사히 돌아온 연락병들은 여덟 명이었다. 2개조 4명이 변을 당한 것이었다.

방대근은 10일 만에 경위여단의 밀영으로 새로 정한 곳을 찾아갔다. 그런데 그곳에는 사람의 그림자 하나 없었다. 또 돌발사태가 터져 어디 다른 곳으로 옮겨갔는지를 샅샅이 살펴보았다. 그러나 그 어디에도 사람들이 머물렀다 떠난 흔적은 없었다.

이게 어찌 된 것인가. 이곳으로 오기 전에 무슨 일이 벌어진 것인가……?

방대근은 그랬을 것이라고 생각했다. 그렇지 않고서야 이런 일은 있을 수 없었던 것이다.

"자, 지금부터 본대를 찾아나선다. 모두 각오를 단단히 하도록!"

방대근은 부하들에게 비장하게 말했다.

부하들도 차려 자세로 총을 굳게 잡았다.

방대근은 열흘 전의 활동지역으로 은밀하게 접근해 갔다. 위험스러운 일이긴 하지만 부대의 종적을 찾아내자면 그 방법밖에 없었다.

"대장님, 저것 좀 보십시오."

옆을 따르는 부하가 방대근에게 낮게 속삭였다. 그 부하가 손가락질한 비탈에는 완전히 발가벗겨진 시체 세 구가 눈 위에 나뒹굴어져 있었다.

"음, 탐색조가 기습을 당헌 모양이군."

방대근의 담담한 대꾸였다.

그들은 경계를 하며 시체 옆으로 다가갔다.

"이삼 일 지낸 것 같군."

시체와 그 주위를 살피며 방대근이 중얼거렸다. 시체들 위에는 눈가루가 살얼음 끼듯 덮여 있었고, 핏자국들은 거의 보이지 않을 만큼 눈이 쌓여 있었던 것이다. 시체에 내린 눈은 거센 바람에 쌓이지 못하고 날아간 것이었다.

"탐색조가 나슨 것이 이상헌디……."

방대근은 사방을 둘러보며 고개를 갸웃거렸다.

발가벗겨진 일본군의 시체는 가끔 볼 수 있었다. 그건 물자가 부족한 유격대들이 총에서부터 양말까지 모조리 벗겨가 버린 것이었다. 그런데 일본군이 시체를 놓고 도망칠 만큼 다급해지는 경우는 대개 열 명 미만의 정찰대가 탐색을 하다가 기습당할 때였다. 그러나 대규모 병력으로 포위작전을 시도하고 있는 일본군이 정찰대를 투입하는 것은 그다지 흔한 일이 아니었다. 그건 유격대의 활동거점들을 어느 정도 파악한 상태에서 섬멸공격을 감행하기 위해 취하는 작전이었던 것이다.

이상하다……, 정작 경위여단의 이동상황이 적에게 포착되었단 말인가? 제일 먼저 대비하고 나선 경위여단이 그게 말이 되는가.

그런데 적의 탐색조가 투입된 것은 무엇인가……?

방대근은 혼란이 일어났다.

어쨌든 탐색조가 투입된 것은 이쪽 정보가 누설되었다는 것이다!

방대근이 내린 결론이었다.

그 결론과 함께 방대근의 머릿속에서는 불길한 생각이 스쳐갔다. 탐색조 뒤에는 대부대가 따르게 마련이었다. 새로 정한 밀영에 자취도 없는 부대와 일본군 대부대가 정면충돌하고 있었던 것이다. 방대근은 머리를 흔들며 그 불길한 생각을 떼치려고 했다.

"자아, 출발."

방대근은 전혀 아무 내색도 하지 않고 부대를 출발시켰다.

방대근부대는 이틀 동안 산줄기를 넘고 또 넘었다. 그러나 부대의 종적은 묘연하기만 했다.

사흘째 되는 날 방대근은 어느 등성이에서 20여 구의 시체를 발견했다. 그건 바로 경위여단 대원들이었다. 어지럽게 흩어진 그 시체들은 포위상태에서 싸우다가 죽은 것임을 보여주고 있었다.

방대근은 정신없이 시체들을 확인해 나갔다. 혹시 조카 삼봉이가 있지 않나 해서였다. 삼봉이가 후방대에서 전투대로 옮긴 것이 1년 반이었다. 방대근은 막혔던 숨을 토해냈다. 다행히 삼봉이는 없었다.

20여 명이 한꺼번에 죽었다는 것은 경위여단의 정보가 누설되었다는 확증이었다. 그렇지 않고서야 그 많은 사람이 몰살을 당할 수는 없는 일이었다.

또 어떤 간부가 체포된 것인가? 누가 또 투항을 한 것인가……?

방대근은 어지러움을 느꼈다.

부하들은 두려움에 찬 얼굴로 대장의 눈치만 살폈다.

"다덜 심내. 본대가 어디든 있을 것잉게."

방대근은 부하들에게 이 말밖에 할 것이 없었다.

이튿날 또 열 구가 넘는 시체를 발견했다. 방대근은 눈앞이 캄캄해지는 절망을 느꼈다. 경위여단이 치명적인 타격을 입은 것이 너무 뚜렷했던 것이다. 그 시체들의 위치로 보아 경위여단은 이동 중에 집중적인 공격을 당한 것이 분명했다. 그건 정보 누출을 더욱 확실하게 해주는 증거였다.

방대근은 또 시체를 확인해 나가기 시작했다.

"아니, 삼봉아!"

어느 시체의 얼굴을 들어보던 방대근이 부르짖었다.

오삼봉은 눈에 엎드린 채 죽어 있었다. 그의 손가락은 방아쇠에 걸려 있었다.

방대근의 흐려진 시야에는 큰누나의 얼굴이 떠올랐다. 고생으로 시든 꽃이 되어 있었던 그 모습이 가슴을 쓰라리게 했다. 방대근은 눈으로나마 조카를 덮어주었다.

방대근부대는 하루에 한 주먹씩 나누어먹던 잡곡마저 바닥이 났다. 그들은 눈으로 배를 채워가며 이틀을 더 헤맨 끝에 10여 명의 대원들을 만날 수가 있었다. 그 부대는 정치위원인 중국사람 한인화가 이끌고 있었다.

"말도 말아요. 우리 경위여단은 산산조각이 난 겁니다. 글쎄, 호위분대장놈이 부대자금 만 원까지 훔쳐가지고 투항을 해버렸지 뭡니까. 그놈 때문에 포위에 포위를 당하는데……, 참 우리 중국놈들 하는 짓하고는, 조선동지들한테 얼굴을 들 수가 없습니다."

정치위원의 침통한 말이었다.

"그럼 군장님은 어찌 됐습니까?"

방대근은 너무 큰 충격과 함께 양정우 장군의 안부를 물었다.

"모르겠어요. 지금까지 사력을 다해 찾아 헤매고 있는데 행방불명입니다."

정치위원이 고개를 떨구었다.

방대근은 그만 할 말을 잃어버렸다. 대장이 행방불명된 부대……, 경위여단은 이미 난파선이었고, 바퀴 빠진 수레였다. 호위분대장은 바로 양정우 장군의 호위를 맡은 책임자였다. 그리고 경위여단의 기관총대장이기도 했다. 그는 많은 공을 세우기도 했는데 어째서 변심을 하게 되었는지 도무지 알 수가 없었다.

앞날이 그렇게도 가망 없이 느껴졌던 것일까? 부대자금 만 원까지 훔쳐가다니, 도대체 그게 어디 인간인가. 아니, 그런 돈욕심으로 그놈은 양 장군과 나한테 붙은 현상금까지 타먹으려고 했겠지? 아니야, 어쩌면 그놈은 애초에 왜놈들 첩자로 잠입했던 것은 아닐까?

방대근은 머리가 어질어질했다.

"방 동지, 이제 어떻게 하면 좋겠소?"

정치위원이 한숨을 내쉬었다.

"예, 계속 군장님을 찾고 대원들을 찾아야지요. 군장님도 우릴 찾고 계실 겁니다."

방대근은 지체없이 힘주어 말했다.

"고맙소. 그렇게 합시다. 이제 방 동지와 합류했으니 경위여단은 재생하게 된 것이오."

정치위원의 목소리는 떨리고 있었다.

"그럼요. 경위여단은 건재합니다."

방대근은 정치위원의 손을 잡았다. 정치위원도 방대근의 손을 맞잡으며 부르르 떨었다.

그들은 식량을 구하기 위해 집단부락을 습격해 가며 열흘이 넘도록 양정우를 찾아다녔다. 그러나 양정우의 자취는 묘연했다. 2월도 중순에 이르러 있었다.

"우리 병력이 너무 약하니까 1방면군 쪽으로 이동하는 것이 좋을 것 같소."

어느 날 정치위원이 꺼낸 말이었다. 그 말은 양정우 찾기를 그만 포기하자는 뜻이었다. 그건 죽은 것으로 간주하는 것이었다.

"예, 그러지요."

방대근은 아무런 이의 없이 동의했다. 그동안 산속을 무작정 헤매다닌 것이 아니었다. 그전에 사용했던 자신들의 비밀통로를 따라 뒤질 만큼 다 뒤졌던 것이다. 살아 있다면 못 만났을 리가 없었다.

그뿐만 아니더라도 정치위원의 결정을 반대할 이유가 없었다. 1방면군 쪽으로 이동한다는 것은 통화현에서 환인현 일대의 지역을 포기하고 동쪽으로 옮기는 것이었다. 그동안 이 지역을 고수한 것은 양정우 군장의 뜻이기도 했다. 양정우 군장은 자꾸 서쪽으로 진출해서 8로군과 연결을 맺으려는 꿈을 가지고 있었다. 그건 다름 아닌 당중앙과 연결하려는 의도였다. 다시 국공합작으로 일본군과 전쟁을 벌이고 있는 중국공산당의 홍군은 홍군 깃발을 내리고 국민당군 내의 제8로군으로 변모해 있었던 것이다. 그러나 그런 양정우의 꿈은 그야말로 꿈에 지나지 않았다. 8로군과는 거리가 너무 멀었고, 그 사이에는 일본군들이 첩첩이었던 것이다. 그 시도로 병력을 꽤나 잃었고, 특히 조선대원들의 반발을 샀다. 조선대원들은 조선땅이 멀어지는 곳으로 떠나기를 원하지 않았던 것이다.

1방면군 쪽으로 이동한 방대근은 송가원부터 찾아보았다.

"송 동지, 무사혔소 잉!"

"아니, 방 대장님 아니십니까!"

두 사람은 얼싸안았다.

수염이 더부룩한 송가원은 양쪽 볼이 푹 파일 정도로 마르고 얼굴은 거칠 대로 거칠어져 있었다. 그 모습은 의무관도 예외 없이 굶주리고 있다는 것을 잘 보여주고 있었다. 방대근은 그런 송가원의 모습에서 강인함과 함께 송수익 선생을 보고 있었다.

"여기까지 어쩐 일이십니까?"

송가원이 반가움 넘치는 얼굴로 물었다.

"도망 왔소."

방대근이 씨익 웃었다.

"이쪽보다 공격이 심한 모양이지요?"

"아니오, 변절자 땜시 경위여단은 궤멸상태가 되야부렀소."

"그것 참……, 워낙 견뎌내기가 어려우니까요."

송가원은 놀라지 않았지만 괴로운 듯 얼굴이 찡그려졌다.

"왜놈덜 작전이 맞어 들어가고 있소."

방대근이 쓴 입맛을 다셨다.

"그놈들, 영리하다고 해야 할지 교활하다고 해야 할지. 금년부터는 여자 사진에다 옷까지 내걸지 않았습니까. 최악의 조건에서 시달리는 젊은 사람들 앞에 그따위 짓들을 하니……."

송가원은 고개를 저었다.

일본군들은 풍만한 여자들의 알몸 사진을 투항권고문과 함께 붙였고, 옷들을 나무에 걸어놓기도 했던 것이다. 갈수록 그 방법이 자극적이고 다양해지고 있었다.

"참, 왜놈덜헌티 요상시런 것 많이 배운게 좋소." 방대근은 쓰디쓰게 웃고는, "근디 말이요 이, 만약에 무신 일이 생기면 길림으로 가시오." 목소리를 낮추며 송가원을 똑바로 쳐다보았다.

"그렇게 전망이 안 좋은가요?"

송가원은 부대들이 위기에 봉착해 있다는 것을 알고 있었지만 막상 그런 말을 들으니 더 절망스러워졌다.

"짐작언 허겄지만, 시방 어떤 부대고 풍전등화요."

방대근은 말을 끝내기 바쁘게 자리를 떴다.

그런데 수국이가 속해 있는 이동후방대는 이틀 전부터 일본군들에게 쫓기고 있었다. 최대한의 안전지대를 골라가며 어렵게 구한 물자로 전투병들의 뒷바라지를 하고 있던 후방대의 아지트가 일본군에게 발각된 것이었다.

후방대 23명 중 남자는 여섯뿐이었다. 그들도 전투하기에는 어렵게 부상치료를 받았거나 몸이 약한 사람들이었다. 그런데 그들을 쫓고 있는 일본군들은 200여 명이었다.

후방대원들은 눈보라 속을 밤낮없이 내닫고 있었다. 그들은 산을 넘고 넘으면서 뒤쫓아오는 일본군에만 신경쓰는 것이 아니었다. 앞에서 나타날지 모르는 일본군도 살펴야 했다. 무턱대고 내닫기만 하다가 다른 일본군 부대와 맞닥뜨리면 꼼짝없이 포위당하게 되는 것이었다.

그들은 일본군들을 떼치기 위해 이틀 밤을 한숨도 자지 않고 줄기차게 산을 타넘었다. 그러나 일본군들은 끈질기게 쫓아오고 있었다. 진드기전법이었다.

그들은 사흘째는 더 견디지 못하고 한숨씩 자기로 했다. 눈보라는 치고, 먹는 것은 날곡식을 씹을 뿐인 데다가 잠까지 자지 못하니 기진맥진이 되어버린 것이었다. 그들은 바위를 등지고 서로 붙어앉아 절반씩 교대로 눈을 붙이기로 했다. 보초도 서야 했고, 오래 잠들어선 안 되었던 것이다. 총을 끌어안은 수국이와 필녀는 눈보라치는 혹한은 아랑곳없이 눈을 감자마자 잠이 들었다.

두 시간 정도씩 눈을 붙인 그들은 다시 출발을 서둘렀다. 그런데 두 사람이 모자랐다. 바위에 등을 기대고 쪼그려앉은 두 사람의 몸은 이미 굳어져 있었다. 몸이 약한 두 남자는 과로와 추위를 더 이겨내지 못한 것이었다.

"양식은 떨어져가고, 이러다간 안 되겠소. 유인작전을 써봅시다."

날이 밝자 후방대장이 말했다.

발이 빠르고 총을 잘 쏘는 사람으로 여덟 명을 골라냈다. 제일 먼저 앞으로 나선 것은 필녀였다. 나이든 필녀가 나서자 젊은 여자들이 다투어 나섰다.

"니넌 안 돼야."

필녀가 한 여자의 가슴을 손으로 막았다.

"……."

수국이는 필녀를 노려보았다.

"젊은것덜 삭신만허겄냐."

필녀가 달래듯이 웃으며 말했다.

"……."

수국이는 표정 없이 물러섰다.

"자아, 나머지 대원들은 왼쪽 등성이를 타고 가시오. 이따가 만납시다."

후방대장이 선발대 출발을 명령했다.

유인조는 선발대의 반대방향으로 움직이며 자신들의 모습을 노출시키기 시작했다. 일본군들이 보이자 유인조는 사격을 개시했다. 일본군들은 즉각적으로 응사해 왔다. 유인조는 계속 선발대의 반대방향으로 이동하며 사격을 가했다. 일본군들의 추격은 맹렬해지고 있었다. 유인조는 더욱 빨리 이동하며 산등성이 하나를 넘었다. 그리고 총소리를 뚝 끊었다. 그들은 골짜기 쪽으로 위장 발자국을 냈다. 그런 다음 방향을 반대쪽으로 틀어 사력을 다해 내닫기 시작했다.

유인조가 선발대와 합류해서 다소 안심하고 하룻밤을 보냈다. 그러나 일본군들은 따돌려진 것이 아니었다. 그들은 줄기차게 쫓아오고 있었다.

그런데 후방대에 위기가 닥쳤다. 아껴가며 먹은 양식이 동나고 말았다.

"참 요상허시. 어째 우리 편얼 요리 만낼 수가 없당가."

필녀가 안타깝게 말했다.

"그러게 말이에요. 만날 때도 되었는데……."

다른 여자대원이 초조한 기색으로 말을 받았다.

다른 사람들은 말할 기운도 없는 것처럼 묵묵히 걷기만 했다. 유격대를 만나기를 바라는 것은 그들 모두가 가지고 있는 희망이었다. 그러나 유격대의 수는 현격하게 줄었고, 산악은 골골이 첩첩이 깊고 넓기만 했다.

날곡식이나마 입에 넣을 것이 없게 되자 그들은 표나게 지쳐갔다. 행군 속도가 느려지고 쓰러지는 사람이 자주 생겼다. 그럴수록 일본군의 위협은 가까워졌다.

그들은 다시 유인작전을 시도했다. 그러나 몇 시간의 여유를 가졌을 뿐 일본군은 계속 쫓아오고 있었다.

허덕거리고 휘청거리며 걷는 대열 속에서 한 사람이 눈 위에 푹 쓰러졌다.

"동지, 강 동지, 정신 차려요."

뒤따르던 대원이 그 대원을 흔들었다. 눈에 얼굴을 박은 그 대원은 아무 반응이 없었다.

"아니, 강 동지!"

그 여자대원의 몸은 거짓말처럼 뻣뻣하게 굳어져 있었다. 혹한 속에서 몸이 얼고 얼어 숨이 끊어진 것이었다.

7일째 되는 날 그들은 일본군과 대치할 수밖에 없었다. 모두 굶주림과 피로에 지칠 대로 지쳐 일본군에게 따라잡히게 된 것이었다.

"다들 힘내시오. 조금만 더, 조금만 더 위로 올라갑시다!"

앞장선 후방대장이 대원들을 독려하고 있었다. 조금이라도 더 유리한 지점을 찾으려는 것이었다. 일본군들은 벌써 총을 쏘아대며 산비탈을 오르고 있었다.

"됐소, 여기 엎드리시오. 다음 대원……."

후방대장은 대원들의 사격위치를 정해나갔다. 눈보라는 줄기차게 휘몰아치고 있었다. 가로로 산개한 일본군들은 거침 없이 진격해 오고 있었다. 그건 포위대형이었다.

"여러분, 저놈들 하는 짓 잘 알지요? 여자들 잡으면 강간하고 나서 죽이는 거. 내가 총을 쏠 때까지 모두 기다리시오."

후방대장의 외침이 눈보라 속에 흩어지고 있었다.

일본군들이 차츰 사격권 안으로 들어오고 있었다. 필녀는 총을 더 바짝 끌어당기며 광대뼈를 밀착시켰다. 바로 그 옆에서 수국이는 방아쇠에 손가락을 걸고 있었다.

탕!

“사격억 개시!”

대원들은 방아쇠를 당기기 시작했다. 눈보라 속에 총소리들이 요란하게 울려댔다. 산이 울리면서 겹메아리가 파장 짓고 있었다. 바람소리에 섞이는 그 메아리들은 슬픈 울음처럼 퍼져나가고 있었다.

일본군들은 뭐라고 소리치며 돌진을 감행하고 있었다.

대원들은 정신없이 사격을 가하고 있었다. 일본군들이 여기저기서 픽픽 쓰러지고 고꾸라지고 있었다.

그려, 그려, 느그덜 죽고 나 죽자!

필녀는 방아쇠를 당길 때마다 이를 갈아붙였다.

엄니, 엄니…….

수국이는 일본군들이 쓰러지고 비탈을 굴러내릴 때마다 어머니를 불렀다. 비로소 어머니의 원수를 제대로 갚는 기분이었던 것이다.

쾅!

수류탄이 터졌다. 섬광이 치뻗어오르고, 비명소리가 뒤엉켰다.

“워메!”

필녀가 소리치며 왼쪽으로 고개를 돌렸다.

쾅!

필녀와 수국이의 몸이 들썩했다.

수류탄은 연거푸 터지고 있었다.

후방대원들 쪽에서는 더 이상 총소리가 울리지 않았다. 일본군들이 환성을 지르며 내닫고 있었다.

일본군들이 후방대원들 쪽으로 몰려들고 있을 때였다.

탕! 탕!

두 방의 총성과 함께 일본군 두 명이 나뒹굴어졌다.

두 다리가 절반씩 없어진 여자가 바위에 기댄 채 총을 쏘고 있었다. 그건 필녀였다.

일본군들의 총이 필녀에게 집중되었다. 필녀는 총을 떨구며 눈위에 머리를 박았다.

"서언사상니임……."

필녀는 철망 사이로 자신의 손을 잡아주는 송수익 선생을 보고 있었다.

3월이 중순을 넘기면서 날씨는 완연히 풀리고 있었다. 깊은 산중의 눈도 녹기 시작했다. 그러나 일본군들의 토벌은 늦추어지지 않고 있었다. 방대근은 여섯 명으로 줄어든 부하를 이끌고 동만주 돈화 북쪽에 이르러 있었다. 적과 싸우고 피하면서 산악 1,500리를 이동해 온 것이다.

어느 날 방대근은 항일연군 1개 분대를 만났다. 그들은 제5로군 소속이었다.

"이 길로 쏘련으로 이동하시오. 우리도 한 가지 임무만 끝내면 쏘련으로 갈 거요."

중국인 분대장의 말이었다.

"그게 무슨 소리요? 누가 그런 결정을 내렸단 말이오?"

방대근은 믿을 수 없는 말이라서 연달아 물었다.

"우리 군장님이시오. 그걸 대원들에게 널리 알려주라고 하셨소."

"주보중 군장님께서……."

방대근은 항일연군의 활동이 이제 막을 내렸음을 알았다. 주보중 장군의 결정이라면 곧 당의 결정이었다. 주보중 장군은 5로군을 맡고 있는 동시에 동북항일연군의 총사령관이었던 것이다. 그는 당 중앙의 핵심인 주은래가 만주로 파견한 인물이었다.

쏘련으로 후퇴……?

방대근은 고개를 저었다. 흑하사변의 기억이 너무나 뚜렷하게 남아 있었다. 다시는 그런 일을 당할 수는 없었다.

방대근은 하룻밤을 골똘히 생각했다. 항일연군은 이제 궤멸상태였다. 쏘련으로 가지 않으려면 방향은 단 한 군데, 그 반대쪽으로 가야 했다. 그쪽 어딘가에 지난날의 의열단 세력과 김원봉이 있었다. 그쪽으로 간다면 부하들은 어찌할 것인가. 그쪽은 중국과 일본이 한창 전쟁 중이었다. 무장한 일곱 명이 일본군의 경계를 뚫고 목적지에 도착한다는 것은 완전히 불가능한 일이었다. 그렇다고 총을 다 버린다고 해도 일곱이 한꺼번에 행동하는 것은 위험을 자초하는 어리석음이었다.

방대근은 다음날 아침 부하들을 모았다.

"동지덜, 잘 들으시오. 어지께 이애기 들어서 다 알고 있겠지만 우리 항일연군은 쏘련으로 후퇴허고 있소. 인자 항일연군이 만주서 헐 일언 끝난 것이오. 헌디 나가 생각허기로넌 쏘련으로 가봤자 환영받을 것 같지도 않고, 그리헐 일도 없을 것 같소. 그려서 나넌 안 가기로 작정혔소. 그러면 동지덜헌테 남은 길은 두 가지요. 첫째는 쏘련으로 가는 것이고, 둘째는 각자 집으로 돌아가 후일얼 기약허는 것이오. 그것은 동지덜 자유의사에 맽길 것이니 좋을 대로 선택허시요."

그건 곧 부대 해산을 알리는 것이었다.

대원들은 말이 없었다. 그 침묵은 오래 계속되었다.

"어째 말덜이 없소?"

"말하나마나지요. 대장님이 안 가시는데 누가 쏘련엘 가겠습니까."

어느 대원의 단호한 말이었다.

방대근은 대원들을 살펴보았다. 모두 같은 뜻을 나타내고 있었다.

"알겠소. 그러면 우리 후일얼 기약허도록 헙시다. 총얼 땅에 묻고 여그서 뜹시다. 동지덜 노자라도 장만헐 사람얼 찾어가야 헝게."

방대근은 착잡하게 말했고, 대원들은 모두 고개를 떨구었다.

25

뿌리뽑기

어디인지 모를 첩첩산중이었다. 무주의 산골 같은가 하면 어딘가 낯설고 이상했다. 산은 절벽과 바위투성이로 험하고 골짜기는 깊었다. 인적이라고는 없는 산속 어디에선가 으스스한 바람이 불고 있었다. 그 음산한 바람에 자꾸 떠밀렸다. 걸음을 옮기지 않으려고 버티었지만 소용이 없었다. 바람에 밀려 마음과는 달리 발이 자꾸 움직이고 있었다. 갑자기 어디선가 괴기스러운 새 울음소리가 들렸다. 구슬프면서도 흐느끼는 것 같은 새 울음소리는 차츰 커지면서 골짜기를 울리고 있었다. 너무 소름 끼치고 무서워 귀를 막으려고 했다. 그러나 손이 올라가지 않았다. 새 울음소리는 점점 더 커지고 아무리 몸부림을 쳐도 손은 말을 듣지 않았다. 그런데 새 울음소리가 뚝 그쳤다. 그리고 음산한 바람이 휘익 거세지면서 여자들의 웃음소리가 갑자기 터져나왔다. 마치 비명같이 날카로운 여자들의 웃음소리가 뒤엉키며 골짜기를 울려댔다. 그 웃음소리들은 새 울음소리보다 훨씬 더 소름 끼치고 무서웠다. 또 귀를 막으려고 했다. 그러나 여전히 손은 말을 듣지 않았다. 그런데 그 웃음소리들이 등을 미는 바람처럼 몸을 앞으로 끌어당기고 있었다. 뒤에서는 바람이 밀고 앞에서는 웃음소리들이 끌어당기고, 몸이 붕붕 뜨듯이 발은 빨라지고 있었다. 발을 떼어놓지 않으려고 안간힘을 써댔지만 손이 말을 듣지 않는 것처럼 발도 말을 듣지 않았다. 그런데 여자들의 웃음소리가 뚝 그쳤다.

그리고 느닷없는 소리가 울렸다.

"어엄니이—, 어엄니이—."

서럽고 애타게 골짜기를 울리는 그 소리는 삼봉이의 목소리였다.

삼봉아, 삼봉아, 어디 있는겨. 삼봉아, 얼렁 나오니라. 에미 여그 있다. 얼렁 나와.

그러나 목소리는 나오지 않았다. 아무리 목이 터져라 소리쳐도 목소리는 나오지 않았다.

"어엄니이—, 어엄니이—."

삼봉이의 목소리는 더 서럽고 애타게 골짜기를 울리고 있었다. 아무리 둘러보아도 삼봉이는 보이지 않았다.

"엄니, 엄니, 엄니……."

삼봉이의 목소리가 다급해졌다. 소리나는 쪽으로 고개를 돌렸다.

삼봉아, 삼봉아, 삼봉아!

삼봉이는 피를 철철 흘리며 붙들려가고 있었다. 삼봉이가 걸친

하얀 옷은 피범벅이었고, 검은 옷을 펄럭이며 삼봉이를 끌고 가는 두 사람은 뒷모습밖에 보이지 않았다.

삼봉이를 향해 죽을힘을 다해 뛰었다. 삼봉이와 손이 아슬아슬하게 닿을 듯 말 듯 되었다. 그런데 바람이 뚝 그쳤다. 그리고 걸음도 멎었다. 발을 떼어놓으려고 발버둥쳤지만 땅에 딱 붙은 발은 꼼짝도 하지 않았다. 그런데 삼봉이는 검은 사람들에게 붙들려 골짜기 저 위로 붕붕 떠가고 있었다.

"삼봉아! 삼봉아! 삼봉아!"

그때서야 목소리가 터져나왔다.

"어엄니이—, 어엄니이—."

삼봉이의 서럽고 애타는 목소리는 점점 멀어지고 있었다.

"삼봉아! 삼봉아! 삼봉아!"

발은 꼼짝도 하지 않으면서 목소리만 커지고 있었다.

아들을 붙들 수 없는 미칠 것 같은 심정을 소리로 토해냈다.

"삼봉아아, 삼봉아아, 삼봉아아!"

"엄니, 엄니, 정신 채리소. 엄니, 어찌 또 이렁가."

어머니의 외침에 놀라 잠이 깬 금예는 어머니를 흔들어댔다.

"엄니, 엄니, 정신 채리랑게."

금예는 어머니를 더 세게 흔들어댔다. 가위 눌렸을 때 얼른 깨우지 않으면 넋이 붙들려간다는 말이 겁났던 것이다.

"으응? 엉……?"

보름이는 벌떡 일어나 앉으며 두리번거렸다. 그 눈이 헛것을 보는 것 같았다. 방문을 흥건하게 적신 달빛으로 방 안은 어렴풋했다.

"엄니, 또 오빠 꿈 꿨능가? 아이고메, 요 땀 잠 보소."

금예는 횃대에서 무명수건을 내려 어머니의 이마로 가져갔다.

"시방 얼매나 되았능고……."

보름이는 딸한테서 수건을 받아들며 힘없이 중얼거렸다.

"하매 닭 울 때가 되았을 것잉마."

금예는 대체 무슨 꿈이길래 그러느냐고 묻고 싶은 것을 또 꾹 참았다. 해가 뜨기 전에는 꿈 이야기를 묻지도 답하지도 않는 법이었고, 그간에 몇 번 물었지만 어머니는 전혀 입을 열지 않았던 것이다.

"니 더 자그라."

보름이는 딸에게 말하며 이마의 땀을 훔쳤다. 온몸은 식은땀으로 젖어 있었다.

"어째 오빠가 자꼬 꿈에 뵈고 그렁고. 엄니, 점 잠 쳐보제그려."

금예는 어머니의 등을 두들기며 말했다.

"실답잖은 소리 말그라. 점쟁이가 멀 안다냐."

보름이는 한기를 느끼며 딸의 말을 막았다. 말은 점쟁이가 뭘 아느냐고 했지만 마음은 그 반대였다. 진작 점쟁이를 찾아가 보고 싶은 마음이 없지도 않았지만 혹시 흉한 소리를 들을지도 모를 두려움 때문에 피해왔던 것이다.

참 이상야릇한 일이었다. 공허 스님이 변을 당했을 거라는 말을 듣고 하늘이 무너져 내려앉았었다. 공허 스님의 변은 곧 아들의 변이었던 것이다. 그 낙망에 물도 넘어가지 않아 죽음의 문턱까지 이르렀다가 밤낮으로 우는 딸자식의 가련함과 홍씨의 따뜻한 부축을 받아 가까스로 기력을 찾게 되었다. 그러면서도 아들은 꿈에 보이지 않았다. 그 뒤로 어쩌다가 꿈에 보여도 건장하고 활달한 모습이었다. 죄지은 것 없고, 스님과 함께 갔으니 극락왕생했나 보다 하며 차츰 잊어가고 있었다. 그런데 서너 달 전부터 느닷없이 아들이 꿈에 보이기 시작했다. 꿈마다 흉악하고 소름 끼치는 것들이었다. 꿈은 꿀 때마다 달랐지만 아들이 피를 흘리고 있는 모습은 언제나 똑같았다. 그게 어찌 된 곡절인지 알 수가 없었다. 그런데 삼봉이 꿈만 꾸는 것이 아니었다. 시아버지도 보였고, 남편도 보였다. 삼봉이가 그간에는 무고했다가 요새 와서 무슨 변을 당한 것일까……, 내가 죽을 때가 돼서 헛것이 보이는 것일까……, 아니 꿈은 생시와는 반대라고 하지 않던가……. 별의별 생각이 다 떠오르는 것이었다.

"엄니……."

금예는 나직하고 정답게 어머니를 불렀다.

"그려……."

보름이는 달빛 젖은 방문을 멍하니 바라본 채 시름없이 대답했다.

"동결이 학상 말이시, 일본으로 떠날라먼 얼매 안 남었는디……."

"근디……?"

"우리 집서 반찬 없는 밥이라도 한 끄니 채래야 인사 아니겄능가?"

딸의 소견이 대견해서 보름이는 마음 한구석이 밝아지는 것을 느꼈다. 그러나 한편으로 애가 딴생각을 품고 있는 것이 아닌가 하는 생각이 문득 스치기도 했다.

"이, 그러면 좋제."

그러나 보름이는 아무 내색도 하지 않고 고개를 끄덕였다.

"글먼 날은 나가 잡을라네. 동걸이 학상보고 물어보고."

금예의 목소리에 달뜨는 기가 역연했다.

"총각 앞이서 큰애기 체신 떨어지게 허덜 말고."

"히히, 엄니넌……."

금예는 쑥스러움을 감추려는 듯 어머니의 등을 빠르게 콩콩콩콩 두들겼다.

못 오를 나무는 쳐다보지도 말어.

딸에게 하고 싶은 말이었다. 그러나 딸의 마음을 너무 상하게 할까 봐 차마 입 밖에 낼 수가 없었다. 처녀 가슴에 연정 이는 것이야 산들거리는 봄바람에 수양버들 가지 흔들리는 것과 다를 바가 없고, 빨간 댕기 달고 남모르게 앓는 짝사랑이란 것도 홍역 같은 것이니 굳이 마음 상하는 말 할 것도 없기는 했다.

그러나 한 가지 분명한 것은 자신이 오월이와 그리 친한 사이이면서도 삼봉이를 은실이에게 주기를 꺼렸듯 홍씨도 자신에게 그리 후덕하게 하면서도 아들 동걸이와 금예가 짝짓는 것은 결코 원하지 않을 것은 자명했다. 혼자 키운 외아들인 데다가 일본으로 대학까지 보내는 입장이었고, 지체까지 달랐던 것이다. 삼봉이와 은실이의 차이에 비해 동걸이와 금예의 차이는 몇 배나 더 컸다.

보름이는 또 후회를 곱씹고 있었다. 이렇게 될 줄 알았더라면 아들의 고집을 꺾어 손자 하나는 얻었어야 했던 것이다. 아들이 그리 무서운 일을 도모하고 있는 줄 까맣게 몰랐던 것이고, 혼인 일찍 하는 것은 잘못된 구풍이라는 신풍조에 마음 솔깃했던 것이 큰탈이었다. 이제 딸이 등을 두들기고 팔다리를 주물러줘도 미안하기는커녕 오히려 더 오래 해주기를 바랄 정도로 나이들고 삭신이 늙어 있었다. 금예도 이제 만개한 꽃이니 어디로든 짝을 찾아 보내야 했다. 그러고 나면 남은 말년을 어찌할 것인가. 손자 하나만 있었더라도 아들이 그리 애타게 그립지는 않을 거였다.

장닭의 목청 뽑는 소리가 들려왔다.

보름이는 하르르 한숨을 내쉬었다. 또다시 아들을 잊자고 생각했다. 어차피 아들은 그렇게 살다가 가도록 되어 있었다. 자신이 그렇게 이끌었던 것이고, 시아버지와 남편이 바라는 길이었다. 그러나 절손을 시킨 것은 자신의 외로움 이전에 시아버지와 남편에게 큰 죄를 지은 것이었다. 시아버지와 남편이 꿈에 나타나는 것은 그 잘못을 꾸짖으려고 하는 것인지도 몰랐다.

"인자 고만혀라. 니 팔 빠지겄다."

보름이는 등을 돌리며 머리 비녀를 뺐다.

"나 암시랑토 안혀. 인자 다리 뻗소."

금예는 어머니의 다리를 붙들었다.

"아니여, 자꼬 뚜둘기고 주물르먼 인 백이는 법이여."

보름이는 다리를 펴지 않으려고 했다.

"인 백이먼 무신 걱정이여. 자꼬 더 뚜둘기고 주물르먼 되제. 나 기운 씬 것 어디다 써묵게."

금예는 한 손으로 어머니의 무릎을 잡고 다른 손으로 발목을 잡아 다리를 쭉 펴며 말했다.

그 순간 보름이의 뇌리에는 서무룡이 퍼뜩 스쳐갔다. 금예는 불거진 눈만 서무룡이를 닮은 것이 아니었다. 늘씬하게 큰 키며, 남자 같은 기운, 서글서글한 성질까지 커갈수록 서무룡이란 떡판으로 찍어낸 떡이었다.

"시집언 안 가고?"

"히, 엄니 가차이로 가면 되제 머."

금예는 선머슴처럼 히 하고 웃었다.

보름이는 그만 가슴이 철렁했다.

야가 떡 줄 놈언 생각도 않는디 짐치국보톰 너무 단단히 마시는 것 아니여. 동걸이럴 아조 맘에 딱 작정혔능갑네.

보름이는 겁이 났다. 짝사랑이란 것이 우물가에서 물 한 바가지 떠준 나그네 보듯 해야 고운 것이지, 5월 단오에 쌍그네 타듯 해서는 탈이 생기고 병이 되는 법이었다. 그렇다고 당장 뭐라고 꼬집거나 탓할 수도 없는 일이었다.

"철없기넌. 부처님 말씸이 부부 인연이야 3천 년 인연이라고 허셨는디, 어디 니 맘대로 된다냐. 물 흐르디끼 바람 불디끼 순리로 인연 따라 백 리 밖으로도 가고, 천 리 밖으로도 가고 그러는 것이제."

보름이는 딸이 알아들으라고 이렇게 돌려서 말했다.

"치, 부처님언 허시는 말씸마동 영 알쏭달쏭허고 야릇꾸리헌 말만 골라서 허신당게. 살생얼 허지 말어라, 글먼 굶어죽어라 허는 것이고, 인생 무상이니라, 글먼 시상 사나마나 헝게 당장 죽어라 허는 것이고, 인연얼 맺지 말어라 그리운 사람언 못 만내서 괴롭고 원수는 만내서 괴로우니라, 글먼 다 혼자서만 살어야 허고 말이시. 부부 인연도 그렇제. 사람 한평상이 60년인디 어찌 부부 인연이 3천년이란 것이 말이 되간디."

"하이고, 서당개 3년이라고 절밥 얻어묵등마 들은 풍월이 열두 발이시. 부처님 말씀 그리 엇지게 생각허면 벌받는 것이여. 부처님이 다 듣고 기시는디."

보름이는 딸에게 눈총을 쏘았다. 그러나 속으로는 대견하고 안쓰러웠다. 가르친 것이라고는 아무것도 없는데 귀동냥으로나마 그런 것을 마음에 담아두었다가 제 생각을 말하는 데 써먹을 줄 아는 것이다.

"아이고, 부처님이 다 듣고 보시나마나 나 몰르겄네. 날 샜응게 물이나 질로 가야 쓰겄네. 엄니허고 아짐씨넌 부처님이야 허면 꼼짝얼 못헝게."

금예는 자리를 털고 일어났다. 금예가 말하는 아짐씨는 홍씨였다.

그려, 우리가 이리 사는 것도 다 부처님이 맺어준 인연 덕인 것이여.

보름이는 후덕한 홍씨를 생각하며 속으로 중얼거리고 있었다.

홍씨를 만난 것은 만주를 다녀온 운봉 스님을 따라 포교당에 잠시 머물러 있을 때였다.

"으쩌시오. 나도 외롭고 헝게 가차이서 항께 살아가는 것이."

운봉 스님에게 사연을 다 듣고 난 홍씨가 한 말이었다.

그 선선한 말이 너무 뜻밖이라 믿어지지 않을 지경이었다.

"한 입도 아니고 두 입이 으쩧케 그런 폐럴……."

물론 놀고먹을 것은 아니었지만 두 입이 얹힌다는 것은 예삿일이 아니었던 것이다.

"폐라 생각 말고 다 부처님 뜻이라고 생각허시오."

홍씨의 담담한 말이었고

"야아, 그리 생각허시면 더 좋을 것이 없겄구만요. 집안일 농새일 두루 도와감서 두 보살님이 말동무허고 사시면 서로 적적허시지도 않고라."

운봉 스님이 거들고 나섰다.

운봉 스님의 말을 따르기로 했다. 그 말을 따르면 운봉 스님한테 폐 끼치는 걸 면할 수 있었다. 운봉 스님은 가게 차릴 돈이 다 장만될 동안만 포교당에 머물라고 했던 것이다. 절집에 쌀 한 톨이라도 시주를 했으면 했지 부지깽이 하나라도 축내서는 벌을 받는다고 했다. 그런데 가게를 차릴 큰돈을 신세 진다는 것은 애초에 내키지 않는 일이었었다. 그러나 더 이상 산사에 머물 면목이 없었고, 다 공허 스님 뜻이라는 운봉 스님의 말에 어쩔 수 없이 포교당까지 따라왔던 것이다.

"한집서 살면 내사 좋제만 금예 엄니가 몸도 맘도 편편시럽덜 않을 것잉게……."

홍씨는 이렇게까지 마음을 써서 집부터 장만해 주었다. 운봉 스님이 돈을 보태려고 했지만 홍씨는 고개를 저었다. 운봉 스님은 공허 스님의 뜻임을 내세웠지만 홍씨는 끝내 말을 듣지 않았다.

그리고 홍씨를 따라나선 또 한 가지는 더 이상 가게라는 것을 하고 싶지 않았던 것이다. 가게를 하면 자꾸 큰딸 생각이 날 것 같았다. 큰딸은 어서 잊고 싶었다. 그런 변심을 사위가 했건 딸이 했건 간에 다 끝난 일 따질 것이 없었고, 가게를 다시 하면서 작은딸이 큰딸을 두고두고 욕할 것도 두려웠던 것이다.

금예는 두레박질을 느릿느릿 하며 여자들의 말을 즐기고 있었다. 우물가에서 여자들의 잡다한 이야기를 듣는 건 물긷는 재미 중의 하나였다.

"아따, 저놈으 젖통 잠 보소. 소젖만허시."

"김샌이 잠 안 자고 밤새도록 주물렀능감마. 밤새 영판 더 커져부렀는디."

"주물르기만 혀? 뽈고 핥고 야단났제. 그놈으 소리에 뒷집서 잠얼 못 자겄드랑게."

"아이고메, 몰르는 사람덜이 들으면 참말인지 알겄소. 애기가 묵을 젖얼 뽈고 핥고 허는 남정네가 시상에 어딨다요."

"무신 소리여. 아그덜얼 네다섯 난 젖도 아니고 첫애기 낳고 저리 탱글탱글허고 큰 젖얼 그냥 둘 남정네가 어딨어. 인자 봉게 새댁이 거짓말얼 구렝이 담 넘어가디끼 스리슬쩍 잘도 허네 이."

"음마, 내 속 짚어 넘 속이라고 하샌이 그랬는갑소 이. 우리 집서는 애기가 뽈고보톰언 통 그러덜 않는디라."

"하이고, 새댁 놀릴라다가 정읍댁 됩데 당해부렀네그랴."

여자들이 까르르 웃었다.

"아이고, 큰애기가 그리 좋아라고 웃으먼 으쩌?"

불똥이 금예에게로 튀었다.

"음마, 우서운 소리 헝께로 웃제라."

금예는 무안을 타지 않고 맞받아쳤다.

"얼랴, 쟈 능청시런 것 잠 보소."

"아이고, 금예도 시집갔다 허먼 젖통이 저리 커질 참잉게 지금보톰 비우가 좋아야제."

"그려, 시방도 저리 불룩헌디."

"아서, 아서, 큰애기보고 헐 소리가 따로 있제. 큰애기가 시집가기 전에 요런 소리 들으면 시집가서 밑천 되기넌 혀도, 큰애기럴 놀림감 삼는 법은 아니시."

어느 여자의 말이었다. 그건 처녀들에게 자연스럽게 성교육을 시킨다는 뜻이었고, 처녀를 놀려 수치심을 갖게 해서는 안 된다는 뜻이기도 했다.

"헌디, 그놈으 창씨개명인지 머신지넌 어찌허는 것이여?"

어떤 여자가 새 이야기를 꺼냈다.

"빌어묵을, 낫 놓고 기역 자도 몰르는 일자무식이 한문얼 어찌 알어 이름을 바꿀 것이여."

"음마, 이장 말도 못 들었어. 면사무소 가먼 서기덜이 다 척척 알어서 히준다고 안 혀."

"글씨, 히주먼 멀혀. 알아묵덜 못허는디."

"그나저나 낼모레 우리 동네가 다 면사무소로 간다등마."

"참, 염병지랄도 드럽게넌 해싼다. 경방단얼 짜라, 방공훈련얼 혀라, 폐품인지 걸레짝인지럴 내라, 밥 적게 묵고 일 많이 혀라, 고런 것덜도 모지래서 인자 이름을 갈아라 허는 것이여? 사람이 어지러와서 살 수가 있어야제."

"벨수 있간디, 나라 없는 백성이."

여자들은 한숨을 쉬었다.

금예는 물동이를 이었다.

놀림당했던 새댁도 물동이를 이었다. 그러자 저고리가 위로 쑥 올라가며 커다란 젖이 다 드러났다. 금예는 쿡 웃음이 터졌다. 밤새 젖이 불어나 커질 대로 커진 두 개의 젖통은 걸음을 옮기게 되면 번갈아가며 멋대로 흔들릴 참이었다.

금예는 간신히 웃음을 참아내며 우물가에서 벗어났다. 참 이상한 일이었다. 왜 처녀 때는 젖을 가리라고 별나게 단속하고 야단이면서도 일단 시집을 가서 아이만 낳았다 하면 젖을 그리 다 내놓고 다녀도 괜찮은 것인지. 처녀 때는 젖을 그냥 옷으로 가리는 것만이 아니었다. 치맛말기로 꽁꽁 동여매서 젖 모양이 드러나지 않게 해야 했다. 처녀가 젖이 불룩하게 드러나면 큰 흉거리였다. 젖이 큰 처녀들은 어찌나 꽁꽁 동여맸던지 시집가서 애를 낳고는 으레껏 젖몸살을 앓았다. 어떤 여자들은 젖몸살이 너무 심해 몸져눕기도 했고, 더 심하면 한쪽 젖이 못쓰게 되기도 했다. 그런 고생들을 뻔히 알면서도 왜 그걸 고치지 않고 계속 젖을 동이게 하는지 알 수가 없었다. 언젠가 동네 아주머니에게 살짝 물어보았다.

"그야 처녀가 젖이 크면 보기 숭허고, 신상에 해롭제."

"신상에 해로와라?"

"하먼, 걸을 때마동 방뎅이넌 씰룩쎌룩허제, 젖꺼정 철렁철렁히 보소. 총각놈덜이 눈 뒤집어져 그냥 놔두겄능가?"

"글먼 애 낳으면 어찌 그리 다 내놓고 댕긴다요?"

"그야 임자 있는 몸에 애엄씨꺼정 되야부렀는디 무신 상관이여. 애엄씨 젖이야 그것이 아그 밥통이제 어디 처녀 젖허고 같으간디?"

그러나 의문이 속시원하게 풀린 것은 아니었다. 자신도 젖이 큰 편이라 맨날 동이고 사는 것이 너무 불평스러웠던 것이다. 가슴을 꽁꽁 동여매면 갑갑하고 불편할 뿐만 아니라 여름에는 온통 땀띠가 극성을 부렸다. 그 고생 때문에도 어서 시집을 가야 했다. 시집가서 아이를 낳은 여자들은 젊거나 나이들었거나 간에 봄부터 가을까지 제멋대로 젖을 내놓고 살았다. 그러니 아침이면 어느 고샅에서나 물동이 이고 가는 여자들의 출렁거리는 젖을 볼 수 있었다. 그러나 남자들도 예사로 지나쳤고, 여자들도 전혀 부끄러워하지 않았다.

그런 생각을 하며 걷는 금예 앞에 한 남자가 불쑥 나타났다. 옆고샅에서 불거져 나온 것이었다. 그 남자는 물동이를 잡느라고 치켜올려진 금예의 두 팔을 붙들더니 쪽 소리가 나게 입을 맞추었다. 그리고 젖가슴을 재빨리 더듬고는 옆고샅으로 달아나기 시작했다.

"저런 잡놈으 새끼가 못된 놀부놈 행투 어디서 배와갖고!"

어찌할 틈도 없이 일을 당한 금예는 남자의 뒤에다 대고 소리질렀다. 성질 같아서는 쫓아가 뒷덜미를 잡아채고 싶었지만 머리에는 물동이가 이어져 있었다. 그렇다고 하나밖에 없는 물동이를 내동댕이칠 수도 없었다.

홍씨네 머슴 필룡이에게 '못된 놀부놈 행투'라고 금예가 소리친 것은 심성 고약한 놀부가 저지르는 여러 가지 못된 짓들인 애호박에 말뚝 박기, 수박밭에 말 달리기, 똥 누는 애 주저앉히기, 애 밴 여자 배 걷어차기 같은 것들 중의 하나였다.

"저런 쌔럴 빼놀 염병헐 놈이 지가 묵을 떡인지 아닌지도 몰르고 나대고 지랄이시. 어디 잽히기만 히봐라. 낯짝얼 와드득 쥐어뜯어 내 천(川) 자럴 양쪽 볼따구에 내놀 것잉게."

금예는 분을 참지 못해 물이야 출렁거려 넘치거나 말거나 발을 굴러대며 걷고 있었다. 금예의 마음은 홍씨의 아들 동걸이에게 가 있는데 머슴 필룡이가 느닷없이 그 짓을 하고 들었으니 부아가 날 만도 했다.

한편, 홍씨는 창씨개명 때문에 고심하고 있었다. 창씨개명을 하지 않는 자들은 불령선인이고, 그 자식들은 학교에 입학을 금지시킨다는 것이었다. 그런데 아들 동걸이는 대학 입학을 앞두고 있었다. 그것도 조선에 있는 대학이 아니라 일본으로 유학을 가는 것이었다.

그러나 공허 스님을 생각하면 일본식으로 이름을 고친다는 것은 도저히 있을 수 없는 일이었다. 여름에 게다짝을 발에 꿰는 것도 용납하지 않은 공허 스님이었다. 그런데 당신의 아들의 이름을 일본이름으로 고치면 어찌 될 것인가. 그렇다고 학교에 안 보낼 수도 없는 일이었다.

공허 스님이 살아 계신다면 이런 때 어찌했을 것인가……?

홍씨는 공허 스님에게 의논하는 마음으로 생각해 보았다. 호탕하게 웃으며 적당하게 고쳐서 학교에 보내라고 할 것도 같았고, 범 눈을 무섭게 뜨며 절대로 안 된다고 할 것도 같았다.

"동걸이, 동방의 큰 인물이 되라고 지은 이름이오."

한지를 펼쳐놓으며 공허 스님이 껄껄 웃었었다. 한지에는 '東傑'이라는 붓글씨가 큼직하게 적혀 있었다.

그 두 글자를 보는 순간 아침해가 뜨는 것 같은 밝은 빛을 느꼈던 것이다. 그런데 이름뿐 성이 없었다. 자신도 묻지 않았고 공허 스님도 입을 떼지 않았다. 승려에게 속가의 인연을 묻는 법이 아니었다. 승려는 머리를 깎으면서 속세와의 모든 인연을 끊는 것이었다. 부모와의 인연을 시작으로 모든 인연을 끊는 것이니 속세의 성명삼자도 나이도 없어지는 거였다.

이름 두 자만 적어놓은 공허 스님의 침묵은 무엇인가. 그건 가고 없는 남편의 성을 붙이라는 뜻이었다. 그래서 동걸이의 성은 전(田)씨가 되었다. 공허 스님은 그 뒤로도 동걸이의 성을 물은 일이 없었고, 자신도 입에 올린 일이 없었다. 구름이 스치듯이 바람이 불어가듯이 그렇게 만났다 헤어지는 목마름 속에서 그런 말은 다 부질없는 것이었다.

아무 기약 없이 가고 아무 기별 없이 오는 사람이었다. 그래서 떠날 때는 떠나는 사람이 아니라 오고 있는 사람이라 여겼던 것이다. 그러면 서운함은 기다림이 되고, 기다림은 외로움을 삭여주었다. 그러나 어디인지 모를 먼 길을 돌아 기별 없이 오는 사람을 기다리는 목마름은 늘 가시지 않았다. 그 날들이 생각보다 길어지면 두려움이 고개를 들고는 했다. 이대로 영영 안 오실지도 모른다……. 그러나 그 두려움을 다둑거리고 다스리려고 애썼다. 애초에 바람이고 구름의 인연이었지 끈으로 동여맨 속세의 인연이 아님이었다. 구만리장천을 나는 무수한 새들이 깃을 스친 그런 인연이었다. 그런데 구름이 만나 빗방울을 떨구고, 바람이 만나 씨앗을 옮긴 것이었다. 그러니 더 무엇을 바랄 것이랴. 동걸이가 있으니 오지 않는다고 오지 않는 것이 아니요, 떠났다고 떠난 것이 아니라고 마음에 다지고 또 다지고는 했다. 집착이 업이요 업이 고통이니 집착을 버리라는 가르침을 따르고자 했다.

운봉의 말을 듣고 한순간 하늘이 무너지는 것을 느꼈지만 이내 마음을 수습할 수 있었던 것도 평소의 다짐 때문이었다. 그리고 운봉 앞에서 그분과의 인연을 드러내서는 안 되었다.

금예 모녀를 거두기로 한 것은 공허 스님이 남기고 간 뜻이라 여겼다. 그 마지막 뜻을 고이 받들고자 했다. 그 모녀를 거둔다고 해서 동걸이를 가르치는 데는 아무 탈이 없었던 것이다.

"저놈얼 끝꺼정 갤치자면 살림이 실해야 허는디. 작인덜 단속은 어쩐고?"

공허 스님이 올 때마다 잊지 않고 했던 말이었다. 그것이야말로 아버지의 마음이었고, 직접 표시하지 못하는 동걸이에 대한 사랑이었다. 그 관심이 너무 고마워 재산을 착실하게 모아왔던 것이다.

"나가 보태지넌 못혀도 축낼 수야 있간디. 저놈 뒷수발에 쓰소."

공허 스님은 절대로 돈을 받아간 일이 없었다. 그래서 재산을 더 야무지게 단속해 왔던 것이다.

혼자 걱정을 하고 있던 홍씨는 아들이 전주에서 돌아오자마자 창씨개명 이야기부터 꺼내놓았다.

"엄니, 그런 걱정 마시고 이 글보톰 잠 들어보시씨요. 이 글언 엄니도 잘 아시는 그 유명헌 소설가 이광수라는 사람이 제일 먼첨 창씨개명얼 험서 쓴 글이구만이라. 한 대목만 짤막허니 읽을 것잉게 들어보시씨요."

동걸이는 앉음새를 단단히 하며 신문을 펼쳐들었다.

"내가 향산이라고 씨를 창설하고 광랑이라고 일본적인 명으로 개(改)한 동기는 황송한 말씀이나 천황어명(天皇御名)과 독법(讀法)을 같이하는 씨명을 가지자는 것이다. 나는 깊이깊이 내 자손과 조선 민족의 장래를 고려한 끝에 이리하는 것이 당연하다는 굳은 신념에 도달한 까닭이다. 나는 천황의 신민이다. 내 자손도 천황의 신민으로 살 것이다. 이광수라는 씨명으로도 천황의 신민이 못 될 것이 아니다. 그러나 향산광랑이 좀더 천황의 신민답다고 나는 믿기 때문이다. 엄니 들으시기에 어떠신게라?"

동걸이는 웃으며 어머니를 쳐다보았다.

"아이고, 어쩌기넌. 그 사람 넋나간 것 아니다냐? 그 사람, 왜놈

되고 잡아 환장헌 것이고, 조선언 영영 해방되기 틀렸다고 허는 것 아니여?"

홍씨의 얼굴이 일그러졌다.

"예, 그렇구만요."

"쯧쯧쯧……, 그런 글 써서 무신 영화럴 보는지 몰라도 원……."

홍씨가 고개를 내저었다.

창씨개명은 1940년 2월 11일부터 실시되었고, 그 글은 창씨개명을 마친 이광수가 2월 20일 《매일신보》에 발표한 것이었다. 그런데 동걸이는 한 달이 넘은 신문을 가방 깊숙이 보관하고 있었던 것이다.

"그나저나 니넌 으째야 쓰겄냐?"

홍씨는 근심스럽게 아들을 쳐다보았다.

"호랭이 잡을라면 호랭이굴에 들어가야제라."

동걸이의 다부진 말이었다. 그의 선 굵은 얼굴은 공허 그대로였다.

"그렇기넌 헌디, 글먼 어찌 고칠라고?"

홍씨의 얼굴은 더 근심스러워졌다.

"엄니, 그것이야 아무 걱정 마시게라. 전(田) 자 앞이다가 큰 대(大) 자 한나만 턱 놓으면 되는구만이라. 왜놈덜 즈그가 발광얼 혀봤자 우리 성씨만 크고 높게 해주는 것잉게요. 대전동걸, 지가 큰 인물 겉지 않은게라? 하하하하……."

동걸이는 고개를 젖히며 통쾌하게 웃어댔다.

그 웃음소리며 웃는 모습에서 홍씨는 공허 스님의 환생을 보고 있었다.

26

귀향의 뜻

"거기가 법원의 자료집 같은 것들을 정규적으로 발간하는 곳일세."

"법원……?"

술잔을 들다 말고 송중원은 홍명준에게 눈길을 보냈다. 그 눈에 의아스러움이 담겨 있었다.

"응, 신경에 거슬리는 모양이지? 내 그럴 줄 알았지. 허나 아무 걱정 말게. 자네가 써야 할 글도 없고, 딴사람들한테 글을 청탁하는 일도 없으니까. 자넨 그저 주는 자료들 가지고 책만 만들어내면 되는 거지."

홍명준은 미리 준비했던 말을 한달음에 쏟아놓았다.

"뭐, 재판에 관계되는 자료들인가?"

그러나 송중원의 눈길은 여전히 의아스러웠다.

"대개 그렇지."

"그럼 우리 조선사람들 것이 태반이겠군."

"그럴지도 모르지."

홍명준은 말이 나가는 순간 대답이 잘못되었다는 것을 깨달았다. 죄인의 거의 다가 조선사람들이었던 것이다.

"엉터리 재판기록이 많겠군."

송중원의 말은 담담한 듯 낮았지만 입가에 쓴웃음이 언뜻 스쳐갔다.

"그런 건 신경쓰지 말어. 자네가 한 일도 아닌데."

"……."

송중원은 무표정하게 또 술을 한 모금 마셨다. 그동안 그의 얼굴은 더 마르고 상해 있었다. 그런데 홍명준의 얼굴은 아래가 더 넓어 보일 정도로 살이 찌고 기름기가 번지르르하게 흐르고 있었다. 두 사람이 입고 있는 옷과 함께 그 모습은 너무 대조적이었다.

"형편이 급한데 복잡하게 생각하지 말어. 자식들이 한둘이 아닌데 자식들만 생각하게."

홍명준은 술잔을 비우며 눈꼬리로 송중원의 기색을 살폈다.

자식들……, 너무 많았다. 어쩌다 보니 다섯이나 생겨나 있었다. 세월은 부질없이 흘러가고 남은 건 자식들이었다. 그것들을 먹이고 가르치고……, 생활의 위기는 심각했다. 점심을 굶긴 지는 벌써 오래였다.

목구멍이 포도청 아닌가. 자식들하고 먹고살아야지.

누구나 그렇게 말했다. 그리고 그건 변명으로 효과가 있었다. 물론 먹고살아야 하는 것만큼 절실한 것은 없다. 그러나……, 그것이 변명거리가 되어서는 안 된다.

"글쎄……."

송중원의 핏기 없이 메마른 얼굴에 괴로운 빛이 스치고 지나갔다.

"여보게, 자네하고 상관없는 일에 신경쓰지 말어. 보수도 괜찮으니까 눈 딱 감고 일해 봐."

홍명준의 어조에 간곡함이 서려 있었다.

상관없다고? 글쎄, 엉터리 재판기록들을 책으로 만드는 행위는 뭐지? 그건 잘못된 판검사들의 행위를 인정하고 동조하는 것 아닌가? 지금 독립운동으로 실형을 받고 복역 중인 사람들이 2만 명이 가깝지 않은가. 그 형벌의 정당성은 인정될 수 없다. 그런데 그 재판기록들을 책으로 만들어?

"좀더 생각해 보겠네……."

송중원은 한숨을 물며 담배를 빼들었다.

"이봐, 생각하고 말고 할 것 없다니까. 복잡하게 생각하면 이 세상에 걸리지 않을 일이 하나도 없어."

"알겠어. 좀더 생각해 볼 테니까 그 얘긴 이제 그만하고 술이나 마시세."

송중원은 술잔을 들며 희미하게 웃었다.

홍명준은 섬찟한 것을 느꼈다. 송중원의 초췌한 얼굴에 스치고 지나가는 차가운 웃음은 분명 거절이었다. 다만 말을 부드럽게 할 뿐이었다. 그 웃음과 거절은 자신에 대한 경멸이기도 했다. 송중원이가 한마디로 재판을 엉터리라고 하는 앞에서 사실 변호사로서 자신은 떳떳할 것이 아무것도 없었다. 특히 사상범에 대해서는 변호사로서 한 일이 없었다. 세월이 흐를수록 적당히 타협하고 적당히 방관하며 법조계 물결을 타넘어왔던 것이다. 설죽이 송중원의 실직을 걱정해서 일삼아 알아본 자리였다. 송중원을 만날 때까지만 해도 거절은 생각하지도 않았던 것이다. 송중원의 생각과 태도를 아는 터라 미리 고른다고 고른 자리였기 때문이다. 그러나 다시 확인한 송중원은 몸이 나빠 다만 활동을 중지하고 있을 뿐이지 허탁과 조금도 다를 것이 없었다. 생활의 어려움이 얼굴에 여실히 드러나 있는데도 보수 좋은 자리를 거절하는 그 독기. 그게 용기 같기도 했고 만용 같기도 했으며, 얼마나 오래갈지 의심스러운 한편 송중원이가 그 깡마른 몸으로 바들바들 떨며 거대한 바위를 떠받치고 있는 것 같기도 했다. 그러나 그런 송중원 앞에서 부끄러움을 면할 길이 없었다.

"그래, 그런 자리가 자네 기질에 안 맞을지도 모르지."

홍명준은 이야기를 마무리짓듯이 말했다.

"그건 기질의 문제가 아니라 근본의 문젤세."

송중원이 홍명준을 똑바로 쳐다보았다. 그 눈이 얼굴에 비해 너무 형형하게 빛나고 있었다.

"아, 그런가. 근본의 문제라……."

홍명준은 멋쩍게 웃으며 어물거렸다.

둘 사이에는 침묵이 가로놓였다. 홍명준은 다른 이야깃거리를 찾으려고 했지만 마땅한 것이 없었다. 허탁의 이야기를 꺼내자니 그렇고, 한창 시끄러운 창씨개명 이야기도 그렇고……, 그렇다고 다 낡은 대학 시절의 이야기를 꺼낼 수도 없었다. 그동안 흘러간 세월의 거리만큼이나 서로의 사이가 멀어져 있다는 것을 홍명준은 새삼스럽게 확인하고 있었다.

"그 신여성 박정애는 요새도 여전한가?"

홍명준은 가까스로 박정애를 생각해 냈다.

"음……."

송중원은 비식 웃고는 그만이었다.

그때 방문을 똑똑 두들기고는 설죽이 들어왔다.

"술 모자라지 않으세요?"

설죽이 상 옆구리에 앉으며 두 사람을 번갈아 쳐다보았다.

"송형이 더 생각해 보겠다는데."

홍명준이 설죽을 보며 씁쓰레하게 웃었다.

"당연하지요. 어디 놀이 가는 것도 아닌데 신중히 생각해야지요."

설죽은 눈치 빠르게 말하며 홍명준에게 눈을 깜박거렸다.

"그래, 그건 그렇고. 설죽은 창씨개명을 했나?"

홍명준은 이야기를 빨리 돌리려다 보니 불쑥 이렇게 물었다.

"관공서 등쌀에 하긴 해야겠어요. 이 장사도 못해먹게 한대잖아요."

"이 장사까지도?" 홍명준은 놀라고는, "그럼 뭐라고 고칠 건가?"

이야깃거리를 제대로 찾았다는 눈치였다.

"그건 쉽잖아요. 향산설자."

"향산설자? 무슨 뜻인가?"

"무슨 뜻이긴요. 소설가 이광수가 가르쳐준 대로 성은 향산, 이름 설죽은 설자로 한 거지요. 우리 집 애들은 다 그렇게 하기로 했어요."

"아하하하……."

송중원이 느닷없이 웃음을 터뜨렸다.

"그거 참 묘안일세."

홍명준도 따라 웃었다.

"역시 이광수는 가련한 조선민족과 우매한 대중을 위해 공헌을 많이 하는구만. 그가 바라는 대로 되고 있으니 이 얼마나 좋은 일인가."

송중원은 꼭 참말을 하는 것처럼 정색을 하고 있었다.

"아이 송 선생님, 저 같은 바보는 속겠어요."

설죽이 곱게 눈을 흘겼다.

"허, 죽이 잘 맞네."

홍명준이 껄껄거리고 웃었다.

설죽도 함께 술을 마시게 되자 술자리가 어우러졌다.

송중원과 홍명준은 취해서 술자리를 떴다. 밖으로 나와 홍명준은 변소로 갔고, 송중원은 쪽마루에 걸터앉아 구두를 신고 있었다.

"선생님, 이거……."

내실 쪽에서 달려온 설죽이 반으로 접은 편지봉투를 송중원의 주머니에 넣으려고 했다.

"이게 뭐요!"

송중원이 설죽의 손을 내치며 노려보았다. 그 눈이 술취한 사람 같지 않았다.

"이건 제 뜻이 아니에요."

설죽이 빠르게 속삭였다.

"……!"

"허 선생 뜻이에요."

"허탁, 허탁……."

송중원의 음성은 울음 같았다.

설죽은 봉투를 송중원의 주머니에 깊이 넣었다.

홍명준과 헤어진 송중원은 밤 깊은 거리를 터덕터덕 걸었다.

"자기가 갖춘 지식으로 벌어먹기를 거부하고 포기해야 합니다."

임마누엘 신부의 목소리가 또 들려오고 있었다.

송중원은 비척거리며 고개를 끄덕였다. 그동안 몇 군데 취직자리가 나왔었다. 탐정소설이나 애정소설들만 실려대는 삼류 대중잡지, 완전히 친일로 기운 종합잡지, 흥미 위주의 일본소설이나 번역해서 찍어내는 출판사, 일본글 번역하는 일 같은 것이었다. 이제 더 이상 알아볼 곳도 없었고, 알아볼 필요도 없었다. 마지막 남은 길은 하나였다.

그래, 가야지. 서울을 떠나야지…….

송중원은 또 스스로를 일깨우고 있었다. 고향으로 돌아가는 길

뿐이었다.

그러나 고향으로 가는 것도 문제였다. 땅이라고는 단 한 마지기도 없었던 것이다. 그래도 고향으로 가야 했다. 고향에 가면 문중도 있고 처가도 있었다. 서울에 더 있다간 굶어죽든지, 지식을 팔아먹든지 막다른 골목이 있을 뿐이었다. 어쨌거나 지식을 팔아먹기 쉬운 도시 서울을 버려야 했다.

송중원의 취한 눈앞에는 큰아들 준혁이의 모습이 떠올랐다.

"걱정 마세요. 제가 1년 동안 벌어서 대학 가겠습니다."

그래서 준혁이는 제 친구 아버지가 하는 제분공장에 취직을 했다. 준혁이는 일본으로 유학 갈 계획을 세우고 있다가 제분공장 직공이 될 수밖에 없었다. 애비로서 참 면목 없는 일이었다. 그동안 월급으로는 살기도 빠듯해서 학비를 모아둘 수가 없었고, 입학을 하게 되면 회사에서 마련할 작정이었던 것이다. 그런데 준혁이는 아무런 불평도 하지 않았고, 대학의 꿈을 포기하지도 않았다. 다만 진학 계획을 1년 뒤로 미룬 것이었다. 그 의지와 뚝심이 사내답고 믿음직스럽지 않을 수 없었다. 준혁이는 농과대학을 지망하고 있었다. 조선은 농민들이 가장 많고, 농민을 살리는 길이 조선을 살리는 길이라고 믿고 있었다. 그 생각은 스스로 터득한 것이라기보다 어떤 영향을 받은 것 같았다. 하여튼 그런 생각을 마음에 품고 있는 것이 대견하지 않을 수 없었다.

아아, 준혁이가 벌써 대학 갈 나이가 되다니…….

1921년 감옥에서 나와 에미 등에 업힌 갓난애 준혁이를 보았던 것이 엊그제 같기만 했다. 팍팍하고 고단한 세월이었으면서도 흐르고 보니 허망하도록 빨랐다. 자신의 나이가 마흔하나라니 도저히 믿어지지가 않았다. 나이는 먹고, 재산은 없고, 폐병은 고질병이 되어 있었다.

“형편이 급한데 복잡하게 생각하지 말어. 자식들이 한둘이 아닌데 자식들만 생각하게.”

홍명준은 급소를 찔렀던 것이다. 그런데 그 자리를 거절했다. 눈치 빠른 변호사가 그걸 몰랐을 리 없을 거였다. 홍명준은 어떻게 생각했을까? 대학 시절부터 별다른 갈등 없이 사는 체질인 홍명준으로서는 참 우습게도 보이고, 어리석게도 보이고, 가당찮게도 보이고, 가소롭게도 보이고, 똥고집으로도 보이고……, 어쨌거나 제 성의를 무시했으니까 더 좋지 않은 감정이었을 것이다. 그러나 부러 질망정 휘어질 수는 없는 일이었다. 홍명준은 그것을 모를 것이다. 영원히 모를 것이다…….

송중원은 비틀거리며 흐흐거리고 웃었다.

“뭐야 이놈들아! 비켜라, 이 더러운 놈들아! 나가 누군지 알어!”

어느 취객이 팔을 내젓고 소리질러 대며 앞서가고 있었다.

송중원은 합창을 하고 싶은 충동을 느끼면서 또 흐흐거리고 웃었다.

“우리 떠납시다, 고향으로.”

집으로 들어서며 송중원이 말했다.

“많이 취허셨구만요.”

하엽이는 가슴이 철렁해지며 남편을 부축했다. 그 말은 또 취직이 안 됐다는 뜻만이 아니었다. 실직하고 처음 내놓는 그 말은 취해서 하는 말 같지가 않았다. 고향으로 가서 어쩌자는 것인가. 논한 마지기도 없이 살길은 더 막막했던 것이다.

"왜 대답이 없소?"

낡은 마루로 올라서며 송중원의 목소리가 높아졌다.

"예, 가야 되먼 가제라."

하엽이의 수심 깃들인 얼굴이 더 어두워졌다.

송중원은 곧 잠이 들었다. 남편의 다 낡은 양복을 벽에 거는 하엽이의 얼굴에서도 젊은 날의 모습은 찾을 수가 없었다. 시집을 온 이후로 계속 허물어지기만 해온 집안살림을 사느라고 하엽이는 나이보다도 더 늙어 보였다. 싱싱한 여름잎새라는 이름의 뜻처럼 한 번도 살아보지 못한 여자의 사십 나이는 어느덧 그 모습을 가을잎새로 변하게 해놓고 있었다.

"우리 고향으로 떠납시다."

아침에 잠을 깨자마자 송중원이 한 말이었다.

"예……."

하엽이는 마음을 작정했다. 어찌 되었건 남편의 뜻에 따를 수밖에 없었다. 서울에서는 더 이상 살길이 없는 모양이었다.

"저 옷 좀 내리시오."

송중원은 아내한테 받아든 양복에서 봉투를 꺼냈다. 돈을 꺼내본 송중원은 깜짝 놀랐다. 용돈 일이십 원인 줄 알았는데 봉투에서 나온 것은 100원이었다. 그리고 쪽지 하나가 방바닥에 떨어졌다.

자네 소식 듣고 마음 무겁네.

변하는 인심 탓하지 말세나. 사람은 어차피 그런 것이되 그렇지 않은 사람들이 더 많다는 것을 믿세. 2천만 중에서 마음 변한 자들은 150여만. 마음 변하지 않은 사람들이 얼마나 많이 남아 있는가. 우린 든든하고 배부르네.

건강 살피고 강건하기를!

鐸

송중원은 가슴 뜨거움을 느꼈다. 쫓기면서 숨어사는 처지에서도 허탁은 자신에게까지 마음을 쓰고 있었다. 어젯밤에 설죽이 허탁의 이름을 댔을 때만 해도 설죽의 재치이겠거니 생각했던 것이다. 허탁은 다투듯 시샘하듯 변절하고 있는 식자들의 꼴을 보면서도 아직 절망하지 않고 있었다. 아니, 그의 계산대로 하면 그는 영원히 절망하지 않을 거였다. 혁명적 낙관주의란 바로 허탁을 두고 하는 말이었다.

그리고 설죽에게도 고맙고 미안한 마음을 느꼈다. 허탁을 뒷바라지하기도 쉽지 않을 텐데 자신에게까지 마음을 쓴 것이었다. 통 크고 정 많은 여자였다.

복덕방에 집을 내놓고 이사 갈 준비를 시작하게 했다.

"아빠, 왜 시골로 가는데요?"

"아빠, 나 시골 싫은데."

"아빠, 그냥 서울서 살아요."

어린것들은 이 모양이었다. 송중원은 입을 다물었고, 아내가 아이들의 입을 막느라고 급급했다.

송중원은 황일랑을 만났다.

"다 그리 마땅찮던가?"

황일랑이 한숨을 쉬었다.

"그렇지 뭐."

"그렇겠지. 언제 떠나게 되나?"

"집이 곧 팔릴 것 같네."

"나도 암담하네. 연애소설을 쓰느냐, 친일을 하느냐, 기로에 선 삐에로야."

"역사소설을 써봐. 왜놈들이 조선을 비하하는 조롱거리로 은근히 좋아하는 궁중비사나 권력암투 같은 것 말고, 현진건의 무영탑 같은 방향으로 말야. 무영탑은 문화적 긍지와 애정의 숭고함을 동시에 느끼게 되고, 소설적 재미도 잘 갖추었거든."

"그래, 괜찮은 방법이지. 자넨 내려가면 소설 좀 쓰려나?"

"난 재주 없다니까. 노동을 해야지."

"그 나이 그 몸으로?"

"더 건강해질 수도 있네."

"그건 지식인의 환상이지."

"고향이 서울인 자넨 잘 모르겠지. 난 지게질도 할 줄 알고, 낫질도 할 줄 아네."

"양반족보로 그런 걸 다 했어?"

"무슨 소린가. 우리 장인 어른은 손수 농사를 다 지으셨는데. 투쟁의 한 방법으로. 농촌에서 양반이 직접 농사를 짓는 건 흉이 아니라 존경의 대상이네. 이젠 양반이고 뭐고 그런 사고방식을 버려야 하지만 말야."

"난 그런 것도 모르니까 문제가 있어."

"그런 건 별거 아니고 의식과 의지가 얼마나 꿋꿋하냐가 문제야."

"그렇겠지. 요즘엔 혼란이 아주 심해. 박영희가 프로문학을 버리고 친일로 나선 것이야 탓할 가치조차 없지만, 임화까지 친일의 깃발을 들고 설치기 시작한 데는 아연할 수밖에 없어."

"다 표리부동한 망동들이지. 적극성을 버렸으면 최소한 침묵은 해야지. 침묵이 동조고 묵인인 일면도 있지만, 거부고 저항인 일면도 있으니까 말야. 적극 반일에서 적극 친일로 반전하는 그들의 내면을 어떤 방법으로도 이해할 수가 없어."

"애초에 기회주의고 박쥐 근성을 가진 놈들이기 때문이야. 용서할 수 없는 행위를 한 놈들을 이해하려고 할 것도 없네. 싸우면서 죽어가고 갇힌 사람들이 엄존하는 한 친일파 민족반역자들은 언젠가는 반드시 도륙해야 하네."

"그렇지, 그런 날이 오기를 기다리세."

"그런데 자네가 떠나면……."

황일랑은 눈물을 삼키듯 술잔을 단숨에 비웠다.

보름쯤 지나 송중원은 가족을 데리고 남행열차에 몸을 실었다. 서울로 모여드는 사람들이 많아 집이 빨리 팔렸던 것이다.

송중원은 기차에 흔들리며 앞으로 살아갈 일을 곰곰이 생각하고 있었다. 생각지도 않게 논을 몇 마지기나마 마련하게 된 것이 마음을 가볍게 했다. 장인의 편지로는 나도는 집들이 많아 집값이 아주 헐값이라는 것이었다. 만주로 이민 가는 사람들이 집을 내놓기 때문이라는 것이었다. 총독부 척식과에서는 2월부터 또 1940년도 만주이민을 1만여 호 목표로 추진시키고 있었던 것이다. 그런데다 서울에는 유입 인구가 많아져 집값이 오르고 있었다. 그 차액으로 논을 장만할 수 있게 된 것이었다. 그리고 설죽이 준 돈은 생활비와 이사비용으로 너무 유용하게 잘 썼던 것이다. 설죽은 허탁에게 전하는 편지를 받으며 끝내 눈물을 비쳤다. 허탁을 만나보고 싶었지만 무슨 일을 하는지 연락이 오지 않았다. 설죽의 말로는 무슨 새 일을 시작한 것 같은 눈치라고 했다. 전시체제 강화와 황국신민화 강행이 맞물려 돌아가는 상황 속에서 사상운동 단속은 더욱 가혹해지는데 새로 시작한 일이 무엇인지 불안하기만 했다. 어쨌든 논을 몇 마지기라도 장만해서 식생활부터 안정시키면 정신적 여유도 생길 것 같았다. 그러나 농사를 손수 짓는다는 것이 가능할 것인지 어쩐지는 자신할 수가 없었다. 일단 시도한다는 것이 중요했다. 장인의 뒤를 이어 처남이 손수 농사를 짓고 있으니 배워가면서 적응하면 한 사람 몫은 다 못해도 반몫은 하지 않으랴 싶었다.

송중원의 가족은 전주에서 내렸다.

"엄마, 저기 외할아버지가 나오셨어요."

큰딸 이화가 먼저 알아보고 하엽이에게 말했다.

"워메, 아부님이!"

하엽이는 개찰구 저쪽에 의관 차림으로 뒷짐을 지고 서 있는 아버지를 보고 놀랐다. 그 옆에는 남동생 기범이도 있었던 것이다.

"저런, 과거급제하고 금의환향하는 것도 아닌데 이 멀리까지……."

송중원이 민망해하며 중얼거렸다.

"외할아버지!"

"외삼촌!"

아이들이 출찰구를 먼저 빠져나가며 소리쳤다.

"이 멀리까지 뭐하러 나오셨습니까."

송중원은 장인 앞에 깊이 절했다.

"멀기넌, 원족 삼아 나왔제. 원로에 다 무사허고?"

신세호는 온화하게 웃으며 사위와 딸 외손들을 둘러보았다.

"예, 준혁이는 말씀드린 대로 서울에 두고, 다른 애들은 별탈 없습니다."

송중원이 어려워하며 대답했다.

"그려, 잘 내래왔네. 서울살이가 존 것만이 아니시. 가세."

신세호는 고개를 끄덕이며 돌아섰다.

송중원은 비로소 처남과 인사를 나누었다. 하엽이도 남동생의 팔을 잡으며 눈물이 글썽해졌다.

"매형이 농사짓고 살겄다는 것이 참말잉게라?"

신기범이 누나 옆에 놓인 트렁크를 집어들며 씨익 웃었다. 그 그을린 얼굴이며 골격이 아버지 신세호와는 달랐다. 건장한 것이 외탁이었다.

"그럴 작정인데 자네가 선생님이 돼주게."

송중원은 일부러 쾌활하게 말하며 웃었다.

"월사금얼 톡톡허니 내셔야 허는디요."

신기범이 걸음을 옮겨놓았다.

"암, 내구말구."

그들은 소리 맞춰 웃으며 역 밖으로 나갔다. 그 뒤를 따르며 하엽이는 희미하게 웃고 있었다. 아버지와 남동생의 마중이 심란스러움을 다소 가라앉혀 주었던 것이다.

송중원은 열흘이 넘게 바삐 보냈다. 처남을 따라다니며 집을 구하고 논을 장만하기 위해서였다. 집이 뜻밖에도 헐값이라 논을 여섯 마지기나 살 수 있었다. 송중원은 기묘한 감정의 희비가 엇갈리고 있었다. 집값이 싸서 생각보다 논을 많이 장만한 것은 좋았지만 만주로 떠나면서 집을 헐값으로 처분해야 하는 사람들이 딱하기도 했던 것이다.

"이민 저거 말이 모집이제 실지로넌 다 강제로 끌어가는 것이구만이라. 지주놈덜이 관허고 한통속이 되야갖고 맘에 안 드는 작인덜 소작얼 막 띠부는구만요. 글먼 소작 띠인 작인덜이 어디로 가겄능게라. 안 굶어죽을람사 만주로 가야제라. 지주놈덜이 아조 고약허니 친일얼 해묵는당게요. 글고 어떤 디서넌 이장이고 면서기가 강제로 몰아대서 신청서럴 내기도 허고요. 아조 난리판굿이랑게요."

신기범이 침을 내뱉었다.

"그런 소문이 사실이었구만."

송중원의 얼굴이 찌푸려졌다.

"첨에넌 안 그랬는디 해마동 자꼬 심해지능마요."

"그러겠지. 조선에서도 쌀값이 치솟고, 쌀을 아끼느라고 도정(搗精)도 심하게 못하게 하는 법을 연속으로 만들어내고 있는 판이니. 만주땅 개간시켜 군량미 확보하느라고 혈안이 된 거지."

"그나저나 매형은 애초에 농사질 생각 겉은 것 허덜 말고 머심이나 착실허니 부릴 맘이나 묵으씨요. 그 논이면 식구덜 살 걱정은 면했응게."

"아니네, 이사람아. 해보지도 않고 그런 법이 어디 있나. 장인 어른께서 손수 농사지으신 것 생각 안 하나?"

송중원은 정색을 했다.

"똑똑헌 매형이 어찌 그리 헛짚는 소리 허고 그런게라? 아부지가 농사지신 것언 매형보담 훨썩 젊었을 적이고, 몸에도 병이 없었단 말이오. 그러고 아부지도 매형 나이가 되심서 머심얼 부림서 허셨당게요. 매형언 이적지 농사져 본 일도 없제, 몸언 성허덜 않제, 나이넌 묵었제, 다 뜬구름 잡는 이얘긴게 머심 부림서 병이나 낫게 허는 것이 상수요."

신기범도 정색을 하고 진지하게 말했다.

"노동을 하면 몸도 더 건강해지지 않겠나?"

처남의 말이 일리가 있기도 해서 송중원은 기가 한풀 꺾여들었다.

"노동도 천차만별잉게라. 농사노동언 성헌 몸도 삭아내리게 허요. 삼복더우 땡볕 속이서 논얼 한나절만 매봇씨요. 매형 병언 열배넌 아니라도 두세 곱쟁이넌 도질 것이오. 거름내기, 물푸기, 벼베기, 타작, 무신 일이고 매형 병 도지게만 허는 것이제 낫게 헐 것언 암것도 없소."

"이거 참, 무위도식할 수도 없고, 어쨌든 내가 할 만한 일이 있을 것 아닌가."

송중원은 더 풀이 죽어 처남을 쳐다보았다.

"야아, 사람이 활동얼 안 허고 손끝 맺고 앉어만 있어도 오만 병이 다 생기는 법이제라. 매형은 병 나슬 정도로만 활동허게 텃밭농사나 짓고, 살포 들고 물꼬 보로 댕기고 그러씨요. 그럼서 매형이 갖춘 학식으로 딴 일얼 차차로 찾아보면 되덜 안컸소."

"알겠네. 좀더 생각해 보세."

송중원은 농업노동이 심심풀이거나 감상이 아니라는 것을 잘 알고 있었다. 그것은 치열한 생존의 투쟁이었다. 그러나 처남의 말을 듣고 보니 자신의 생각에 감상이 개재되어 있었음을 어느 정도 시인하지 않을 수가 없었다. 억지로 될 일이 아니었고, 오기로 될 일도 아니었다. 처남과 다시 상의해서 자신이 해낼 수 있는 일거리들을 찾아내기로 했다.

신세호는 조촐한 술상을 차려놓고 사위를 불렀다. 아들도 옆자리에 앉혔다.

"맘언 잠 어떤가?"

신세호가 사위를 지그시 바라보았다. 환갑에 이른 그는 수염이 반백이었고, 주름잡힌 얼굴은 온화하고 담담해 보였다. 곱게 늙은 보기 좋은 얼굴이었다.

"예, 편안합니다."

송중원은 머리를 조아렸다.

"편헐 리야 있겄능가. 잊어불 것언 잊어불고 새 맘얼 갖도록 허게. 사람이란 것이 배왔다고 다 옳은 길로만 가는 것이 아니시. 사람으 심성이나 성정은 천차만별이라 배운 사람이 배운 머리로 악행얼 허로 들자면 더 악독허게 허는 법 아니든가. 자고로 간신배덜 중에 무식헌 놈덜 하나도 없었고, 근년에 부쩍 늘어나는 친일배놈덜이 간신배놈덜허고 다 똑같은 종자네. 그런 인종덜이 늘수록 맘 단단허니 묵고 새 생활얼 찾도록 허게."

신세호의 말은 나직하면서도 근엄했다.

"예, 명심하겠습니다."

"그러고……, 요것언 논 닷 마지기 문서시. 자네 앞으로 명의럴 바꾼 것잉게 간수허게."

신세호는 두툼한 봉투를 송중원 앞으로 밀어주었다.

"아, 아닙니다. 제가 장만한 논으로도 밥 걱정은 안 하게 됐습니다."

송중원은 당황해서 봉투를 장인 앞으로 밀어놓았다.

"어디 밥만 묵고 살아지는가. 진작 기범이허고 의논혀서 자네 몫으로 갈라둔 것잉게 거둬두게."

"아닙니다. 장인 어른 사시기도 풍족하지가 못한데 제가 어찌……."

"여러 말 말게. 나야 이만하면 부자고, 사위도 엄연헌 자석이네."

송중원을 이윽히 바라보는 신세호의 눈에는 말보다 더 많은 어떤 의미가 담겨 있었다.

자네가 내 사위가 아니고 그냥 송수익의 자식이었다 해도 그런 인사는 치렀을 거야.

신세호가 하고 있는 생각이었다.

"매형, 나 맘 변허기 전에 얼렁 챙기씨요. 나가 턱 오망헌 것이 욕심 많은 것 잘 알제라?"

신기범이 웃으며 호리병을 들었다.

"그려, 술이나 한잔 따러라. 허허허……."

신세호가 수염을 쓰다듬으며 술잔을 들었다.

"자아, 매형도 한잔 받으시게라."

송중원은 술잔을 들며 두서없이 처가 형편을 생각하고 있었다. 처남 아래로는 시집보내야 할 처제가 둘이 더 있었고, 처남은 또 아이들이 둘이었다. 처남은 아이들이 더 생길 텐데 남은 논이 얼마 될 것 같지가 않았다.

"장인 어른, 그럼 제가 두 마지기만……."

"어허, 사내 맘이 그리 졸해서야 쓰능가. 자아, 술이나 쑥 드세."

신세호는 송중원의 말을 막아버렸다.

송중원은 언젠가 처남에게 되돌려주어야 된다고 생각하며 술잔을 기울였다.

며칠이 지나 경찰서에서 형사가 찾아왔다.

"송중원이가 누구여?"

마당 가운데다 자전거를 받치며 사내는 거침없이 내질렀다.

그 자전거에 전시제복이며 말투에서 송중원은 형사라는 것을 직감했다. 그러나 작은아들과 함께 닭장 짜던 것을 멈추지 않고 송중원도 퉁명스럽게 내질렀다.

"나요."

"허, 경성물 묵어서 긍가 제법 풀기가 빳빳허시. 척 보면 삼천리라고 나가 누군지 몰라서 그러고 있는겨, 시방?"

그 사내는 송중원 쪽으로 걸어오며 목소리가 거칠어졌다.

"금시초문인 사람이 왜 남의 집에 들어와 이러는 거요. 초면 예절도 없이."

송중원은 상대방의 흠을 찌르고 들었다. 초장부터 밀리기 시작하면 끝도 없이 방자해지는 이자들의 기질을 잘 알기 때문이었다.

"허, 초면 예절이라고?" 사내는 멈칫하는 기색이더니, "그려, 역시 유식헝게 따질 것언 잘 따지능마. 공무집행 태도럴 정식으로 취허라 그것이제? 그려, 나 다나카 나가미즈 형사여. 인자 되았어?" 그는 놀리는 듯하는 어조와는 달리 독 오른 눈으로 송중원을 노려보았다.

"아, 안녕하십니까. 아시다시피 제가 송중원입니다. 저쪽으로 가시죠."

송중원은 그때서야 일어서며 인사하는 척했다. 그리고 마루 쪽으로 돌아섰다. 그런데 그자의 창씨개명한 이름을 듣는 순간 웃음이 터지려 했던 것이다.

"빨건 줄 그어진 신세면 이사 오듬 절로 신고보톰 히야제 신간 편허게 닭장이나 짜고 앉었어?"

아직 권하지도 않았는데 마루에 털썩 걸터앉으며 형사는 시비조로 말했다.

"서울 경찰서에서 20일 이내라고 했으니까 아직 시일이 좀 남았지요."

송중원은 형사와 떨어져 앉으며 눈길을 울타리 밖 먼 하늘로 보냈다.

"글먼, 시일이 꽉 차기럴 기둘린다 그것이여?"

형사는 완전한 시비조였다.

"아니지요. 20일 간의 시일을 준 건 집안 정리부터 하라는 것 아니겠어요? 마지막 날 신고해도 법에 안 걸리고."

송중원은 나지막하게 말하며 또 형사의 허점을 찔렀다.

"무신 소리여, 빨를수록 좋제. 그야 그렇고, 창씨개명언 안 헐 심판이여, 머시여?"

형사는 이야기를 슬쩍 창씨개명으로 돌려댔다. 이놈이 듣던 대로 예삿것이 아니라고 생각하며.

"창씨개명이야 8월까지니까 아직도 서너 달이나 남았는데요."

"자꼬 시일만 따질 일이 아니여!"

형사가 버럭 소리질렀다.

송중원은 느리게 고개를 돌려 형사를 쳐다보았다.

"창씨개명언 동네마동 이장이 앞서서 단체로 시행허고 있는디, 이 동네넌 발써 다 끝났다 그 말이여. 근디 창씨개명얼 안 허겄다고 뻗딘 불령선인이 여섯이여. 그중에 질로 악질이 누군지 알어? 바로 당신 장인 영감탱이 신세호란 말이여. 당신도 시방 장인허고 짝짝꿍이 되야갖고 뻗대고 나슬 심뽀제?"

형사는 독이 지르르 흐르는 얼굴로 이를 앙다물며 송중원을 노려보았다.

"그거 첨 듣는 소리요."

송중원은 고개를 돌려버렸다.

"거짓말 말어. 나럴 멀로 보고 아그덜도 안 믿을 거짓말이여, 거짓말이."

형사는 더 크게 소리질렀다.

"안 믿을라면 그만두시오."

송중원의 말은 냉담했다. 정말 장인의 이야기는 처음 듣는 것이었다. 장인이 창씨개명을 쉽게 하리라고 생각하지 않았지만 그렇게 단체로 몰아붙이는 상황 아래서 거부했다는 것은 놀랍지 않을 수 없었다.

"글면 당신언 어쩔 심판이여?"

형사는 기회를 놓치지 않고 송중원을 겨누었다.

"급한 일 아니니까 차차로 생각해 봐야지요."

송중원은 살짝 비켜섰다.

"누구 놀리는 것이여, 시방! 이 동네 단체로 끝냈다는 말 한짝 귀로 듣고 한짝 귀로 흘려부렸어?"

형사는 취조실인지 아는지 마룻장을 내리쳤다.

"이거 죄진 일도 없는데 죄인 다루듯 이러지 마시오. 동네별로 한 건 사무를 편리하게 하자고 한 것이지 법으로 정해진 건 아니잖소. 법으로는 기한 내에 아무때나 자유로 하라고 정하고 있단 말이오."

송중원은 무표정하게 말했다.

"하, 이거 법 드럽게 잘 따지네. 어디 보드라고, 나도 앞으로 법얼 짠득짠득허니 따져줄 것잉게."

형사는 벌떡 일어서서 마당으로 내려섰다. 그의 뒷덜미에 시퍼런 날이 서 있었다. 그가 자전거를 끌고 사립 밖으로 사라질 때까지 송중원은 쓰디쓴 웃음을 문 채 마루에 걸터앉아 있었다.

해가 질 무렵에 신세호는 사위네 사립을 들어섰다.

"허허, 살림살이 재미가 꼬소허구나."

일에 열중하고 있는 사위와 딸을 보자 신세호는 마음이 흡족하여 절로 웃음이 나왔다. 송중원은 닭장을 마무리하고 있었고, 하엽이는 텃밭에 호미질을 하고 있었다.

"창씨개명허라고 형사가 왔드라고?"

마루에 자리잡으며 신세호가 물었다.

"예, 제 동향을 살필 겸 겸사겸사 온 것 같습니다."

작은아들이 가서 말한 것이라고 송중원은 생각했다.

"왜놈덜이 들이댄 칼이 자석덜얼 학교에 입학 안 시켜주겄다는 것인디, 조선말얼 안 갤치고 없애분 학교 댕기나마나제."

목소리는 나직하고 부드러웠지만 쇠보다 강한 뼈가 든 말에 송중원은 가슴이 철렁했다. 형사가 간 다음에 그 문제가 걸려 고심을 하고 있었는데 장인의 말은 그 해결책 같았던 것이다. 장인은 하나뿐인 아들을 전문학교나 대학에 보내지 않고 농사에 주저앉혔다. 상급학교 공부 더 해보았자 그걸 써먹는 길이 바로 친일 하는 길이라는 것이었다. 그건 옳은 말이었고, 그 단호함이 창씨개명 거부로 이어져 있었다.

"예에……."

송중원은 아직 확실하게 정리가 안 되어 모호하게 대답했다.

"조선말도 없애고 조선성씨도 없애고, 그런다고 조선사람이 다 없어질지 아는 왜놈덜이 가소롭제. 그리 쉽게는 안 되는 것잉게."

신세호는 독백하듯 하며 자리를 떴다.

이틀이 지난 해질녘에 신기범이 송중원의 집으로 뛰어들었다.

"매형, 나허고 경찰서 잠 갑시다."

"경찰서?"

담 밑에 호박구덩이를 파고 있던 송중원이 삽질을 멈추었다.

"아부지가 끌려 들어가셨다요."

"엉?"

"머시여?"

송중원의 놀라는 소리와 부엌에서 나오던 하엽이의 소리가 겹쳐졌다.

"술 잡숩고 또 면사무소 앞이다 오짐얼 깔기셨당마요."

"뭐라고?"

"음마, 무신 소리여?"

신기범을 쳐다보는 송중원과 하엽이의 얼굴에는 놀라움보다는 믿을 수 없다는 기색이 더 강하게 드러났다.

"못 믿으시겄제라? 아부지넌 술만 잡수셨다 허먼 그러신 지가 발써 멫 년 되았구만요."

"아니, 글먼 병얼 고쳤어야제."

하엽이가 안타까워하며 울상이 되었다.

"누님언 그것이 노망끼라고 생각허는갑소 이."

신기범은 태평스럽게 씨익 웃었다. 아까 집으로 뛰어들 때와는 너무 다른 반응이었다.

"글먼 그것이 머시여?"

"아부지가 술취허셨다고 암디서나 그러는 것이 아니단 말이오. 왜놈덜 점방 앞, 왜놈덜 집, 왜년덜 모여 떠드는 디, 요런 디다만 오짐얼 깔기신당게라."

"글먼 역부러 그러시는 것이여?"

"눈치 빨릉게 좋소."

신기범이 또 씨익 웃었다.

"은제보톰 그러시는디? 그러다가 일 안 당허시능겨?"

"아매 그것이 사둔 어런 별세허신 소식 듣고 한두 달 지냄서 시작된 것인디, 경찰서에 끌려 들어간 것이 어디 한두 번이간디요. 그려도 술취해 헌 일인 디다가 연세가 많으시고, 아부지가 통 몰르는 일이라고 잡아떼게 순사덜도 어찌헐 도리가 없는 것이제라."

송중원은 큰 충격을 받고 있었다. 그건 아버지가 돌아가시고 나서 장인이 선택한 저항의 한 방법이었던 것이다. 지난날 동네사람들을 중심으로 세금불납운동을 펴기도 했던 장인은 그런 것이 용납되지 않는 상황에 처해 선택한 것이 그 외로운 저항인 것 같았다. 의관을 점잖게 차려입은 장인이 술에 취해 오줌을 갈겨대고 있는 모습은 상상이 되지 않았다. 송중원은 자꾸 눈물이 나려고 했다.

"그려서 사람덜이 아부지헌티 붙인 별호가 먼지 아시요? '오짐대감'이다요."

신기범은 통쾌하다는 듯 웃었다.

"아이고, 어찌 웃고 그려. 근디 어찌서 해필허니 면사무소 앞이다 그러셨능고. 죄가 커지면 으쩌실라고."

하엽이는 곧 울 것 같았다.

"그 뜻얼 몰르겄소? 창씨개명 반대허시니라고 그랬겄제라. 근디 면사무소 앞이라 나도 맘이 찜찜혀서 매형보고 항께 가잔 것이구만요."

"그럼, 가고말고. 잠시 기다리게, 나 옷 좀 갈아입고 나올 테니."

송중원은 서둘러 방으로 들어갔다. '오줌대감', 그 별명이 슬프고도 눈물겨웠다. 장인의 그 행위가 창씨개명을 거부한 것보다 더 크고 강하게 느껴졌다. '대감'이라는 말 속에는 사람들이 장인의 뜻을 다 알아차리고 있다는 의미가 담겨져 있었던 것이다.

27

진로를 바꿔라

"그런데 말이오, 이번에 소학교에서도 조선어 학습을 폐지시켜 버렸소. 조선교사들은 기분이 안 좋을지도 모르겠는데, 어디 제일 젊은 다케다 선생이 대답을 해보시오."

교무주임이 흐트러진 몸짓으로 한 사람을 손가락질했다. '다케다 선생'이라고 지적당한 것은 바로 박용화였다. 술자리의 대여섯 사람은 모두 취해 있었다. 박용화는 정신이 번쩍 드는 것을 느끼며 몸을 바로잡았다.

"예, 그건 당연한 조처라고 생각합니다. 내선일체로 모두 황국신민이 된 마당에 조선학생들의 모국어가 어디 따로 있겠습니까."

박용화는 거침없이 말했다.

"그게 진심이오?"

"예, 그렇습니다."

"내 앞이니까 그러는 게 아니고 진정이냐 그거요. 술자리니까 괜찮으니 진정을 말해 보시오."

"아닙니다, 진정 잘된 조처입니다."

"으하하하하……, 역시 다케다 선생은 환골탈태한 황국신민이고, 사범학교 교육을 잘 받은 모범교사요." 교무주임은 흡족하게 웃어젖히고는, "자아, 오늘 술 잘 마셨으니 그만 일어나기로 합시다." 그는 비틀거리며 몸을 일으켰다.

"다케다 선생, 우린 한잔 더 합시다."

구니와케가 불쑥 말했다.

"아, 젊은 선생끼리 한잔 더 하겠다고? 그것 조옷치. 젊어서 술이 조금 모자라기도 하겠지. 젊은 선생끼리 한잔 더 하면서 친목을 돈독히 하는 것, 그것 좋구말구."

교무주임이 비틀거리며 손을 흔들어댔다.

다른 선생들은 교무주임을 따라나가고 방에는 구니와케와 박용화 둘이만 남았다.

"다케다 선생, 여긴 우리 단둘이뿐이니까 내가 한마디 물어보겠소. 이제 조선학생들은 모국어를 전혀 배울 수 없게 됐소. 아까 그 대답이 정말 진심인 거요?"

구니와케는 술취한 몸을 바로잡으려고 애쓰며 물었다.

총독부에서는 1938년의 조처에 이어 금년(1941년) 3월 31일부로 소학교를 국민학교로 개칭하고 조선어의 학습을 폐지시키는 국민학교 규정을 공포한 것이었다. 이로써 모든 교육기관에서는 조선어

교육이 완전히 폐지되게 되었다.

"아니, 무슨 소릴 하는 거요? 그럼 내가 딴마음을 두고 거짓말을 했다는 거요? 내가 한 말은 사실 그대로요. 그건 당연한 조처요."

박용화는 또 긴장을 느끼며 '당연한 조처'를 되풀이했다.

"이거 보시오, 다케다 선생! 여긴 우리 둘뿐이라고 하잖았소. 교무실에서 회의를 하는 것도 아니고 교단에서 애들을 가르치는 것도 아니니까 진심을 말해 보라 그거요."

구니와케는 눈을 질끈 감으면 술이 주르르 흘러내릴 것처럼 취한 눈으로 박용화를 건너다보고 있었다.

저놈이 저거 무슨 속셈으로 저따위 소릴 지껄여대지? 흥, 날 구렁텅이에 몰아넣으려고? 어림없다, 내가 그런 얄팍한 수작에 넘어갈 것 같으냐.

박용화는 술기운이 깨는 것을 느끼며 긴장했다.

"구니와케 선생, 무슨 말을 그리하시오. 내 진심은 단 하나, 피와 살과 뼈까지 황국신민이라는 사실뿐이오."

박용화는 조회 때 황국신민의 서사를 외치듯이 힘차게 말했다.

"으아 하하하하……, 피와 살과 뼈까지 황국신민이라고? 보신에 좋은 말은 잘도 외우고 있군. 그건 당신의 말이 아니라 소설가 이 뭐라는 자가 작년에 신문에 쓴 글인 줄 나도 알고 있지. 조선 늙은이나 젊은이나 배웠다는 사람들이 왜들 이 모양이야 이거."

구니와케는 경멸하는 표정으로 박용화를 쳐다보며 반말을 해대고 있었다. 그가 꼬집은 말은 이광수가 1940년 9월 《매일신보》에 쓴

〈심적 신체제와 조선문화의 진로〉라는 글 가운데 한 구절이었다.

저놈이 진심이야, 연극이야? 일본놈이 못하는 소리가 없네. 저놈이 평소에도 좀 이상하긴 하지 않았던가? 아니야, 아니야, 속아 넘어가선 안 돼. 저게 고단수 유도신문일 수도 있으니까.

"구니와케 선생, 정신 차리시오. 당신이 지금 얼마나 반역적이고 비애국적인 발언을 하고 있는 줄이나 아시오? 내가 만약 경찰에 고발하면 어떻게 되는지 아느냐 그 말이오."

"으아 하하하하……, 고발? 얼마든지 해보시지. 더 출세하고 싶으면 얼마든지 해. 날 고발하면 당신이 오히려 감옥살이를 하게 되지. 당신 영리하니까 왜 그런지 금방 알 수 있겠지? 당신이 고발한 것을 내가 당신한테 뒤집어씌울 거거든. 출세를 위해 무고한 사람을 모함하는 거라고 말야. 그럼 누구 말을 더 믿겠나? 그야 당연히 내 말을 믿지 않겠어? 그래도 피와 살과 뼈까지 황국신민이라고 미친 소릴 외쳐댈 건가? 이봐, 당신이 아무리 몸부림쳐도 조선사람은 영원토록 조선사람일 뿐이야. 정신 똑똑히 차리라구."

구니와케는 싸늘하게 조소를 보내고 있었다.

박용화는 충격을 느꼈다. 구니와케의 뒤집어씌운다는 수법도 충격이었고, 자신의 진실이 통하지 않으리라는 사실도 충격이었다.

"도대체 당신 진심은 뭐요?"

박용화는 더 술이 깨는 것을 느끼며 황급히 담배에 불을 붙였다.

"내 진심? 조선인으로서 당신 진심을 듣고 싶은 게 내 진심이지. 우리 단둘이뿐이야. 날 의심하지 말고 진심을 말해 봐."

구니와케는 비웃음을 문 채 술잔을 들었다.

"구니와케 선생, 무슨 말을 듣고 싶은지 모르지만 열 번 백 번 물어도 내 대답은 아까 한 것과 똑같소."

"이 더러운 자식!"

구니와케가 술상을 내리쳤고

"뭐야!"

박용화도 술상을 내리치며 마침내 맞고함을 질렀다.

그건 위장이 아니었다. 가식도 아니었다. 조선말을 전면적으로 가르치지 않게 된 것이 어딘가 한가닥 아쉬움이 있을 뿐이지 당연한 조처라고 생각했다. 소학교 때부터 배워온 대로 일본은 거대하고 위대한 나라였다. 나이가 먹어가고 공부를 해갈수록 그 사실을 더욱 구체적으로 실감하고 확인해 나갔던 것이다. 조선의 독립이란 잠꼬대 같은 망상이었다. 어차피 독립이 안 될 바에는 내선일체가 빨리 되어야 했다. 그래서 조선 사람들도 일본사람들과 똑같이 활동하고 대접받으면서 잘살게 되는 것이 행복의 길이었다. 그러자면 조선사람들이 어서 황국신민이 되도록 솔선해서 나서야 했다. 그런데 조선사람들은 일본말은 물론이고 일본글을 너무나 몰랐다. 도회지는 그래도 나은 편인데 농촌으로 가면 전혀 의사소통이 이루어지지 않았다. 합방이 되고 30년이 지났는데 어찌 그럴 수 있는지 놀랍기만 했다. 그렇게 의사소통이 안 되어가지고는 화합이 이루어지지 않고, 화합이 안 되면 조선사람들은 계속해서 천대받고 가난하게 살 수밖에 없었다. 관공서의 문서고 각급 학교의 교과

서고 모두가 일본어였다. 이제 조선어는 조선사람들끼리 말할 때뿐 더 이상 쓸모가 없었다. 그러니 없애는 건 당연했다. 그걸 없애야만 내선일체가 빨리 이루어지는 것이었다.

"이봐, 내가 가장 경멸하고 멸시하는 게 누군지 아나? 당신 같은 사범학교 출신들이야. 그 피끓는 젊은 나이에 할 짓들이 그리 없어서 사범학교를 지망하나? 조국의 장래와 민족의 미래가 어찌 되든 말든 자기 일신의 영달만을 위해 혈안이 되어 있는 젊은 놈들. 그런 파렴치하고 뻔뻔스러운 기회주의자들을 어찌 경멸하고 멸시하지 않을 수 있겠나."

"닥쳐! 너 이제 보니 아주 사상이 불온한 놈이야."

박용화는 또 술상을 내리치며 눈을 부릅떴다.

"고등계 형사가 쓰는 말 흉내 내지 말고 내 말 똑똑히 들어. 우리 일본이 조선과 똑같은 처지에 빠졌다면 당신 같은 부류들은 살아남지 못해. 민족반역자요 배신자들이니까. 그런데 말야, 조선민족을 반역하고 배신한 부류들을 일본이 후대하는 게 이상하지 않나? 일본이 그 부류들을 믿는다고 생각하나? 곰곰이 생각해 봐."

"구니와케, 당신이야말로 민족반역자요 배신자 아닌가. 일본에 위해한 언행만 골라서 하고 있으니."

"허, 그 두뇌가 아깝군. 그 충성심에 탄복할 뿐이야. 내가 한마디만 더 하지. 그렇게 투철한 충성심에다 열렬한 출세욕을 가졌으면 사범학교를 잘못 지망한 거지. 이 산골 소학교에서 시작해서 평생을 해봐야 조선사람은 교장 해먹기 어려울걸. 빨리 출세하고 권세를 부리고 싶으면 이보다 훨씬 빠른 길이 있지. 군대, 군대에 지원해. 일본은 군인이 지배하는 나라고, 사범학교 출신은 바로 장교가 될 수 있으니까. 아참, 그렇군! 다케다 히데오(武田秀雄), 이름도 무사에 딱 어울리는군그래. 빼어난 영웅이 되어보는 게 어때. 내가 보기엔 군인이 기질에도 맞는 것 같은데."

박용화는 너무나 놀랐다. 자신의 속마음을 꿰뚫어보면서 하는 말인 것 같았기 때문이다. 벌써 몇 달 전부터 진로문제로 고심해오고 있었던 것이다.

"구니와케 선생, 너무 많이 취한 것 같으니 그만 일어납시다. 오늘 이야기는 없던 걸로 해두겠소."

박용화는 약간 흔들리며 일어섰다.

"천만에, 오늘 이야기를 똑똑히 기억해 두시오. 그리고 내가 당신을 안 볼 수 있게 되기를 바라겠소."

구니와케는 일어날 생각도 하지 않고 박용화 쪽으로 비웃음을 보내며 술잔을 들었다. 선이 가늘고 해사한 그의 얼굴은 지적인 분위기를 담고 있었다.

밖에는 흐릿한 달빛이 깔려 있었다. 하늘에는 반달이 기우뚱하게 떠 있었다. 술집을 나선 박용화는 숨을 들이켜며 사방을 둘러보았다. 밤공기에서 산뜻한 봄기운이 느껴졌다. 박용화의 눈에 잡히는 것은 흐릿한 달빛 속에 검게 드러난 산줄기들이었다. 달빛이 흐려 산줄기들은 더 흉물스럽고 음험해 보였다. 그런 산줄기들이 사방을 둘러싸고 있었다. 박용화는 또 숨이 막히는 압박감을 느꼈다. 그 산줄기들은 남도 제일이라고 하는 웅장한 산 지리산으로 이어져 있었다. 박용화는 이곳을 어서 벗어나고 싶은 충동을 또 느끼고 있었다.

이 산의 감옥 같은 곡성땅에 처음부터 정이 붙지 않았었다. 이런 시골구석으로 발령을 받을지는 몰랐던 것이다. 그 원인은 모두 에이코에게 있었다. 에이코의 덫에 걸려 밀애의 정사에 빠지다 보니 졸업반 성적이 나빠지고 말았다. 아니, 정확하게 말하자면 딴 꿈에 취해 석차순위 따위에는 관심을 쓰지 않았던 것이다. 에이코와 결혼을 하고, 빨간 정문으로 빛나는 동경제국대학 법학부에 진학한다는 황홀한 꿈 앞에서 석차에 급급하는 것은 가소로운 일이 아닐 수 없었다.

박용화는 긴 한숨을 끌며 걸음을 옮겨놓았다. 에이코, 그 방자하고 당돌한 계집에게 희롱당한 것을 생각하면 스스로 창피해서 얼굴을 들 수가 없었다. 그는 눈을 질끈 감았다. 색정에 취해 할딱거리는 에이코의 발가벗은 꼴이 떠올랐던 것이다.

한번 길을 트기 시작하자 에이코는 식구들의 눈을 피해 자취방으로 뻔질나게 드나들었다. 유기준이 딴 친구에게로 짐을 옮겨간 것도 에이코가 원한 것이었다. 자신도 위험한 비밀을 가지고 있는 유기준과 헤어지는 것이 홀가분하기도 했다.

"왜년덜 너무 좋아허지 말어. 급행열차 탈라다가 차 엎어지는 수도 있응께로."

유기준이 남기고 간 말이었다.

그 말에 콧방귀를 뀌었던 것이다. 그 말이 꼭 질시하는 것처럼 들렸던 것이다.

에이코는 성욕이 강한 것만이 아니었다. 성행위를 야하고 요란스럽게 하기를 즐겼다. 병풍식으로 펼쳤다 접었다 하는 일본춘화를 쫙 펴놓고 거기에서 하는 대로 하기를 원했다.

"이런 걸 어디서 구했어? 여자가."

처음에 놀라서 물었더니

"일본사람은 조선사람하고 다른 것 몰라요? 여자도 이런 것 보는 건 흉이 아니에요."

에이코의 천연덕스러운 대답이었다.

하기는 일본사람들의 성풍속이 조선하고는 전혀 다르다는 말을 많이 들어서 그러려니 넘기고 말았다. 또 춘화도를 보아가며 즐기는 성희에 취해 더 탓할 생각이 없기도 했다.

에이코와 성접촉이 깊어질수록 동경유학의 꿈은 무르익어 가고, 석차를 다투는 대신 입시 대비의 공부를 해나갔다. 그런데 동기방학 직전 어느 날이었다.

"나 이번 방학 시작되면 바로 동경으로 떠나 안 오게 될 거예요."

에이코가 발가벗은 채 말했다.

"아니, 그게 무슨 소리야?"

"아버지가 일본의 학원에 다니면서 마지막으로 입시준비를 철저히 하라는 명령이에요."

"아니, 그거 말고 우리 사인 어떻게 되는 거냐고."

"어떻게 되긴요. 아쉽지만 이젠 이별을 해야지요."

에이코가 서운한 듯 약간 웃었다.

"이별?"

"네에, 이젠 헤어져야 할 때가 왔잖아요."

에이코의 눈자위가 붉어지며 목소리가 가라앉았다.

"아니, 우리 결혼은, 결혼은 어떻게 하고?"

자신도 모르게 말이 더듬거려졌다.

"네에? 결혼이오?"

에이코가 놀라며 얼굴이 싹 굳어졌다.

"아니, 왜 놀라지?"

"그럼 놀라지 않게 됐어요. 갑자기 결혼은 무슨 결혼이에요? 서로 좋아지냈으면 됐지."

"아니, 결혼하지도 않을 남자하고 그 짓을 1년씩이나 했단 말야?"

"호호호호……, 이제 알았어요. 조선식으로 생각한 모양이군요. 그러지 말아요, 귀찮게. 여긴 조선땅이지만 엄연히 일본이니까 유치하게 조선식 꺼내지 말아요. 조선여자들은 정조라는 걸 신주 단지 모시듯 하며 처녀가 몸 버렸다고 마구 죽잖아요. 그런 멍청한 짓이 세상에 또 어디 있어요. 그까짓 정조라는 게 뭔데 한 번 성관계로 목숨을 끊어요, 그래. 우리 일본여자들한테는 그런 것 없어요. 재미 보는 것은 재미 보는 거고 시집가는 건 시집가는 거예요. 왜 내가 박상하고 관계를 시작했는지 알아요? 내 친구 후미코 있잖아요, 걔가 박상을 보자마자 관계를 갖고 싶어했어요. 걔가 그러니까 슬그머니 질투가 나잖아요. 내가 더 가까운 사인데 빼앗길 수 없는 일 아니에요? 그래서 내가 박상을 차지하고 후미코한테 단념하라고 했지요. 이제 알았어요?"

"갈보 같은 년!"

"어머, 왜 욕을 해요? 서로 재미 봤으면 됐지 남자답지 못하게."

"나가, 이 더러운 년아! 당장 나가!"

그리고 받아든 성적표의 석차는 12등으로 밀려나 있었다.

여기가 내 무덤이구나!

산으로 빵빵 둘러싸인 곡성에 첫발을 디디며 느낀 심정이었다. 첫 번째가 광주, 그리고 순천. 더 못하면 목포나 여수까지가 마지막이었다. 그 이외의 지역으로 밀려나면 장래는 어둡기만 했다. 그런데 나주며 장성도 지나쳐 곡성까지 밀려나 버렸으니 교육자로서의 출세란 암담하기만 했다. 잘 먹지도 못하면서 에이코 그년의 쾌락을 충족시켜 주느라고 체력소모를 하고 신세까지 망친 것을 생각하면 그년을 죽이고 싶었다.

그러나 엄밀하게 따지고 보면 자신의 불찰이었다. 왜년들이 정조관념이 전혀 없다는 사실을 너무 소홀히 했던 것이다. 그러나 정조관념이 없는 것은 기혼여자들이지 처녀까지 그럴 줄은 미처 몰랐던 것이다. 형이 죽으면 형수를 데리고 살고, 사촌 육촌이 붙어먹고 혼인을 하고, 이모 고모하고도 그 짓이 예사고, 하숙집 주인여자와 그 여동생이 번갈아가며 옷을 벗고 덤비는 바람에 하숙을 옮겨야 했다는 이야기 같은 것은 이미 알고 있었다. 그러나 처녀까지 그렇게 놀아나고는 한 점 미련이나 부끄럼도 없이 돌아설 줄은 정말 몰랐던 것이다.

잊자고 했다. 잊으려고 했다. 새 마음으로 새 출발을 하려고 했다. 그러나 아무리 둘러보아도 우람한 산줄기뿐인 이곳은 산으로 된 감옥이고, 산으로 된 무덤이었다. 전혀 정이 붙지 않았고, 날이 갈수록 질식할 것만 같았다. 사범학교에 지망하면서 품었던 꿈은 그것이 아니었다. 교육자로서 남들보다 먼저 출세하고 성공하려 했던 것이다. 그럴 자신이 있었다. 그런데 그 꿈이 산산조각이 나버린 것이었다. 그러나 그 욕구를 포기할 수가 없었다. 아무 가망 없는 시골구석에서 젊은 날을 소모하며 나이를 먹어갈 수는 없었다. 그렇지만 곡성으로 밀려나 버리도록 나쁜 성적이 명기되어 있는 한 그 꿈을 이룩할 길은 없었다.

그래서 곡성을 탈출할 수 있는 새로운 길을 찾기 시작했다. 소학교 교사보다 낫고 빨리 출세할 수 있는 길, 역시 먼저 떠오르는 것은 판검사가 되는 것이었다. 그러나 그 길은 준비기간이 너무나 길었다. 대학의 많은 학자금을 해결할 방법이 없었다. 고학을 한다고 해도 집안에서 일부를 대주지 않으면 불가능한 일이었다. 아무리 좋은 일자리를 구한다 해도 먹고살고 학비까지 해결할 수는 없었던 것이다. 여러 가지 오락가락하는 생각 중의 하나가 사관학교에 지원하는 것이었다. 사관학교는 사범학교보다 더 철저한 관비제도라서 학비만이 아니라 먹여주고 입혀주기까지 하는 것이었다. 그리고 장교가 되면 그 위세와 지위는 벽촌의 소학교 선생에 댈 것이 아니었다. 그런데 구니와케의 생각은 놀랍게도 자신의 생각과 일치했던 것이다. 그러나 다시 생각해 보면 그건 그다지 신통할 것도 없긴 했다. 왜냐하면 지원병 제도가 생기면서 고보 학력을 가진 사람들이 꽤나 사관학교의 길을 택하고 있었던 것이다.

박용화는 걸음을 멈추고 담배에 불을 붙였다.

"이 더러운 자식!"

"내가 가장 경멸하고 멸시하는 게 누군지 아나?"

"진심을 말해 보라 그거요."

"아무리 몸부림쳐도 조선사람은 영원토록 조선사람일 뿐이야."

"이 더러운 자식!"

구니와케의 거침없는 말들이 뒤죽박죽되어 들리고 있었다.

구니와케……, 그자는 도대체 누구인가? 그 정체는 무엇일까? 속에 무슨 생각을 품고 있는 것일까? 사범학교를 다니고, 선생인 자가…….

박용화는 머리를 흔들며 다시 걷기 시작했다. 그동안 살아오면서 괄시와 차별은 무시로 받아왔지만 그런 문제로 일본사람에게 야유와 모독을 당한 것은 처음이었다. 소학교에서부터 사범학교까지 칭찬만 받아왔던 종류의 일에 그건 날벼락이었다. 황당하고 얼떨떨했다. 그리고 부끄럽고 괴로웠다. 구니와케의 말대로 하자면 당장 모든 것을 때려치우고 독립운동에 나서야 했다. 그 말은 옳은지도 모른다. 그러나 현실적으로 그게 될 법이나 한 일인가. 흔한 말로 계란으로 바위 치기요, 목포 앞바다의 철선과 돛단배의 싸우기였다. 소학교 때부터 아버지와 형이 하는 것을 보았지만 아버지는 공장에서 쫓겨나 집안살림은 더 가난해졌고, 형은 퇴학을 당한 죄로 지금까지도 직장을 옮기지 못한 채 술주정뱅이로 변해가고 있었다. 독립이란 도저히 가망이 없는 일이었다.

그런데 구니와케는 일본사람이라 그런 걸 잘 모르는 것일까? 그저 술주정이었을까? 놀리고 골탕을 먹이려고 일부러 그랬을까? 아니야, 그런 게 아니야. 취중진언이라고 그자는 평소부터 품어왔던 생각을 술기운 빌려 토해놓은 것이 틀림없었어. 도대체 그자는 무슨 생각을 하며 살고 있는 것인가. 어떻게 일본사람 중에 그런 자가 있을 수 있는가. 그자는 평소에 별로 말도 없고, 아이들도 열심히 가르쳤다. 좀 색다른 것이 있다면 책을 많이 읽는 것이었다. 그리고 가난한 아이들에게 관심이 많았다.

아니, 혹시 그놈이 사회주의자 아닐까!

퍼뜩 떠오른 그 생각과 함께 유기준의 얼굴이 밀려들었다. 유기준은 검거되는 일 없이 해남으로 발령을 받았던 것이다. 유기준처럼 구니와케도 사회주의 사상을 감추고 있을지 몰랐다. 유기준이 검거되지 않았으니 그와 함께 조직을 이루고 있었던 학생들도 발령을 받은 것은 틀림없었다. 구니와케도 그런 식일 수 있었다. 그가 사회주의자라면 그의 말은 술주정이 아니라 진심인 것이었다. 그러나 그것을 속단할 수는 없었다.

박용화는 술이 자꾸 깨면서 잠을 이룰 수가 없었다. 구니와케의 말들이 두서없이 떠오르고 있었다. 괴롭고 부끄럽고 고통스럽고 창피스러웠다. 독립, 그게 가능한 것인지, 독립운동, 그게 무슨 색다른 방책이 있는 것인지……. 잠자리를 뒤척이고 뒤척이다가 새벽녘에야 잠이 들었다.

아침에 눈을 뜨자마자 한숨도 안 잔 것처럼 시차 없이 구니와케의 말들이 밀려들었다. 박용화는 신음을 물었다. 구니와케의 예리한 말들이 가슴을 치는 것보다는 그를 어떻게 대할지가 더 문제였던 것이다.

그런데 구니와케는 언제 그런 말들을 했느냐 싶게 평소와 전혀 다름이 없었다. 박용화는 자신이 오히려 당황스러울 지경이었다. 그렇다고 자신이 먼저 그 이야기를 꺼낼 수도 없었다. 구니와케의 그런 태도에서 박용화는 섬뜩한 무서움을 느꼈다.

"어젯밤 구니와케 선생하고 술 더 많이 했소?"

수업에 들어가려는데 이 선생이 다가서며 물었다.

"예, 좀더 했습니다."

박용화는 얼버무렸다.

"역시 젊은 기운이 좋소. 무슨 좋은 얘기도 많았소?"

이 선생은 약간 비굴한 느낌의 웃음을 흘리며 눈치를 살폈다.

"뭐, 별 얘기 없었는데요."

박용화는 역시 어물거렸다.

"혹시 저어……, 인사문제 같은 건 안 나왔소?"

이 선생의 웃음은 조금 더 비굴해지고 있었다.

"아닙니다. 그런 얘긴 전혀 없었는데요."

박용화는 그때서야 그 비굴한 웃음의 의미를 알고 분명하게 말했다.

"그게 어찌 될라는지……."

이 선생은 중얼거리며 돌아섰다.

박용화는 사십객인 이 선생의 구부정한 등을 보며 서글픈 생각이 들었다. 그는 조선어 학습의 폐지로 생길지 모르는 인사이동을 두려워하고 있었다. 이 선생의 모습이 십칠팔 년 후의 자신의 모습일 것을 생각하며 박용화는 부르르 한기를 느꼈다.

구니와케의 태도와 이 선생의 모습이 겹쳐서 박용화는 전혀 수업을 할 기분이 아닌 채로 출석부를 펼쳤다. 그는 아동들의 이름을 부르기 시작했다.

"야마모토 도미코."

"하이."

"마쓰오 하루코."

"하이."

"기우치 에이코."

"하이."

"요시다 하루코."

"하이."

"우사미 에이코."

"하이."

"요시하라 도미코."

"하이."

"하라노 도미코."

"하이."

박용화는 그만 짜증이 나고 말았다. 성만 다를 뿐 같은 이름이 너무 겹쳐지고 있었던 것이다. 겨우 일곱 명의 이름을 부르는데 에이코(英子)와 하루코(春子)가 둘씩이었고, 도미코(富子)는 셋이나 되었다. 그건 단시일 내에 창씨개명을 몰아붙인 결과였다. 시골사람들이 어떻게 고쳐야 좋을지를 모르고, 동네 단위로 몰아대다 보니 일은 바쁘고 해서 면서기들이 제멋대로 일본식 작명을 해댄 것이었다. 그러다 보니 끝에는 무조건 '코'를 붙여서 영자·춘자·부자·미자·숙자 등이 무더기로 나오게 되었다.

그런데 날마다 그 이름들을 별 생각 없이 불러왔으면서도 박용화는 오늘따라 그것이 신경에 거슬렸던 것이다. 어젯밤 일 때문이었다.

박용화는 밤마다 며칠을 고민했다. 그러나 독립될 가망은 그 어디에서도 찾을 수가 없었다. 몇 년 전까지만 해도 그렇게 자주 일어나던 소작쟁의며 노동쟁의도 씻은 듯이 없어졌고, 사회주의 운동이라는 것도 자취를 감춘 지 오래였고, 사회주의자들이나 지식인들의 전향과 친일은 속출하고 있었고, 모든 학교와 전국적으로 근로보국대를 조직하는 것도 모자라 다시 경방단을 조직해서 거미줄처럼 감시망을 짰고, 사회 저명인사들로 조직된 대표적인 친일단체인 국민정신총동원조선연맹은 2년 만에 이름을 국민총력연맹으로 바꾸고 전국적으로 활동을 강화하고 있었고, 작년(1940년) 8월에는 조선어 신문으로서 대표인 《동아일보》와 《조선일보》가 결국 폐간당했고, 조선문인협회에서는 전국 주요 도시를 돌며 문예보국 강연회를 개최하고 있었다. 그런데 금년 2월에는 마침내 '조선사상범 예방구금령'이 공포되었다. 그건 지금까지의 보안법이나 사상범 취체법보다 훨씬 더 무시무시한 법이었다. 그건 말뜻 그대로 사상범을 예방하기 위하여 아무런 행동을 하지 않은 사람도 의심스럽거나 위험하다고 생각하면 체포해서 감옥에 가둘 수 있는 법이었다.

모든 상황이 이중 삼중의 가시철망이었고, 겹겹이 칼날들이 뻔득이는 판이었다. 그런데 어떻게 독립운동을 한단 말인가. 그건 허황되기 이를 데 없는 몽상이고, 개죽음을 자초하는 어리석음이었다. 일본은 중국을 계속 이기고 있고, 중국을 다 차지하는 날에는 일본은 그야말로 아시아의 맹주였다. 그날이 머지않았는데 조선사람들이 살아날 길은 내선일체에 호응해 황국신민이 되는 길밖에 없는 것이다. 일본인과 똑같이 1등국민으로 대접을 못 받는다 하더라도 3등국민인 중국인들보다는 낫게 2등국민의 지위는 확보해야 하는 것이다.

결국 이런 결론에 되돌아온 박용화는 심각하게 장래의 진로를 생각하기 시작했다. 신학기가 머지않았으니 빨리 결정을 내려야 했다. 장래성 없는 교사생활은 이미 포기했고, 남은 것은 두 가지였다. 군인의 길이냐, 법관의 길이냐였다.

며칠 고심한 끝에 박용화는 법관의 길을 택했다. 군인이 되는 것은 우선 목숨의 위험이 너무 컸다. 출세도 좋고 권세도 좋지만 죽고 나면 그게 다 무슨 소용인가. 전쟁터에 나서면 장교 아니라 장성도 총 한 방이면 황천길이었다. 굳이 언제 죽을지 모르는 군인이 될 필요가 없었다. 그리고 중국땅에서 싸우다 보면 조선독립군들에게도 총질을 하게 될 텐데, 그런 난처한 짓은 미리 피하는 게 좋았다. 독립운동을 안 하면 그만이지 차마 그런 망나니짓을 할 수는 없었다. 또한 구니와케에게 체면을 세워야 했다. 군인의 길을 선택하면 마치도 그가 가르쳐준 대로 따르는 꼴이었다.

그러나 법관은 장교보다 사회적 지위나 권세가 나았으면 나았지 못하지 않았고, 생명의 위험이란 전혀 없었다. 다만 학자금이 들 뿐이었다. 그러나 그것도 이제 해결할 수 있었다. 그동안 저축한 돈도 얼마간 있었고 앞으로 1년 동안 최대한 내핍생활을 하며 모을 작정이었다. 다시 사범학교 시절의 자취생활로 돌아가면 월급을 거의 다 모을 수 있었다. 1년 동안 술이며 잡기 같은 것을 일체 끊고 시험공부에 몰두하면 학비도 모으고 의무복무기간 2년도 끝나 자유의 몸이 될 수 있었다. 에이코 그넌 앞에 당당히 나서기 위해서도 법관이 되어야 했다.

박용화는 이런 결론을 내리자마자 곧바로 하숙을 옮겨 자취생활을 시작했다. 그리고 담배부터 끊었다.

"구니와케 선생, 우리 단둘이 있으니까 하는 말인데, 당신 혹시 사회주의자 아니오?"

박용화는 구니와케를 빤히 쳐다보았다.

“아니, 그게 무슨 소리요!”

구니와케는 가슴이 철렁하며 자신도 모르게 목소리가 커졌다. 혹시 무슨 꼬리가 잡혔나 싶었던 것이다.

“뭐 그리 놀랄 건 없소. 그날 밤 언행이 꼭 사회주의자 같아서 하는 말이니까. 구니와케 선생도 이런 산골에 박혀 있다간 장래가 요원한데, 어떻소? 나한테 권하지만 말고 구니와케 선생이나 사관학교를 가는 게.”

박용화는 비웃음을 흘리고 있었다.

“그건 또 무슨 소리요?”

“난 죽기 싫어 사관학교는 포기하고 딴 길을 선택했소. 몇 년 뒤에 두고 봅시다.”

박용화는 구니와케를 노려보며 돌아섰다.

불쌍한 놈, 저것도 사람이라고.

구니와케는 서글픈 표정으로 멀어지는 박용화를 하염없이 바라보고 있었다.

28

정인(情人)들의 열매

중경의 5월은 온갖 꽃들의 흐드러진 웃음으로 화사했다. 녹음을 이루기 시작한 고목들과 가지가지 꽃들은 한데 잘 어우러져 오래된 도시의 봄정취를 무르익게 하고 있었다. 포근한 햇살 속에 세월의 흐름 같은 것은 무감한 듯 고적들은 의연하게 서 있었고, 꽃과 벌 나비 들은 한가롭게 벗하며 고도(古都)의 봄을 한껏 아름답고 풍성하게 꾸며내고 있었다.

그러나 길을 오가는 사람들은 그런 봄정취와는 대조적이었다. 어딘가 불안한 기색들이었고 지친 모습이었다. 그 누구도 봄을 즐기는 느낌을 찾을 수가 없었다. 그런데 어디서 나타났는지 군인들을 가득 실은 트럭 한 대가 경적을 요란하게 울려대며 큰길을 질주해 갔다. 그 순간 봄의 정취가 산산이 깨져 나가고 있었다. 그 트럭이 남겨놓고 간 것은 전운이었다. 사람들이 걸음을 멈추고 그 트럭을 오래도록 바라보았다. 그 얼굴이며 눈들에 더욱 짙은 불안이 서리고 있었다.

중일전쟁이 시작된 지 어느덧 5년째가 되고 있었다. 일본군이 북경과 남경을 점령할 때까지만 해도 그 기세로 중국대륙을 곧 손아귀에 넣을 것 같았다. 그러나 중국대륙의 중간 부분에서 전선은 남북으로 걸친 채 장기전으로 이어지고 있었다. 그건 속전속결을 계획했던 일본군의 작전 실패를 의미하는 것이었다. 전쟁이 길어질수록 일본군은 전력을 소비하게 되고, 중국군은 전력을 강화해 나가게 되어 있었다.

그런데 일본군이 속전속결을 하지 못하고 장기전에 말려들게 된 것은 두 가지 이유 때문이었다. 첫째는 장개석의 국민당과 모택동의 공산당이 내전을 중단하고 일본에 대항해 국공합작을 한 것이었다. 둘째는 만주지역에서 동북항일연군이 투쟁하면서 일본군의 세력을 양분시켜 오랫동안 붙들고 있었던 것이다.

그러나 동북항일연군이 1940년 중반에 이르러 거의 소멸되었다고 해서 일본군은 만주지역의 병력을 대대적으로 중국전선으로 이동시킬 수도 없었다. 왜냐하면 소련이 만주의 국경선을 따라 병력을 강화하고 있었기 때문이다. 일본군은 중국과 소련을 적으로 삼아 계속 병력을 양분시켜 놓아야 하는 궁지에 빠져 있었다. 그러나 전쟁의 장기화는 면할 수가 없고, 병사들은 죽어가고, 병력은 보충해야 하고, 군비는 계속 소모되고, 군장비는 끝없이 필요하고, 완전히 구렁텅이에 빠진 것이었다.

그러다 보니 조선에서는 군인 지원제며 징용제를 강행하게 되고, 식량배급 등 온갖 규제법들을 만들어내기에 급급하고, 친일단체까지 동원하여 5억 원 강제저축운동을 전개시키는가 하면, 1941년 2월에는 급기야 '내선일체 정신대'라 하여 소학교 6학년 졸업생인 조선어린이들 600명을 뽑아 일본의 군수공장에 보내는 결정을 내리기도 했다.

상해의 임시정부는 그동안 전세에 따라 여러 곳으로 이동하다가 이제 중경에 머물러 있었다. 임정에서는 작년 9월에 한국광복군을 창설했다.

방대근과 송가원은 해룡병원 복도의 긴 의자에 앉아 있었다.

"무신 담배럴 그리 꼬실리요? 의사도 속타는 법 있는갑소 이."

연달아 담배에 불을 붙이는 송가원을 보며 방대근이 비식 웃었다.

"아 예……, 실은 의사들이 더 겁이 많은지도 모릅니다."

담배연기를 내뿜으며 송가원이 멋쩍게 웃었다.

"아니, 고것이 무신 소리요?"

방대근이 의아스러워했다.

"예, 이런 일이 있어요. 제가 대학 다닐 때 교수 한 분이 맹장수술에는 일본에서 손꼽히는 권위자였어요. 그런데 그분 아들이 맹장에 걸렸지요. 그러자 그분은 자기 손으로 수술을 못하고 동료 의사들을 불러모았습니다. 남의 손에 수술을 맡겨놓고 그분은 수술실 밖에서 수술이 끝날 때까지 식은땀을 흘리며 벌벌 떨었다는 겁니다."

"허, 중이 지 머리 못 깎는 격이로시."

"그런 셈이지요."

"병이 무서운지 다 아는 디다가, 자기 혈육잉게 그럴 만도 허겄소. 허나 맹장이야 배럴 째는 것이고, 애 낳는 것이야 그저 된똥 누는 것이나 똑겉은게 아무 걱정헐 것 없소."

송가원은 푹 웃음을 터쳤다.

"아니, 어째 웃소?"

"아니, 방 대장님이 애 낳아보셨습니까? 여태까지 장가도 못 드신 분이."

"이, 그야 우리 아부지덜이 늘 허시든 말씸잉게."

방대근이 헤식게 웃었다.

"그것이야 당해보지 않은 남자들이 아무것도 모르고 그냥 쉽게 하는 소리지요. 여자들이 하는 말은 못 들어보셨어요?"

"여자덜이? 글씨, 머시라능고?"

"진통할 때 아프고 고통스러운 것이 손에 쥔 차돌이 녹아내릴 정도라고 하지 않습니까."

"이, 애 날라고 댓돌에 신 벗어놓고 들어감서 나가 저 신얼 또 신을 수 있을랑가 허는 생각얼 헌다는 말도 안 있소."

"잘 아시는군요."

"그야 다 들은풍월잉게."

방대근이 씨익 웃었다.

"그러니까 된똥 누는 것 정도로 생각하면 안 되지요."

"에이, 다 여자덜 엄살이오."

"아니라니까요. 의학적으로 볼 때도 출산은 여자들 생사가 걸린 문젭니다."

"그러요? 그나저나 산에서 요 일 안 당허기 천만다행이오. 산에서 애 낳고 죽은 대원도 서넛 있었는디. 송 선생은 의사라 재주가 좋았는갑소 이."

방대근은 송가원을 빤히 쳐다보며 묘하게 웃었다.

"참, 의사라고 별 재주 있나요, 잠자리 피하는 것밖에."

송가원의 얼굴이 붉어졌다.

"허! 참말로 부전자전이시."

방대근이 놀라워하며 고개를 끄덕였다.

"부전자전이라니요?"

"이, 송 선생이 옥비 명창 대헌 것이 똑 춘부장 어러신이 필녀 아짐씨 대헌 것허고 같으다 그 말이오."

"글쎄요, 저야 뭐…… 헌데, 방 대장님은 장가 안 드세요? 윤주협 선생이 걱정을 많이 하시던데요."

"이 시절에 장개넌 무신……."

방대근이 스산한 웃음을 흘렸다.

"송 선생님, 축하합니다. 딸 낳았습니다."

여자의 명랑한 목소리였다.

"아, 예!"

송가원이 벌떡 일어섰다.

"산모도 건강하구요."

간호원이 밝게 웃었다. 중년의 간호원은 윤주협의 아내 민수희였다.

"잘되았소, 첫딸 살림밑천인디."

방대근이 일어서며 뚜벅 말했다.

"예, 딸이 키우기 재밌지요. 방 대장님이 산모 데려오느라 수고 많이 하셨어요."

민수희는 천성적이다 싶은 친화력을 밝은 웃음으로 감싸 나타내고 있었다.

"지야 무신……, 산모가 고상힜제라."

"고생은요, 된똥 한 번 싼 것뿐인데."

송가원이 픽 웃으며 말했고

"네에?"

민수희가 눈이 동그랗게 커졌고

"아이고 참, 쯧쯧쯧……."

방대근이 민망해하며 몸을 돌려세웠다.

"아닙니다. 수고하셨는데 오늘 저녁은 제가 한턱내면 어떻겠습니까?"

송가원은 얼른 말을 둘러붙이고 있었다.

"네에, 좋아요. 한턱내세요."

민수희는 재치 있게 받아넘겼다.

"예, 장소는 다시 연락드리죠."

민수희가 바쁘게 뛰어갔다.

"왜 그리 돌아서 계십니까?"

송가원이 쿡쿡거리며 웃었다.

"아이고, 송 선생 믿고 어디 농담허겄소?"

방대근이 뒷덜미를 쓸며 눈총을 쏘았다.

"농담을 해도 하도 이상하게 하시니까 저도 한번 써먹으려고 그런 거죠."

송가원은 계속 쿡쿡거렸다. 그 흥겨운 기분에는 옥비가 순산을 했다는 기쁨이 포함되어 있었다.

"어쨌그나 이리 맘놓고 웃는 날이 있응게 참 좋소. 나 인자 가봐야겄소."

방대근은 빙긋이 웃으며 돌아서려고 했다.

"어디로 가시게요?"

"거그 의용대 말고 또 있겄소."

의용대란 김원봉이 1938년 9월에 조직한 '조선의용대'를 말하는 것이었다.

"이따가 다시 연락드리겠습니다. 저녁을 함께 하시죠."

"예, 그래 봅시다."

방대근은 걸음을 빨리하기 시작했다.

널찍한 병원 뜰을 가로지르던 방대근은 문득 걸음을 멈추었다. 벽돌담을 따라 이어진 화단에는 꽃들이 만발해 있었다. 그중에서도 유난히 눈에 띄는 꽃이 있었다. 짙고 엷은 가지가지 보랏빛 꽃송이들이 뭉클뭉클 뭉게구름 피어나듯 풍성하고 탐스럽게 피어 있는 수국꽃이었다. 그 꽃송이들에 수국이 누나의 얼굴이 겹쳐지고 있었다. 수국이 누나는 이름 그대로 수국꽃처럼 곱고 예뻤었다. 여지껏 수국이 누나처럼 예쁘고 참한 여자를 본 적이 없었다. 그래서 정을 주고 싶은 여자가 없었는지도 모른다.

수국이 누나는 어디서 당한 것일까…….

방대근은 또 그 생각에 마음이 어두워졌다. 누나가 살아 있으리라는 생각은 하지 않았다. 살았다면 두 달이 되도록 동네로 돌아오지 않았을 리가 없었다. 더구나 송가원이와 옥비가 찾아온 것이 누나의 변고를 더 확실하게 해주었다.

농사꾼으로 변장하고 동네를 찾아온 송가원과 옥비의 건강은 오랜 굶주림과 고생으로 형편없이 나빴다. 그들이 몸을 회복하기 기다리면서 길 떠날 준비를 갖추어나갔다. 송가원에게 몇 번이고 조선으로 돌아가기를 권했다. 그러나 송가원은 말 같지도 않은 소리 하지도 말라는 듯 아예 일언반구 대꾸를 하지 않았다. 뜨내기 장사꾼으로 변장을 하고 셋이서 길을 떠났다. 남자만 둘인 것보다는 여자 하나가 끼여 있으니 눈속임하기가 한결 좋았다. 더구나 옥비가 명창이라 노래로 손님들을 끌어모으는 뜨내기 장사꾼으로서는 아주 그럴싸하게 격을 갖춘 것이었다. 옥비는 네 차례나 검문하는 일본군들 앞에서 노래를 뽑아댔던 것이다.

중경까지 다다르는 데는 한 달이 넘게 걸렸다. 기차를 타면 3일 정도의 길이었지만 왜놈들을 피하느라고 기차를 마음대로 탈 수가 없었던 것이다. 물론 전선이 가로막혀 중경까지 직통으로 가는 기차가 있지도 않았다. 걱정했던 전선 통과는 그다지 어렵지 않았다. 무적의 대군이라고 큰소리치는 일본군이었지만 전선 전체를 군인들로 울타리를 치지 못하는 한 그 어디엔가 구멍은 뚫려 있게 마련이었다. 사람 사는 세상은 요지경 속이라 그런 길안내를 해주고 돈벌이를 하는 사람들이 또 있었다.

예상했던 대로 김원봉은 중경에 자리잡고 있었다. 김원봉은 지난날부터 줄기차게 독립운동의 통일전선을 꾀해 왔으므로 임정이 있는 곳에 김원봉이 있으리라는 예측은 쉽게 할 수 있었던 것이다. 김원봉은 이제 의열단 단장이 아니었다. 의열단은 지난 1935년 7월에 다른 네 개의 독립운동 단체들과 통합하여 민족혁명당을 조직하면서 발전적 해체를 한 것이었다.

무엇보다 반가운 것이 윤주협과의 만남이었다. 윤주협은 그동안에 자식을 둘이나 두고 있었다. 그러나 돈을 한푼도 벌지 못하는 윤주협은 허울 좋은 아버지에 지나지 않았다. 살림은 아내인 민수희가 버는 돈으로 꾸려가고 있었다.

송가원은 우선 취직을 하기로 했다. 독립군 내에 병원이 없었고, 생활 대책을 마련해야 했던 것이다. 송가원의 취직은 아주 손쉽게 이루어졌다. 양의사가 부족한 탓이었다. 그 취직을 주선한 것은 민수희였다. 그건 주선이라기보다는 자기가 근무하는 병원으로 끌어간 셈이었다. 그런데 송가원은 밤낮없이 일하다시피 하는 격무에 시달리고 있었다. 일과가 끝나고 나면 왕진가방을 들고 독립군이나 조선사람들의 진료에 나섰던 것이다. 그 무료진료를 남의 병원 내에서 할 수는 없었던 것이다. 그 진료에 옥비는 그림자처럼 따라다녔다. 옥비는 명창이 아니라 이제 어엿한 간호원 노릇을 해내고 있었다. 그런데 옥비가 아이를 낳았으니 송가원의 고생이 더 커지게 되어 있었다.

"수국이나 필녀나 다 편헌 맘으로 갔을 거이다. 나겉이 쓰잘디없는 늙은이가 너무 오래 산다."

길을 떠나오던 날 지삼출 아저씨가 한 말이었다. 이제 백발이 된 지삼출 아저씨의 눈 가장자리가 붉게 물들어 있었다.

방대근은 콧날이 시큰해지는 걸 느끼며 병원을 나섰다. 수국이 누나를 생각하면 군산에서부터 만주까지 가슴 시리고 쓰라린 일들뿐이었다.

저녁때 송가원이 한턱을 내는 자리에 윤주협 부부와 방대근이 모여앉았다.

"애아버지 된 기분이 어떻습니까?"

윤주협이 찻잔을 들며 물었다.

"뭐……, 얼떨떨하고……, 그렇습니다."

송가원이 어색하고 쑥스럽게 웃으며 어물거렸다.

"나는 첫애를 본 순간 아, 인간의 조상은 원숭이란 말이 맞구나 하는 생각밖에 떠오른 것이 없습니다."

"아이, 당신은……."

민수희가 남편에게 눈을 흘겼다.

“아닙니다, 저도 아까 애를 보고 깜짝 놀랐습니다. 딸인지 아들인지 구별도 안 되고, 누굴 닮았는지도 모르겠고, 기분이 아주 이상했는데, 윤 선생님 말씀 듣고 보니 저도 그런 비슷한 생각을 한 것 같습니다.”

송가원이 좀 짓궂게 웃었다.

“보시오, 의사 선생님도 저러시는데…….”

윤주협이 아내를 곁눈질했다.

“고상하지 못하게 그런 말 말고 방 대장님 총각 신세 면하게 해 드릴 궁리나 해보세요.”

민수희는 재빠르게 화제를 바꾸어버렸다.

“에이, 그런 말씸 마시게라. 이 나이에 무신…….”

방대근은 당황하며 손을 내저었다.

“이사람아, 그러니까 더 장가를 들어야지.”

윤주협이 정색을 했다.

“말 말소. 총얼 들어야 허는 우리 처지도 그렇고, 또 무신 재주로 믹여살릴 것잉가.”

방대근은 이제 고개를 내둘렀다.

“그리 생각지를 말게. 우리도 우리 입장을 냉정하게 생각해 볼 때가 됐네. 이젠 우리도 총 들고 앞에 나서기는 어려워진 나이가 아닌가. 나이에 맞춰서 사는 법도 배워야지. 옆으로 좀 비켜서서 다른 일을 맡는다고 해도 직접 총 들고 앞장서는 것보다 못할 것도 없고 말야. 그리고 독립운동은 우리 대에서만 하고 말 건가? 자식대에도 해얄 것 아닌가. 그러니 나처럼 돈벌이하는 여자를 얻으면 될 거야."

윤주협의 진지한 말이었다.

"예, 맞는 말씀입니다. 백전노장의 경험을 살려 해야 될 다른 중대한 일들이 얼마나 많습니까. 방 대장님께서는 연세를 고려하셔서 인생 전체를 살펴보실 때가 됐습니다."

송가원은 더욱 진지한 태도를 보였다.

아아……, 내 나이가 벌써 마흔다섯이 넘었구나! 어느새 세월이 이렇게 갔나. 마음은 지금도 신흥무관학교 시절 그대론데…….

방대근의 머리를 스치고 지나가는 생각이었다.

"저어……, 이러면 어떻겠어요. 제가 방 대장님께 어울리는 마땅한 신붓감을 골라 중매를 서는 게요."

민수희가 본격적으로 나섰다.

"아이고, 아닙니다. 이 볼것없는 늙다리헌티 누가 시집올라고 허겄능가요."

방대근은 두 손을 내저었다.

주문한 음식들이 나오기 시작했다.

"자아, 자아, 주객이 전돈디 인자보톰 축하주나 맛나게 마십시다."

방대근은 서둘러 백주병을 들며 자기 이야기를 덮고 피하려고 했다.

"괜히 대장님 얘기 피하려고 그러지 마세요. 생녀 축하주 마시면서 노총각 결혼문제 의논하는 건 아주 합당하게 잘 어울리는 일이니까요.”

민수희가 노련하게 방대근의 의도를 파괴하고 들었다.

“거 가다가 쓸 만한 말 한마디 잘하네. 그럼 축하주부터 한 잔씩 듭시다.”

윤주협이 방대근을 건너다보며 놀리듯이 웃었다.

“이사람아, 이 나이에 자식 낳아 어쩌라는 것이여?”

방대근이 술잔을 들며 눈을 부라렸다.

“걱정도 팔자로군. 늦자식 두면 오래 산다는 말 듣지도 못했나?”

윤주협이 술잔을 높이 들어올리며 맞대거리를 했다. 그들은 술잔을 높이 들어 중국식 건배를 했다.

“방 대장님, 이 자리에서 한 가지 분명하게 약속하세요.”

민수희가 백주의 독한 맛에 진저리치며 말했다.

“무신 약속……?”

방대근이 안주를 집다 말고 민수희를 쳐다보았다.

“제가 신붓감을 골라오면 피하지 마시고 그때그때 선을 보시겠다구요.”

“차암, 억지 춘향이도 유분수제…….”

“아니, 그렇게 적당히 넘기지 마시고 확실하게 대답하셔야죠.”

민수희가 다그치듯 했고

“저것이 전라도식으로 그러겠다는 대답입니다.”

송가원이 빙긋 웃으며 말했다.

“얼랴, 이사람 사람 잡네그랴.”

방대근이 헛웃음을 쳤다.

윤주협이 더 말하지 말라고 자기 아내에게 눈짓했다.

"그나저나 요새 김원봉 동지가 너무 의기소침해 있어서 문제 아닌가?"

윤주협이 방대근의 잔에 술을 따르면서 다른 이야기를 꺼냈다.

"글씨, 문제넌 문제제."

방대근이 무겁게 고개를 끄덕였다.

"내가 김원봉 동지를 알고 나서 그렇게 의기소침해 있는 것을 보기는 처음이네."

"그야 당연지사 아니겄능가. 김 동지 세력이 그리 약화된 것이 일 시작허고 첨잉게."

주량 큰 방대근은 술잔을 남들보다 빠르게 비우고 있었다.

"이빨 빠진 호랑이고, 날개 부러진 독수리란 말이 근자의 그분을 보면 실감나요."

민수희가 측은한 얼굴로 말을 거들었다.

"자네가 보기로는 어쩌등가. 그리 분산을 막기가 에로웠등가?"

방대근은 미간이 찌푸려지는 심각한 얼굴로 술잔을 들었다.

"글쎄, 사면초가라고 할 수밖에 없지. 전에도 잠깐 말했지만 나나 자네가 김 동지였다고 해도 어쩔 수 없는 일이었을 거야. 보게, 독자적인 지휘권을 갖는 무장부대를 만들자니 어디 그만한 재력이 확보되나, 기존대로 활동하자니 중국군의 휘하에 든 보조군으로 대원들의 불만은 높아지지 않나, 조선독립군으로 독립된 상태에서 중국군과 협동한다는 명목으로 중국군의 재정지원을 받으려고 고위간부들을 계속 접촉했지만 그럴 필요가 뭐 있느냐는 반응으로 일이 풀리기를 하나, 그런 상황 속에서 연안 쪽의 중공당은 조직적인 유인을 계속 해오지 않나, 그런 난감한 상태를 제갈량인들 어찌 풀어나갈 수 있겠나. 김 동지는 최선을 다했지만 결국 무장독립부대를 운영할 수 있는 재원을 확보하지 못했고, 그리되자 불만이 커진 공산주의 간부들이 부하를 이끌고 연안 쪽으로 이탈하는 것도 막을 도리가 없었던 것 아닌가."

"그려, 결국은 이짝에 우리 동포덜 수가 작아서 생긴 병통이시. 동포덜 수가 만주만 같앴어도……."

방대근은 침통하게 술을 들이켰다.

김원봉은 1938년 9월에 조선의용대를 창설했다. 조선의용대는 곧 중·일 양군이 치열한 공방전을 벌이고 있는 무한 전선에 참전했다. 그러나 무한은 함락되었고, 조선의용대원들은 중국군 부대에 배속되어 일본군에 대한 선전활동, 일본군 포로들의 신문, 일본군 점령지에서의 첩보수집·암살·파괴활동 같은 것을 수행했다. 그러나 그건 어디까지나 중국군의 보조군 역할에 지나지 않았다. 중국군의 지휘를 받는 그런 역할에 불만을 품은 대원들은 독자적인 활동을 할 수 있는 조선독립군으로 무장하기를 주장했다. 그러나 김원봉 앞에 닥친 현실은 냉엄했다. 전쟁을 수행하고 있는 자기네 군대의 운영에도 정신이 없는 중국정부에서는 조선독립군의 지원을 냉정하게 외면했다. 김원봉은 중국정부를 상대하는 현실과 대원들이 주장하는 이상 사이에서 궁지에 몰리게 되었다. 결국 그 문제를 해결하지 못한 채 공산주의 간부들이 이탈하면서 김원봉의 세력은 그 어느 때 없이 약화되고 말았던 것이다.

"김 동지가 참 안됐네."

윤주협이 한숨을 쉬었다.

"그려도 조선의용대 조직헌 것이 헛일헌 것이 아니시."

얼굴에 술꽃이 핀 방대근의 어조에 힘이 들어가 있었다.

"무슨 말인가?"

"생각해 보소, 한국광복군이 어찌 그리 독립조직얼 표방허면서 창설되었능가. 그건 조선의용대의 체험이 귀중헌 바탕이 된 것 아니겄어."

"그야 두말할 것 없지."

"어쨌그나 김 동지가 무신 주의고 분파럴 초월해서 독립운동에 한덩어리로 뭉치자는 통일노선은 백번 옳은 것인디, 요새 참 외롭게 되았어."

"그러게 말야. 어떤 보수적 민족주의자들은 공산주의자라고 매도하고, 급진적 공산주의자들은 기회주의자라고 매도해 대니 원……."

윤주협이 쓰디쓴 얼굴로 술잔을 입으로 가져갔다.

"그야 다 깊은 속 모르는 극단주의자들의 입방아제. 김 동지의 성분얼 꼭 말허자면 머시라고 헐까……, 혁신적 민족주의자거나 진보적 민족주의자제."

"김 단장님이 약간 의기소침해 있으니까 인간적인 매력은 더 있어 봬서 좋아요."

민수희의 말이었다.

"심각한 얘기하는데 거 무슨 싱거운 소리요."

윤주협이 아내를 마땅찮게 쏘아보았다.

"싱겁긴요, 사실대로 말하는 건데. 그전에는 너무 강건하고 굳센 무사시라 사람 같지가 않고 겁나고 그랬거든요."

그렇지 않느냐는 듯 민수희는 방대근을 쳐다보았다.

"그 말 일리가 있구만요. 김 동지도 험헌 풍파에 시달리고 나이도 나이고, 안 변헐 수가 없겄지요."

방대근이 고개를 주억거리며 왼손을 긁어댔다.

"방 대장님, 그 손 긁으면 안 된다니까요."

송가원이 술잔을 기울이다 말고 의사답게 방대근을 지적했다.

"이, 그렇제 참. 술기운이 돈께로 근지러와 죽겄는디."

방대근이 머쓱해져 중얼거렸다.

"예, 열이 나서 그런 겁니다. 참으세요, 저도 참는데요."

송가원이 손을 내밀어 보였다. 그 손이 의사 손 같지 않게 마디마디가 군살이 박인 것처럼 거칠고, 푸르죽죽한 피부는 들떠오르는 듯 여기저기 껍질이 벗겨져 있었다. 마치 심한 피부병을 앓고 있는 것 같았다. 그건 항일연군 시절에 동상이 걸렸던 흔적이고 후유증이었다. 그런데 전투부대를 지휘했던 방대근의 손은 송가원보다 훨씬 더 심했다. 또한 그들의 발가락은 손보다 더 심해 늘 진물이 흐르는 형편이었다.

"지기럴, 이기지도 못헌 쌈, 동상만 남고……."

방대근이 쓴웃음지으며 술잔을 단숨에 비웠다.

"아닙니다, 방 대장님. 항일연군은 당당하게 이긴 겁니다. 만주에서 대토벌이 시작됐다는 소식을 듣고 이쪽에서는 그 겨울로 항일연군이 소멸될 거라고 걱정들 했거든요. 그런데 세 해를 더 싸워냈으니 얼마나 장한 승립니까. 저는 방 대장님이나 송 선생님도 자랑스럽지만, 송 선생님 부인을 생각하면 어떻게 그 혹한 속에서 견디어냈는지 믿어지지가 않고, 그 앞에서는 감히 얼굴을 들 수가 없습니다."

민수희가 진정 어린 얼굴로 겸손하게 말했다.

"그렇구말구. 항일연군이 없어서 만주의 왜병놈들이 다 이쪽으로 몰려왔어 봐. 중국대륙은 진작 왜놈들 것 되었을지도 모르지."

윤주협이 코를 벌름거리며 아내의 말에 호응했다.

"허, 찬물도 상이라면 좋드라고 빈말이라도 그리헝게 듣기에 과히 나쁘덜 않네. 말만 그리허덜 말고 여그 술이나 담뿍 따르소."

방대근이 흔쾌하게 웃으며 빈 술잔을 들었다.

"네에, 술을 제가 따라올리죠."

민수희가 날렵하게 술병을 들었다.

"아, 아아니, 요거 황송시러바서 당최……." 술기운 불콰한 방대근이 과장된 몸짓으로 읍하는 시늉을 하고는, "기왕 허신 일인디 우리 송 선생헌티도 한잔 따르는 것이 으쩌시겄소?" 하며 능청스럽게 말했다.

"네에, 그러잖아도 따르려고 했어요. 송 선생님은 항일연군의 용맹스러운 군의관일 뿐만 아니라 현재 저의 상사이시니까 제가 밉보여서 되겠습니까. 제가 쫓겨나면 우리 윤주협 동지 굶어죽는걸요."

민수희의 막힘없는 농담이었다.

"아하하하……."

"어허허허……."

술자리는 무르익어 가고 있었다.

옥녀는 산후가 좋아 사흘 만에 퇴원을 했다. 옥녀는 송가원의 아이를 낳은 넘치는 기쁨 한구석에 아쉬움이 남아 있었다. 아들이 아니고 딸인 까닭이었다. 아들을 낳았더라면 박미애의 생각을 깨끗이 지울 수 있었을 거였다. 그런 옥녀의 마음을 아는지 모르는지 송가원은 아이를 안고 병원을 나서며 그저 싱글벙글했다.

열흘쯤 지나 민수희는 방대근에게 맞선 볼 날짜를 알려주었다. 다른 병원에 근무하는 간호원 노처녀를 물색했던 것이다.

"나이는 서른둘이구요, 광주에서 시발된 학생운동 때 평양에서 시위를 주동했다가 검거를 피해 동료들과 북경으로 탈출한 겁니다. 독립의지가 강하고, 교양 있고, 인물도 예쁜 편입니다. 평소에는 결혼 같은 것 별로 생각하지 않았는데 방 대장님 같으신 분이라 마음이 동한 것 같아요. 그날 시간 꼭 지키셔야 해요."

민수희의 빠른 설명이었고, 방대근은 그저 덤덤하게 앉아 있기만 했다.

사흘 뒤에 민수희는 신붓감을 데리고 약속한 음식점으로 나갔다. 약속 시간 5분 전이었다. 그런데 방대근의 모습은 보이지 않았다. 정시가 되었다. 그래도 방대근은 나타나지 않았다. 5분이 지났다. 그래도 방대근은 나타나지 않았다. 10분이 지났다. 그래도 방대근은 나타나지 않았다. 30분까지…… 방대근은 끝끝내 나타나지 않고 말았다.

29

아사히사진관

"미나루, 미나루, 여기 봐, 여기!"

"로로로로, 깔꾹, 깔꾹!"

"옳지, 옳지, 웃는다, 웃는다!"

두 여자가 손뼉을 치고 손을 들까불러대며 아이를 어르고 있었다.

펑!

조명 불빛이 번쩍하며 흰 연기가 풀쑥 솟아올랐다.

"예에, 자알됐습니다."

사진기 셔터의 고무주머니를 누른 윤철훈이 경쾌한 가락에 실어 말하며 허리를 굽실했다. 그의 그런 세련된 어조와 몸짓은 경륜 많은 사진사의 모습이 영락없었다.

"어머, 어쩌지요? 불빛 때문에 애가 눈을 감았는데요."

두 여자 중에서 젊은 여자가 거짓 울상에 발까지 동동거리며 호들갑을 떨었다.

"아아, 아무 염려 마십시오. 눈이 감기기 전에 사진은 이미 찍혔습니다."

윤철훈은 아주 친절하고 예절 바른 태도로 말하며 더없이 부드럽게 웃었다.

"그게 정말인가요?"

여자는 윤철훈을 보며 웃음지었지만 미심쩍은 기색은 아직 남아 있었다.

"예, 아주 예쁘고 근사하게 잘 나올 겁니다. 아무 걱정 마시고 푹 안심하십시오."

윤철훈은 그 매끈한 차림만큼 세련된 친절로 손님을 대하고 있었다. 그는 앞가리마를 탄 머리에 기름을 자르르 바르고 있었고, 새하얀 와이셔츠에 까만 나비넥타이를 매고 있었다. 그리고 줄이 곧게 선 검정바지에 검은 구두는 반들반들 윤이 나고 있었다. 누구 눈에나 세련미 넘치는 일류 멋쟁이였다.

"그래도 잘못 나오면……."

젊은 여자는 안심한 얼굴이면서도 여전히 토를 달았다.

"히데코 상, 정말 아무 걱정 안 하셔도 돼요. 저이는 평생 사진을 찍으면서 그런 실수는 단 한 번도 한 적이 없으세요. 그런 실수야 초보 엉터리들이 하는 거지요."

차은심이 상긋 웃으며 손님을 맡고 나섰다. 그녀도 윤철훈 못지않게 멋을 부리고 있었다. 보랏빛 꽃무늬의 플레어 원피스에 빨간 허리띠를 맸고, 갈빛 뾰족구두를 신고 있었다. 그녀는 겸손한 태도와 상냥한 목소리와는 달리 남편의 능력을 노골적으로 과시하고 있었다. 그런데 그 과시는 겸손함과 상냥함으로 포장되어 전혀 과시로 느껴지지 않고 오히려 손님을 안심시키고 윤철훈의 가치를 높이는 효과를 발휘하고 있었다.

"네에, 그러시겠지요. 아사히(朝日)사진관은 사진 잘 찍기로 소문나 있으니까요. 예쁘게 잘 빼주세요."

젊은 여자는 비로소 안심하며 방싯 웃었다.

"그럼요, 아주 예쁘게 잘 빼드려야지요. 첫아들인 데다가 일평생 간직해야 할 첫돌사진 아닙니까."

차은심은 손님의 가려운 데를 먼저 찾아 긁어주고 있었다.

"네에, 그러니까 걱정이 되는 거지요. 우리 평생, 미나루 평생, 그리고 미나루 자식 대까지……."

젊은 여자는 아이를 안아올리며 예쁘고 귀여워 죽겠다는 듯 아이의 얼굴에 입맞춤을 해댔다.

"그럼요, 그렇게 오래가도 변하지 않게 잘 빼드릴게요. 아유, 잘생기기두 했네. 장래 장군감이 틀림없군요."

차은심은 아이의 머리를 쓰다듬어주며 귀에 단말을 아주 자연스럽게 풀어대고 있었다. 일본사람들이 제일 듣기 좋아하는 말이 자기네 어린 아들들이 장래에 장군이 될 거라고 하는 말이었다. 군인들이 모든 것을 좌지우지하고 있는 나라의 백성들다웠다.

"어머, 그렇게 보여요?"

젊은 여자는 화들짝 반가워했다.

"그럼요, 이 인물이 얼마나 사내답고 늠름해 보여요. 타고난 무인에 장군감이라니까요. 사람들을 많이 대하고 수없이 얼굴을 찍는 직업이라 저는 관상도 꽤는 볼 줄 알거든요. 호호호호……."

차은심은 아주 능란한 말솜씨를 발휘하고 있었다. 그러나 아이는 전혀 잘생겼다고 할 수 없고 그저 평범할 뿐이었다.

"네에, 우리 에시마 상이나 나도 미나루가 씩씩한 군인으로 출세하길 바라고 있어요. 사령관 각하 같은 장군이 되면 얼마나 좋겠어요."

젊은 여자는 상기된 얼굴로 또 아이의 볼에다가 입맞춤을 해댔다. 그 여자가 말하는 사령관 각하란 관동군 총사령관을 가리키는 것이었다. 관동군 총사령관은 일본이 만들어낸 만주국 황제를 호령하는 위치이니 일개 통역관 아내의 입장에서는 최고로 높게 보일 수밖에 없는 일이었다.

"참, 에시마 상은 아들하고 사진을 안 찍나요? 부부가 아이하고 함께 찍으면 아주 좋은 기념이 될 텐데요."

"글쎄, 그러기로 했는데 집에 없잖아요. 통역도 못해먹을 일이에요."

"왜, 어디 가셨나 부죠?"

차은심은 그저 예사롭게 말했다. 그러나 신경은 일시에 곤두섰다.

"글쎄, 갑자기 참모장 모시고 장교들하고 북경을 갔지 뭐예요."

"아이구, 딱해라. 무슨 급한 일이길래 첫아들하고 돌기념사진도 못 찍으시고 그리되셨을꼬."

차은심은 딱하고 가엾은 표정을 지으며 다시 아이의 머리를 쓰다듬었다.

"모르겠어요, 무슨 새 작전계획을 세우는 모양인데, 통역관도 군인이나 마찬가지라구요. 속상해요."

"그러게 말이에요. 중국놈들을 빨리 쳐부숴야 할 텐데 무슨 좋은 수가 없을지 모르겠네요."

"글쎄요, 이번에 만주 주둔군을 내륙 전선으로 이동시킬 모양이던데 그러면 어찌 될는지……."

"아유, 잘됐네요. 만주 군인들이 다 내륙 전선으로 가 중국놈들을 빨리 이겨 우리 대일본제국이 중국 전체를 지배해야지요. 그래야 히데코 상도 이런 섭섭한 일 안 당하구요."

"그랬으면 얼마나 좋겠어요. 나도 남편한테 그런 식으로 말을 해봤지요. 헌데 그럴 수는 없나 봐요. 그리되면 불령선인들이 또 생겨나고, 또 쏘련도 있고 하니까요. 미나루야, 이제 가자 응?"

히데코는 아이를 추스르며 돌아섰다.

윤철훈은 사진을 자르는 척하고 있었다.

"얼마지요?"

"아 예, 돌을 축하하는 뜻으로 특별히 싸게 해드리겠습니다. 반값만 내십시오."

윤철훈은 친절하게 웃으며 사진견본대 겸 계산대로 다가갔다.

"어머, 그럼 밑지지 않으세요?"

히데코는 좋아서 활짝 웃었다.

"아니, 괜찮습니다. 우리 단골이신데 당연히 축하를 드려야지요."

"어쩜, 고맙기두 하셔라."

히데코는 작은 손지갑을 열었다.

"사진 빨리 보고 싶으시겠지요?"

"그럼요. 지금 당장 보고 싶은걸요."

"예, 그러시겠지요. 일이 밀린 것들도 있고 해서 보통으로 하자면 한 열흘쯤 걸리는 것 아시죠? 허지만 돌사진이니까 특별히 모레까지 해드리겠습니다."

"어머나, 고마우셔라. 정말 고맙습니다."

히데코는 돈을 깎아줄 때보다도 더 반색을 했다.

"애 데리고 힘드시게 나오실 것 없어요. 제가 댁으로 배달해 드릴 테니까요."

차은심의 말이었다.

"어머, 그래요? 바쁘실 텐데."

"아니, 괜찮아요. 그쪽에 배달할 게 있으니까요."

"네, 그러면 좋지요. 내가 덜 미안하고."

히데코는 웃음꽃을 얼굴 가득 피우며 아주 기분 좋게 사진관을 나섰다.

"어떠세요? 군인들 이동이."

차은심은 빠르게 속삭였다.

"그거 곧 타전해야겠소. 헌데 대강 얼마나 이동하는지를 알아내는 게 급선무요."

윤철훈의 미간에 힘이 모아졌다.

"예, 알아내는 데까지 알아내야지요."

차은심의 눈에 묘한 광채가 서렸다.

"나도 알아볼 테니까 너무 무리하진 마시오."

"네. 그런데 많이 이동할까요?"

"글쎄, 아마 그러지는 못할 거요. 국경에 쏘련군이 있으니까."

그때 계단을 밟고 올라오는 발자국소리가 들렸다. 두 사람은 재빨리 태도를 바꾸어 각기 일을 하는 척하는 자세를 취했다.

딸랑딸랑…….

문에 달린 조그만 종이 울리며 문이 열렸다. 그리고 남녀 한 쌍이 들어섰다.

"어서 오세요, 손님."

차은심은 날렵하게 손님을 맞이했다.

"어서 오십시오. 무슨 기념사진 찍으시렵니까?"

윤철훈도 정중하고 세련되게 손님을 맞이했다. 그들은 누가 보거나 멋쟁이 사진사 부부였다.

윤철훈과 차은심이 노리고 있는 것은 관동군 총사령부였다. 중국에 퍼져 있는 일본군의 심장, 그곳의 정보를 캐내려고 몸을 도사려온 것이 벌써 몇 년째였다. 그러나 그곳의 고급정보를 빼내기란 여간 어렵지 않았다. 그렇지만 그동안 올린 성과도 적지 않았다. 오늘처럼 예사로 흘린 말이 빌미가 되어 큰 정보를 캐낸 것이 한두 번이 아니었던 것이다.

중국식 기와지붕을 올린 거창한 관동군 총사령부는 아예 민간인들의 접근이 허용되지 않았다. 관동군 총사령부 앞은 밤낮없이 경계만 삼엄한 것이 아니었다. 그 앞의 길은 보통 신작로의 서너 배가 되게 넓었고, 그 길을 따라 양쪽으로 사오 층 건물들이 줄지어 서 있었다. 그런데 그 건물들은 관동군 총사령부 부속건물이거나 특수 관공서라서 일반인들이 발길할 필요가 없는 곳들이었다. 그런 건물들에 일반 상점들이 들어간다는 것은 상상도 할 수 없는 일이었고, 그러다 보니 그 거리는 언제나 인적이 한산한 채 엄숙한 분위기에 감싸여 있었다. 처음부터 일반인들의 발길을 차단시키기 위해 짜여진 기묘한 구조였다.

윤철훈은 그 거리와 연결되는 첫 번째 네거리의 상점 밀집지역에 사진관을 차렸다. 관동군 총사령부와 한 걸음이라도 가까워지기 위해서였다. 그리고 간판도 일본사람들의 기분과 비위에 잘 맞도록 '朝日(아사히)사진관'이라고 붙였다. 그건 일본사람들이면 누구나 좋아하는 '싱싱한 아침해'라는 뜻의 일본 상징이었다. 그러나 사진관 이름을 그렇게 지은 건 자신의 신분을 위장하고 일본사람들을 유인하기 위한 것이었지만, 윤철훈의 속뜻은 또 따로 있었다. 조선이 일본을 제압한다는 새로운 의미를 부여하고 있었다.

차은심과 함께 그렇게 매끈하게 멋을 부린 것도 일본사람들을 상대하는 데 유리하고 격을 높이기 위해서였다. 일본사람들은 서양것이야 하면 거의 병적이다 싶게 사족을 못 썼고, 그래서 양복쟁이는 무조건 신사 대접을 해주는 것이었다. 그들이 걸핏하면 사진 찍기를 좋아하는 것도 사진기가 서양에서 들어온 신기한 것이기 때문이었다. 그리고 운전사를 대단하게 취급해 주는데, 사진사를 그보다 더 높게 봐주는 것도 마술을 부리듯 신기한 기술을 가졌다는 생각 때문이었다. 특히 일본사람들은 사진에다가 사진을 찍은 연유와 그 날짜를 써넣기를 너무 좋아하는 유치하고 졸렬한 취미를 가지고 있었다. 그런데 사진을 찾는 사람들마다 자기들이 원하는 문구가 사진에 박혀 있는 것을 보고 그렇게들 신기해하고 좋아할 수가 없었다.

처음부터 조수를 두지 않고 차은심이 같이 나섰던 것은 비밀을 지키기 위해서만이 아니었다. 관동군 사령부에 속한 장교의 아내들과 친분을 맺기 위한 목적이 또 감춰져 있었다. 다른 사진관에서는 전혀 하지 않는 배달도 그래서 시작되었다. 사진 배달은 큰 효과를 나타냈다. 장교 아내들을 단골손님으로 묶어두게 된 것은 아무것도 아니었고, 그들의 관사를 자유롭게 드나들게 되면서 하급 장교에서부터 고급장교들까지 신상과 집 위치를 정확하게 알아냈던 것이다. 그 어떤 고급장교든 어느 때라도 테러를 할 수 있을 정도로 정확한 지도가 그려졌다. 그리고 그 자식들을 언제라도 유괴할 수 있을 만큼 신상도 치밀하게 파악되었다. 그러나 무엇보다도 큰 효과는 장교의 아내들이 무심결에 흘려놓는 한두 마디씩의 정보였다. 그 정보들은 대개 꼬리였지만 어느 때는 바로 대가리인 것도 있었다. 장교 아내들이 단골이 되면서 자연히 장교들도 드나들게 되었다. 장교들은 대개 진급을 하면 정신없이 사진을 많이 찍으려 들었다. 모자를 쓰고 찍고, 벗고 찍고, 좌측으로 찍고, 우측으로 찍고, 서서 찍고, 앉아서 찍고, 아내와 찍고, 가족들이 찍고 법석을 떨었다. 그럴 때를 위해 지휘봉이며 호피 같은 소품도 준비해 놓았다. 장교들은 누구나 지휘봉을 척 받쳐들고 포효하는 호랑이의 가죽을 밟고 서서 근엄한 표정으로 사진찍기를 너무 좋아했다. 그 전신사진은 값이 비싸서 장사가 잘될 뿐만 아니라 장교들이 사진관에 호감을 갖게 하는 데 더없이 효과적이었다. 그런 날이면 가족사진은 꼭 공짜로 해주는 것을 잊지 않았다. 진급을 축하한다는 명분을 내세워서. 그러면 아무리 도도하고 딱딱하게 굴던 장교도 얼굴이 부드럽게 풀리게 마련이었다. 가족사진은 인물사진이 아니라서 필름 수정을 안 해도 되니까 전혀 공이 들지 않는 것이었다.

선전용으로 사진관 안이나 밖의 진열장에 내건 큰 사진들도 모두가 일본옷이나 양복을 입은 일본남녀거나 일본군의 모습이었다. 중국옷이나 조선옷을 입은 모습은 아예 내비치지 않았다. 그건 '아사히'란 간판을 내건 것과 맞통하는 이유 때문이었고, 간판에 어울리게 하기 위함도 있었다. 모르는 사람들이 보기에는 영락없이 일본사람이 하는 사진관이었다.

나무계단이 놓인 2층에 사진관을 차린 것도, 문에 작은 종을 달아놓은 것도 모두 경계를 하기 위해서였다. 여자손님들은 그런 것을 전혀 모르고 문을 여닫을 때마다 종이 맑은 소리로 딸랑딸랑 울리는 것을 그저 멋을 부린 것으로만 생각했다. 그래서 자기네 집에 그런 치장을 한 여자들도 있었다.

윤철훈의 살림집은 사진관 뒤쪽이었다. 암실 옆의 좁은 뒷문을 열면 아래로 내려가는 나무계단이 설치되어 있었다. 그건 만일에 대비해서 따로 돈을 들여 만든 비상구였다. 차은심은 수시로 그 계단을 오르내렸다. 식모에게 맡겨놓은 두 아이를 살피려는 것이었다.

윤철훈이 장교들에게 그렇게 잘하는 것은 단순히 정보를 빼내기 위해서가 아니었다. 그들에게 잘 보이고 신임을 얻어 관동군 총사령부의 전속 사진사가 되려는 것이었다. 전속 사진사가 되어 자유롭게 그곳을 드나들게 되면…… 그러나 그건 허황된 꿈인지도 몰랐다. 이미 일본인 전속 사진사가 있었고, 그곳에는 1등국민인 일본사람들뿐, 2등국민인 조선사람이나 3등국민인 중국사람은 단 하나도 없다는 소문이었다.

이 등급은 물론 오래전에 일본사람들이 정한 것이었다. 그 차별은 중일전쟁이 일어나면서 아주 노골적으로 표출되기 시작했고, 이제 일반화되어 있었다. 일본사람들은 조선에서도 그렇듯이 이곳에서도 자기네들끼리 모여 고급주택을 지어 마을을 이루었고, 일본상인들의 거리도 따로 있었다. 조선사람들은 그 거리 언저리에 어찌어찌 붙을 수 있었지만, 중국사람들은 절대 안 되었다. 일본사람들은 중국음식을 거의 먹지 않았고, 군대에서는 사병들에게 중국음식점 출입금지령을 시행하고 있었다. 더러워서 먹으면 곧 병이 걸린다는 것이 이유였다. 휴일날이면 헌병들이 군인들을 중국음식점에서 끌어내 잡아가는 것을 종종 볼 수 있었다. 그런데 그 차별이 적나라하게 드러나는 곳이 있었다. 부대 옆에 붙어 있는 군대위안소였다. 그곳의 시간당 화대는 중국여자가 1원, 조선여자가 1원 50전, 일본여자가 2원이었던 것이다. 그런데 언제부터인가 은밀하게 떠도는 이야기가 있었다. 10여 년 전에 일본은 만주 침략을 본격화하면서 일본·조선·중국 사람들의 IQ 조사를 극비리에 실시했다는 것이다. 그런데 그 결과는 조선 1위, 중국 2위, 일본 3위였다. 그래서 일본은 그 사실을 완전 비밀에 붙였다는 것이다. 그러나 그 소문은 이 세상에 완전한 비밀이란 없다는 것을 다시금 확인시켜 주고 있었다.

윤철훈은 다음날 아침 일찍 목욕탕을 거쳐 이발소를 찾아갔다. 장교들이 많이 드나드는 고급이발소였다. 처음부터 의도적으로 접근했기 때문에 주인과 화투놀이도 해서 돈도 잃어주고, 술도 사주고 해서 벌써 오래전부터 절친한 사이가 되어 있었다. 이발소는 어디나 그렇듯 사람들이 많이 드나들어 머리를 깎는 동안 한담을 늘어놓는 만큼 잡다한 이야기들이 버글거리고, 이런저런 소문들이 퍼져나가는 진원지의 하나이기도 했다. 그 이발소는 장교들이 많이 드나드는 만큼 그동안 쓸 만한 정보를 적잖이 건질 수 있었던 것이다.

"안녕하세요, 그간에 경기 좋았어요? 아, 여기만 오면 기분 좋다니까."

이발소로 들어선 윤철훈은 거울 속의 주인과 눈을 맞추며 너스레를 떨었다.

"아, 어서 오시오. 경기나마나 매냥 그 타령이 그 타령이지. 그쪽 경기는 좋소?"

주인이 코털을 자르다 말고 손을 들어 보였다.

"우리도 그저 그래요. 시국이 어서 좋아져야 경기도 좋아지지 않겠어요?"

윤철훈은 이야기를 슬며시 시국 쪽으로 돌렸다.

"그러게 말이오. 이발소고 사진관이고 시국이 편안하고 살기가 좋아야 한몫 보는 장산데 전쟁이 이리 질질 끌어대니 원……."

주인이 돌아서며 의자에 앉으라고 손짓했다.

세 명의 종업원들이 제각기 일손을 놀리고 있었고 아직 손님은 없었다.

"중국군놈들은 단칼에 다 쳐없애야 하는데 그것 참 속상하다니까요. 사령부에서는 무슨 묘책이 없을까요?"

윤철훈은 은근히 이야기를 사령부로 연결시켰다.

"글쎄, 중국놈들이 수가 워낙 많으니까 죽여도 죽여도 끝도 없이 덤빈단 말이오. 그것 참 사람 미칠 일 아니오?"

주인은 귀동냥한 말을 마치 자기가 현역 지휘관이나 작전장교나 되는 것처럼 말했다.

"예, 그것 참 미칠 일이지요. 그래도 사령부에서 무슨 묘책을 짜내얄 것 아니겠어요? 대일본제국 군대의 체면이 있지요."

자신이 원하는 말을 이끌어내려고 윤철훈은 '무슨 묘책'을 강조하고 있었다.

"묘책이라는 게 뭐 따로 있겠소. 우리 쪽에서도 군인들을 더 많이 투입해서 항일연군이란 종자들을 다 씨를 말린 것처럼 해야지."

가위질을 시작하며 주인은 열이 받치고 있었다.

"예, 그렇구말구요. 그건 지당한 말입니다. 헌데 사령부에서는 그런 대책을 안 세우고 있나요?"

윤철훈은 말하기 좋아하고 잘난 척하기 좋아하는 주인의 말에 맞장구를 치며 바람을 넣고 있었다.

"아니, 안 세울 리가 있나요. 아마 곧 만주의 병력이 대거 전선에 투입될 것 같소."

윤철훈은 귀가 번쩍 뜨이는 긴장을 느꼈다.

"글쎄요, 여기 병력이 얼마나 투입될지 모르지만, 그게 우리한테는 좋고도 나쁜 일이오."

윤철훈은 속마음을 싹 감추고 또 하나의 덫을 놓았다.

"나쁜 일?"

주인이 가위질을 멈추며 거울 속의 윤철훈을 빤히 쳐다보았다.

"생각해 보시오. 군인들이 많이 떠날수록 전쟁에 빨리 이길 수 있으니까 좋지만, 우리는 그만큼 손님이 줄어드니까 나쁘지 않겠소."

"아, 그게 그렇게 되는군. 안 되겠는데, 병력이 얼마나 이동하는지 알아봐야지."

혼잣말을 하는 주인의 얼굴이 구겨지고 있었다.

윤철훈은 가슴이 뿌듯하도록 만족감을 느끼고 있었다. 며칠 있다가 술 한잔을 사면 자연스럽게 그 이야기를 들을 수 있을 거였다.

"며칠 있다가 술내기 화투나 한판 벌입시다."

윤철훈은 이발소를 나서기 전에 은근슬쩍 한마디 걸쳤다.

"그거 조옷치요. 흐흐흐흐……."

주인은 어깨를 들썩이며 흐흐거렸다. 너는 내 밥이야 하는 것처럼.

윤철훈은 일부러 느지막하게 점심을 먹으려고 일본음식점 아사히를 찾아갔다. 그곳도 장교들이 많이 드나드는 고급음식점이었다. 그곳 주인과는 상호 '아사히'가 서로 같다는 것을 빌미 삼아 친해지기 시작했던 것이다. 그러나 이발소 주인과는 그 음식점에 한 번도 가지 않았다. 자신의 신분을 철저히 감추는 동시에 정보의 정확성을 기해야 했던 것이다.

"안녕하세요? 이거 너무 늦어서 점심 못 얻어먹는 것 아닌가요?"

음식점으로 들어서던 윤철훈은 주인을 보자 반갑게 인사하며 배고픈 시늉을 했다.

"어서 오시오. 왜 이리 늦었소? 손님이 많소?"

점심손님을 한바탕 치러낸 주인은 다다미 깐 간이방에 퍼지르고 앉아 담배를 피우고 있다가 윤철훈을 반가운 기색으로 맞았다.

"예, 손님들이 어찌 하필 점심때 몰려들어서 점심도 제때 먹지 못하게 한다니까요."

윤철훈은 능란하게 받아넘겼다.

"점심이야 좀 늦게 먹어도 그만이고, 장사야 무슨 장사건 손님 많은 게 제일 아니겠소."

주인이 담배연기를 시원스레 내뿜으며 말했다.

"그야 그렇지요. 손님 없는 장사야 그대로 망조 아닌가요."

윤철훈은 이골난 장사치처럼 말하며 키들대고 웃었다. 그리고 술을 곁들여 점심을 시켰다.

"요새 여기도 장사가 더 잘되지요? 1등국민들이 내지에서 많이 오는 덕에."

윤철훈은 상대방의 기분을 좋게 해주려고 일부러 '1등국민'이란 말까지 끌어다 대고 있었다.

"괜찮은 편이오. 사진관도 그렇소?"

주인이 좀 의아스럽게 물었다.

"예, 집으로 편지를 보내면서 사진을 넣어 보내는 사람들이 많으니까요. 이 신경의 경치들을 배경으로 해서 찍은 사진들 말이오."

윤철훈은 목적하는 이야기를 꺼내기 위해 차분하게 밑자리를 깔고 있었다.

"아아, 사진관도 그런 재미를 보는구랴. 만리타국에 처음 왔으니 그럴 만도 하겠소. 그것 참 묘한 재미요."

주인은 고개를 주억거리며 흥미로워했다.

종업원이 음식을 내왔다.

"술잔 하나 더 가져오게. 자리잡은 걸 보면 눈치가 있어야지."

윤철훈이 종업원에게 일렀고

"아니, 나는 괜찮소."

주인이 손을 저었고

"어서 가서 가져오게."

윤철훈의 독촉에 주인은 못 이기는 척 한눈을 팔았다.

"자아, 한잔하십시다."

윤철훈과 주인은 술을 한 모금씩 했다.

"그나저나 여기 장사나 내 장사에나 걱정거리가 한 가지 생겼어요."

윤철훈이 혀를 찼다.

"걱정거리? 그게 뭐요?"

주인이 즉각적인 반응을 나타냈다.

"그야 다 알고 계시겠지만, 어제 목욕탕에서 들으니 여기 군인들이 전선으로 이동한다면서요?"

윤철훈은 이발소라고 하지 않고 목욕탕이라고 둘러댔다.

"예, 그런 말을 얼핏 듣긴 들었소만, 그게 무슨 걱정거리요?"

주인은 그만 시큰둥한 반응을 보였다.

"아니, 눈치 빠른 분이 무슨 소리요? 여기 음식점이나 우리 사진관에서나 돈 잘 쓰는 사람들이 누구요? 군대 장교들 아니오? 군대가 이동하면 장교들도 많이 이동할 거 아니겠소?"

윤철훈은 마침내 불붙은 화살을 날리며 주인을 빤히 쳐다보았다.

"아, 맞소! 그게 그렇게 되는구만." 주인은 제 무릎을 치고는, "그리되면 사진관보다야 우리 장사가 더 피해를 보게 되지." 그는 이렇게 노골적으로 말하며 당황스러워했다.

"예, 그렇기도 하지요. 사진이야 매일 밥 먹듯이 하는 건 아니니까……." 윤철훈은 슬쩍 그의 말을 수긍하는 척하며 감정을 자극하고는, "대관절 얼마나 떠나는지 알아야 대책을 세우든지 어쩌든지 할 텐데 이건 원…….” 혀를 차며 중얼거렸다.

“그거 맞는 말이오. 그거부터 알아봐야 되겠소.”

윤철훈은 느긋하게 속웃음을 웃으며 술잔을 기울였다.

“그까짓 중국놈들을 왜 후닥닥 해치우지 못하고 그렇게 질질 끄는지 모르겠단 말이야.”

주인은 짜증스럽게 혀를 차댔다.

윤철훈은 다음날 최규승과 하 서방을 따로따로 불러서 만났다.

“요새 병력이동 상황은 어떻소?”

“별다른 변화가 없는 것 같습니다.”

선한 인상이면서도 못생긴 최규승의 대답이었다.

“아마 머지않아 병력이동이 있을 것 같소. 철저하게 숫자를 파악하도록 하시오.”

윤철훈은 단호하게 말했다. 그는 손님들 앞에서 웃음을 흘려가며 사진을 찍을 때의 모습이 아니었다.

“예, 알겠습니다. 그래서 그런지 모르겠습니다만 요새 관내로 가는 쌀가마니들이 다른 때보다 더 많이 쌓이고 있습니다.”

“음, 그런지도 모르겠소. 그것도 얼마가 더 늘어나는지 파악해 보시오. 다른 정보는 뭐 없소?”

“예, 색다른 건 없습니다.”

“됐소. 빈틈없이 하시오.”

최규승은 윤철훈이 포섭해 신경역에서 밥장사를 하고 있는 조직원이었다. 최규승은 항일연군 초기에 부상을 당해 역전에서 행상을 하다가 윤철훈과 연결된 것이었다. 그의 밥장사 밑천을 윤철훈이 대주었음은 물론이었다. 그는 아내와 번갈아가며 밤을 새우는 밥장사를 해가며 역 안의 움직임을 샅샅이 살피고 있었다. 그는 붙박이 하급역무원들과 끈을 대고 있었다. 일본군은 모든 운송수단을 기차에 의존하고 있었고, 특히 신경역은 만주의 중심이라서 그 동향 파악은 무엇보다 중요했던 것이다.

"요새 뭐 새로 들은 소식 없소?"

윤철훈은 인력거꾼 하 서방에게 물었다.

"예, 별로 없는데요."

목이 굵고 어깨가 넓은 하 서방이 목에 걸친 때 전 수건으로 이마를 씩 문지르며 대답했다.

"으음, 앞으로 장교들을 태우고 다닐 때 그들의 말을 유심히 듣도록 하시오. 그리고 변두리로 나갈 때는 어떤 부대들이 움직이는지 분명하게 살피도록 하시오. 곧 부대들의 이동이 있을 것 같소."

"예, 알겠습니다."

하 서방이 고개를 꾸벅했다.

하 서방은 고향에서 일본사람을 때리고 만주로 도망 온 사람이었다. 윤철훈이 그의 인력거를 탔다가 그 사연을 듣고 차츰 가까워지면서 포섭한 것이었다. 하 서방은 접촉하는 사람들이 많고 행동반경이 넓어 보고 듣는 것이 많아 정보조직원으로서는 안성맞춤이었던 것이다. 신경 주변에 배치되어 있는 부대들의 위치는 전부 그가 파악해 온 것이었다. 윤철훈은 늙은 부모까지 모시고 있는 그의 생활에 지속적인 도움을 주고 있었다. 그의 가족은 뒤늦게 그를 찾아왔고, 그가 도망하자 경찰서에 끌려가 매타작을 당한 그의 부모는 그 뒤로 줄곧 병치레를 하고 있는 형편이었다.

윤철훈은 정확한 정보가 모아지기를 기다리며 밤이면 암실 뒷벽에 감추어둔 무전기를 꺼내 손질하고는 했다.

30

악법

김제읍은 아침부터 떠들썩하고 술렁거렸다.

빰빠라 빰빠.

쿵작쿵작.

빠라빠라 빰빠.

쿵작 쿵작작.

읍사무소 경찰서 동척 같은 것이 있는 본정통에서는 악대가 신명나게 울려대고 있었고, 아이들은 소리치고 앞다투며 그쪽으로 몰려가고 있었다. 아이들만이 아니었다. 어른들도 이삼십 명씩 떼지어 그쪽으로 가고 있었다. 그러나 어른들은 무덤덤한 얼굴들이었고, 발걸음이 빠르지도 않았다.

김제 읍내에서 악대가 울려대는 것은 그다지 흔한 일이 아니었다. 1년에 서너 차례 곡마단이 천막을 칠 때였다. 그러나 오늘은 곡마단이 들어온 것이 아니었다. 김제 읍내 잔치가 벌어지는 날이었다.

경축 하시모토 소장님 읍장 취임

경축 하시모토 의원님 읍장 취임

크게 내걸린 현수막들이 잔치 내용을 알려주고 있었다. 다름 아닌 죽산면의 하시모토가 김제읍장이 되는 날이었다. '소장님'이란 하시모토의 군산상공회의소 소장 감투를 말하는 것이었고, '의원님'이란 그의 도회의원 감투를 가리키는 것이었다.

"참, 눈 감고 야옹이라등마 딱 요 일얼 두고 허는 말이시."

"참말로 가관이여. 읍장 감투 쓰고 잡으면 그냥 고이 쓸 일이제."

"그 낯짝 뻔뻔허기가 곰발바닥이제. 읍민덜에 여망으로 읍장얼 허는 것이라니."

"좆 뽈고 자빠졌네. 나넌 꿈에라도 그놈이 읍장 되는 것얼 바랜 적이 없는디 어찌서 읍민덜 여망이여, 여망이."

"어허, 몰르먼 말얼 허덜 말어. 소작질허는 우리가 무신 읍민 자격이 있기나 허간디. 세금 많이 내시는 분네덜이나 읍민인 것이제."

"그려, 우리야 맨날 홍어좆으로 둘러리나 스자고 이리 끌려나오는 신세 아니드라고."

"공자님 말씸이여. 그나저나 그놈 감투가 너무 많애서 목 뿌러지겄는디."

"걱정 말드라고. 감투가 어디 근수 나가는 물건이간디. 그놈 욕심에 100개라도 마다 안 헐 인종 아니여."

"허기사 그려."

스물댓 명으로 무리를 이룬 남자들이 느리게 걸어가며 나누는 말들이었다.

읍민들의 여망에 따라 부득이하게 읍장에 부임하는 것이다……, 이것은 하시모토 쪽에서 조직적으로 퍼뜨려온 말이었다. 그런데 그 선전에는 엄연한 근거가 갖추어져 있었다. 그건 읍민 대표 100여 명이 도지사 앞으로 보낸 청원서였다. 그 청원서는 하시모토가 친일지주들과 이장들을 조종해서 꾸며낸 것이었다.

하시모토는 벌써 오래전부터 단순한 지주가 아니었다. 고무공장이며 솥공장 같은 것들을 경영하는 사업가로서 군산상공회의소에 들어갔고, 결국 소장이 되면서 상공회의소를 장악했다. 그리고 몇 차례의 전쟁기부금을 걷어내 부윤은 물론이고 총독의 표창까지 받게 되었다. 그 영향력으로 그는 도회의원이 되는가 하면 여러 가지 사업적 이권도 따냈다. 그의 지위와 함께 재산도 자꾸만 불어나지 않을 수 없었다. 그러나 그는 그것으로 만족하지 않았다. 마침내 곡창 중의 곡창인 김제읍장 자리를 차지하기에 이르렀다. 중일전쟁으로 쌀값이 계속 치솟고 있는 상황에서 더 큰 실속을 차리자면 그 자리가 필요했던 것이다. 그는 결코 부윤이나 도지사에 비해 하찮기 그지없는 읍장자리를 탐낸 것이 아니었다. 김제지역을 일단 행정력으로 장악해 그 실속을 빼먹자는 것이었다.

읍사무소의 넓은 마당은 사람들로 넘쳐나고 있었다. 읍민들의 여망에 따라 읍장이 된 인물의 취임식다웠다. 전주에서 행차한 악대는 계속 뿜빠뿜빠 쿵작쿵작 신나게 연주를 해대고 있었고, 식장으로 들어가지 못한 아이들은 읍사무소 정문 앞에서 바글거리고 있었다. 식단 양쪽으로 쳐진 네 개의 커다란 차일 아래는 여러 지역의 유지들이 빽빽하게 자리잡고 있었다. 그 사람들 속에 맘껏 멋을 부린 장칠문이가 두 턱이 지도록 거드름을 피우며 앉아 있었다. 그는 상공회의소 회원 자격으로만 온 것이 아니었다. 그보다는 친일조직으로 전국 최대 규모인 국민총력연맹 군산지부장 자격으로 초청된 것이었다. 그는 그 지부장자리를 탈취하듯이 남 먼저 맡고 나섰던 것이다.

그런데 그 유지들 속에 뜻밖의 사람이 끼여 있었다. 눈을 내려감고 있는 사람은 다름 아닌 정도규였다. 그도 역시 국민총력연맹 만경지부장이라서 이 자리에 온 것이었다. 그는 장칠문과는 정반대로 그 감투를 써야 했다. 경찰에서는 그의 전향을 시험이라도 하듯이 그 감투를 뒤집어씌웠던 것이다. 그는 고통스럽고 괴로웠지만 웃는 얼굴로 그 감투를 받아 썼다. 위장전향을 위장하려면 그 방법밖에 없었던 것이다. 그에게 씌워진 감투는 그것만이 아니었다. 반일세력 제거와 전시체제 강화를 위한 전국 조직인 경방단 만경부지부장, 만경면의 발전을 위하여 자문하고 지원하는 면의원 감투까지 써야 했다. 그건 일본에 충성을 강요하는 올가미인 동시에 대중을 향한 전시효과를 노린 행위였다.

위장을 위한 위장으로 감수해야 하는 고통인 것을 알면서도 정도규는 괴로움에서 벗어날 수가 없었다. 아무리 소극적으로라도 친일행위를 하게 되는 것도 그렇지만, 더 견디기 어려운 것은 속을 모르는 사람들이 보내는 비웃음과 손가락질이었다.

"예, 잘 알고 있습니다. 그건 지하투쟁보다 더 어려운 투쟁입니다. 그러나 견디셔야 합니다. 그런 고통을 감내하고 계시니까 저희들의 지하투쟁도 유지되는 것 아니겠습니까."

언젠가 활동자금을 받아가면서 이현상이 한 말이었다.

아무리 내 고통이 크다 한들 지하투쟁하는 후배동지들보다 더 하랴.

정도규는 이렇게 마음을 위로할 수밖에 없었다. 그리고 같은 처지에 있는 유승현을 가끔 만나 술을 마시면서 허허롭게 웃어야 했다.

하시모토의 읍장 취임식은 길고 길게 이어졌다. 도지사의 치사, 전주부윤의 축사, 군산부윤의 축사, 도경찰국장의 축사, 경방단 전북지부단장의 축사, 국민총력연맹 전북지부장의 축사로 이어지는 어슷비슷한 장광설이 끝이 없었다. 뙤약볕 속에 서 있는 사람들은 덥고 지루하기 짝이 없으면서도 한편으로 저으기 놀라고 있었다. 말로만 들어왔던 그 감투 큰 사람들을 한꺼번에 구경하게 된 것이었고, 하시모토가 저리도 대단한 인물인가 하는 새삼스러운 깨달음이었다. 일개 읍장의 취임식을 그렇게 거창하게 벌인 것부터가 전에 없었던 일이었다. 더구나 고급관직들이 하급관직의 취임식에 그렇게 대거 참석하는 것도 격에 맞지 않는 것이었다. 그러나 하시모토는 자신의 위력을 과시하기 위해 취임식을 거창하게 벌이고 고급관직자들을 다 끌어모은 것이었다. 총독의 표창을 받은 자였고, 앞으로도 전쟁헌금 같은 것을 계속하게 해야 했고, 그동안 슬쩍슬쩍 받아먹은 돈도 있고 해서 고급관직자들은 꼼짝없이 끌려와 하시모토를 추켜세우기에 열을 올리고 침을 말려야 했다.

축사들이 다 끝나고 마지막으로 연단에 나선 하시모토는 머리카락만 약간 희끗거릴 뿐 아주 건강해 보였다. 그는 60을 넘겼으면서도 10년은 더 젊어 보였다.

"저놈언 나이럴 꺼꿀로 묵능가?"

"금메, 저 혈색 좋은 것 잠 보소."

"무신 뜸금없는 소리여. 몸에 존 보약이란 보약언 다 처묵는다는 말 듣지도 못혔어."

"그렇기야 허제. 근디 목청도 짱짱허덜 안혀?"

"개자석, 작인덜 피 뽈아 온갖 보약 다 처묵고 아흔꺼정 살겄구마."

"힝, 예순 넴긴 목심 지 것 아닌 법이여. 이리 지랄발광허다가 오늘 저녁에 꼬드라질지 누가 알어."

사람들이 진땀을 흘리며 수군거렸다.

대일본제국의 번영과 천황폐하의 만수무강 그리고 일군의 승전을 위한 만세 삼창을 끝으로 읍장 취임식이 끝났다.

"식에 참석한 읍민 여러분에게 알립니다, 읍민 여러분에게 알립니다. 하시모토 읍장님께서는 취임 기념으로 여러분에게 설탕가루

한 포대씩을 선사하시기로 하셨습니다. 여러분은 하시모토 읍장님의 높으신 후의에 감사드리며 질서정연하게 설탕가루를 받아가기 바랍니다."

사회자가 알린 말이었다.

"저, 저, 저것이 먼 소리여?"

"설탕가리럴 한 푸대썩?"

"아니, 참말잉겨?"

"거짓말얼 그리 광고허겄어?"

"와따, 하시모토 뱃보가 씨기넌 씨다."

"허허, 시상 오래 살고 볼 일이랑게."

사람들은 서로의 귀를 의심했고 그리고 이내 화색이 돌았다.

설탕가루 한 포대씩!

그건 서민들에게 너무나 큰 횡재였다. 사람들은 모두 들뜨고, 서로 빨리 정문 쪽으로 가려고 다투면서 밀치기가 시작되었고, 사람들이 밀리면서 읍사무소 마당은 아우성과 소란으로 들끓었다.

"저, 저 조센징들 꼴 좀 보시오."

"짐승들과 다를 게 하나도 없지요."

"그러게 짐승과 조센징들은 패야 말을 듣는다니까요."

"예, 그 말은 만고에 명언이지요."

"조센징들은 앞으로 100년이 가도 개화가 안 될 겁니다."

"그야 당연하지요. 우리가 가르친 지 30년이 넘었는데도 저 꼴들 아닙니까."

“별수 없지요. 우리가 힘들더라도 계속 지도해 나가는 수밖에.”

“예에, 그렇지요.”

“허허허허…….”

“하하하하…….”

하시모토와 고급관리들은 읍사무소로 들어가며 이렇게들 입을 맞추고 있었다.

설탕은 정문 앞에서 읍사무소 직원들이 나누어주고 있었다.

“아니, 요것이 머시여?”

“한 푸대라등마 한 봉다리 아니여?”

설탕을 받아든 사람들이 하나같이 놀라고 어이없어했다. 설탕은 사회자가 말한 것처럼 한 포대씩이 아니라 담배쌈지를 다 펼쳐놓은 크기만한 한 봉지씩이었던 것이다. 그러나 뒤에 있는 많은 사람들은 그것도 모르고 서로 빨리 받으려고 계속 밀치기를 해대면서 얽히고설켜 수라장을 이루고 있었다.

“밀지 말어, 밀지 마!”

“밀면 다 안 줄 것이여!”

읍사무소 직원들이 작대기를 휘두르며 외쳐대고 있었다.

사람들이 절반쯤으로 줄어들었을 즈음이었다.

“아니, 저 늙은이 저것!”

“아니, 어디다가 오짐얼!”

높직하게 쌓인 설탕봉지들을 지키고 있던 읍사무소 직원 서너 명이 눈길을 한곳으로 모았다. 모시두루마기로 점잖게 의관을 차린 어떤 노인이 설탕봉지 쌓인 데다 소변을 보고 있었다.

"요런 썽놈으 늙은이!"

눈을 부릅뜨고 쫓아온 직원 두 명이 노인을 사정없이 떠밀었다. 노인은 벌렁 뒤로 넘어갔다. 땅바닥에 쓰러진 그 노인은 술취한 신세호였다.

"어디다 오짐얼 깔기고 지랄이여!"

읍사무소 직원 하나가 신세호를 걷어찼다.

"뒤질라고 환장얼 혔제."

다른 직원이 신세호를 짓밟았다.

"저 늙은이 술취헌 것 아니여?"

"그렇구만, 술취헌 개라고. 가세."

그들은 손을 털며 돌아섰다.

"아이고, 저 양반 오짐대감 아니라고?"

"그려, 설탕봉다리에다 오짐 싸다가 저리 당허능구마."

"잉, 지대로 찾어오기넌 찾어왔네."

"긍게 말이시. 술취해도 정신언 멀쩡허당게."

"그렁게 오짐대감이시제. 가세, 가세, 설탕가리 받어가는 우리도 나무래는 것잉게."

사람들이 서둘러 발길을 돌렸다.

신세호는 무겁고 더딘 몸놀림으로 몸을 일으켜세우고 있었다. 그의 깨끗했던 모시두루마기는 흙범벅이 되어 있었다. 신세호는 술취한 눈으로 설탕봉지들을 바라보며 허리끈을 묶고 있었다. 넘어지는 바람에 삐딱하게 기운 갓을 고칠 생각도 하지 않고 신세호는 비틀거리며 걸음을 옮겨놓기 시작했다.

시상이 참말로 드럽고 한심허게 변혀가네. 요것이 무신 징조인지 자네넌 아능가? 왜놈덜이 망해가는 징존지 더 승해가는 징존지 자네넌 아느냔 말이여. 이 멍청이넌 아무것도 몰르겄고, 앞질만 그냥 답답허고 캄캄허시. 자네가 맘 강단진지 진작에 알었제만, 이사람아, 죽어서꺼정 고향땅으로 안 돌아올지넌 몰랐었구만. 자네 그 곧은 항심에 나넌 사람도 아니란 것얼 알었제. 나가 자네 뒤 받침서 나스자고 히도 삭신 다 늙어불고 헐 일이 머시가 있겄능가…….

신세호는 또 살아 있다는 부끄러움 속에서 송수익을 만나고 있었다. 그의 눈앞에 떠오르는 송수익의 모습은 언제나 의기청청한 20대의 의병장이었다.

어둠이 짙어지면서 반딧불이가 날고, 개구리들이 바글바글 울어대기 시작했다. 송중원은 아이들이 오기를 기다리며 모깃불을 돋우고 있었다.

"진지 잡수셨능게라?"

신기범이가 마당으로 들어섰다.

"응, 앉게. 돼지는 좀 어떤가?"

송중원은 평상을 가리켰다.

"돼지고 머시고, 아부지 땜시 속상해 죽겄소."

신기범은 불퉁스럽게 말하며 쌈지를 꺼냈다.

"왜 또 무슨 일 있었나?"

송중원은 놀라며 몸을 일으켰다.

"오늘 또 김제 나가셔갖고 어쩌크름 넘어지신 것인지 팔목이 팅팅 붓게 접질렀구만요."

"저런, 어쩌시다가?"

"말씸얼 안 허시는디, 옷이 흙범벅인 것허고, 오늘이 김제읍장놈 취임식인지 먼지가 있는 날이고, 보나마나 거그서 또 그 일 벌이다가 당허신 것 아니겄능게라."

"가보세, 일어나게."

송중원이 모깃불을 돋우던 막대기를 내던졌다.

"그냥 앉으씨요. 시방 지무신게."

말이담배를 입꼬리에 물며 신기범은 혀를 찼다.

"심하시면 병원엘 가든지 의원을 부르든지 해얄 것 아닌가."

"아부지 고집 아심서 그러요. 된장이나 볼르라고 히서 그리 해디렸구만요."

"그것 참……."

송중원은 착잡한 마음으로 평상에 걸터앉았다.

"매형이 요분에넌 단단허니 말 잠 혀서 지발 그 일 그만두게 허씨요. 연세넌 들어가시는디 자꼬 그러다가 팔이나 뿐질러지든지, 아니 헐 말로 큰일얼 당허시면 어찌 되겄능게라. 아부지가 그런다고 왜놈덜이 오짐에 떠내래가는 것도 아니겄고, 독립이 되는 것도 아니덜 않은게라. 그러다가 변얼 당허먼 개……."

신기범은 얼른 말을 멈추며 담배를 빽빽 빨아댔다. 그는 '개죽음'

이란 말을 삼킨 것이었다.

"……."

송중원은 처남의 쌈지를 끌어당겼다. 처남의 말에 무어라고 대꾸할 말이 없었다. 처남의 말은 일리가 있었다. 그런 행위로 독립이 될 리는 없었다. 그렇다고 장인에게 그 행위의 무의미함을 따져가며 그만두라고 할 수도 없었다. 그건 장인이 개인적으로 할 수 있는 저항이고 투쟁이었다. 그리고 그 행위는 창씨개명 거부와 함께 결코 무의미한 것도 아니었다. 집단성과 실효성이 없을 뿐 많은 사람들에게 경각심을 불러일으키고 있었고, 투쟁의 상징성 같은 것을 띠고 있었다. 만해 한용운이 집을 지으면서 총독부 쪽을 바라보지 않으려고 그 반대쪽인 북향으로 집을 앉혔다는 이야기가 묘한 파장으로 사람들의 가슴을 울렸었다. 운동의 실효성만으로 따진다면 만해의 그 행위야말로 소극적이고 무의미할 뿐이었다. 그러나 그 행위가 많은 사람들의 가슴을 울렸던 것은 만해가 표현한 투쟁의 상징성 때문이었다. 만해의 행위에 비해 장인의 행위는 훨씬 더 적극적이고 구체적일 수 있었다. 다만 차이가 있다면 명망성이었다. 만약 만해가 장인과 같은 행위를 몇 년에 걸쳐서 계속해오고 있다면 어찌 되었을 것인가. 아마 전국이 떠들썩했을 것이다. 아니, 그 영향력으로 만해는 1년을 넘기지 못하고 감옥살이를 하게 되었을지도 모른다. 어쨌거나 그 행위는 장인의 유일한 선택이었다. 그런데 자신이 막고 나설 만한 명분도 논리도 없었다. 처남의 말마따나 장인이 유치장에 갇히고 주먹다짐을 당하고 해가며 그런 행위를 한다고 왜놈들이 오줌에 떠내려갈 것도 아니고, 독립이 될 것도 아니었다. 그러나 그건 장인 앞에 내세울 논리가 될 수 없었다. 장인이 그 사실을 모르지 않기 때문이었다. 장인은 그 사실을 엄연히 알면서도 그 행위를 선택한 것이었다.

"워째 말이 없으신게라?"

신기범의 목소리는 퉁명스러웠다.

"알았네, 좀더 생각해 보세."

송중원의 대꾸는 무겁기만 했다.

"선상님, 진지 잡수셨능게라우?"

세 아이가 사립을 들어서며 목소리를 맞추어 인사했다.

"그래, 어서들 오너라."

송중원이 아이들을 맞이했다.

아이들은 조심스럽게 발을 옮겨 송중원의 반대쪽 평상끝에 가 앉았다.

"아부지가 저러시다가 재수 드러우면 옥살이럴 헐란지도 모르는구만요."

신기범은 매형의 시원찮은 태도가 마땅찮아 이렇게 대질렀다.

"알겠네, 무슨 방도를 강구해 보세."

송중원은 처남의 심중을 눈치채고 말에 힘을 실었다.

"선상님, 안녕허신게라우?"

네 아이가 사립을 들어서며 인사했다.

"그래, 밥들 먹었느냐."

송중원이 아이들의 인사를 받았다.

"쟈덜 갤치는 것 또 말썽 안 나겄능게라?"

신기범이 목소리를 낮추었다.

"가르치는 게 뭐 있어야지. 그저 옛날얘기나 해주는데."

송중원이 픽 웃었다.

"그리 예사로 생각헐 일이 아니구만요. 그놈덜이 트집얼 잡으먼 다 죄 되덜 안튼게라. 그놈덜이 이래저래 매형얼 옷 속에 든 등겨로 생각허고 있응게 조심히야 헐 것이구만이라."

신기범이 뽀오옹 방귀를 뀌며 몸을 일으켰다.

평상에 앉아 있던 아이들이 킥킥 쿡쿡 웃어댔다.

"옛끼 이놈덜아, 보리밥 묵고 터져나오는 여름방구 첨 들어보냐!"

신기범이 호통치듯 말했고, 아이들은 더 웃어댔다. 그때 두 아이가 또 들어오며 인사했다.

"어두운데 살펴가소."

송중원은 사립 앞에서 처남을 배웅했다.

"야아, 편히 쉬시씨요."

송중원은 어둠 속으로 사라지는 처남을 지켜보며 스산하게 웃었다. 옷 속에 든 등겨라……, 그럴지도 모른다고 생각했다. 처음에 야학을 개설하려고 했었다. 손수 농사를 짓는다는 것이 말처럼 쉽지가 않아 머슴을 부려가며 일을 돕기로 하고 그 대신 의미를 찾을 수 있는 일로 마음 정한 것이 야학이었다. 그 일은 전혀 새로운 것은 아니었지만 그나마 자신이 책임 있게 할 수 있는 일이었고, 학교를 다니지 못하는 아이들이 생각보다 많았던 것이다. 그러나 야학도 허가를 받아야만 했고, 야간 개설이 금지된 것이 오래전이라는 것을 뒤늦게 알았다. 그렇다고 작정한 일을 포기하고 싶지도 않았다. 그래서 생각해 낸 것이 법망을 피해 아주 소규모로 아이들을 집에서 가르치는 것이었다. 소학교 적령기에 있는 사내아이들만 열서너 명을 골라냈다. 그리고 '야학'이라는 것을 피하기 위해 아침나절에 한글과 산수를 집중적으로 가르쳤다. 그런데 서너 달이 못가서 경찰서로 불려갔다. 그들의 추궁에 한동네 아이들이 간단한 셈도 못하는 것이 딱해 가르쳐준 것뿐인데 법을 어긴 것이 뭐가 있느냐고 맞섰다. 경찰에서는 주간이든 야간이든 사람을 둘 이상 모아 가르치는 것은 범법이라며 당장 중지를 명령했다. 다른 방법을 궁리해 보았다. 둘 이상 안 된다니까 하나씩 불러다가 가르치는 수밖에 없었다. 그러나 그건 가능한 일이 아니었다. 그래서 공부 가르치기를 중지하고 옛날이야기를 해주기로 했다. 옛날이야기를 통해서 아이들의 의식을 깨우치자는 것이었다. 그러나 또 서너 달 만에 경찰서로 불려갔다. 아이들이 옛날이야기를 해달라고 모여드는 것인데 뭐가 잘못되었느냐고 따졌다. 경찰에서는 아이들을 상대로 공부를 가르쳤는지 어쨌는지를 조사했다. 전혀 공부를 가르치지 않았다는 사실이 밝혀지자 경찰에서는 더 할 말이 없어지고 말았다. 아이들에게 옛날이야기를 해주는 것은 꽤나 효과가 있었다. 왜놈들이 나쁘다는 말을 한마디도 하지 않고서도 그 사실을 깨닫게 하고 민족의식을 주입할 수 있었던 것이다.

송중원은 평상으로 돌아왔다. 아이들이 호박꽃을 서로 귀에 대보려고 다투고 있었다. 반딧불이를 호박꽃 속에 잡아넣은 호박꽃 초롱이었다. 송중원은 아이들의 그 천진스러운 모습을 보며 빙그레 웃었다. 그건 30여 년 전의 자신의 모습이었던 것이다.

"자아, 오늘은 무슨 얘기를 하기로 했더라?"

송중원은 평상으로 올라앉으며 아이들을 둘러보았다.

"삼국지요."

어떤 아이가 또랑하게 대답했다.

"그렇지, 삼국지지. 그런데에, 삼국지 얘기는 길어서 한 반년은 걸릴 텐데 너희들이 다 기억할 수 있을까?"

송중원은 부채질을 하며 아이들의 반응을 떠보려고 넌지시 물었다.

"야아, 다 기억허능구만이라우."

어떤 아이의 다급한 대답이었다. 그 아이는 『삼국지』가 너무 길어서 이야기를 안 하려는 것으로 받아들이는 눈치가 역연했다. 다른 아이들은 서로 눈치만 살피고 있었다.

"그래, 정신을 똑똑하게 차리면 다들 기억할 수가 있다. 잘들 들어라."

송중원은 앉음새를 바로잡으며 허리를 폈다. 그동안 홍길동전에서부터 시작해서 을지문덕이며 강감찬을 거쳐 세종대왕과 단종의 이야기까지 더듬다 보니 얘깃거리가 동나다시피 해 『삼국지』까지 이르게 된 것이다. 아이들은 춘향전은 물론이고 심청전, 흥부와 놀부, 콩쥐팥쥐, 나무꾼과 선녀 같은 것은 이미 다 알고 있었다. 열 살을 먹기 전에 벌써 여기저기서 다 들은 것이었다. 모두 고달프고 힘겨운 생활 속에서도 아동교육을 얼마나 철저하게 시키고 있는지 송중원은 새삼스럽게 느꼈던 것이다.

8월이 중순을 넘기고 있는 어느 날 송중원은 편지 한 통을 받았다. 뜻밖에도 설죽한테서 온 것이었다. 송중원은 설죽의 이름을 본 순간 가슴이 쿵 울리는 충격을 받았다. 그 까닭 모를 불길한 예감으로 편지를 뜯는 손이 떨렸다.

긴 인사 줄이옵고 두서없이 몇 자 올립니다. 그분께서 지금 재판을 받고 계십니다. 일을 당하신 다음 미력이나마 손을 써보려고 너무 경황없이 보내다 보니 반년이 흘러가고 말았습니다. 신문에서 보셨는지 모르겠사오나 경성콤그룹 사건입니다. 현재 면회 같은 것은 일절 안 됩니다.

건강하시고, 이만 총총.

경성에서 설죽 배상

송중원은 편지를 떨구었다. 허탁이 결국 감옥에 갇히는 몸이 되고 만 것이었다. 경성콤그룹 사건을 신문에서 보긴 했지만 허탁의 이름은 나오지 않았었다. 누구누구 '외 몇 명'에 포함되었던 것인지, 가명을 썼던 것인지 알 수가 없었다. 신문 보도에 따르면 경성콤그룹은 종전의 파벌을 초월하여 1939년에 결성된 사회주의 단체였다. 그런데 1940년 말부터 1941년 초에 걸쳐서 구성원 대부분이 검거된 것이었다.

송중원은 편지를 다시 읽어보았다. '면회 같은 것은 일절 안 됩니다' 송중원의 눈길은 그 문구에 박혀 있었다. 허탁을 만나볼 길은 없고, 경성콤그룹이 마지막 사회주의 단체가 아닐까 하는 생각을 하며 송중원은 편지를 접었다. 당조직 재건 같은 것을 부정적으로 생각했던 허탁이 왜 그런 데 가담했는지 알 수가 없었다. 무슨 필연적인 사유가 있었을 거였다.

송중원은 며칠째 우울한 마음을 떼치지 못하고 있었다. 그러던 어느 날 총을 든 경찰들이 송중원의 집으로 들이닥쳤다. 경찰들은 다짜고짜 송중원의 팔에 쇠고랑을 채웠다.

"뭐요! 왜들 이러시오!"

송중원은 거칠게 저항했다.

"잔소리 마라!"

"경찰서에 가보면 다 알아."

순사들은 송중원의 팔을 꺾으며 으박질렀다.

송중원의 아내와 자식들은 안절부절못하며 발만 동동거렸다.

"아무 걱정들 말어라."

송중원은 사립을 나서며 자식들을 둘러보았다.

햇볕 쏟아지는 들길을 걸으며 아무리 생각해 보았지만 송중원은 쇠고랑을 차야 할 아무런 이유를 찾을 수가 없었다. 해오라기 한 마리가 하얗고 큰 날개를 느리게 펄럭이며 초록빛 속으로 유유하게 날아가고 있었다.

저 자유…….

송중원의 눈길은 해오라기를 따라가고 있었다.

"넌 전향서 쓰기를 거부했고, 창씨개명까지 거부한 악질 불령선인이야. 거기다가 근자에는 아이들한테 기묘한 방법으로 배일사상을 전파하고 있단 말야. 너 같은 지능적이고 교활한 악질분자들을 위해 제정된 법이 뭔 줄 아나? 그게 바로 조선사상범예방구금령이다. 널 그 법에 의하여 오늘부로 구금조치한다."

사찰과장의 살벌한 외침이었다.

송중원은 허탈하게 웃었다. 아까 보았던 해오라기를 떠올리며.

'조선사상범예방구금령'이 전국적으로 발동되는 속에서 총독부는 전국 총호수의 87.4퍼센트가 창씨개명을 했다고 그 실적을 발표하고 있었다.

31

새로운 전쟁

일본이 미국의 하와이 진주만을 공격했다. 그리고 미국과 영국에 대해 선전포고를 했다. 1941년이 다 저물어가는 12월 8일 일어난 사건이었다.

다음날인 9일 동경은 온통 축제 분위기였다. 신문마다 그 사건을 대서특필했고, 사진들을 그야말로 대문짝만하게 실어놓고 있었다. 그 사진은 일본공군의 공격을 받아 시꺼먼 화염에 휩싸여 있는 미국의 군함들이었다. 그 자극적인 사진은 일본사람들을 흥분시키고 있었다. 사람들은 일본이 신생 강대국인 미국을 이겼다는 승리감에 들뜨고 있었다. 그 흥분된 분위기 속에서 그 사건이 새로운 전쟁의 시작이라는 우려는 찾아볼 수가 없고, 일본은 세계 최강국으로 둔갑해 있었다.

"이 꼴 좀 보게. 군함들이 이렇게 다 불타버렸으니 미국은 꼼짝달싹 못하게 생겼지."

"그러게 말야. 어느 세월에 군함 만들어 덤비겠어. 선전포고 할 것도 없이 이긴 전쟁이지."

"그렇다니까. 미국도 알고 보면 아무것도 아니야. 큭큭큭……."

"그렇게 말하면 되나. 우리 대일본제국이 어마어마하게 강한 거지."

"옳아, 옳아, 자네 말이 맞어."

"그런데 이젠 어떻게 될 건가. 중국처럼 미국도 치고 들어갈 건가?"

"암, 그러겠지. 그래서 중국도 미국도 모두 뺏어야지."

"그렇게 되면 우리 일본의 영토가 얼마나 넓어지는 건가?"

"그야 말로 다 할 수가 없을 정도지. 아마 지구의 절반이 되지 않을까?"

"하아, 그렇게 되면 우리 일본이 세계 최대강국 아닌가."

"이사람아, 지금도 세계 최강국이야. 그렇지 않고야 어떻게 미국을 하루아침에 이렇게 이겨버리나."

"맞어, 맞어. 중국과 미국을 다 차지하면 어디 가서 살지?"

"그야 기왕이면 미국 가서 살아야지. 신식이 그쪽이 더 많으니까."

"글쎄, 중국도 살 만하다던데. 여자들이 쓸 만하다잖아."

"그거 구미 당기는군. 뭐 걱정할 것 있겠나. 양쪽에 왔다갔다하면서 살면 되지."

"그거 좋은 생각이네. 양쪽에 첩들 두고 말야. 흐흐흐흐……."

"그래, 그래, 그거 좋지. 크크크크……."

제각기 신문을 든 서너 사람이 전차 안인 것을 아랑곳하지 않고 떠들어대고 있었다. 다른 사람들도 짝지어 그 이야기에 열을 올리고 있어서 서로 흉일 것이 없었다.

전동걸은 잔뜩 화가 난 얼굴로 창밖을 내다보고 있었다. 성질대로 하자면 아가리들 닥치라고 소리를 지르고 싶은 것을 꾹꾹 참아내고 있었다. 그의 심정은 복잡했다. 승승장구하는 일본의 기세와, 좋아서 어쩔 줄 모르는 일본사람들의 꼴에 울화가 부글부글 끓어오르는 한편으로 우리 신세는 어떻게 될 것인가 하는 생각으로 마음은 우울하고 착잡하기만 했다.

전동걸은 아무리 생각해도 믿을 수가 없었다. 지도를 보면 태평양은 너무나 넓었고, 일본과 하와이까지는 까마득한 거리였다. 그런데 일본 비행기들이 하와이를 공격했다는 것이었다. 물론 비행기들이 일본에서 떠서 하와이까지 날아간 것은 아니었다. 항공모함에 실려 태평양 어느 지점까지 가고, 비행기들은 거기서 발진했다는 것이었다. 그렇더라도 비행기들을 실은 배며, 배에서 뜨고 내리는 비행기며, 그 모든 것들이 믿어지지 않았다. 일본은 어떻게 해서 그렇게 과학이 발달한 것인지 그것 자체가 불가사의했다. 조선과 일본의 차이는 어디서부터 생긴 것일까? 그 의문은 더 커지기만 했다.

"에이 개좆겉은 쪽바리새끼덜아, 베락이나 맞고 다 꼬드라져라!"

전차에서 내리며 전동걸은 거칠게 내뱉었다.

"어머머……."

전차에서 우르르 내리는 사람들 속에서 한 여자가 놀라며 전동걸을 쳐다보았다. 전동걸도 갑자기 들린 조선말에 고개를 획 돌렸다. 그들의 눈길이 마주쳤다. 학생 차림의 여자가 당황하며 손으로 입을 가렸다.

전동걸은 그냥 갈까 했다. 그러나 순간적으로 두 가지 감정이 교차했다. 여학생의 모습이 눈을 사로잡았고, '어머머……'라는 소리가 신경에 거슬렸던 것이다.

"어머머라니, 내가 못할 말 했소?"

전동걸은 여학생에게 불쑥 말했다.

"어머……."

여학생이 놀라며 눈길을 돌렸다.

"조선사람이 당연히 할 말 한 것 아닙니까?"

전동걸은 한 발짝 다가서며 정중하게 말했다. 굵은 듯 맑은 그의 목소리가 울림이 좋았다.

"네, 그런 것이 아니고……."

여학생의 눈길이 빠르게 전동걸의 얼굴을 스쳐 지나갔다.

"저기 차 옵니다. 그런 것이 아니면 어떤 다른 뜻이 있습니까?"

전동걸은 여학생에게 인도로 오르라고 손짓하며 물었다. 흰 피부에 곱게 생겼으면서도 온순하고 연약해 보이는 여학생의 인상에 전동걸은 마음까지 사로잡히고 있었다.

"저어……, 저어……."

여학생이 고개를 숙이며 얼굴이 붉어졌다. 그때 전동걸은 퍼뜩 깨달았다. 자신이 너무 심한 욕을 했다는 것을.

"예, 이제 알았습니다. 어머머가 내 말을 부정한 것이 아니고 내가 내뱉은 욕에 해당하는 걸 말입니다. 왜놈들 좋아하는 게 너무 화가 나서 그만……, 이거 참……."

전동걸은 민망하기도 하고 창피하기도 해서 멋쩍게 웃으며 손이 뒷머리로 갔다.

"네에, 그럼……."

여학생이 고개를 까딱하고는 돌아섰다.

"아니 저어, 그 문제로 이렇게 알게 됐으니 어디 가서 차나 한잔 하면서 그 문제에 대해 얘길 좀 나눴으면 합니다. 그게 우리 조선 사람들 문제이기도 하니까요."

전동걸은 여학생을 따라 걸음을 옮기며 비위 좋게 말했다.

"친구분들 계시잖아요. 전 여잔걸요."

여학생이 옆걸음질 치듯 하며 말했다.

"여자는 조선사람이 아닙니까. 동경에 유학까지 오신 분이……."

여학생이 발길을 멈추며 전동걸을 올려다보았다.

"가십시다, 난 지금 조선사람이면 누구하고나 말을 하고 싶습니다."

일단 움직인 여학생의 마음을 간파한 전동걸은 이렇게 마무리 수를 놓았다.

"전 그런 데 잘 안 가봐서……."

여학생이 수줍어하며 옮게 웃었다.

"예, 내가 안내하지요. 저쪽에 조용한 까페가 있습니다. 가십시다."

전동걸은 걸음을 옮겨놓기 시작했다. 그러면서 그는 야릇한 감동을 느끼고 있었다. 조선사람이라는 그 한마디가 발휘하는 호소력은 의외로 컸던 것이다.

"저는 전동걸이라고 합니다."

자리를 잡고 나서 전동걸은 먼저 인사를 했다.

"네에, 저는 이미화입니다."

여학생이 고개를 약간 숙이며 이름을 댔다.

아름다운 꽃, 얼굴에 어울리는 이름이구나. 꽃은 꽃이되 저게 무슨 꽃이어야 할까. 야한 기는 전혀 없고 말끔하고 연약해 보이는데 저런 꽃이 어떤 꽃이 있던가…….

전동걸은 담배에 불을 붙이며 골똘히 생각하고 있었다.

"뭘 드시겠습니까?"

종업원이 다가섰다.

"예, 커피 두 잔 주시오."

전동걸은 생각에서 깨어나며 얼떨결에 말해 버렸다.

"이거 괜찮으실지 모르겠습니다. 이런 데 잘 안 오신다고 해서 그만……."

종업원이 돌아서자 전동걸은 계면쩍게 웃었다.

"네, 괜찮아요."

눈길을 떨군 채 이미화는 조용히 대꾸했다. 그러면서 여학생을 많이 다뤄본 솜씨인지도 모른다고 생각하고 있었다.

"아까 전차 안에서 소리를 지르고 싶었습니다. 일본사람들이 떠들어대는 게 너무 듣기 싫어서 말입니다."

전동걸은 어떻게 생각하느냐는 듯 이미화를 쳐다보았다. 눈을 올려뜨다가 눈길이 마주친 순간 이미화는 무슨 잘못을 들키기라도 한 것처럼 황급히 눈길을 떨구었다. 그때 종업원이 커피를 내왔다.

"왜놈들한테는 낮이 왔는지 모르지만 조선사람들한테는 새로운 밤이 닥쳐온 것입니다."

커피를 저으며 독백하듯 하는 전동걸의 목소리는 침통했다.

어머나……!

이미화는 문득 놀랐다. 순간적으로 예배당과 목사님이 떠올랐다. 그의 울림 좋은 목소리에 실린 색다른 말은 마치 목사님의 경건한 음성에 실린 성경 구절 같았던 것이다.

"저어, 혹시 문학 하시나요?"

이미화는 그런 감정에 실려 이렇게 묻지 않을 수 없었다.

"아닙니다. 철학과에 다닙니다."

전동걸의 눈이 왜 그러냐고 묻고 있었고, 이미화는 그 눈길을 피하며 자신의 예상이 적중한 것에 야릇한 쾌감을 느끼고 있었다. 문학이나 철학이나 이웃사촌이었던 것이다.

"그 말씀이 너무 특이해서……."

이미화는 찻잔을 입으로 가져가며 낮은 소리로 말했다. '인상적'

이라고 말하고 싶었지만 너무 호감을 드러내는 것 같아 '특이'하다고 바꾸었다. 그리고 그의 목소리에 비해 자신의 목소리가 너무 나쁜 것 같아 말을 크게 할 수가 없었다.

"뭐 특이할 건 없고, 현실 그대로를 말한 것이지요. 조선의 암흑은 심야가 무색하고, 조선사람들의 신세는 로마시대의 노예들이 무색하게 될 것입니다."

전동걸은 한숨을 쉬고는 커피를 한 모금 마셨다.

어머, 꼭 예언자같이 말하네. 저 사람 혹시 독립운동을 꿈꾸고 있는 건 아닐까? 아니 비밀결사 같은 것을 조직하고 있을지도 몰라.

이미화는 이런 생각을 하며 아버지를 떠올렸다. 아버지는 조선의 독립 같은 것은 단 한 번도 입에 올린 적이 없었고, 은행의 부장자리에 흡족해하며 황국신민이 되려고 애썼다. 불현듯 그런 아버지가 부끄러웠고, 자신이 가사과에 다닌다는 것도 부끄러웠다. 자신은 무언가 예술을 하고 싶었는데 여자는 가사과가 제일이라며 아버지가 밀어붙였던 것이다.

"저어…… 조선은 독립이 될까요?"

이미화는 자신도 모르게 이 말을 입 밖에 냈다.

"안 된다고 생각하십니까?"

전동걸의 즉각적인 반응이었다.

"아니…… 믿을 수가 없어서……."

전동걸의 부리부리해진 눈을 더 쳐다보지 못하고 이미화는 눈을 내리깔았다.

"됩니다. 믿어야 합니다. 조선사람이 그것을 안 믿고 무엇을 믿겠습니까."

주여, 주여, 인도하소서. 이 어린 양들을 인도하소서.

힘이 실려 울림이 더 좋은 그의 목소리는 마치 목사님의 절정에 이른 기도처럼 흡입력을 갖고 있었다.

저 사람은 어떻게 저리도 자신이 있는 것일까? 비밀리에 독립운동을 하고 있어서 그럴까? 어쩌면 그럴지도 몰라. 바로 저런 사람이 비밀결사를 하는 것인가?

이미화는 앞에 앉아 있는 사람이 경이롭고도 두려웠다. 동경에 와서 1년 동안 독립에 대해서 그렇게 확신을 나타낸 학생은 처음 대하는 것이었다. 거의가 포기상태거나 회의적이었다. 그런데 어떻게 해서 그런 확신을 갖게 되었는지 경이로운 존재로 느껴졌다. 그런데 그 목소리와 함께 이상한 마력을 발산하고 있는 그에게 끌려 들어가게 될까 봐 두려움도 느꼈다.

"네, 좋은 말씀 많이 들었습니다. 그럼 이만……."

이미화는 일어나려고 했다.

"예, 하숙이 이 근방이십니까? 저는 친구 하숙에 자주 옵니다. 다시 뵐 수 있었으면 합니다."

전동걸은 만년필과 수첩을 거침없이 이미화 앞으로 밀어놓았다.

이미화는 순간적으로 어떻게 할까를 생각했다. 그 경이로움을 1회로 끝내기는 너무 아쉬웠고, 그 두려움을 단 한 번으로 피해버리자니 너무 아까웠다. 이미화는 만년필과 수첩을 끌어당겼다.

그렇구나! 하얀 치자꽃이거나, 흰 도라지꽃이다.

전동걸은 고개를 숙임막한 채 글씨를 쓰고 있는 이미화를 바라보며 소리나지 않게 무릎을 치고 있었다.

송준혁은 어머니의 편지를 받은 뒤로 웃음을 잊어버렸다. 고학을 하는 고달픈 생활 속에서 웃을 일도 별로 없었지만 아버지가 예방구금을 당했다는 소식을 듣고부터는 웃음이 완전히 사라지고 말았다. 감방에서 폐병을 앓고 계시는 아버지를 생각하면 송준혁은 분노가 끓어올라 견딜 수가 없었고, 그렇다고 그 분노로 해결할 수 있는 일이 아니라서 외로운 절망에 떨고는 했다.

할아버지가 의병장으로 나서고, 아버지가 3·1운동에 나선 것이 20대 전후였다. 자신도 이제 20대에 들어서 있었다. 자신은 어떻게 해야 하는 것인가……. 송준혁은 아버지가 구금당한 것을 계기로 이 문제를 심각하게 생각하기 시작했다.

"공부에만 열중해라. 특히 일본에서 어설프게 행동할 시기가 아니다. 열정만 가지고 투쟁이 되는 것이 아니다. 그건 귀한 목숨을 왜놈들에게 밥으로 바치는 무모함이고 어리석음이다. 적을 이기려면 적을 알아야 하고, 적을 안 연후에 싸울 방법을 강구해야 한다. 소수로 하루아침에 될 일이 아니다. 은인자중하며 공부에 최선을 다해라. 자신 있게 실력을 기르는 것, 그것도 투쟁의 무기 중의 하나다."

일본으로 떠나올 때 아버지가 하신 말씀이었다. 그 말씀을 충실히 지키고자 했다. 그런데 자꾸 마음이 흔들리려 하고 있었다.

송준혁은 신문지를 구겨 던지고 방을 나섰다. 하와이를 공격하고 선전포고를 한 것이 조선사람들에게 어떤 영향을 미칠 것인지 종잡을 수 없는 채 머리는 혼란스럽기만 했다. 그러나 조선사람들이 살기가 더 어렵고 고통스러워지리라는 예상만은 확실했다.

송준혁은 김민근의 하숙집으로 들어섰다. 신문배달이니 물건배달이니 하는 것들에 비하면 가정교사는 고학으로 한결 나은 편이었다. 그러나 공부에 별로 뜻이 없는 학생을 상대로 날마다 실랑이를 벌이는 것도 꽤나 힘겨운 고역이었다. 성적이 올라야 한다는 부담감이 언제나 목을 조이고 있었다.

송준혁은 2층 김민근의 방으로 올라갔다.

"그야 이제부터 싸워봐야 아는 것 아닌가."

"물론이지. 요새 전쟁이야 육박전이 아니라 과학전이니까."

최문일의 방에서 흘러나오는 말이었다. 김이도의 걸걸한 목소리도 들렸다. 하와이 공격에 대한 이야기인 모양이었다.

송준혁은 들여다볼까 하다가 그냥 지나쳤다. 그 이야기에 끼어들 마음도 없었고, 김민근의 보호자인 김이도에게 책임감이 약한 것으로 보이고 싶지도 않았던 것이다.

송준혁은 김민근의 방문을 두들겨 인기척을 냈다.

"예, 들어오세요 선생님."

송준혁은 방문을 옆으로 밀었다.

"선생님, 좀 빨리 오시지요."

김민근이 방 가운데 서서 말했다. 그는 털 달린 반코트에 털모자까지 쓰고 있었다. 부잣집 아들답게 값비싼 옷을 걸친 그는 공부할 낌새는 전혀 없이 어디로 나갈 태세를 취하고 있었다.

"왜 이러고 있지?"

송준혁의 말은 냉랭했다.

"선생님, 오늘은 쉬도록 해요."

김민근이 아부하는 웃음을 지었다.

"왜?"

송준혁은 책상 앞으로 다가갔다.

"모르세요? 오늘이 하와이 진주만 공격한 날이잖아요."

"공격은 어제다. 헌데, 그게 너하고 무슨 상관이 있는데?"

"아이 선생님, 시험도 다 끝났잖아요."

"시험 끝났다고 벌써 하루 놀았잖아."

"선생님, 사람이 기분이라는 게 있잖아요. 친구들하고 약속 다 해놨는데요."

"약속을 해? 작은아버지한테는 허락받았나?"

"허락받으나마나 작은아버지는 오케이지요 뭐."

"가자, 작은아버지한테."

송준혁은 앞서 방을 나갔다. 웬일인지 공부 가르치고 싶은 마음이 별로 없기도 했다.

"민근이가 외출할 태세를 다 갖추고 또 저에게 하루 휴가를 주려고 합니다."

송준혁은 김이도에게 이렇게 말했다.

"너 또 무슨 바람이냐?"

김이도가 조카를 꼬나보았다.

"시험도 다 끝나고, 오늘 하와이바람이 불고 있잖아요."

김민근은 힐끗힐끗 눈치를 살피면서도 말은 또렷하게 했다.

"하와이바람? 말은 잘도 둘러붙인다. 그게 너하고 무슨 상관이 있냐?"

"마음이 뒤숭숭한데 책만 펴놓고 있으면 뭘 해요. 괜히 시간낭비죠."

"짜식, 말은 번드르르하게 잘해. 조심하고 늦게 들어오지 말어."

머리를 길게 기른 김이도가 어서 나가라는 손짓을 했다.

김민근은 철없는 10대답게 부리나케 방을 뛰쳐나갔다.

"저게 언제나 철이 들래나 원. 공부에는 마음이 없고 매냥 저 꼴이니."

김이도가 손가락빗질을 하며 짜증스럽게 내뱉었다.

"그야 당연지사 아닌가. 부잣집 손자에, 권세가의 아들이 뭐가 부족해서 기를 쓰고 공부를 하겠나. 소설 쓴다는 사람이 그런 심리학도 몰라?"

최문일이 담배연기를 훅 내뿜었다.

"공부가 지겨운 건 나도 잘 알지만 그래도 정도 문제지. 내 체면은 세워줘얄 것 아닌가."

"자네야말로 이젠 철든 것 같군. 그거야 송형이 딱 책임지고 있잖나."

최문일이 송준혁을 보며 웃었다. 송준혁은 거북스런 입장을 피하려는 듯 희미하게 웃으며 담배를 빼들었다.

"참 송형 수고가 많으시오. 저런 말썽꾼 데리고." 김이도는 조카의 일을 털어내듯 고쳐앉고는, "송형은 미국과의 전쟁을 어떻게 생각하시오? 어느 쪽이 이길 것 같은가요?" 그는 아까 하던 이야기로 말머리를 돌렸다.

"글쎄요……, 너무 갑작스러운 일이고……, 미국의 힘을 전혀 모르는 형편이라서요……."

송준혁은 모호하게 말을 얼버무렸다. 그것이야말로 예측이 불가능한 문제인 데다가, 김이도네 집안의 친일성 때문에 말을 삼가야 했던 것이다.

"자넨 뭐가 그리 다급한가. 전쟁은 아직 시작되지도 않았는데."

최문일이 김이도를 핀잔하듯 말했다.

"무슨 소리야? 전쟁은 이미 시작된 거고, 전쟁처럼 결과가 중요한 게 어디 있나. 국가 대 국가의 흥망이 걸린 문젠데."

최문일이 심드렁한데도 김이도는 사뭇 진지했다.

"흠, 국가 대 국가의 흥망이라……, 그걸 놓고 따져볼 문제가 있긴 있네." 최문일은 무슨 생각이 떠오른 듯 담배를 비벼 끄고는, "둘 중에 하나는 전쟁에 지게 돼 있는데 말야, 누가 이기고 누가 져야 우리 조선에 유리할까? 이걸 좀 생각해 보세." 그는 김이도와 송준혁을 번갈아 보았다.

"그야 말하나마나 아닌가."

김이도가 퉁명스럽게 말했다.

송준혁은 최문일이가 말을 잘못 꺼낸 거라고 생각했다. 김이도가 달가워할 말이 아니었던 것이다.

"하나마나라니?"

최문일은 김이도를 빤히 쳐다보았다.

"자네 소학생 수수께끼 하고 있나? 그야 미국 아닌가."

김이도의 말이 더 퉁명스러워졌다.

"그럼 됐어. 우린 그저 미국이 이기기만 바라고 구경하면 되는 거야."

최문일은 이야기 다 끝났다는 듯 벽에 등을 기댔다.

"흥, 뱃속 편한 소리 하고 앉았네. 이게 자네 마음대로 구경이나 하고 떡이나 얻어먹는 무당굿인 줄 아나? 창씨개명한 우리들은 다 어느 나라 국민이지? 명색이 황국신민일세. 그럼 전쟁이 터졌는데 어떻게 해야지? 젊은 놈들은 다 전쟁터에 끌려나가게 될 거네. 그럼 좋으나 싫으나 미국은 우리의 적이 되는 거고, 조선에 유리 불리를 따지기 전에 우린 미군들 총에 저승객이 될 팔자야. 그래도 구경이나 할 텐가?"

김이도는 비아냥거리듯 말했다.

송준혁은 김이도의 상황인식에 다소 놀랐다. 김이도는 부잣집 아들로서 예술병에 걸려 어느 만큼 방탕하고 퇴폐적인 반면에 민족의식이나 민족적 갈등 같은 것은 거의 찾아보기가 어려웠다. 그런데 예술가 지망생답게 뜻밖의 예리함이나 의외의 투시력을 나타낼 때가 많았다.

"그게 그렇게 되나? 그럼 어떻게 돼야지? 일본이 이겨야 하나? 그런다고 우리 조선한테 유리할 건 없는데. 군대에 끌려나가 끝까지 살아남으리란 보장도 없고 말야. 이거 참 골치 아픈 일 아닌가."

최문일이 고개를 갸웃갸웃했다.

"뭐 골치 아플 건 없네. 그게 우리 조선사람들의 운명이니까. 우리가 이렇게 따지고 앉았다고 달라지는 건 아무것도 없네. 거룩하고 위대한 일본은 바야흐로 미국과 영국에 싸움을 걸어 세계적인 강국으로 위력을 과시하고 있고, 전쟁은 착착 진행되고 있네. 이 마당에 우리 세 사람이 할 일은 무엇인가! 고난이 닥치기 전에 맘껏 술이나 마시는 것 아니겠나? 가세, 술 마시러."

김이도가 벌떡 몸을 일으켰다.

"바로 그거야. 자넨 역시 현명해."

최문일이 기다렸다는 듯 맞장구를 치며 송준혁에게 눈짓했다.

"씨팔 난 말야, 남극이나 북극, 히말라야나 아마존강 밀림으로 가버리고 싶어."

김이도는 긴 머리칼을 두 손으로 마구 빗질해 대며 부르짖듯이 말했다.

"또 황당한 상상이신가? 그런 몽상 하지 말고 술값이나 잘 챙겨."

술 좋아하는 최문일이 싱글벙글이었다.

송준혁은 김이도를 옆눈길로 보며 혼자 웃음지었다. 그의 순간적인 몸부림과 그 말이 현실인식이 약한 예술가 지망생의 공허한 상상

같기도 하고, 현실 속에서 그 어떤 돌파구도 찾을 수 없는 조선젊은이로서의 암담함을 표출하는 것 같기도 했다. 자신도 어느 순간 김이도 같은 허황한 탈출유혹에 빠질 때가 있었다.

최문일이 그렇듯 송준혁도 아무런 부담감 없이 김이도를 따라나섰다.

"우린 술값 걱정 같은 것은 전혀 할 필요가 없다구. 저 친구네 재산으로 보면 우리가 마시는 술값 정도는 표주박으로 대동강물 떠내기야. 내가 저 친구하고 친구가 될 수 있는 이유가 어디에 있는지 아나? 난 예술적 기질이 전무해서 저 친구와 부딪칠 일이 없는거고, 두 번째는 내 주량이 저 친구 주량을 받아낼 수 있기 때문이지. 난 저 친구 따라 고보 때부터 대동강에서 뱃놀이하며 술을 마셨는데, 몇백 석 하는 우리 집 재산으로는 어림도 없는 일이지."

술이 만취해 최문일이 한 말이었고 "에에, 거짓말 말어. 자네가 내 친구가 된 건 순전히 자네가 내 컨닝구를 도와줬기 때문이야. 송형, 저 친구 고상한 말 믿지 말고 내 말을 믿으시오. 난 저 친구 아니었으면 고보도 졸업 못했을 거요. 수학이다 물상이다 하는 시험지는 전부 저 친구 것 베낀 거요. 그 빌어먹을 것들은 왜 배워야 하는 건지 원."

김이도가 팔을 내저으며 한 말이었다.

"그런 소리 말어. 그렇게 말하자면 난 자네 일본어 시험지 안 보고 썼나. 일본어 글짓기는 다 자네가 해주고 말야."

"하 이거, 추악한 과거 다 들통나는구만. 그래, 그래, 우리의 우정은 그런 부정한 행위 속에서 싹텄던 거디었었다."

그러나 송준혁이 보기로는 김이도와 최문일은 또 하나의 공통점을 가지고 있었다. 그들은 조국에 대한 고민이나 민족적 갈등 같은 것을 거의 갖고 있지 않았다. 나쁘게 말하면 친일주의였고, 좋게 말해서 순응주의였다. 그러나 송준혁은 그런 그들을 탓하지 않았다. 최문일은 그저 동급생이었고, 김이도는 자신에게 급료를 주는 사람 정도로만 대하면 그만이었다. 자신은 학비를 버는 것이 시급했고, 가정교사 자리는 고학 중에서도 편하고 보수가 많았던 것이다. 그리고 마음의 한편에는 그들의 의식은 차츰 시간을 보내면서 서서히 바뀌게 할 수 있다는 생각이 도사리고 있기도 했다.

가정교사 자리를 소개해 준 것은 최문일이었다. 같은 과의 몇 안 되는 조선학생 중에서 일자리를 구하는 것은 자신뿐이었고, 최문일도 친구 조카의 가정교사를 물색하고 있었던 것이다.

"평양에서 몇째 안 가는 거부의 집안이고, 아버지는 이름 날리는 변호사요. 보수도 다른 데보다 괜찮을 테니까 송형이 잘만 가르쳐주시오."

최문일이 소개하기 전에 한 말이었다.

거부의 손자답게 김민근이는 고등학교부터 일본으로 유학을 온 것이었다. 그런데 공부에는 거의 관심이 없었다. 그렇다고 보호자 역할을 하고 있는 김이도가 조카를 엄히 다루는 것도 아니었다. 공부를 가르치러 가면 김이도는 집에 없는 날이 더 많았다. 어찌 보면 최문일이가 보호자 역할을 더 성실하게 하는 편이었다.

“어떤 술집으로 갈까?”

큰길에 나선 김이도가 버릇처럼 또 긴 머리를 손가락으로 빗질하며 최문일을 쳐다보았다.

“오늘은 특별한 날이니까 왜년들 끼고 한판 돌아가는 거 어때?”

“왜 또 근질근질해?”

“맥박 뛰는 청춘인 줄 몰라?”

“좋아, 가지.”

김이도의 말이 떨어지기 바쁘게 최문일은 택시를 불러댔다.

바로 다음날 임시정부에서는 일본에 대해 선전포고를 했다.

32

세 가지 풍경

꽃바람이 세차게 불고 있었다. 들녘 저 멀리 있는 산에 보얀 바람꽃이 일고 있었다. 푸른색이 감도는 들판에는 벌써 농사일이 시작되어 있었다.

정상규는 꽃바람을 맞받으며 부산스럽게 걷고 있었다. 그는 외출을 하면서도 의관을 차리지 않고 있었다. 그는 하늘을 뚫을 만큼 욕심만 많았지 부자로서의 체면이나 위신 같은 것에는 아예 관심이 없었다. 그 체면치레에 들어가는 돈이 아까워서였다. 그의 빨리 움직이는 발에는 아직도 짚신이 꿰어져 있었다. 만석을 진작 넘긴 부자가 검정고무신 하나 사신지 않은 것이었다. 그의 집에서는 쥐도 굶어죽는다는 소문이 과장이 아닐 법도 했다. 그러니 그의 집에서 밥 한 끼 얻어먹은 소작인이나 거지가 있을 리 없었다.

정상규는 동생 도규네 집 대문을 마구 두들겨댔다. 정도규는 신문을 읽고 있다가 작은형을 맞이했다.
"어쩐 일이시오?"
정도규의 얼굴에는 반가운 기색 없이 찬바람이 돌았다. 뒤늦게 큰형이 죽게 된 이유를 안 다음부터 그는 작은형한테 완전히 마음을 닫아버렸던 것이다. 지난날 큰형이 아무리 잘못했다 한들 큰형을 그렇게 야박하게 내몰아 논두렁에 쓰러져 죽게 한 것은 용서할 수가 없었던 것이다. 작은형이 갖게 된 만석꾼 재산은 큰형이 갈라준 재산을 토대로 이루어진 것이었다. 큰형이 주색잡기에 미쳐 욕심을 부리긴 했지만 정말 악한 마음 먹었더라면 재산을 전혀 분배하지 않을 수도 있었다. 큰형이 그런 식으로나마 재산을 분배한 것은 그래도 큰형 노릇을 한 셈이었다. 작은형 욕심 같았으면 틀림없이 혼자 독차지했을 거였다.
"아아니, 나가 못 올 디 왔드라냐?"
정상규는 눈을 치뜨며 동생을 노려보았다.
"너무 느닷없으니까 하는 말이오. 앉으시오."
정도규는 작은형의 눈길을 외면하며 대꾸했다.
"집안언 다 무고허냐?"
정상규는 자리를 잡고 앉으며 점잖게 인사치레를 했다.
"예……."
마지못한 듯 대답하는 정도규의 기색은 여전히 냉랭했다.
"나가 왜 왔능고 허니 말이여, 동현이 취직 잠 시켜도라고 왔다."
정상규는 동생의 태도가 못내 불쾌해 명령하듯 용건을 내뱉었다.

"나 그런 재주 없소."

정도규는 잠시의 여유도 없이 내쳤다.

"아니, 감투럴 그리 많이 쓰고 관청얼 즈그 집 안방 드나들디끼 험스로도 재주가 없어? 동현이가 딴 넘이냐!"

정상규는 눈을 부릅뜨며 소리질렀다.

"감투? 그것이 힘쓰는 감툰 줄 아시오? 그게 다 허깨비감투니까 동현이를 대학에나 보내시오."

정도규는 쓰게 웃었다.

"대학언 무신 대학. 고보꺼정 갤챘으면 갤칠 맨치 갤친 것이고, 인자 면서기고 금융조합이고 취직히서 돈벌이허는 것이 질로 실속 있는 일이제. 니 그러덜 말고 존 감투 쓰고 있을 적에 손 잠 써도라."

정상규는 태도를 바꿔 싸악 웃으며 사정조로 말했다.

"동현이도 의현이처럼 돈 훔쳐서 달아나기 전에 대학을 보내주는 게 좋아요. 돈은 돈대로 없애면서 괜히 자식들하고 척지지 말고요."

정도규는 작은형의 아픈 데를 찔렀다. 작은형은 큰아들 방현이에 이어 작은아들 의현이도 대학을 보내지 않으려고 했다. 그러자 의현이는 거금을 훔쳐서 종적을 감춘 뒤로 벌써 몇 년째 모습을 나타내지 않고 있었다.

"머시여? 니 시방 누구헌티 악담허는 것이여? 동현이도 돈 돌라 갖고 도망가기럴 바래는 것이냐 머시냐!"

정상규는 마치 또 돈을 도둑맞기라도 한 것처럼 질색을 하며 소리를 질렀다. 그 기세는 동생을 곧 후려칠 것처럼 거칠고 사나웠다.

"동네 창피하게 소리지르지 말아요. 형님, 제발 생각 좀 해보시오. 지금 형님 나이가 몇이오? 환갑이 다 돼가지고 앞으로 살면 얼마나 살겠소. 욕심 그만 부리고 자식들이 원하는 대로 가르치기나 하시오. 죽으면 그 재산 다 놓고 맨주먹으로 가는 것 잘 알잖아요."

"헹, 니가 나럴 훈계허냐 시방. 나넌 아흔다섯꺼정 산다. 죽을 날 당아 멀었응게 고런 새 날아가는 소리넌 허덜 말어." 정상규는 눈을 꼬느며 손을 내젓고는, "어쩔 것이여? 취직얼 시켜줄란지 아닌지 딱 짤라서 말히여." 그는 동생을 다그치고 들었다.

"더 할 말 없어요. 딴사람한테 부탁하세요."

정도규는 냉정하게 잘랐다.

"하! 자알 알긊다. 오늘로 성제간 의절이다. 어디 두고 보자."

분이 끓는 얼굴로 정상규는 자리를 박차고 일어났다.

정도규는 꼼짝도 하지 않고 앉아 있었다. 의절……? 정도규는 쓰디쓰게 웃었다. 새삼스럽게 의절이니 뭐니 할 것이 없었다. 그동안 벌써 의절한 것이나 마찬가지였다. 서로 얼굴을 대하지 않은 것이 오래되었고, 수시로 저질러대는 못된 행투에 형제간이란 것이 창피할 뿐이었다. 소작인들에게 그렇게 모질게 하는데도 아무 일 당하지 않고 사는 것을 보면 소작인들이 참 선량하다는 생각이 들기도 했다. 흔히 마음씨 좋은 사람을 가리켜 법이 없어도 살 사람이라고 말한다. 그러나 작은형은 법이 있어야만 살 사람이었다. 법이 없었더라면 누구한테 어떤 해코지를 당했을지 모를 일이었다.

정상규는 숨을 씩씩거리며 집으로 돌아가고 있었다.

'딴사람한테 부탁하세요.'

동생의 매정한 말이 계속 귓속에서 울리고 있었다.

"그려, 이놈아! 나가 부탁헐 사람이 없을지 아냐. 요런 인정사정 없는 놈아, 니놈이 사람이여. 조카 일얼 그리 몰인정허니 짤르다니, 니놈이 천벌얼 받을 거이다. 요런 느자구없고 싹수머리없는 놈!"

정상규는 솟기는 분을 참지 못해 성깔 뻗친 발걸음에 맞추어 큰 소리로 외치듯 하고 있었다. 들길을 혼자 걸어가며 그러는 것을 누가 보면 천상 술취한 사람이거나 실성한 사람의 꼴이었다.

정상규는 그렇게 큰소리를 치고 있었지만 그러나 마음은 허전했다. 막상 찾아가서 부탁할 사람이 하나도 없었다. 돈이 아까워 평소에 교분을 트고 지낸 사람이 없었으니 너무 당연한 결과였다.

빌어묵을, 도규 그놈 코럴 납짝허니 맨글게 돈얼 쓰고 혀……?

정상규의 머리를 스친 생각이었다.

돈을 쓰면 면서기도 되고 금융조합이나 수리조합에 취직할 수 있다고 했다. 그런데 그 액수가 문제였다. 쌀 50가마닌가 100가마니가 오간다는 소문이었다. 그 거액을 들여 취직을 시켜야 하는 것인가? 그의 마음은 흔들리고 있었다. 그 돈을 아끼려고 도규를 찾아간 것이었다. 그런데 그렇게 무정하고 박절하게 자를 줄은 몰랐다. 동생이 자신을 마땅찮게 생각한다는 것은 진작부터 잘 알고 있었지만 조카 일이니 어쩔 수 없이 봐주리라는 기대를 했던 것이다. 인정 있는 동생의 마음을 이용하려는 속셈이었다. 그런데 동생은 그놈의 공산주의인가 사회주의인가를 하면서 심성이 변한 것인지 어쩐지 조카도 안중에 없이 칼로 무 치듯 해버렸다.

어쨌거나 골칫거리는 아들놈들이었다. 어쩌자고 층층이 무작정 대학을 가겠다고 나서는 것인지 모를 일이었다. 그것도 망할 놈의 신풍조 중의 하나였다. 지주 자식들은 무조건 대학을 가는 것으로 되어 있었다. 그건 지주들이 서로 다투듯 경성으로 이사를 가는 풍조하고 다를 것이 없었다. 육칠 년 전부터 생겨나기 시작한 그 풍조로 이제 이름난 지주들 얼굴은 아무때나 대하기가 어려울 지경이었다. 경성살이가 얼마나 좋은지는 모르지만 그런 지주들은 다 미친놈들이었다. 두 눈을 부릅뜨고 지켜도 소출을 속이는 판인데 떠나 있으니 작인들은 작인대로, 마름들은 마름대로 눈속임을 해댈 것이니 그 손해가 얼마일 것인가. 허나 그것이야 남의 일이니까 알 바 아니지만, 자식놈들을 무작정 대학에 보내는 풍조는 자신에게 직접 영향을 미치고 있으니 골머리가 아프지 않을 수 없었다. 대학이라는 걸 다녀봤자 아까운 돈만 펑펑 써댔지 대학을 나오고 나서 무슨 큰 출세를 하는 것도 아니었다. 왜놈들에게 치여 본전도 못 찾고 비실거리기 일쑤였고, 동생 도규놈처럼 못된 물이나 들어서 감옥 드나드는 것이 고작이었다.

그런데 작은아들 의현이놈이 저지른 일은 너무 기가 막혀 말도 나오지 않았다. 대학 그만두고 취직이나 하라고 했더니 그놈이 다락 깊이 숨겨둔 돈궤를 어찌 알아냈는지 몇천 원의 거금을 몽땅 털어가지고 도망을 가버렸던 것이다. 마누라를 닦달해 댔지만 아무 소용이 없었다. 사실 마누라가 미리 알았다고 해도 몇 번의 주먹다짐으로 실토할 리가 없었다. 그런데 사람이 더 환장할 일은 마누라와 큰아들놈의 반응이었다. 마누라는 고소해하는 눈치였고, 큰아들놈은 아주 내놓고 "아, 꼬시다. 고것 참 깨소금맛이다" 해대는 것이었다. 작은아들놈은 어디서 대학을 다니는지 어쩌는지 4년째 얼굴 한번 비치지를 않았다. 그나저나 셋째아들놈도 그 짓을 할까 봐 돈을 다 은행에 맡겨버리고 취직자리를 구하러 나선 것인데 그만 첫판에 일이 깨지고 만 것이었다.

"에이 빌어묵을, 어디 보자. 쌀 100가마니럴 딜여 취직얼 허먼 얼매나 있어야 본전이 빠지는 것이다냐……."

정상규는 걸어가면서 손가락셈을 하기 시작했다.

정도규는 찜찜하고 언짢은 마음으로 집을 나섰다. 아무리 마음에서 지우고 있는 형이라 하더라도 핏줄이 무엇인지 신경쓰이고 속상했던 것이다. 그러나 형은 재산욕심만이 아니라 수명욕심까지 가지고 있으니 도저히 개심할 여지는 없었다. 형을 잊고 사는 수밖에 다른 도리가 없을 것 같았다.

정도규는 고서완에게 가기 위해 군산으로 나갔다. 그 길에 유승현의 미곡상회에 들르기로 했다. 유승현의 미곡상회는 튼실하게 운영되고 있었다. 유승현이 철저하게 관리를 하는 데다가 눈에 보이지 않게 관의 비호를 받기 때문이었다.

유승현과 미곡상을 동업하게 된 것은 여러 가지 목적이 있었다. 첫째 위장전향을 위장하기 위해서였고, 둘째 조직의 활동자금을 확대하고 원활하게 하기 위해서였고, 셋째 친일적 감투를 쓰고 관에 이용만 당할 것이 아니라 관의 힘을 이용하자는 것이었고, 넷째 관리들을 매수해 가며 필요한 정보를 확보하자는 것이었다.

"이, 마침 잘 왔네."

서류를 들여다보고 있던 유승현이 돋보기를 벗으며 일어났다.

정도규는 무슨 일이냐고 눈으로 물었다. 상회에 나와서는 서로 말을 삼갔다.

"밥때넌 되고 뱃속언 출출허고……."

유승현이 나가자는 눈짓을 했다.

"한 사날 전에 살짝 들은 이얘긴디, 미곡상회도 인자 사양길에 들어섰대."

유승현이 걸으면서 말했다.

"무슨 소린가?"

정도규는 얼핏 알아들을 수가 없었다.

"부청서 귀띔허는 소린디, 얼매 안 있어 쌀얼 전부 총독부서 통제허게 될 것 겉응게 서서히 발얼 빼라는 것이네."

"흠, 쌀값을 통제해도 소용이 없고, 군량미는 더 들어가게 생겼고, 그거 일리 있는 말이로군."

"어찌허면 좋겄능가?"

"별수 있나. 전쟁판을 크게 벌였으니 그게 틀림없는 말인 것 같네. 손해 보지 않게 정리를 해야지."

"그런 담에넌?"

"글쎄……, 전쟁판이 커지는 데서 뭐 재미 볼 만한 게 없을까?"

“몰라……, 총이나 맨글어 팔아묵는 사람덜이나 호시절일지…….”

“갑자기 생각이 안 나서 그렇지 뭐가 있긴 있을걸세. 그걸 찾아내 돈을 벌면 이중 효과 아니겠나. 총독부 돈을 울거내서 우리 일 하는 거니까 말야.”

“그런 일이 있기만 험사 좋제.”

“부청 사람한테 술 사줘가며 살살 긁어보게. 뭐가 있기는 있을 걸세.”

“그려, 머시가 있기넌 있겄제. 근디 회사 정리넌 언제보톰 허는 것이 좋을랑고?”

“총독부 하는 일이야 꼭 미친년 널뛰듯이 하덜 않던가. 그런 냄새 풍기기 시작했으면 언제 또 갑자기 시행할 줄 모르니까 빠를수록 좋을 것 같네.”

“나가 생각히도 그렇구마. 금방 정리허도록 허겄네.”

“그거 서운한데…….”

정도규가 입맛을 다셨다.

“그려, 재미가 쏠쏠혔응게.”

유승현이 비식 웃으며 음식점으로 발길을 돌렸다.

“오늘 어쩐 걸음이여?”

유승현이 자리잡고 앉으며 이야기를 바꾸고 있었다.

“응, 며칠 전에 고서완 선생한테서 연락이 왔네. 그 일 시작한 지 몇 년 되는 날이라 기념잔치를 하니까 와달라고.”

유승현은 무슨 생각에 잠긴 얼굴로 고개만 끄덕였다. 정도규는 유승현이 무슨 생각을 하고 있는지 대충 짐작하고 있었다.

"그나저나 자네넌 체력검사 받을 아덜이 없응게 좋겄네."

유승현이 불쑥 꺼낸 말이었다.

"음, 자네는 차남이 거기에 걸리게 되나?"

정도규는 마음이 쓰여 조심스럽게 말했다.

"그놈이 큰딸년허고 바꽈 태이든지 몇 년 늦게 태이든지 헐 것이제 꼭 그 나이에 걸려부렀구만."

유승현의 얼굴이 일그러졌다.

"그러게 말야. 이게 예삿일이 아닐세."

정도규는 괜히 유승현에게 미안해 담배를 빼들었다. 자신의 큰아들은 수학 선생을 하고 있었고 그 밑으로 딸이 셋에 막내가 아들이었다. 그게 이제 열한 살일 뿐이었다.

"그것이 지원병이 모지래서 다 군대 끌어갈라고 시작허는 일이겄제?"

"아마 그럴걸세."

"참 갈수록 태산이고 태산이시. 청년덜이 무신 죄가 있다고……."

유승현이 짙은 한숨을 토해냈다.

총독부에서는 3월 들어 만 십팔구 세 청년들에 대해서 체력검사를 일제히 실시하고 있었다. 그 강압조치는 미국과 영국을 상대로 전쟁을 확대시킨 직접적인 영향이었다.

점심을 마친 정도규는 고서완에게로 발길을 서둘렀다. 고서완은 기독교 신자로서 작은 독립사회를 이룩하고 있었다. 그가 실현

시킨 사회는 비록 작을지라도 구체적이고 현실적인 효과를 거두고 있었다. 그는 자신의 농토를 전부 집단화시키고, 사람들을 최대한 끌어들였다. 그가 표방한 것은 예수 그리스도의 박애생활이었다. 관에서 보기는 종교운동이었고, 예수교인들의 공동생활이었다. 사실 고서완은 그 공동생산, 공동소비의 조직을 이끌면서 관에서 시비를 걸 만한 일을 하지 않았다. 철저하게 비정치적인 입장을 취함으로써 그 조직을 보호하자는 것이었다. 그건 사회주의 운동의 한계를 체험한 고서완다운 대응방법이었다. 관에서 물리는 세금 다 내고, 반일이나 배일 활동을 하지 않으니 관에서는 눈독을 들이고 있으면서도 어찌할 도리가 없는 것이었다. 만약 그 조직을 강압적으로 해체시키면 기독교 탄압으로 비화하게 되어 있었다. 그러나 그 조직이 함께 생산하고 함께 소비만 하는 단순 사회가 아니었다. 기독교를 통해서 미묘하게 민족의식이 전파되고 있었다. 고서완은 기독교의 민족종교화를 실행하고 있는 김교신과 관계를 맺고 그가 발행하는《성서조선》이란 월간지를 바탕으로 사람들을 묶고 있었다. 공회당은 있어도 교회당은 없는 예수교인들의 마을, 그것이 고서완이 이룩한 세계였다. 처음에 교회 겸 공회당으로 지었던 건물을 공회당으로만 쓰는 것을 보면 고서완이 얼마나 김교신의 영향을 받은 무교회주의자인지 알 수 있었다.

정도규는 회의적이었던 처음의 생각과는 달리 그런 결실을 맺어놓은 고서완의 성과를 높이 평가하고 있었다. 그건 비록 미온적이고 소수에 국한된 것이라 하더라도 거미줄 치듯 한 일제의 강압체제 속에서 그래도 한줄기 숨통을 틔운 새로운 방법이었던 것이다.

정도규는 고서완을 생각하면 그때의 일을 잊을 수가 없었다. 위장전향을 하고 1년이 가까워지고 있을 무렵이었다. 미곡상회를 차려놓고 군산 걸음이 잦던 어느 날이었다. 유승현과 함께 부청에서 나오다가 고서완과 마주쳤다. 분명 서로 알아보았는데 고서완은 외면을 하고 그냥 지나쳐갔다. 그 차가운 외면이 무엇을 뜻하는지 알면서도 그대로 헤어질 수는 없었다.

"고형, 고형!"

정도규는 뛰어가 고서완을 붙들었다.

"서로 알은체하지 맙시다."

고서완이 팔을 뿌리쳤다. 그리고 정도규를 노려보는 그의 눈에는 싸늘한 불꽃이 일고 있었다.

"고형, 나를 맘껏 경멸하시오."

정도규는 고서완의 의기가 청청한 것을 확인하며 웃음지었다.

"누굴 지금 놀리는 거요? 더럽고 뻔뻔스럽게."

고서완은 침을 내뱉으며 다시 걷기 시작했다.

정도규는 꿋꿋하게 선 고서완의 뒷덜미를 바라보며 속을 털어놓고 싶은 유혹을 느끼고 있었다. 그리고 아까 그를 붙들었을 때부터 그러고 싶은 마음이 있었다는 것을 확인하고 있었다.

"저자가 누구여?"

유승현의 '저자'라는 말에 감정이 묻어 있었다.

"음, 고서완이라고……, 지난날 우리 동지였네."

정도규는 쓴 듯 떫은 듯 웃고 있었다.

"저자넌 시방 멀허는디 저리 당당헌가?"

유승현은 정도규를 편드는 게 아니라 공동 피해의식을 느끼고 있었다.

"응, 그럴 만하네. 진작 방향전환을 하긴 했지만 우리처럼 깃발을 들고 나서지는 않았으니까. 원래 예수교 학교 선생이었는데 지금은 예수교인들과 함께 공동농장이랄까 협동농장이랄까 그런 것을 잘 해나가고 있네."

"허! 왈 기독교사회주의자로시. 그렇트라도 그 태도가 원……."

유승현은 몹시 언짢은 기색이었다.

"당연한 것 아닌가. 우리 속을 내보일 수 없으니. 어쨌거나 저 사람이 저리 당당하고 꿋꿋한 게 얼마나 좋은 일인가. 자네가 기분 나빠하는 건 우리 사명에 충실하지 못한 것인 줄이나 알게."

정도규는 픽 웃으면서 유승현의 어깨를 쳤다.

"허기사 그렇기도 허시."

유승현도 픽 웃었다.

정도규는 그 뒤로 며칠 동안 고서완을 지우지 못했다. 그건 그에게만은 속마음을 털어놓고 싶은 유혹 때문이었다. 그가 자신에게 침을 뱉을 수 있을 정도로 굳건한 의지를 지녔다는 것이 유혹의 뿌리였다. 그가 믿을 수 있기 때문에 자신의 진실을 알리고 싶은 것만이 아니었다. 그를 외롭지 않게 해주고 싶었다.

정도규는 결국 그를 찾아갔다.

거름지게를 지고 가는 고서완을 논두렁에서 만났다.

"할 말이 있어 왔소."

정도규는 고서완의 눈을 응시했다.

"들을 말 없소."

고서완도 정도규의 눈을 쏘아보고 있었다.

"우리가 활동을 시작했던 그때의 진실로 말하겠소. 수박을 보되 겉만 보지 마시오. 할 말 다 했소."

정도규는 돌아섰다. 그건 아내에게도, 장성한 자식에게도 하지 않은 말이었다. 고락을 같이했던 동지에게만 할 수 있는 말이었다.

며칠이 지나 고서완이 찾아왔다. 그들은 아무 말 없이 서로의 손을 움켜잡았다.

정도규는 20리 길을 빨리 걸어 고서완의 동네에 도착했다.

"어서 오십시오. 안 오시는 줄 알았습니다."

그동안 몇 차례 낯을 익힌 이경욱이 정도규를 맞이했다. 그의 얼굴에는 명창 옥비를 쫓아다니던 때의 젊음은 다 스러지고 없었다.

"안 올 리가 있소."

정도규도 반갑게 인사했다.

잔치는 조촐하고 실속 있게 차려져 있었다. 막걸리에 돼지고기가 주종을 이루고 있었다.

"이거 뭐 잔치랄 게 있나요. 1년 농사 앞두고 단합 잘하자는 뜻이지요."

고서완이 막걸리를 따르며 말했다.

"그거 꼭 필요한 거요. 인간이란 복잡하고도 단순한 동물 아니오. 인간이란 어쩌면 의식(儀式)의 동물이고, 양식(樣式)의 동물인지도 모르잖소."

정도규는 술잔을 들었다.

"예, 그런 일면이 다분하지요."

고서완도 술잔을 들었다.

두 사람은 술잔을 단숨에 비우고 안주로 마련된 돼지고기를 집어 양념된장에 찍었다. 그 순간 정도규와 고서완의 눈길이 마주쳤다. 그 눈길에서 똑같은 감정이 교차하고 있었다. 그들의 뇌리에는 고서완이 최초의 동정파업을 성공적으로 이끌고 나서 비밀장소에서 술상을 같이했던 그날 밤의 기억이 스쳐 지나가고 있었다.

"맛은 그날 밤 그대로요."

정도규가 돼지고기를 씹으며 서글픈 듯 웃었고

"그렇군요."

고서완도 돼지고기를 우물거리며 쓸쓸한 듯 웃음을 흘렸다.

열흘쯤 지났을까. 정도규는 작은형이 쓰러져 위태롭다는 연락을 받았다.

"몰르겄구만이라우. 시찌아덜이 대학인가 소학인가럴 가고 잡아 환장얼 허고, 아부지라는 양반언 못 보내겄다고 환장얼 험서 취직이나 시키겄다고 발얼 놓고 댕기고, 그러다 봉게 시찌아덜이 대학 가기넌 글른 것이라고 생각혔등가 아부지가 날마동 취직자리 알아볼라고 눈에 불쓰고 나돌아댕김서 정신 팔고 있는 판에 큰일얼 저질러부렀는디, 고것이 어찌 되았능고 허니, 안방이고 다락이고 세세허니 뒤지고 뒤져 몇백 마지기 논문서럴 빼내갖고 군산에 나가 똥값에 처분헌 돈 챙게서 삼십육계 줄행랑얼 쳐부렀구만이라. 아덜이 없어진 담에사 그 탈얼 알게 된 아부지가 눈 뒤집어져 발광허디끼 펄펄 뛰다가 입에 거품 물고 퍽 넘어가서 하로가 지냈는디도 정신이 안 돌아오는구만이라."

심부름 온 머슴은 마치 뱃속이 시원하다는 듯 가락까지 맞춰가며 이야기를 엮어댔다.

정도규는 그런 머슴의 태도를 나무랄 수가 없었다. 그건 작은형이 인심을 잃고 잘못 살아온 결과였고, 마음이 그렇게 굳어진 머슴을 나무라보았자 무슨 효과가 날 리 없었던 것이다.

"알았으니 가보게."

정도규는 머슴에게 일렀다.

"저어, 머시라고 전헐께라우?"

손을 모아잡은 머슴이 고개를 반쯤 숙인 채 옆눈질을 했다.

"곧 간다고 여쭙게."

정도규는 머슴이 대문 밖으로 사라지는 것을 보면서 멍하니 앉아 있었다.

'나넌 아흔다섯꺼정 산다.'

작은형의 어기찬 목소리가 들리고 있었다. 그리고 자신이 너무 입바른 소리를 한 것 같기도 했다. 자신이 말한 대로 동현이도 제 형 의현이와 똑같은 방법으로 아버지에게 저항한 것이었다. 아니

아버지 몰래 돈을 가지고 달아난 것만 같을 뿐 논문서를 훔쳐내 돈을 장만한 동현이의 수법은 훨씬 더 과감하고 치밀했다. 논문서를 훔쳐낸 것을 보면 작은형이 집에 현찰을 전혀 두지 않았던 것이 분명했다.

저러다가 죽게 되면 그게 뭔가…….

정도규는 허망하고 어처구니가 없었다. 작은형은 끝없는 욕심에 치여 결국은 자식들한테까지 버림받은 것이었다. 참 한심스럽고 불쌍하기 그지없는 인간이었다. 큰형도 한심스럽기 짝이 없는 인간이었지만 작은형은 더한지도 몰랐다. 그날 끌고 가던 짚신이 자꾸 눈앞에 떠올랐다.

정도규는 내키지 않으면서도 작은형네 집에 안 갈 수가 없었다.

작은형은 혼수상태에 빠져 있었다. 그 거친 숨소리며 가래 끓는 소리가 심상치 않았다.

"안 되겠는데요. 빨리 병원으로 옮겨야 되겠는데요."

정도규는 형수에게 말했다.

"머 벵원에 가고 말고 혀라. 저러다가 어찌다가……."

정도규는 형수의 그 냉랭한 반응에 놀라지 않을 수 없었다. 그 얼굴에는 남편을 걱정하는 기색이 거의 없었다.

'작은성님언 맺힌 한이 많구만요. 평상 광목옷 한 벌 맘대로 못해 입고 사닝게요.'

정도규는 아내의 말을 떠올렸다. 작은형은 아내한테까지도 버림받고 있었던 것이다.

"방현아, 빨리 군산에 연락해서 다꾸시 불러라."

정도규는 큰조카에게 일렀다.

"가다가 숨넘어가 불면 일만 더 성가시제라 이."

정방현은 술냄새를 풍기며 아주 불퉁스럽게 내쏘았다.

정도규는 아연하지 않을 수가 없었다. 조카는 형수보다 더 노골적으로 제 아버지가 죽기만을 기다리고 있었다.

그럼 왜 나를 부른 것인가?

정도규는 그때서야 자신을 부른 것이 환자의 응급책을 세우려는 것이 아니라 임종이나 지키라는 것임을 알았다.

"이놈아, 당장 연락하지 못해! 감히 누구 앞이라고 그따위 소릴 지껄이는 거냐."

정도규는 치솟는 울화와 함께 고함을 쳤다. 그는 당장 조카의 따귀라도 후려칠 것 같은 기세였다.

"야아, 야아……."

당황한 정방현이 몸을 일으키며 제 어머니 쪽을 살폈고

"그려, 그려. 얼렁 가그라, 얼렁."

정상규의 아내도 당황해 손을 저어댔다.

정도규는 작은형을 병원에 입원시켰다. 응급처치를 한 의사는 좀더 두고 보자고 했다.

정상규는 나흘 만에 정신이 깨어났다. 그러나 왼쪽 반신이 마비상태였고, 말도 잘하지 못했다. 정도규는 그만하기 천만다행이라고 생각했다. 의사의 말로는 상태가 더 호전될 수도 있고, 악화될 수도 있어서 안심할 수 없다고 했다. 가장 안전한 방법은 병원에 장기간 입원해서 치료를 받는 것이라고 했다. 정도규는 그렇게 하기로 했다. 그런데 형수나 조카는 전혀 달가워하는 기색이 아니었다. 인간이 정이 떨어지면 처자식도 저 모양이 되는가 싶었고, 정도규는 그들을 더 보고 싶지 않은 심정이었다.

정도규는 일단 한시름 놓고 집에서 이삼 일 쉬고 있었다. 그런데 뜻밖의 소식이 전해져 왔다.

"고 선생님이 체포되셨습니다."

이경욱의 말이었다.

"아니, 무슨 일로?"

"예, 성서조선 사건으로 김교신 선생께서 체포되시고, 전국의 고정독자들까지 가택수색을 하고 사상을 조사한다고 잡아간 것입니다."

"이거 미안한데, 성서조선 사건이란 게 뭐요?"

전혀 모르는 사건이라 정도규는 묻지 않을 수가 없었다.

"예, 성서조선 이번 3월호의 권두언에서 조선의 민족혼을 고취하고 반일사상을 전파했다고 잡지를 폐간시키고 주필 김교신 선생을 비롯해서 함석헌 같은 연루자 13명을 체포한 것입니다."

"조선의 민족혼을 고취했다……." 이 험한 시절에 참 놀랍다는 생각을 하며 정도규는 그 말을 곱씹다가, "그 3월호를 좀 볼 수 있소?" 고개를 치켜들며 이경욱에게 물었다.

"가택수색에서 뺏겼습니다."

이경욱이 침통하게 말했다.

"이러고 있을 때가 아니오. 갑시다, 군산으로."

정도규는 자리를 차고 일어섰다.

김교신은 사대주의에 빠져 있는 식민지 교회의 타락상과 교권주의에 반기를 든 무교회주의자였다. 그는 조선기독교의 식민지성을 거부하며, 조선의 기독교는 조선민족의 종교가 되어야 한다는 민족종교론을 내세웠고, 그 실천을 위해 월간지 《성서조선》을 발간해 왔던 것이다.

공산당도 조선공산당은 다른 나라의 그것과 다른 특이한 것이 있어야 하는 것처럼 기독교도 조선김치 냄새가 나는 기독교가 되어야 한다.

밤 청년회 성서반에서 세계일주한다는 미국종교인의 침입을 당하여 일좌가 혼란에 빠졌다. 내가 불운하여 아직 경의를 표할 만한 미국종교인에 접하지 못하였음을 탄하였더니, 오늘 또다시 세계일주식의 미국기독자를 대하니……. 치기, 젖냄새 분분한 미국식 기독교! 조선기독교가 완전히 발육되려면 우선 온갖 미국과의 관계를 그 교회와 교육기관에서부터 절연하여야 하리라. 미국 능사란 1일 황금, 2일 스포츠, 3일 토키(유성영화).

김교신은 직접 쓴 이런 글들을 거침없이 《성서조선》에다 실었다.

그러니 미국의 원조 아래 운영되고 있는 교회들은 그를 이단자로 몰아붙이지 않을 수 없었다. 그런데 그가 실현시키고자 하는 기독교의 민족종교화 정신은 결국 조선의 독립에 연결되고 있었던 것이다. 그래서 그의 투철한 민족정신은 기독교의 주요 교파들이 신사참배라는 종교적 굴욕을 받아들이는 상황 속에서 끝끝내 신사참배는 물론이고 창씨개명도 거부했다.

33

강제징용

아슴푸레한 초승달빛 속에 박꽃이 하얗게 피어 있었다. 모깃소리가 앵앵거리고, 개구리들의 울음소리가 낭자하게 울려퍼지고 있었다.

"아아리라앙 아아리라앙 아라아리이요오 아아리라앙 고오개에로 너머어가안다아아……."

물 끼얹는 소리와 함께 여자의 노랫소리가 가늘고 낮게 흐르고 있었다.

한 사내가 집벽에 몸을 바짝 붙이고 그 소리를 따라 살금살금 움직이고 있었다.

"나아르를 버어리고 가아아시는 니이므은……."

물 끼얹는 소리와 여자의 노랫소리는 묘하게 어우러지며 여름밤의 무더위를 식히고 있었다. 그 소리는 부엌 쪽의 뒤란에서 들리고 있었다.

집 모퉁이에서 움직임을 멈춘 사내는 고개를 조심조심 뒤란 쪽으로 내밀었다.

"흡!"

사내는 숨이 멎는 것을 느꼈다. 흐린 달빛 아래 물을 끼얹고 있는 처녀의 알몸이 그대로 드러나 있었던 것이다. 사내는 가슴에서 불길이 확 일면서 살이 팽팽해지는 것을 느꼈다.

"아아리라앙 아아리라앙……."

처녀는 느리고 부드러운 노랫가락에 맞추듯 한가롭고 여유롭게 바가지로 물통의 물을 떠서 알몸에 끼얹고는 했다. 물을 뜨느라고 허리를 굽히면 굽히는 대로, 물을 끼얹느라고 곧바로 서면 서는 대로 풍만한 알몸의 움직임은 더없이 관능적이었다. 더구나 달빛이 아슴푸레하게 비치고 있어서 젖가슴의 흔들림이며 둔부의 윤곽은 더욱 신비스럽고 자극적이었다.

사내는 뜨거운 숨을 몰아쉬며 저고리를 벗어던졌다. 그리고 또 바지마저 벗어버렸다. 여름이라 더 입은 옷이 없어서 사내는 그대로 알몸이 되었다.

사내가 다시 처녀 쪽을 살폈다.

"나아르를 버어리고 가아아시는 니이므은……."

처녀는 물을 뜨려고 허리를 굽힌 참이었다.

사내는 처녀를 향해 내달았다.

"엄……."

처녀의 소리가 막혔다. 사내가 입을 틀어막은 것이었다. 사내는 입만 막은 것이 아니라 다른 손으로는 처녀의 허리를 바짝 끌어안고 있었다. 그러니 서로 맞바라보지만 않았을 뿐 처녀의 뒷몸과 사내의 앞몸이 완전히 맞붙어 있었다.

처녀는 그 위기에서 벗어나려고 몸부림을 쳤다. 그러나 사내의 힘은 더욱 강하게 처녀를 옥조였다.

"놀래지 말어. 나여 나, 필룡이."

사내가 뜨겁고 빠른 소리로 처녀의 귓가에 속삭였다.

워메, 요런 잡놈으 새끼가!

금예는 분통이 터지면서 소리질렀다. 그러나 아무 소리도 나오지 않았다. 금예는 이를 웅등물며 몸부림쳤다.

"더 발광히야 아무 소양 없어. 니넌 인자 나 것잉께로. 정신이 없어서 안직 몰르는갑는디 나도 깨벗고 있다는 것이나 알아두더라고. 내 물건이 시방 어디 닿고 있는지나 알어? 여그여, 여그!"

홍씨네 머슴 배필룡은 이렇게 말하며 엉덩이를 앞뒤로 마구 흔들어댔다.

아이고메, 엄니! 엄니! 엄니!

뻣뻣하고 뜨거운 것이 엉덩이 바로 밑 그 사이로 파고들었다가 빠져나가고 다시 파고들고 할 때마다 금예는 엄니를 불러댔다. 그런 금예의 눈앞에는 대학생복을 입은 늠름한 모습의 전동걸이 떠오르고 있었다.

"니넌 인자 헌지집이여. 니넌 인자 내 것이여. 낼이면 소문날겨."

이 말에 맞추기라도 하듯 배필룡은 더욱 세게 엉덩이를 흔들어 대고 있었다.

금예는 그 말에 따라 차츰 기운이 빠져가고 있었다. 이건 물동이를 이고 입술 도둑질을 당했던 것과는 전혀 다른 일이었던 것이다.

금예의 몸에서 힘이 빠지는 것을 느끼며 배필룡은 금예를 집 쪽으로 밀어붙였다. 금예는 반쯤 들리듯 해서 밀려갔다. 그러나 배필룡은 금예의 입을 틀어막은 손을 떼지 않았다.

집벽에는 빈 독이 붙여져 있었다. 배필룡은 금예의 머리를 그 독에 쑤셔박기라도 하려는 듯 우악스럽게 허리를 굽히게 했다. 금예는 얼떨결에 독 아가리를 두 손으로 붙들었다. 그런데 다음 순간이었다. 금예는 눈에서 불이 번쩍하며 아래가 치받치고 찢어지는 것 같은 아픔을 느꼈다.

아이고메 엄니, 나 죽네!

금예는 이 외침과 함께 신음을 물었다. 그러나 입을 막았던 손은 풀리고 없는데도 그 외침은 가슴속에서만 울렸다.

"니넌, 니넌 인자 내 것이여!"

워메, 엄니, 엄니…….

"니넌 인자 헌지집이여, 헌지집!"

배필룡의 엉덩이 흔들어대는 것이 빨라질수록 숨소리도 거칠어지고 있었다. 금예도 자신도 모르게 독의 아가리를 더욱 힘주어 붙들고 있었다.

"니럴 호강시킬겨, 호강시킬겨!"

요런 잡놈아, 요것이 호강이냐…….

"으흐흐! 으흐! 으흐!"

배필룡이 두 팔로 금예의 아랫배짬을 감아잡고 몸을 붙이며 부들부들 떨었다.

염병헌다, 뒤질라고 이런다냐…….

금예는 등에 찰싹 붙은 배필룡의 뜨끈뜨끈한 몸을 느끼며 그런 생각이 퍼뜩 떠올랐다.

배필룡이 막혔다 터지는 것 같은 긴 숨을 토하는 순간 금예는 등에 얹힌 뜨거운 무게감이 걷히는 것과 동시에 아래가 허물어지는 것 같은 것을 느꼈다. 그건 시원한 것 같기도 하고, 허전한 것 같기도 한 느낌이었다.

"아이고 씨언허다. 도장 팍 찍어부러서."

배필룡이 금예를 안으려고 들었다.

"문딩이!"

금예는 배필룡을 사정없이 떠밀었다.

"히히, 그렇게 더 이쁘시."

배필룡은 후닥닥 집 모퉁이를 돌아갔다.

금예는 얼굴을 감싸고 쪼그려앉았다. 이렇게 허망하게 당할 줄은 몰랐다. 필룡이놈은 어머니가 홍씨네에 마을 간 것을 보고 이쪽으로 온 것이 틀림없었다. 그동안 위태로운 고비를 여러 번 넘겨왔었는데 이제 다 허사가 된 것이었다. 전동걸이와 꼭 혼인이 되리라고 생각한 것은 아니었다. 그저 그 품에 한 번이라도 안겨보고 싶었다. 그러나 이제 그 꿈도 산산이 깨어지고 만 것이었다.

금예는 한동안 훌쩍거리다가 몸을 다시 씻고 옷을 챙겨입었다. 금예는 걱정 가득한 마음으로 마루에 걸터앉아 초승달을 하염없이 바라보고 있었다. 어머니한테 어떻게 해야 할지 알 수가 없었다. 내일이라도 필룡이가 소문을 내면 큰일이었다. 아까 필룡이한테 소문내지 말라고 다짐을 할 걸 잘못했다 싶기도 했다. 그러나 필룡이가 어서 혼인할 욕심으로 말을 안 들으면 그만이었다.

또, 필룡이 그것이 남편감으로 눈에 차지 않는 것이 문제였다. 전동걸과 비교해서가 아니었다. 필룡이가 마음씨 무던하고 부지런하기는 했지만 머슴이라는 것이 딱 싫었다. 머슴의 마누라라는 것은 생각만으로도 끔찍스러웠다. 아무리 소작을 부치며 가난하게 살더라도 초가삼간 하나는 있어야 했다. 그런데 새경으로 그만한 돈을 모아놓았을 것 같지가 않았다. 그리고 얼굴이 못생긴 편인 것도 싫었다. 그러나 몸을 망쳐버렸으니 날고 뛸 재주가 없었다.

어머니는 밤늦게 돌아왔다. 금예는 어머니를 보자마자 울음을 터뜨렸다.

"무신 일이다냐, 이 밤중에."

보름이는 질색을 했다. 그러나 순간적으로 불길한 생각이 스쳤다.

"엄니이, 나 죽어야 쓰겄네. 아까 목간허다가 필룡이놈헌티……."

금예는 두 손바닥에 얼굴을 묻었다.

"머시여!"

보름이는 머리가 쿵 울리는 것을 느꼈다. 그리고 필룡이의 얼굴이 쑥 다가들었다.

보름이는 멍하니 앉아 있었다. 목간했던 딸을 꾸짖을 수도 없었다. 한여름에 목간을 하는 것은 예사가 아닌가. 목간을 하지 않았더라도 혼자 있었으니 안 당할 수가 없는 일이었다. 그러고 보면 잘못은 자신에게 있었다. 과년한 딸을 밤에 혼자 두고 마을 간 에미가 어디 있을 것인가. 그러나 이미 돌이킬 수도, 묻을 수도 없는 일이었다.

그런데 걱정이 불쑥 솟았다. 필룡이가 혼인할 마음으로 그런 것인지, 불장난으로 저지른 일인지 알 수가 없었다. 보름이는 필룡이가 금예를 좋아해 온 것을 까맣게 모르고 있었던 것이다.

"으쩌냐, 필룡이가 니럴 좋아허냐?"

보름이는 힘겨웁게 물었다.

"……야아……."

"니허고 혼인헐 맘이 있냐 그것이여."

"……야아……."

보름이는 한동안 말이 없었다.

"그려, 벨수 있겄냐. 궂은 소문 나기 전에 혼인히야제."

보름이가 한숨 섞어 한 말이었다. 보름이는 뒤늦게 자신의 불찰을 또 느끼고 있었던 것이다. 필룡이가 딸에게 눈독을 들여오고 있었다면 에미로서 그런 눈치를 챘어야 했던 것이다. 멀리 떨어져 있는 것도 아니었고 한집안식구처럼 살아왔던 것이 아닌가. 그러나 그리 가까웠기 때문에 방심했던 것이다.

사윗감으로서 필룡이는 처지고 마음에 안 드는 것이 한두 가지가 아니었다. 그러나 이제 그런 것을 따지고 가릴 계제가 아니었다. 딸의 팔자거니 생각할 수밖에 없었다.

보름이는 밤새도록 뒤척이며 잠을 설쳤다. 윗방의 딸도 잠을 못 자는 기색이었다. 큰딸을 시집보낼 때만 해도 그래도 살림이 포실했었다. 점방의 이문이 쏠쏠해서 시집보낼 채비를 차근히 갖추어 나가게 할 수 있었던 것이다. 그런데 이제 남에게 얹혀사는 처지이고 보니 횃댓보 하나 제대로 갖추어진 것이 없을 지경이었다. 애비 없이 키운 것도 안쓰러운데 시집보낼 준비마저 허술하기 짝이 없으니 에미로서 너무 면목이 없었다. 그러고 보면 필룡이가 혈육이 전혀 없는 근본 모르는 외톨이라는 것이 흠이기보다는 오히려 다행인지도 몰랐다. 만약 형제간 많고 사촌 많은 집이었다면 그 뒷감당을 어찌했을 것인가. 봉사 마누라 하늘에서 점지하고, 곱추 남편 부처님이 점지한다더니 그게 자신의 형편을 두고 이르는 말이 아닐까도 싶었다. 그저 다행인 것은 필룡이가 심덕이 무던하고 몸 튼튼한 것이었다. 젊어 고생 사서도 하더라고 저희들 뜻 맞추어 부지런히 살면 서른 안에 논마지기 장만 못할 것도 없었다. 홍씨가 마음 후하고 인정 많으니 머슴 새경에 한 톨이라도 보탰으면 보탰지 축낼 리 없었던 것이다.

보름이는 에미 노릇 제대로 할 수 없는 아픈 시름 속에서도 좋은 쪽으로만 생각하려고 애썼다. 사람의 생각이란 묘한 것이어서 그렇게 생각하니 필룡이가 괜찮은 사윗감으로 여겨지기도 했다. 무엇보다 다행인 것은 금예가 턱없이 동걸이 학생한테 마음 내보이지 못하게 된 것이었다. 그리고 가까이 살게 된 것도 마음 놓이는 일이었다.

보름이는 이슬아침에 집을 나섰다. 필룡이가 무슨 소문을 낼지 몰라 이슬이 걷히기를 기다릴 수가 없었다. 홍씨를 만나 사정을 토로하고 필룡이의 입단속을 시켜야 했던 것이다.

"필룡이가 다 컸구만요……."

홍씨는 전혀 놀라는 기색 없이 그저 잔잔하게 웃기만 했다.

홍씨의 그런 반응에 오히려 놀란 것은 보름이었다. 보름이는 홍씨를 멍하니 바라보았다.

"필룡이넌 머심이기보담 내 자석맨치로 생각혀 왔구만요. 필룡이가 각시감언 지대로 골른 상싶고, 요것이 다 부처님 인연잉게 우리 혼인시키는 것이 으쩌겄소?"

홍씨는 여전히 웃음지으면서 보름이의 손을 가만히 잡았다.

"야아, 지야 머……."

일이 너무 쉽게 풀려 보름이는 오히려 당황스러웠다.

"필룡이가 일 저질러놨응게 금세 일 치러야겄고, 혼례넌 나가 다 알아서 헐 것잉게 보살님언 아무 걱정 마시게라."

홍씨가 더 환하게 웃으며 다정하게 말했다.

"지가 갖춘 것이 암것도 없어서……."

보름이는 그 도량 넓은 마음씨에 감읍하며 고개를 떨구었다.

"금예가 겁묵고 필룡이 꺼릴란지도 몰릉게 그 맘이나 잘 다둑이고 풀어주시게라. 필룡이가 그간에 새경 받어 장리로 질군 것만으로도 집이고 살림살이 다 장만헐 수 있구만요. 필룡이가 원체로 맘이 여문게라. 나가 심이 될 일언 벨라 없응게 보살님언 통 딴맘 쓰덜 마시씨요."

홍씨는 이렇게 말을 막음했다.

보름이가 올 때와는 달리 밝은 얼굴로 돌아가자 홍씨 마음은 바빠졌다.

"이놈이 애기중으로 절밥얼 얻어묵고 크다가 파계럴 헌 놈이오. 애기중으로 큰 중덜이 대각얼 얻어 큰시님이 된 일이 드문디, 에레서보톰 절밥에 쩔고 절일에 넌더리가 난 디다가, 멀리서만 보는 속세가 신기허고 그리워 파계럴 많이 혀서 그렇소. 그려서 부처님께서 오욕칠정얼 다 겪고 나야 득도으 길로 접어들기 쉽다고 허셨고, 늦깎이 중에서 큰시님덜이 많이 나오는 것도 그 이치요. 요놈도 오라는 사람 없는 속세마귀에 씌어 절에서 도망 나온 놈인디, 지가 이 험헌 시상서 멀 해묵고 살 것이오. 거렁뱅이 허는 놈얼 붙들었는디, 절에넌 죽어라고 안 가겄다 허고, 어디 인심 후헌 집서 머심살이라도 허게 히도라고 통사정잉게 두고 부려보시오. 심성언 바르고, 나허고 단단허니 약조럴 혔응게 딴 말썽언 안 피울 것이오. 요것도 다 부처님 인연 아니겄소."

공허 스님이 필룡이를 데려와 한 말이었다. 공허 스님 말씀대로 필룡이는 착했고 부지런했다. 절에서 배운 한문까지 갖추어 다른 머슴들하고는 달랐다.

시님, 지 손으로 필룡이 장개럴 보내게 되았구만요…….

홍씨는 가만히 속으로 뇌었다. 그리움이 물살처럼 밀려들고 있었다.

필룡이와 금예는 열흘 후에 혼례식을 올렸다. 홍씨의 말마따나 필룡이는 몇 년 동안 새경을 받고 그것을 장리 놓아 불린 돈으로 집과 신접살림을 거뜬히 해결했다. 홍씨는 혼례식과 잔치를 차리는 등 다른 뒤치다꺼리들을 다 맡았다. 보름이는 홍씨에게 너무 많은 폐를 끼쳐 몸둘 바를 모르고 서성거렸다.

필룡이는 몇 번씩이고 장모를 모시고 살겠다고 했다. 보름이는 완강하게 거절했다. 아직 사지 멀쩡한데 사위에게 얹혀살고 싶지 않았고, 또 필룡이를 자식처럼 생각하는 홍씨에 대해서도 도리가 아니었던 것이다. 필룡이가 마음을 그렇게 써서 그런지 금예도 처음보다 필룡이를 훨씬 좋아하는 눈치였다. 보름이는 그게 그렇게 다행스러울 수가 없었다.

"엄니 모신다는 맘 10년, 20년 뒤에도 변허능 것 아니제?"

금예가 다짐하는 말이었고

"하먼."

필룡이는 눈을 흘겼고

"변허먼?"

금예가 다잡고 들었고

"나가 부모가 따로 기시간디. 그 맘 변허먼 부처님이 불지옥에 보내실 기여."

필룡이는 맹세라도 하듯 말했다.

금예는 몸을 바르르 떨 정도로 좋아했다.

보름이는 그런 사위와 딸을 보면서 더없이 고맙고 흐뭇했다. 둘이는 홀로 남은 장모와 에미의 노년을 걱정해 주고 있었던 것이다. 보름이는 언젠가 죽을 자리가 마련된 것이 다행스럽기도 했다.

"어이, 보살님이 자네럴 자석으로 생각허시는 것 알제?"

보름이는 사위에게 조심스럽게 물었다.

"야아."

"그려, 혼인혔응게 더 열성으로 일해야 허네 잉?"

"야아, 알고 있구만이라우."

"하먼, 그래야제. 보살님 은덕얼 갚어나가야제. 글고, 금예 니도 더 부지런히 보살님댁에 일손 보태고."

"엄니넌 참말로, 나가 애기요?"

금예는 눈을 흘기며 입을 삐쭉했다.

"시집감서 게을러지는 여자덜이 많은디, 고것언 천하에 밥 빌어묵을 일이니라."

보름이는 엄하게 일렀다.

필룡이는 장모의 말을 새겨들은 듯 전보다 더 열심으로 일을 했다. 홍씨는 장가든 것을 계기로 필룡이의 새경을 더 올려주었다. 금예도 홍씨네에서 일손을 더 재게 놀렸다.

"보시오, 참 잘 어우러진 인연이제. 금실 좋다고 소문도 짜아허고."

홍씨는 필룡이와 금예를 바라보며 무척 흐뭇해했다.

"다 보살님 덕이제라."

보름이는 이 말밖에 할 것이 없었다.

금예는 아침마다 우물가에서 놀림감이 되다시피 하고 있었다.

"하이고 하이고, 어지께 밤에 얼매나 깨가 쏟아졌으면 저리 입이 찢어질그나."

무심결에 하품만 해도 이런 말이 대뜸 터져나왔다.

"하먼, 서로가 잠자라고 냅두겄어."

"그려, 밤마동 구들장 무너지는 소리가 우리 집꺼정 울린당게."

"글안해도 짧은 여름밤이 얼매나 짧을꼬 이."

"달구새끼 목얼 열두 번도 더 비틀고 잡겄제."

"근디 깨 너무 털다가넌 애가 늦어진다는 것얼 알아야 써."

"하이고, 저 함박꽃맨치 피는 얼굴얼 보소. 애 바래게 생겼능가."

여자들은 킥킥대고 히히덕거리며 말이 끝이 없었다. 그런데 금예는 그런 놀림이 다소 부끄럽기는 해도 전혀 노엽지 않았고, 오히려 야릇하고 은근한 행복감을 느꼈다.

신혼 한 달이 후딱 지나갔다. 배필룡은 어느 날 면사무소에서 호출을 받았다. 내키지 않았지만 가보지 않을 수가 없었다.

"배필룡, 모레 징용을 떠난다!"

면서기가 내쏘듯 한 말이었다.

"야아?"

배필룡은 소스라치게 놀랐다.

"모레 징용을 떠나게 됐다니까. 아침 8시까지 면사무소 앞으로 집합한다. 만일에 피했다가 잡히면 평생 콩밥 신세니까 똑똑히 알아둬. 아침 8시야!"

면서기의 싸늘한 외침이었다.

"나가 징용얼 나가먼 우리 식구덜언 멀 묵고살으란 것이오."

김장섭은 열이 받쳐 소리를 지르고 싶은 것을 가까스로 참아내고 있었다.

"그야 걱정 말어. 노임얼 월 18원서 20원씩 주닝게 소작질보담 나슬 것잉마."

얼굴 핼쑥한 면서기가 펜촉에 잉크를 찍으며 말했다.

"고것이 머시가 낫소. 처자석덜허고 갈라져 타국서 고상허는 것에 비허먼 아무것도 아니제."

김장섭은 얼핏 돈계산을 해보며 마음이 다소 누그러졌다. 그러나 그 말을 다 믿을 수 없어 말은 여전히 불퉁스러웠다.

"여러 소리 말고 2년만 댕게오시오. 니나없이 2년씩 다 나가게 되야 있응게."

면서기는 손버릇인 듯 자꾸 펜촉에 잉크를 찍었다.

"글먼 담 파수로 밀어주시게라."

"그리 못허요. 우리 면에 할당 나온 것얼 채와야 허고, 그간에 발써 떠난 사람덜이 많애 바꽈칠 수가 없소."

"참말로 환장허겄네."

김장섭은 한숨을 푹 쉬었다.

"나 바쁜게 일봐야 쓰겄소."

면서기가 의자를 되돌려앉았다.

김장섭은 일어날 수밖에 없었다.

"낼 아칙 7시꺼정 나와야 허요 잉. 밤새 맘 변히서 도망갔다가 잽히는 날에넌 평상 감옥살인게."

어제 저녁때 집으로 찾아왔던 낯선 사내가 큰소리로 말했다.

야이 씨부랄 놈아, 좆이나 뽈아라!

김장섭은 욕질을 해대며 사무실을 나섰다. 면직원도 아닌 그 사내가 무슨 일을 맡고 있는지 도무지 알 수가 없었다.

김장섭은 맥이 풀려 터벅터벅 걸음을 옮기고 있었다. 벌써 삼사년 전부터 사람들이 징용에 끌려가기 시작했었다. 해마다 그 수가 불어나서 조마조마하며 살았는데 결국 자신에게도 닥친 것이었다.

이 일을 어찌해야 좋은가…….

김장섭은 이 생각에 골몰해 있었다. 그러나 묘수가 떠오르지 않았다. 아까 다음번으로 미루어달라고 했던 것은 그동안 무슨 궁리를 해볼 참이었던 것이다. 어떤 수를 써서든 징용에 끌려가고 싶지 않았다. 징용에 끌려가느니 차라리 만주이민단에 끌려가는 것이 나을 것 같았다. 만주로 가는 것은 그래도 처자식들과 헤어지지 않는 것이었다. 식구들과 2년씩이나 헤어져 있는다는 것은 너무 불안스러웠다. 노임을 준다고 했다. 그러나 그 말을 전적으로 믿을 수가 없었다. 그동안 속은 일이 한두 가지가 아니었기 때문이다. 토지조사로 빼앗긴 농토는 지금까지도 찾지 못하고 있었다. 그동안 관청에서는 심사한다는 똑같은 거짓말을 수백 번도 더 했던 것이다. 그리고 간척지를 개간하고 나서 속은 다음부터는 왜놈들의 말이란 전혀 믿지 않게 되었다. 만주이민에 눈끝 한번 돌리지 않았던 것은 아버지의 유언대로 빼앗긴 땅을 되찾으려면 고향땅을 뜨지 말아야 했고, 왜놈들이 선전해 대는 말을 믿지 않았기 때문이다. 그런데 아니나 다를까. 이민 간 사람들이 죄인들처럼 갇혀 살고, 감시받고 농사지으며 온갖 고생들을 다한다는 소문이 들려오고 있었다. 지금 말로는 노임을 18원에서 20원을 준다지만 총부리 들이대고 일 시키며 안 주면 어쩔 것인가. 식구들은 꼼짝없이 굶어죽을 수밖에 없었다. 자신이 떠나는 날로 소작은 떼이고, 자신이 돈을 보내주지 않으면 아내는 혼자 자식들 넷을 데리고 살아갈 방도가 없는 것이었다.

어느 도회지로 야반도주를 해?

그러나 징용이 실시되지 않는 곳이 없었다. 또 도회지로 뜨기에는 식구들이 너무 많았고, 수중에는 무일푼이었다. 기약없는 날품팔이로는 자식들 굶겨죽이기 꼭 알맞았다.

덕유산이나 지리산 같은 데로 깊이 들어가?

그러나 그것도 옛날이야기였다. 벌써 몇 년 전부터 산불 내고 산을 망친다고 화전민들을 몰아내고 있었다. 그리고 관의 눈길이 닿지 않게 깊이 들어간다면 산이 험해지고 농토를 구하기가 어려워 살 수도 없는 일이었다.

김장섭은 땅이 꺼지라고 한숨을 토해냈다. 아무리 생각해도 움치고 뗄 데라고는 없었다. 김장섭은 더 걸을 기운이 없어서 논두렁 풀섶에 털퍽 주저앉았다. 허리춤에서 곰방대를 빼내 담배를 담고 부싯돌을 쳤다.

김장섭은 저 먼 들녘끝을 넋놓고 바라본 채 담배연기를 깊이깊이 들이마셨다. 도무지 살고 싶지가 않았다. 세상살이가 너무 막막하고 암담하기만 했다.

아부지, 요 일얼 으째야 쓰겄능게라우? 고상고상험서 살아도 더 팍팍해지기만 허는디, 참말로 환장허겄구만요. 아부지넌 요런 때 어찌허실랑게라……?

무슨 응답이 있을 리 없었다. 김장섭은 또 뭉텅이진 한숨을 토해내며 고개를 떨구었다.

"두마안가앙 푸른 물에 노젓는 배앳사아고옹옹……."

멀찍이서 노랫소리가 들리기 시작했다. 슬픔 깃들인 가락이 자연스럽게 넘어가고 있었다.

"흘러간 그 옛날에 내 니이이므을 시일고오오……."

노랫소리는 조금씩 가까워지면서 그 가락에는 더 슬픈 흥이 실리고 있었다.

김장섭은 자신도 모르게 콧소리로 따라 부르기 시작했다. 이삼년 동안에 유행하고 있는 노래라서 자연스럽게 익히게 된 것이었다.

"떠나아아가아안 그 배에에느은 어데에로오 가아았소오오……."

노랫소리는 한결 가까워져 있었다. 김장섭은 고개를 오른쪽으로 돌렸다. 총각인 듯한 사내가 지겟작대기로 지겟목발을 쳐가며 제

흥에 겨워 박자를 맞추고 있었다.

"그리운 내에 니미이이여어어 그으리이운 내에 니미이이여어어 언제나 오오오려어어나아아……."

총각은 목을 하늘로 뽑아늘여 슬픔의 절정에 취해 노래를 흐드러지게 불러대며 건너편 논두렁을 지나가고 있었다.

그 노랫소리에 따라 감정이 고조되며 김장섭은 콧날이 시큰해지고 있었다. 그 노래에 서린 사연과 자신의 신세가 뒤엉키면서 감정이 뭉클해졌던 것이다.

언젠가 사랑방에서 들었던 그 노래의 사연은 기구하고도 가슴저린 것이었다.

어느 극단에서 만주를 순회공연하고 있었다. 그 극단은 여러 곳을 돌아 두만강변의 국경도시 도문에 이르러 있었다. 도문에서 공연을 마친 단원들은 투숙하고 있는 여관으로 돌아왔다. 넓고 넓은 대륙 만주의 수많은 거리에서 거리로 마을에서 마을로 바람에 실리듯 순회를 하고 다닌 피로 탓인지 단원들은 곧 깊은 잠에 빠져들었다. 그러나 한 사람은 잠이 들지 못하고 일어나 앉았다. 밤이 깊어가고 있는데 어떤 여인이 옆방에서 오열하고 있었던 것이다. 그런데 그 울음소리는 너무나 슬프고 절절해서 그 사람의 마음은 온통 그쪽으로 쏠려 있었다. 여인의 오열은 밤새껏 그치지 않았고, 그 사람도 밤을 뜬눈으로 새우다시피 했다. 아무래도 무슨 곡절이 있는 것 같아 그 사람은 날이 밝자마자 여관 종업원에게 그 여인의 사연을 물어보았다. 그 여인의 남편은 독립군에 가담했는데, 남편의 소식을 알아보려고 두만강을 건너왔다가 남편이 이미 싸우다 죽은 것을 알고 그토록 슬프게 우는 것이라는 종업원의 대답이었다. 그런데 밤을 울며 새운 그 여인은 다음날 두만강에 몸을 던지고 말았다. 그 안타까운 소식까지 듣게 된 그 사람은 굽이치는 두만강 물결을 바라보며 노래를 짓기 시작했다. 그것이 〈눈물 젖은 두만강〉이었다.

그 사연 속의 '그 사람'이란 젊은 음악인 이시우였다.

그 애달픈 사연에 젖어 있던 김장섭은 문득 한 가지 생각을 붙들었다.

그렇게 독립군이 되어 죽은 사람들이 있는데……!

그리고 또 들리는 말이 있었다.

"조금도 무서워하지 마시오. 여러분들이 철통같이 뭉치면 왜놈들도 꼼짝을 못합니다. 이건 여러분들만 잘살기 위해서가 아닙니다. 여러분들의 소작료도 깎아내리고 독립운동도 하는 것입니다. 독립운동이란 총을 들고 싸우는 것만이 아닙니다. 조선사람 하나하나가 왜놈들의 압제와 핍박을 견디고 이겨내는 것은 모두 독립운동입니다. 친일파나 민족반역자들을 제외하고 모든 조선사람들이 고생을 견디고 고통을 이겨내며 살아가는 것, 그것이 다 독립운동이다 그겁니다. 왜 그런고 하니, 조선사람들이 모두 편하고 쉽게 잘살겠다고 왜놈들의 밀정으로, 앞잡이로, 끄나풀로 나서게 되면 조선은 영영 되찾을 수 없기 때문입니다. 여러분들과 같이 왜놈들에게 고통을 당하면서 맞서고 견디고 반감을 품은 사람들이 있어야만 조선을 되찾을 수 있게 됩니다. 그러니까 여러분들도 다 당당한 독립운동가들입니다. 다만 총을 들고 싸우는 분들에 비해 그 공이 좀 작을 뿐입니다."

10여 년 전 소작쟁의를 일으키기 전에 간부들을 모아놓고 정도규 선생이 한 말이었다.

"그려, 자석덜얼 생각히서라도 나가 심얼 채래야제. 나가 휘둘리면 그것덜 앞날이 어찌 되겄냐."

김장섭은 이를 맞물며 마음을 공글렸다. 피할 수 없는 길이면 참고 견디면서 2년만 이겨내면 되는 것이었다. 혼자서만 당하는 일이 아니었던 것이다.

김장섭은 집으로 가기 전에 한기팔의 집부터 들렀다.

"아재, 시방 면사무소 댕개오는 질인디, 징용 나가게 되았구만요."

"머시여!"

한기팔이 소스라쳤다.

"아이고메, 고것이 은제당가?"

월전댁이 부엌에서 뛰쳐나왔다.

"낼 아칙 7시다요."

김장섭은 마루에 엉덩이를 걸쳤다.

"빌어묵을 놈덜이 하로 짬도 다 안 주고……."

한기팔이 침을 내뱉으며 담배쌈지럴 와락 펼쳤다. 그도 이제 소작살이도 얼마 못할 만큼 늙어 있었다.

"기왕 갈람사 하로라도 얼렁 떠서 2년 채와야제라."

김장섭의 표정 없는 말이었다.

"글먼 오늘 저녁 우리 집서 묵세."

월전댁이 서둘러 말했다.

"그려, 그리라도 히야제 달리 어디 짬이 있겄다고."

한기팔이 잇따라 혀를 차댔다.

"송산댁이고 아그덜도 다 딜고 오소. 송산댁 심란시러 밥이고 머시고 헐 맘이 있겄능가."

월전댁이 치마끝을 뒤집어 나오지 않는 코를 풀며 말했다.

"야아, 가볼랑마요."

김장섭은 몸을 일으켰다.

이튿날 아침 김장섭은 보퉁이 하나를 들고 면사무소로 나갔다. 그는 아내고 누구고 아무도 따라나오지 못하게 했다. 오래 마음을 상하고 싶지 않았던 것이다.

집으로 찾아왔던 낯선 그 사내가 나서서 차례로 이름을 불러나갔다. 모두 50명이었다. 그 사내가 자신들을 인솔할 반장이라는 것을 사람들은 그때서야 알았다.

그들은 기차를 타고 부산으로 갔다. 부산항에는 다른 지방에서 온 징용자들까지 합해서 400여 명이 모이게 되었다. 일본사람들이 나타나 인원점검을 실시했다. 그들은 국민복을 입은 민간인들이었다. 인원점검이 끝나는 대로 배에 올랐다. 시모노세키로 가는 배라고 했다. 일본사람들은 50명 단위로 된 각 지방별로 선실 하나씩을 배치했다.

그런데 김장섭은 배가 움직이기 시작하고 나서야 그 반장이라는 자가 돌아가지 않고 함께 간다는 것을 알았다. 선실 창문 밖으로 항구가 느리게 멀어지고 있었다. 사람들은 눈시울 젖은 눈으로 서로 내다보려고 했다. 김장섭은 벽에 등을 기대고 앉아 담배만 빨고 있었다.

배필룡은 다른 선실에서 자꾸 눈물을 훔치고 있었다. 어디인지 모를 곳으로 가는 것이 무서워서가 아니었다. 정을 맘껏 다 풀지 못한 아내와의 이별이 서러웠고, 다짐하고 또 다짐했지만 아무래도 금예가 마음이 변해버릴 것만 같았던 것이다.

34

하와이의 지원병

일본의 진주만 폭격으로 하와이의 분위기는 완전히 달라져 있었다. 섬 전체가 전쟁상태로 돌입해 군용차량들이 무시로 질주해 대는 것은 말할 것도 없었고, 밤에도 탐조등들이 그 곧고 푸른 빛들을 내쏘며 어둠 속에서 엇갈리고 있었다. 군인들도 그전보다 훨씬 더 많이 불어났는데, 해군만이 아니라 육군들도 버글버글했다. 본토에서 건너온 육군들이 하와이에서 며칠 머물렀다 떠나거나, 배를 갈아타고 전투지로 향하기 때문이었다.

그런데 민간인들 사이에서 표나게 달라진 것이 일본사람들이었다. 일본사람들은 콧대 높았던 그전과는 반대로 기가 꺾여 비실거렸다. 그럴 수밖에 없는 것이 미국정부가 일본사람들을 완전히 적국 국민으로 취급했을 뿐만 아니라 수상하다고 생각하면 마구 체포해 들였던 것이다. 그렇다고 일본사람들은 그 어디에도 하소연할 데가 없었다. 그들이 믿고 의지했던 대사관이며 영사관들은 다 폐쇄되고 외교관들은 추방당했던 것이다. 미국정부가 특히 하와이의 일본사람들을 그렇게 불신하는 데는 명백한 이유가 있었다. 일본이 진주만의 군함들을 일시에 그토록 정확하게 공격할 수 있었던 것은 스파이들의 활동 때문이라는 것이 밝혀졌던 것이다. 그리고 그 스파이들은 일본사람들의 보호와 협조 아래 암약해 온 것이었다.

그렇다고 일본사람들은 일본으로 돌아갈 수도 없었다. 이미 재산동결령과 함께 출국금지령이 내려져 있었다. 일본사람들에게 하와이는 자유천지가 아니라 절해감옥이 되어버린 것이었다.

그런데 일본사람들은 미국정부로부터 감시와 불신의 대상이 된 것만이 아니었다. 조선사람들과는 일찍부터 적대관계에 있었고, 중일전쟁으로 중국사람들과도 적대관계가 되었으며, 진주만 공격을 계기로 전쟁을 동남아로 확대하자 필리핀사람들하고도 적대관계에 놓이게 되었다. 일본사람들은 그야말로 사면초가로 완전히 고립상태에 빠져든 것이었다.

그와 반대로 조선사람들은 입장이 훨씬 좋아지게 되었다. 지난날의 외로운 입장과는 달리 심정적 동지들이 많이 생긴 것이었다. 그런 변화는 중국음식점에서 가장 실감나게 느낄 수 있었다. 중국사람들은 전과 다르게 환대할 뿐만 아니라 어떤 때는 고량주 한 병을 서비스라며 내놓기도 했다. 하루에 100원 벌기로 목표를 정해놓고 99원을 벌면 밥 한 끼를 굶어 100원을 채운다고 소문난 중국상인들이 고량주 한 병을 그냥 내놓는다는 건 보통으로 마음쓴 것이 아니었다. 또한, 각 농장에서도 미국사람들의 태도가 달라졌다. 전에 없이 프렌드라는 말을 자주 쓰며 악수를 청했고, 어느 농장주는 추수감사절에 쇠고기를 돌리기도 했다. 조선사람들은 드디어 살맛을 느끼기 시작했다.

그런데 조선사람들이 일하는 농장마다 전에 들을 수 없었던 희한한 소식이 퍼지고 있었다. 한국광복군 모집이 그것이었다.

"우리나라 임시정부에서는 한국광복군을 창설하고 작년부터 광복군을 널리 모집하고 있습니다. 여러분들 중에 아시는 분들도 더러 있겠지만, 임시정부에서는 왜놈들이 진주만을 기습하자 이틀 후 바로 일본에게 선전포고를 했습니다. 그것은 다름 아니라 우리나라도 미국을 위시한 연합국들과 함께 일본을 쳐부수기 위해 나섰다는 뜻입니다. 그전의 독립운동이 우리나라 혼자, 조선사람들만 외롭게 싸워온 투쟁이라면 이번의 선전포고는 여러 연합국들과 함께 싸운다는 새로운 뜻을 가지고 있습니다. 그래서 임시정부에서는 새롭게 광복군을 모집하는 것이고, 우리 미국땅의 동포들도 지원하기를 바라고 있습니다. 우리는 그동안 조국의 독립을 위하여 혈세를 모아 끊임없이 임정을 도와왔습니다. 그런데 이제 조국의 독립을 위하여 새롭게 봉사할 기회가 우리 앞에 전개되어 있습니다. 이번 기회는 일본을 멸망시키는 데 두 번 다시 없는 절호의 기회입니다. 왜냐하면 작은 나라 일본은 지금 몇 년째 큰 나라 중국과 전쟁을 하고 있으면서, 또 큰 나라인 미국과 영국을 상대로 전쟁을 일으켰습니다. 이 전쟁이 어떻게 되겠습니까? 일본은 반드시 패망하고 맙니다. 왜 그러는가! 벌써 자명한 이유가 나타나 있습니다. 조선총독부가 발행하는 신문을 보면 벌써 몇 년 전부터 자동차들은 기름이 없어서 목탄차라는, 숯으로 물을 끓여 그 증기로 가는 차로 개조를 시켰고, 또 무기 만드는 쇠가 모자라 못쓰는 고철들을 거둬들이는 운동을 전국적으로 전개하고 있고, 그뿐만 아니라 두 달 전인 지난 7월달에는 탄피 만드는 데 쓰려고 집집마다 유기그릇들을 공출하라고 지시하고 있습니다. 여러분, 벌써 모든 물자가 부족해 이렇게 발광을 해대고 있는 일본이 모든 물자가 풍부한 미국을 상대로 해서 싸워 어떻게 되겠습니까! 일본은 틀림없이 패망하게 되어 있습니다. 이건 어린 학생들도 대답할 수 있는 문제 아닙니까. 바로 이러한 좋은 기회에 일본을 쳐부수러 나서지 않고 언제 나서겠습니까. 여러분들은 지난날 국민군단의 깃발 아래 만주로 싸우러 가기를 원했지만 기회를 얻지 못하고 세월이 흘러갔습니다. 이제 여러분들의 자식이 그때의 여러분들의 나이가 되어 있습니다. 여러분들이 이루지 못한 뜻을 자식들이 이룰 수 있도록 여러분들께서 도와주십시오. 하늘이 내린 기회에 우리 다 같이 힘을 합칩시다."

한인회 간부들이 농장마다 돌면서 이런 강연을 했다.

"지원을 하면 어디로 갑니까?"

사람들은 궁금한 것을 묻기도 했다.

"예, 임정이 있는 중국땅 중경이라는 곳으로 갑니다."

"미국정부서 못 가구로 안 헙니꺼?"

"그런 건 염려 마십시오. 다 가도록 되어 있습니다. 중국청년들도 진작부터 싸우러 가고 있습니다."

"임정이 왜 상해에 안 있고 중경이라는 데 있나요?"

"아 예, 중일전쟁이 터져 상해가 왜놈들 차지가 되고, 임정은 몇 년 동안 전선을 피해 여러 곳으로 옮겨다니다가 지금은 중경에 머물러 있습니다."

"글먼 앞으로도 또 어디로 옮겨갈란지 몰르겄구만요?"

"중국 전세가 나빠지면 그럴 수도 있겠지만, 그럴 염려는 거의 없습니다. 왜냐하면 왜놈들이 여러 곳에 전쟁을 일으켜 힘이 분산되고 있으니까 중국 전세가 좋아졌으면 좋아졌지 나빠질 염려가 거의 없기 때문입니다."

사람들은 모여앉으면 그 이야기였다. 그러나 광복군에 지원할 수 있는 나이의 청년들은 그리 많지 않았다. 대부분 늦장가를 간 탓에 자식들이 만 19세에 이르지 못한 경우가 많았던 것이다.

방영근도 그런 사람들 중의 하나였다. 방영근은 처음 그런 소문을 들었을 때 당연히 아들을 보내야 한다고 생각했었다. 그러나 자세한 내용을 알고 보니 큰아들은 지원자격에서 두 살이나 어렸던 것이다. 그렇게 되자 방영근은 다른 사람들에게도 지원을 권하기가 난처하게 되었다. 그건 분명 나라를 위하는 일이었지만 한편으로 보면 목숨을 내놓아야 하는 전쟁터로 보내는 중대사였다. 그런 일에 자기 자식을 먼저 지원시켜 놓고 남들에게 권하면 모르지만 처지가 그렇지 못해 말 꺼내기가 몹시 조심스러웠던 것이다.

그런데 그 일로 싸우는 집안이 생겨났다. 남자는 지원을 시키려는 것이었고, 여자는 반대하다가 벌어지는 싸움이었다.

"반장님, 반장님, 빨리 우리 집 좀 가보세요. 우리 아빠가 엄마 죽여요."

어느 날 저녁 임달호의 딸이 방영근의 집으로 뛰어들며 숨을 헐떡거렸다.

"무신 일로?"

방영근은 벌떡 몸을 일으키며 물었다.

"빨리 가보세요, 우리 엄마 죽어요."

임달호의 딸은 울음이 터지려는 얼굴로 발을 동동 굴렀다.

"가보믄 알 긴데 맘 급헌 아헌티 묻긴 와 묻소."

방영근의 아내는 앞서 나가며 퉁을 놓았다. 방영근은 뒤따라 방을 나서며 아내와 함께 가는 것이 좋겠다고 생각했다. 남의 부부싸움에 남자 혼자 나서는 것은 아무래도 좀 거북스러웠던 것이다.

"아이고 마, 와 이랍니꺼. 요것 놓고 말로 하이소, 말로."

방영근의 아내는 임달호네 방으로 뛰어들며 소리쳤다.

임달호는 제 아내의 머리채를 잡고 주먹을 휘두르고 있었고, 그의 아내는 얻어맞아 가며 빽빽 소리질러 대고 있었던 것이다.

"어이 이사람아, 어찌 이려. 말로 허드라고 말로."

방영근은 임달호를 붙들었다.

"아니, 말리지 말어. 남편 말을 우습게 알고 덤비는 저런 건 버르장머리를 뜯어고쳐야 해."

임달호는 숨을 씩씩거리며 침을 튀겼다.

"아니, 남편 말이면 다 말이야. 말 같은 말을 해야 말이지."

임달호의 아내는 머리가 헝클어진 채 독 오른 소리로 대들었다.

"저거, 저거, 남들 앞에서 하는 꼴 좀 봐. 저걸 그냥!"

임달호는 또 아내에게로 내달으려 했다.

"이사람아, 이러덜 말고 우선 앉어서 담배보톰 한 대 꼬실리소."

방영근은 임달호를 붙들어 앉혔다.

"흥, 또 때려보지, 때려봐. 자식이 다 혼자 자식인가? 혼자 맘대로 하게. 둘이 낳은 자식들인데 왜 혼자 맘대로 하려고 그래. 반은 내 자식들이니까 내 말도 들어야지."

임달호의 아내는 조금도 기가 꺾이지 않고 빠르게 말을 내쏘고 있었다.

"저, 저, 주둥이 놀리는 것 좀 봐. 저러니 내가 안 패게 생겼어."

임달호가 거칠게 담배를 뽑았다.

"메리 어무이, 무신 일로 이리 당허능교?"

방영근의 아내가 임달호의 아내를 편드는 어투로 물었다.

"아 글쎄 톰을 무작정 광복군인지 뭐신지에 보내야 된다고 열을 내잖아요. 그게 얼마나 고생고생해서 키운 자식인데 말이나 돼요. 그래 안 된다고 했더니 패고 덤비잖아요. 아이, 분해."

임달호의 아내는 헝클어진 머리를 손가락으로 빗질하며 바르르 떨었다.

"뭐가 어쩌고 어째? 그냥 좋은 말로 안 된다고 했어. 잘 먹이기를 했냐, 잘 입히기를 했냐. 돈벌이는 지지리도 못해 애비로서 한 일이 뭐가 있다고 이제 와서 잘난 체고 큰 체냐. 애국심 그리 많으면 자식 보낼라고 하지 말고 당신이나 나가라. 이따위로 억지소리 하면서 화 질러댄 건 누구야. 그렇게 주둥이 놀려대는데 안 팰 놈이 세상에 어딨어."

임달호는 새로 열이 받치고 있었다.

"그기 그리돼서 쌈이 됐구마는……."

방영근의 아내는 무르춤해지며 남편 쪽으로 눈길을 돌렸다.

"아니, 내가 못할 말 했소."

"저것 봐, 저것. 창피한 줄도 모르고 무식한 여편네 같으니라구."

임달호는 담배연기를 내뿜으며 혀를 차댔다.

"아니, 그 일에 유식 무식이 왜 나와요 그래. 그래요, 난 무식해요. 무식한 년이 아무리 따져봐도 나라 덕 본 일이 뭐 하나 있어요. 어쨌거나 잘살아 보자고 이 만리타국 하와이까지 와서 파인애플가시에 얼굴이고 손이고 다 찔리고 긁혀 곰보딱지가 되다 못해 문둥이 꼴이 돼가면서 키운 자식들이에요. 헌데 느닷없이 사지(死地)로 보내자니 말이나 돼요? 먹을 것 제대로 못 먹고 입을 것 제대로 못 입어가며 혈세 꼬박꼬박 냈으면 됐지 자식까지는 죽어도 못 보내요. 톰을 보낼려면 날 죽이고 보내요."

임달호 아내의 태도는 완강했다.

"닥치지 못해!"

임달호가 버럭 소리질렀다.

"아니 왜 말로 따지지 완력으로만 하려고 그래요? 반장님 내외분이 오셨으니 아주 잘됐어요. 반장님, 이 일을 어떻게 생각하세요?"

임달호의 아내는 방영근에게 눈길을 돌렸다.

"글씨요……, 머시라고 혀야 헐란지 참 난허구만이라 이. 이 말도 옳고 저 말도 옳은디 머시라고 헐 말이 없구만요."

방영근은 자신의 심정을 솔직하게 털어놓았다. 조선사람인 것으로 따지자면 임달호의 뜻이 백번 옳았지만, 강압이 아닌 지원인 이상 그의 아내의 말도 영 틀린 것이 아니었던 것이다.

"전쟁에 나간다고 다 죽는 것도 아니고, 잔소리 말고 보내."

임달호가 강한 어조로 말했다.

"안 돼요. 죽어도 못 보내요."

그의 아내의 목소리는 더 강했다. 그렇게 서로 맞섰으니 주먹다짐이 생길 수밖에 없는 일이었다.

"톰은 머시라고 허능가?"

방영근은 임달호에게 물었다.

"아직 안 물어봤네."

"저어……, 글먼 말이시, 이러는 것이 어쩌겄능가." 방영근은 임달호와 그의 아내를 번갈아 보고는, "당자인 톰헌티 물어보고 톰으 뜻에 따르도록 말이시." 절충안을 내놓았다.

"네, 좋아요. 그게 좋겠어요."

임달호의 아내는 자신이 있다는 듯 얼른 대답했다.

"……."

임달호는 담배만 빨며 고개를 끄덕이고 있었다.

"고개만 끄떡끄떡하지 말고 반장님 앞에서 똑똑히 대답해요."

"저 방정맞게!"

임달호는 아내에게 눈을 부라렸다.

"요것언 부부가 싸와서 될 일이 아니시. 그저 순리로 풀도록 허소. 다 좋자고 허는 일 아니겄능가."

방영근은 임달호의 허벅지를 두어 번 두들기고는 일어섰다. 그의 아내도 따라서 몸을 일으켰다.

"메리 엄니가 저리 독헌 디가 있는지넌 몰랐는디……."

방영근이 어둠 속을 걸으며 말했다.

"자석 생사가 달린 일인데 와 안 그렇겠능교. 그기 여자 맘이고 에미 맘 아닌교."

"우리 아덜도 나이 찼으면 당신도 그러겄다 그런 말이여?"

"우예 불똥이 이리 튑니꺼. 내 맘 나도 모르지예."

"여자들이란, 쯧쯧쯧쯧……."

방영근은 혀를 차며 어둠 속에 뻗치고 있는 탐조등 불빛들을 바라보았다.

일본은 정말 이번 전쟁으로 망할 것인가. 전쟁물자들이 그리 부족하다면 망하는 것은 틀림없을 텐데, 그때가 언제쯤 될 것인지…….

방영근은 그날이 어서 오기를 간절히 바라고 있었다.

이틀이 지나 구상배의 아들 토마스가 방영근을 찾아왔다.

"아저씨, 저 광복군에 지원하기로 했습니다."

토마스가 불쑥 내놓은 말이었다.

"머시여?"

방영근은 깜짝 놀랐다.

"아니, 왜 그리 놀라세요? 아저씨가 반가워하실 줄 알았는데요."

토마스가 의아해했다.

"아니여, 너무 장해서 그런 것이제. 근디 어무님언 머시라고 허시드냐?"

방영근은 토마스의 손을 잡았다.

"그 일 때문에 아저씨를 찾아온 겁니다. 어머니는 안 된다고 야단이거든요. 아저씨가 말씀 좀 잘해주세요."

"그러실 만도 허다. 아부님이 안 계신게로."

방영근은 무겁게 고개를 끄덕거렸다.

"아버지가 살아 계셨으면 얼마나 좋아하셨겠어요."

"그야 그렇제."

"어머니를 언제 만나시겠어요?"

"요것이 오래 끌 일이 아닝게 낼이라도 만내야제. 근디 어무님이 정 안 된다고 허시면 으쩔 챔이냐?"

"아저씨가 말씀하시면 아마 안 그러실 거예요. 어머니도 왜놈들을 아주 미워하거든요."

"글씨, 아부님이 안 계신게 그 맘허고 그 맘이 달를 수도 있다. 그 일로 부부쌈 일어나는 집도 있는 판이다."

"어머니가 뭐라시든 저는 갈 겁니다. 남자가 이런 때 나서서 안 싸우면 그게 어디 남잡니까?"

"그 말이야 백번 맞는 말인디, 근디도 어무님이 나 죽겄다고 허심서 반대허면 그도 탈이 아니겄냐."

"그러니까 아저씨가 필요한 거지요. 어머니는 아저씨 말 잘 듣잖아요."

"그려, 어찌 일이 되게 히보자."

방영근은 이튿날 일을 하는 동안에는 토마스의 어머니에게 아무 내색도 하지 않았다. 저녁을 먹고 나서 토마스네 집으로 갔다.

"저어……, 토마스가 광복군에 지원헌다고 허등가요?"

방영근은 조심스럽게 입을 열었다.

"와예? 그놈마가 반장님 찾아갔등교?"

토마스의 어머니가 대뜸 기를 세웠다.

"야아, 찾어와서 걱정이 많드만이라."

"반장님요, 생각 잠 해보시이소. 그놈마가 철이 있는 깁니꺼 없는 깁니꺼. 지가 이 집안 누구라꼬 광복군에 지원허겄다고 나서나 말입니더. 애국도 좋고 독립도 좋지마는도 지가 애비 없는 집안 장자 아닌교. 집안 우이헐라꼬 사지로 간단 말입니꺼. 그기 어데 말이나 되는 소린교."

토마스의 어머니는 눈물을 찍어냈다.

"야아, 그 말씸도 맞는디, 토마스 뜻이 아조 굳드만요. 저시상서 아부지가 바래시는 것이라고 험서."

"머시라꼬예?"

토마스의 어머니가 멈칫 놀란 기색을 보였다. 그러나 그녀는 이내 싸늘한 얼굴로 방영근을 쏘아보았다.

"그래, 반장님언 그놈마 말이 옳다 생각허고 날로 보고 그놈마럴 중국땅으로 보내라 헐라고 오싰능교?"

그녀의 말은 표독스러울 만큼 날이 서 있었다.

"아, 아니구만요. 저 그냥……, 토마스 뜻이 그런디 어무님 생각언 어떠신가……, 그리저리 알아볼라고……."

당황한 방영근은 무슨 말을 어떻게 해야 좋을지를 몰라 어물어물하고 있었다.

"보이소 반장님, 내사 마 반장님 속 빤히 아능기라요. 토마스 그놈마가 반장님 찾아가서 이 에미가 못 가구로 헌단 말 다 했고, 반장님언 토마스 그놈마 부탁받고 내 맘 돌릴라꼬 오신 기라요. 허지만도 반장님 헛고상허는 깁니더. 누가 무신 소리럴 한다캐도 내 맘언 돌뎅잉기라요. 내가 누구 기둥 삼고 사는 처지라꼬 그 맘이 변허겠능교. 택도 없지러, 택도 없심더."

토마스의 어머니는 더 말도 꺼내지 말라는 듯 고개를 쨀쨀 흔들어댔다.

"야아, 알겄구만요."

방영근은 더 무슨 말을 붙일 수가 없어서 일단 물러서기로 했다.

이삼 일이 지나 방영근은 김칠성이가 죽었다는 연락을 받았다.

"체, 돈에 환장허드마넌 결국 돈에 치여 지명대로 살지도 몬하고 죽네."

방영근의 아내는 뼈 박힌 말을 했다.

"어디 돈에 치였능가, 사람에 치였제."

그래도 방영근은 김칠성이가 딱해 이렇게 말했다.

"돈에 눈멀어 서로 속이고 속고 했시니께네 돈에 치인 기 아니고 머신교."

"기왕 간 사람 두고 말 그리 야박허니 허지 말소, 이짝 인심만 사나와징게."

"그나저나 죽은 사람이야 편치만도 남은 처자석덜이 큰일났구만요. 그간에도 병치레허니라꼬 집꺼정 다 팔아묵고 쪽박 신세가 됐다쿠든데."

"글씨, 사람이 한시상 산다는 것이 머신지……."

방영근은 마음이 수수로워 한숨을 쉬었다.

세탁소를 동업하자던 김칠성은 다른 사람과 장사를 시작했다. 그런데 그 사람에게 속아 돈을 다 날리게 되었다. 같은 조선사람끼리 사기를 친 것이었다. 농장을 벗어나는 사람들이 늘어나면서 더러 생기는 일이었다. 재판을 하느니 어쩌느니 하더니만 김칠성은 돈을 찾지 못한 채 돈 대신 병을 얻고 말았다. 화병이라고 했는데 김칠성을 아는 사람들은 안됐어 하지를 않고 오히려 고소해하는 눈치들이었다. 김칠성이가 너무 눈치 빠르게 돈을 밝히고 산 탓이었다. 2년이 다 되도록 병치레만 하더니 결국 세상을 떠난 것이었다.

방영근은 문상을 갔다. 곧 허물어질 것 같은 집에 문상객은 서넛

이 있을 뿐이었다.

"저어……, 앞날언 어찌……."

문상을 마친 방영근은 김칠성의 아내에게 어렵게 말을 꺼냈다.

"막막하지요."

김칠성의 아내는 한숨을 내쉬었다.

"저어, 우리 농장으로 오시면 지가 일자리넌 맨글 수 있는디요."

"아니에요. 저도 병이 들어서……."

김칠성의 아내는 생각하고 말고 할 것도 없이 바로 이렇게 말했다. 그런 그녀의 얼굴은 농장일을 하는 여자들과는 달리 가시에 찔린 흉터 없이 말끔했다. 김칠성이가 일찌감치 농장에서 벗어난 덕이었다.

방영근은 무슨 병인지 물어볼 수도 없고 더 할 말도 없어서 발길을 돌렸다.

"우에 살든교?"

방영근이 집에 들어서자마자 아내가 물었다.

"집이 다 씨러져가는 움막이등마."

"문상객언 많든교?"

"아니."

방영근은 대답하기도 귀찮았다.

"죄넌 진 대로 가고 공은 딲은 대로 간다는 말이 딱 맞는 기라. 나가 인자 허는 말이지만도 당신이 속도 없는 사람이기나, 부처님 가운데토막인 기라요. 그런 인종 문상얼 누가 가겄소."

"알었응게 그만허소."

방영근은 거칠게 성냥을 그어댔다.

남편의 그 손짓에서 묻어나는 성질을 알아챈 그녀는 얼른 밖으로 나갔다.

며칠이 지나 광복군 지원자들의 환송식이 열렸다. 지원자는 모두 6명이었다. 임달호의 아들은 결국 지원을 하지 않았다.

토마스는 지원자들 대표로 출정사를 읽었다. 나이가 제일 많고 몸도 가장 건장했던 것이다.

"조국의 부름을 받고 저희들은 떠납니다. 저희들의 양어깨에는 조국의 해방 달성, 조국의 독립 쟁취라는 성스러운 사명이 짊어지어져 있다는 것을 명심하고 있습니다. 저희들은 피끓는 젊음을 바쳐 강도 일본을 쳐부수고 기필코 저희들에게 부여된 사명을 완수하여 부모형제들 앞에 당당하게 개선할 것을 맹세하는 바입니다. 부모형제 그리고 동포 여러분, 저희들이 가는 길에 끊임없는 성원을 보내주시기 바랍니다."

이런 내용의 출정사가 낭독되는 동안 식장 안에는 숙연한 침묵이 드리워졌고, 여자들은 줄곧 눈물을 훔치고 있었다.

소리 없이 울고 있는 토마스의 어머니와 나란히 앉은 방영근은 콧날이 찡해져 천장만 올려다보고 있었다. 자식 이기는 부모 없더라고 토마스의 어머니도 결국 아들의 고집에 꺾이고 말았던 것이다.

환송식이 끝나자 지원자들은 겹겹이 걸리는 하와이의 꽃목걸이에 묻히다시피 되어 배에 올랐다.

"아아리라앙 아아리라앙 아아라아리이요오오……."

누군가가 아리랑을 부르기 시작했다. 노래는 금세 합창으로 변했다. 여자들도 남자들도 눈물을 흘리며 아리랑을 부르고 있었다. 그 서럽고 사무치고 구성진 가락은 잔잔한 파도소리에 실리며 뱃전을 감싸고 돌았다. 아리랑은 한 번으로 끝나지 않고 배가 떠날 때까지 몇 번이고 되풀이되었다. 그 노래는 언제부터인지 모르게 식민지민족의 망향가고 이별가고 탄식가고 환희가며 애국가가 되어 있었다.

토마스의 어머니는 보름이 넘도록 아들을 떠나보낸 슬픔에서 벗어나지 못하고 있었다. 그러다가 병이나 나면 어쩌나 싶어 방영근은 여간 마음이 쓰이지 않았다. 그렇지 않아도 슬픔을 빨리 잊게 하려고 아내에게 자주 들여다보고 하라고 일렀던 것이다.

"에미 맘이라 쿠는 기 어데 지 뜻대로 되는교. 토마스 어무이넌 몸만 여게 있제 맘언 아덜 따라가고 있는 기라요. 핀지나 한분 오믄 달라질랑가 몰라도 원……."

아내의 말에 방영근은 답답하기만 했다.

"그러다가 득병이라도 허면 큰탈 아니라고."

방영근은 구상배를 생각하며 혀를 찼다. 토마스를 보내게 한 것을 구상배가 원망하는 것 같았던 것이다.

"와 아이라예. 그리 가면 병날 기 빤한 기라요."

"어허, 그리 말허면 으쩌능겨. 무신 수럴 써서든지 맘얼 돌리게 히야제."

방영근의 언성이 높아졌다.

"누가 보고만 있었능교. 베라벨 소리럴 다 하믄서 맘얼 돌릴락캐도 쇠귀에 경 읽긴데 나도 우짤 기요."

방영근의 아내도 짜증을 부렸다.

"안 되겄구만. 자네 혼자 나서덜 말고 여자덜이 다 나스도록 혀. 너댓썩 패럴 짜갖고 밤마동 가서 트럼프럴 치든지, 술얼 마시고 노래럴 허든지, 어쨌그나 재미지게 히서 아덜 생각 못허게 맨글소. 나가 반원덜헌티 다 일러놀 것잉게."

"그거 존 생각이네예."

며칠이 지난 일요일 밤이었다. 방영근은 샌들우드 나무 아래 누워 있는데 이기문이가 찾아왔다.

"반장님, 반장님, 오늘 기막힌 꼴 봤소."

이기문이 바짝 다가앉으며 목소리를 죽였다.

"무신 꼴?"

방영근은 뜨악하게 담배를 빼들었다.

"죽은 김칠성이 있지요?"

이기문도 담배를 뽑아들며 이야기를 시작할 테니 잘 들으라는 듯 목을 늘이며 침을 삼켰다.

"근디……."

"아 글쎄, 김칠성이 딸이 중국놈들 유곽에 나와 섰더라니까요."

"머시여?"

방영근은 담배를 빨다 말고 목소리가 터졌다.

"황소만한 미군한테 끌려 들어가는데 참 기가 막히더라구요."

이기문이 끌끌끌 혀를 찼다.

"자네가 머시럴 잘못 본 것 아니여? 김칠성이 큰딸이라고 히야 열다섯이 됐을란지 말지 헐 것인디?"

방영근은 이기문을 쏘아보았다.

"맞어요, 글쎄. 나이가 어리니까 기가 막히다는 거지요. 나이가 스물을 넘었으면 누가 말이나 하나요."

이기문의 말은 자신에 차 있었다.

"자네가 그 집 딸얼 알기나 혀?"

방영근은 도무지 믿고 싶지 않아 이렇게 대질렀다.

"알고말고요. 교회에서 한두 번 봤나요 뭐."

이기문이 헛웃음을 쳤다.

방영근은 눈을 내리감았다. 이기문의 말을 믿을 수밖에 없었다. 김칠성의 아내의 그 매끈하던 얼굴이 떠올랐다. 손쉽게 그런 짓을 하려고 농장일을 마다했는지도 몰랐다.

샌프란시스코에서도 그렇지만 하와이에서도 중국사람들의 매춘업은 유명했다. 어린 자식들을 팔아먹기를 예사로 하는 중국사람들은 열두세 살 먹은 자기 딸들부터 내놓고 매춘업을 시작했다. 그 호객행위도 노골적이어서 길가에다 여자들을 쭉 세워놓고 손님들이 고르게 하는 것이었다. 그 주된 고객은 미국군인들이었다.

조선사람들 중에 매춘업을 하는 사람은 없었다. 그런데 남편이 죽고 생활에 쪼들리다 못해 두어 사람이 딸들을 중국유곽에 팔아넘겼다는 소문이 이삼 년 전부터 떠돌았다. 그런데 진주만 폭격 이

후 하와이에 육군들까지 몰려들면서 중국인들의 매춘업은 일대 호황을 맞고 있었다.

"어찌겄능가. 목구녕이 포도청이고, 다 김칠성이가 시상 잘못 산 죄제. 근디 소문내덜 말소."

"그럼요."

"소문내면 자네가 유곽에 간 죄가 터지는 판잉게."

방영근은 이기문을 빤히 쳐다보았다.

35

결의

박용화는 일요일 아침 일찍 하기방학 동안 알아둔 에이코의 하숙집을 찾아갔다. 주택가 골목을 몇 번 돌아 쪽지에 적힌 번지수의 집을 찾아낸 박용화는 고개를 갸웃거렸다. 그 집이 하숙을 쳐서 먹고살기에는 안 어울리게 너무 좋았던 것이다.

값비싼 하숙집인가? 그렇지도 모르지. 떵떵거리고 잘사는 검사 딸년이니까.

박용화는 떨떠름한 웃음을 입에 물며 집을 다시 한 번 둘러보았다. 그리고 모자를 고쳐쓰며 자신의 용모를 내리훑었다. 아침에 손수 다려입은 교복에는 티끌 하나 묻어 있지 않고 말끔했다. 칼날처럼 날카롭게 선 바지선은 보기만 해도 기분이 상쾌했다.

박용화는 심호흡을 한 번 하고 대문으로 다가섰다. 그리고 점잖게 대문을 두들겼다. 그런데 대문 안쪽에 달린 종이 강아지가 갑자기 짖어대듯이 호들갑스럽게 딸랑딸랑 울려댔다. 박용화는 문득 놀랐고, 다음 순간 그따위 소리에 놀란 자신이 마음에 들지 않아 큼큼 헛기침을 하며 거만스러운 표정을 지었다.

"누구세요?"

조선 앞치마하고는 달리 어깨걸이 앞치마를 걸치고 쪼르륵 달려 나온 것은 한눈에 식모였다.

"실례하겠소. 여기가 이시하라 에이코란 학생 하숙집이오?"

박용화는 약간 점잖고 약간 거만하게 반말투로 물었다.

"아닌데요. 하숙이 아니고 이모집이에요."

여자는 경계하듯 무시하듯 하는 태도로 대답했다.

아차, 그러면 그렇지!

박용화는 아까 이상하게 생각했던 것이 적중함과 동시에 자신의 불철저를 느끼며 당황했다. 그러나 박용화는 그런 감정을 싹 감추고 더 거만스럽게 물었다.

"에이코 있소?"

"누군데요?"

"난 다케다 히데오란 사람이오."

"조선사람이군요?"

그 여자는 조선놈이 왜 이래 하는 기색을 노골적으로 드러냈다.

박용화는 가슴이 뜨끔해졌다. 일본사람들은 조선사람들의 생김보다는 일본말을 하는 발음으로 조선사람들을 더 잘 가려냈다. 그러나 박용화는 식모년이 건방지게 하는 반감을 느끼며 말했다.

"그렇소, 나 조선사람이오. 빨리 에이코한테 사람이 찾아왔다고 전해주시오."

"기다려보세요."

여자는 아니꼽다는 얼굴로 돌아섰다.

박용화는 더 기분이 상하며 담배를 피우고 싶었다. 그러나 꾹 눌러 참았다.

"어머머, 박상!"

박용화를 알아본 에이코는 잠시 어리둥절해졌다.

"난 이제 박상이 아니라 다케다 히데오요."

박용화는 일부러 거만스럽게 웃으며 에이코를 깔아보았다.

"이게 대체 어떻게 된 일이에요?"

에이코는 반가움과 놀라움이 엇갈리는 얼굴로 대문을 열고 나왔다.

"어떻게 되긴. 보다시피 대학생이 됐소."

박용화는 거드름을 피우며 '법학부'라는 말은 아껴두었다.

"어머, 언제부터요?"

에이코는 새삼스럽게 박용화의 위아래를 훑어보았다. 그 얼굴에는 놀라움과 호감이 드러나고 있었다. 지난날 냉혹하게 돌아섰던 얼굴은 찾을 수가 없었다.

"금년부터요. 일요일인데 어디로 산보 안 하겠소?"

박용화는 부드럽게 태도를 바꾸었다.

"좋아요. 옷 갈아입고 나올 테니 잠깐만 기다리세요."

에이코는 생끗 웃으며 돌아섰다.

박용화는 그 웃음에서 문득 발가벗은 에이코를 보았다. 그런데 그 웃음은 그때보다 더 세련되고 색정적으로 변해 있음을 느꼈다.

그래, 또 어떤 놈들하고 놀아나고 있겠지. 이젠 이종사촌하고 붙어먹는 건 아닌가?

박용화는 침을 내뱉고는 담배에 불을 붙였다. 담배를 몇 모금 빨고 있던 그의 머리에 불현듯 떠오르는 생각이 있었다.

이상하네. 몸을 그렇게 함부로 내돌리는데 어찌 임신을 안 하지? 저게 혹시 석녀 아닌가?

그러나 하필 석녀일 리가 없었다. 석녀란 결혼생활을 하면서 아이를 기다리다가 판명되는 것이었다. 그리고 품행이 방종한 일본처녀는 에이코만이 아닐 거였다. 그 처녀들이 남자관계를 하면서도 임신을 하지 않는다는 것이 아무래도 이상했다.

박용화는 일본여자들, 특히 배운 여자들이 월경주기를 이용한 피임술에 능하다는 것을 까맣게 모르고 있었다. 일본여자들의 성이 개방되어 있고, 성행위도 야하고 요란하게 하는 것처럼 피임방법도 능란하게 익히고 있었던 것이다.

"오래 기다렸지요?"

에이코가 대문을 나서며 활짝 웃었다.

"아니, 괜찮소."

박용화는 새로운 눈으로 에이코를 쳐다보았다. 진달랫빛 플레어 원피스에 뾰족구두를 신은 에이코는 교복을 입었던 여학생 시절과는 전혀 다른 모습이었다. 박용화는 제법 예쁘다는 생각을 했다.

"나 어때요?"

에이코는 박용화의 눈길을 의식하며 사르르 눈웃음을 쳤다.

"옛날보다 더 예뻐졌소. 뭐랄까, 한 떨기 장미 같소."

그 어떤 여자든 예쁘다는 말과 보석이면 다 정복된다. 어떤 책에서 읽은 대로 박용화는 인심 좋게 말했다. 장미 같다는 말은 어떤 소설의 대화를 그대로 본뜬 것이었다.

"아이 좋아라. 정말이에요?"

에이코는 깡충 뛰듯이 하며 좋아했다. 웃음꽃 핀 얼굴이 달아올라 있었다.

"정말이구말구요. 나한테 돈이 있다면 다이아반지를 해주고 싶을 정도로 예뻐요."

흉내 낸 말이 직효를 나타내자 박용화는 또다른 말을 흉내 내며 푹푹 선심을 쓰고 있었다.

"어머머, 너무 뜻밖이에요. 절 미워할 줄 알았는데……."

에이코는 곁눈질하며 약간 어색하게 웃었다. 그건 지난날에 대한 미안함의 표현이었다.

"에이, 남자가 그까짓 일 가지고 옹졸하게. 난 다 잊어버렸소. 에이코도 그때 일은 잊어버려요. 여긴 동경이오."

박용화는 아주 통 큰 호남아처럼 흔쾌하게 말했다. 그러나 그건 한껏 바람 품고 날아가는 투망이었다.

"어쩜……, 역시 박상은 멋있어요."

에이코는 눈을 치떠 흘기듯 하며 눈웃음쳤다. 그 웃음에 색정이 드러나고 있었다.

그래, 잘돼간다.

박용화는 옛날의 감정이 회복되는 것을 확인하며 다정하게 말했다.

"우선 이 근방 어디서 차나 한잔합시다."

"네에, 저쪽 큰길에 고상한 다방이 있어요."

에이코는 박용화를 처음 보는 순간 일어났던 불안감을 완전히 씻어냈다.

이게 조선놈치고는 아주 제법이야. 머리도 좋고, 통도 크고, 그리고 그건 또 얼마나 근사해.

에이코는 남모르게 어깨를 바르르 떨었다.

그들은 마치 사랑 깊은 연인들처럼 나란히 다방으로 들어갔다.

"어떻게 된 일이에요?"

자리를 잡고 앉자마자 에이코가 물었다.

"진로를 바꿨소. 사나이의 일평생을 소학교 선생으로나 보낼 수 없어서."

박용화는 그 이름도 드높은 동경제국대학 모자를 벗어 조심스럽게 탁자에 놓으며 거드름 섞인 목소리로 말했다.

"잘했군요. 무슨 과예요?"

에이코는 박용화가 원하는 순서대로 묻고 있었다.

"법학붑니다."

"어머나, 동경제대 법학부!"

에이코는 두 손을 활짝 펴며 박용화가 만족할 만큼 탄성을 터뜨렸다.

"우리 아버지 후배가 됐군요. 그럼, 선생을 하면서 시험공부를 하신 거예요?"

에이코의 태도는 완연히 달라져 있었다. 기가 죽었을 뿐만 아니라 박용화를 바라보는 눈은 놀라움으로 흔들리고 있었다. 그럴 수밖에 없는 것이 동경제국대학 법학부는 천재들만 모인다고 일찍부터 소문나 있었고, 그건 바로 판검사가 되는 길이었던 것이다.

"……."

입을 꾹 다문 박용화는 고개만 끄덕였다. 그런 그의 태도는 에이코에 비해 너무나 거만스러워 보였다. 그는 지금 지난날의 모독감을 갚는 1차적인 쾌감을 맛보고 있었다.

"어쩜 그럴 수가 있어요. 고보생도 아닌 소학생들을 가르치면서……."

에이코는 계속 감탄하면서 박용화의 쾌감을 긁어주고 있었다.

"마음만 먹으면 그까짓 공부처럼 쉬운 게 어딨소."

박용화는 코웃음 치며 손짓으로 종업원을 불렀다. 그러나 말과는 달리 박용화는 시험공부를 하느라고 1년 넘게 하루 세 시간 이상을 잔 일이 없었고, 코피를 열 번도 더 흘렸던 것이다. 그때를 생각하면 넌덜머리가 났다.

"전 도무지 그런 말을 이해할 수가 없어요. 우리 아빠도 매냥 그런 식으로 말씀하시는데, 공부처럼 하기 싫고 어려운 게 어딨어요."

에이코는 의기소침해져 말했다. 박용화의 의도적인 자만 앞에 그녀는 순진하고 단순하게도 완전히 기가 죽어버린 것이었다.

"그건 뭐 별거 아니오. 인생이 공부가 다 아니니까. 자아, 기분 좋게 커피나 마십시다."

박용화는 멋진 소리는 다 골라서 하며 잔을 들었다.

"아, 네에……."

에이코는 핼쑥하게 웃으며 잔을 들었다.

저 남자가 어쩌면 저렇게 멋지게 변했니. 그런데 왜 나를 찾아왔을까? 나를 사랑해서, 못 잊어서 왔을까? 그럴 수도 있는데……. 아니야, 무슨 부탁이 있어선가? 그럴지도 몰라…….

에이코는 자꾸 졸아드는 자신을 느끼며 이런 생각을 하고 있었다. 그리고 지난날 그를 희롱했던 것을 후회하고 있었다.

"저어……, 일본유학은 학비가 많이 들 텐데, 고학하시나요?"

에이코는 조심스럽게 더듬이의 촉수를 내밀었다. 그가 왜 찾아왔는지를 알아야 했고, 고학하는 일자리가 나쁘면 가정교사 같은 자리를 구해줘서 지난날과는 다른 방향으로 관계를 맺고 싶은 마음이 솔깃했던 것이다.

"아, 학비요? 그건 충분해요. 선생 노릇 하면서 월급을 다 모았으니까요."

박용화는 기다리기라도 했다는 듯 이렇게 받아쳤다. 이것도 지난날의 열등감에 대한 보복이었다. 그러나 그의 말은 꽤 과장되어 있었다.

"어머, 대단하시군요."

박용화가 더 크게 보이면서 에이코의 단순한 머리는 더욱 아리송해지고 있었다.

"그까짓 게 뭐 대단하긴. 그간에 동경생활도 익숙해지고, 마음에 여유도 생기고 하니까 에이코 생각이 나지 않겠소. 옛정이란 역시 무시할 수 없는 것 같소."

에이코의 마음을 눈치 빠르게 꿰뚫은 박용화는 투망을 서서히 잡아당기고 있었다.

"어머, 저도 박상이 그리울 때가 많았는데……."

에이코는 박용화의 말에 휘말리며 너무 쉽게 속마음을 드러내고 있었다.

"나갑시다, 어디 산보하기 좋은 곳으로……."

박용화는 에이코의 눈을 깊이 들여다보며 속삭이듯이 말했다. 에이코의 얼굴이 붉어지며 눈에 묘한 빛이 일렁거렸다. 그 눈빛은 발가벗고 색정에 취했을 때의 바로 그 눈빛이었다. 박용화는 투망을 걷어올리듯 의자에서 일어섰다.

밖으로 나온 에이코는 무작정 택시를 붙들었다. 박용화는 이제 느긋한 마음으로 에이코가 하는 대로 내버려두었다.

택시는 곧 시내를 빠져나갔다. 에이코는 어느 한적한 곳에서 택시를 세웠다. 나무숲 사이의 오솔길을 따라 이삼 분쯤 걸어 올라가니 거짓말처럼 여관이 나타났다.

역시 방탕한 년은 다르군.

박용화는 전형적인 일본식 조각을 이마에 붙이고 있는 2층 여관을 둘러보며 코웃음을 흘렸다.

"너무 조용하고 좋지요?"

에이코는 어리석게도 이렇게 말하고 있었다. 그녀의 눈에서는 색정만 타고 있었다.

"응, 아주 좋군."

박용화는 에이코의 어깨를 감싸잡았다.

그들은 방으로 들어서기 바쁘게 옷을 벗기 시작했다. 곧 알몸이 된 그들은 한덩어리로 엉클어졌다.

"박상, 박상, 보고 싶었어요."

에이코의 목소리가 뜨거웠다.

이년아, 거짓말하지 마.

박용화는 그래, 그래, 응답하면서도 속으로는 이렇게 욕해대고 있었다. 또한 그러면서도 젊은 여자의 알몸을 끌어안고 있는 수컷의 본능은 발동하고 있었다.

그러나 에이코는 꼭 거짓말을 하는 것이 아니었다. 그동안 일본 남자들을 여럿 상대해 보았지만 그들은 과히 신통치 않았던 것이다. 그럴 때마다 문득문득 떠오른 것이 박용화였다. 하룻밤에 대여섯 번은 예사로 치러냈던 박용화…….

그들은 요 위로 쓰러졌다.

"아우, 아우, 진작, 진작 오지……."

박용화를 받아들이며 에이코는 뜨거운 소리를 토해냈다. 그리고 그 몸놀림도 격렬했다.

"으흐으, 박상, 아흐으, 사랑해요……."

에이코의 소리는 불덩이가 되고 있었다. 박용화는 더욱 화려해지고 세련된 몸놀림에 실리며 쾌락이 고조되어 가고 있었다.

"아흐흐, 박상, 아으아으, 사랑해요……."

박용화는 넘칠 듯 넘칠 듯 절정에 이른 고비에서 엉덩이를 뒤로 쑥 뺐다.

"으아, 나 몰라!"

에이코의 입에서 터진 소리였고, 박용화는 벌떡 몸을 일으켰다.

"안 돼, 안 돼, 가져와, 빨리 가져와……."

상체를 일으킨 에이코는 색정에 흥건하게 취한 채 제정신이 아닌 얼굴로 박용화의 그것을 곧 움켜잡기라도 하려는 듯 허둥거렸다.

"야 이년아, 정신 차려!"

박용화는 에이코를 사정없이 떠밀었다. 에이코는 뒤로 벌렁 넘어갔다.

박용화는 한 발로 에이코의 젖가슴을 밟았다. 그리고 제 물건을 손으로 흔들기 시작했다.

"아니 박상, 왜, 왜, 이래요……."

에이코는 아직도 색정에 취한 눈으로 어리둥절해서 박용화를 올려다보고 있었다. 올려다보이는 박용화도, 그 물건도 어마어마하게 커 보이고 있었다.

맞어, 새 방법으로 하려는구나. 그래, 이런 것도 멋있어.

그때 박용화의 물건이 물총을 쏘아대기 시작했다. 정액은 에이코의 머리며 이마며 눈이며 코며 입이며 가리지 않고 뚝뚝 떨어져내렸다. 에이코는 반사적으로 눈을 질끈 감고 있었다.

정액이 떨어지기를 멈추며 박용화가 긴 숨을 토해냈다. 그리고 내쏘았다.

"이 더러운 년아, 날 가지고 놀아? 내가 물건이냐? 개같은 년, 잘 있거라."

박용화는 옷을 꿰입기 시작했다.

에이코는 그때서야 박용화가 복수를 하려고 왔다는 것을 알았다. 그녀는 옆으로 돌아누우며 몸을 오그렸다. 얼굴에 묻은 것 때문에 눈을 뜰 수도 어쩔 수도 없었다. 그리고 박용화를 보고 싶지도 않았다.

문 여닫는 소리가 들리고, 마루를 밟는 발소리가 멀어져 가고 있었다. 에이코는 그때서야 몸을 일으키며 얼굴 닦아낼 것을 찾아 두 손을 더듬거렸다.

전동걸은 지정된 전차정거장에서 지요코를 확인했다. 지요코도 이쪽을 확인한 눈치였다.

전차 한 대가 왔다. 그러나 지요코는 타지 않았다. 전동걸은 신문을 읽는 체하고 있었다.

군가 합창이 들려왔다. 전동걸은 얼른 고개를 들었다. 군용차량들이 줄지어 달려오고 있었다. 그 트럭에 탄 사람들이 팔을 뻗쳐 올리며 군가를 외쳐대고 있었다. 그런데 그들은 군복 차림이 아니었다. 어느 훈련소로 가고 있는 입영자들이었다. 트럭들이 지나가고 있었다. 트럭에 탄 젊은이들은 앉지도 못하고 빽빽하게 서서 군가를 외치고 있었다. 그들은 군인이 되기 전에 벌써 군가를 힘차게 부를 줄 알고 있었다. 그럴 수밖에 없는 것이 방송에서 아침저녁으로 군가를 틀어대고 있었다. 그래서 아이들까지도 다 군가를 부를 줄 알았다. 아이들은 어느 골목에서나 전쟁놀이에 군가를 불러댔다. 그리고 노인들까지도 모여앉으면 그저 전쟁 이야기였다. 라디오에서 날마다 다른 일본군의 승리를 보도해 대니 새로운 이야깃거리는 끝없이 생겨나고 있었다.

노래를 외쳐대는 젊은이들을 향해 양쪽 길가의 사람들이 박수를 치고 있었다. 젊은이들의 노랫소리가 드높고 힘찬 만큼 사람들의 박수소리도 힘차고 뜨거웠다. 젊은이들이고 시민들이고 오로지 전쟁의 승리에 취해 힘이 솟구치고 있는 모습이었다. 일본 전체는 전쟁의 승리에 흥분되어 있었고 최면되어 있었다.

트럭은 모두 12대였다. 전동걸은 자신도 모르게 그 수를 센 것이었다. 그런 광경은 하루가 멀다 하고 목격할 수 있었다. 전동걸은 그때마다 트럭 수를 세게 되었다. 그건 일종의 위기의식 때문이었다. 저렇게 일본청년들이 끌려가다가 동이 나게 되면 어떻게 하나 하는 걱정이 마음 한구석에 도사리고 있었던 것이다. 일본청년들이 동나기 전에 전쟁이 끝나면 모르지만 그렇지 않으면 조선청년들도 무사할 리 없었던 것이다.

트럭들이 지나간 거리는 공허할 만큼 조용해졌다. 그 공허함을 메우기라도 하듯 전차가 종을 땡땡거리며 달려오고 있었다. 전동걸은 재빨리 지요코 쪽으로 눈길을 보냈다. 지요코가 사람들과 함께 전차 쪽으로 움직이기 시작했다. 전동걸도 자연스럽게 걸음을 옮기기 시작했다.

지요코는 앞문 쪽으로 가고 있었다. 전동걸은 뒷문으로 갔다. 지요코가 전차에 오르는 걸 확인하고 전동걸은 전차에 올랐다.

전차가 출발하자 전동걸은 천천히 가운데로 옮겨갔다. 지요코도 가운데로 옮겨오고 있었다. 전차에는 비좁지 않을 정도로 사람들이 차 있었다. 양쪽에 떨어져 있다가는 내릴 때 신호가 곤란하기 때문에 서로 가운데로 옮겨온 것이었다.

전동걸과 지요코는 서로 눈길만 교환했다. 전동걸은 또 신문을 읽는 척했다. 그런데 그의 뇌리에는 두 여자의 얼굴이 떠올라 있었다. 지요코와 눈길이 마주친 순간 이미화의 얼굴이 떠올랐던 것이다.

이미화와 지요코. 두 여자는 조선여자와 일본여자라는 차이만 있는 것이 아니었다. 그 차이만큼이나 인물도 성격도 의식도 차이가 현격했다. 이미화는 흰 꽃처럼 예쁘고 연약하게 생겼는데 지요코는 야생화처럼 개성적이고 강인하게 생겼고, 이미화가 수줍고 내성적이라면 지요코는 활달하고 외향적이었으며, 이미화는 감상적이고 사회적 관심이 미약한데 지요코는 논리적이고 사회주의 의식이 확고했다.

전동걸은 이런 생각을 하면서도 수시로 지요코 쪽에 눈길을 돌리는 것을 잊지 않았다.

이미화와 지요코를 그렇게 비교하기 시작한 것은 벌써 서너 달이 되었다. 이미화도 지요코도 자신에게 색다른 감정을 표시해 오면서부터였다. 그러니까 이미화와 지요코의 유일한 공통점은 자신을 좋아한다는 것이었다. 그런데 자신으로서는 둘 중에 누구 하나를 고를 수가 없었다. 이미화는 만나면 아늑하고 푸근한 여자였고, 지요코는 국적과 인종을 뛰어넘은 동지였다. 어쩌면 두 여자를 다 탐내는 것이 아니라 아직 골라야 할 단계가 아니라 그러는 것인지도 몰랐다.

여섯 번째 역에서 지요코가 눈짓을 했다. 전동걸은 천천히 뒷문 쪽으로 걸음을 옮겼다. 지요코는 앞문 쪽으로 가고 있었다.

그들은 사람들에 섞여 전차에서 내렸다. 지요코가 앞서 걸었고, 전동걸은 20여 미터 떨어져 뒤따랐다. 지요코는 길안내자였고, 전동걸은 미행 감시자인 동시에 지요코의 보호자였다.

지요코는 빈촌의 골목골목을 돌았다. 전동걸은 빈촌으로 들어서면서부터 다소 안심을 했다. 사람들의 왕래가 많은 길에서는 미행자를 간파하기가 어려웠던 것이다.

지요코는 허름한 창고 같은 곳으로 들어갔다. 전동걸은 미행자가 없다는 것을 완전히 확인한 다음 그곳으로 들어갔다. 그러나 그곳은 집회장소가 아니었다. 무슨 상자들이 어지럽게 쌓여 있는 틈을 지나서 뒷문이 나왔다. 지요코는 그 문을 열고 나갔다. 다시 골목 두 개가 나타났다. 왼쪽 골목을 따라 왼쪽으로만 몇 번인가 돌았다. 그러다 보니 그 창고의 정반대방향이 되었다. 그때서야 지요코는 어느 집으로 들어갔다. 그러나 그 집도 집회장소가 아니었다. 뒷문을 통해 나가 또 하나의 골목을 꺾어 돌아서야 집회장소에 이르렀다.

만약 미행자가 창고까지 따라왔다 하더라도 거기서부터 종적을 찾을 수 없도록 대비한 것이었다. 그렇게 철저한 대비를 하지 않고서는 안 되었다. 경찰들의 감시는 갈수록 삼엄해지고 있었다. 조선학생들은 전부 감시당하고 있다고 해야 옳을 지경이었다. 조선학생들의 하숙집 주인이나 자취방 주인들은 하나같이 경찰과 연결되어 있었다. 경찰에서 조선학생들에 대한 신고를 해당 파출소에 하도록 의무화시켜 놓고 있었던 것이다. 그리고 형사들이 수시로 점검을 했다. 그러니까 하숙집 주인이나 자취방 주인들은 좋거나 싫거나 간에 조선학생들의 감시자 노릇을 하고 있었다. 그러니 하숙방이나 자취방에 여럿이 모여앉는다는 것은 상상할 수도 없는 일이었다.

지요코와 전동걸이 들어가면서 집회장소에는 여섯 명이 모여앉게 되었다. 10분 정도의 간격을 두고 두 명씩 짝지어 네 명이 더 나타났다. 사혁회(社革會) 회원 전부가 모인 것이었다. 사회주의 혁명 실천을 위한 그 비밀조직에는 일본학생들이 셋이었다. 여자가 둘이었고 남자는 하나였다. 그리고 나머지 일곱은 모두 조선남학생들이었다.

"동지들이 다 모였으니 그럼 회의를 시작하도록 하겠습니다."

회장 최우한이 좌중을 둘러보았다. 그는 일본회원들을 위해 일본말로 말했다. 회원들은 모두 엄숙한 얼굴로 앉아 있었다.

"오늘 전원회의를 소집한 것은 두 가지 문제 때문입니다. 첫째는 우리들의 향후 투쟁방향 문제이고, 둘째는 회원 배가 문제입니다. 두 번째 문제는 첫 번째 문제의 결정 여하에 따라 좌우될 수 있는 문제이므로 첫 번째 문제부터 철저한 토의가 이루어졌으면 합니다. 현재의 상황은 동지 여러분들이 직시하고 있다시피 완전한 전시체제 아래 일본에나 조선에나 국민총동원령이 발동되고 있습니다. 따라서 남자들이 전쟁터로 끌려간 노동의 공백을 메우기 위해서 부녀자들이 공장에 투입되어 무기를 생산해 내고 있고, 심지어 미성년자나 여자들까지 탄광에서 채탄작업을 시킬 수 있는 법을 공포한 지도 오랩니다. 또한 연일 수천 명씩이 징집영장을 받고 전쟁터로 끌려가고 있습니다. 시국의 이러한 급변은 군국주의 파쇼의 광분한 모습 그 자체이며, 언제 우리 학생들에게도 징집영장이 날아들지 모르는 상황이 가속되고 있는 형편입니다. 그러나 이런 상황이 꼭 나쁘지만은 않습니다. 왜냐하면 파쇼를 분쇄하고 인류공존의 사회주의 건설을 도모할 수 있는 절호의 기회이기 때문입니다. 따라서 우리는 상황이 더욱 악화되어 난관에 봉착하기 전에 우리의 행동방향을 정할 시점에 와 있습니다. 이에 대해 철저하고 완벽한 토의를 통해 건설적이고 효과적인 결론을 얻을 수 있도록 상호 협력하여 주시기 바랍니다."

회장의 개요 설명이었다.

회의장에는 침묵이 흘렀다. 회원들은 모두 생각에 잠긴 얼굴로 앉아 있었다.

"어렵게 생각지 마시고 의견들 개진하시기 바랍니다."

회장 최우한이 회원들을 둘러보았다.

"예, 현재 급변해 가고 있는 상황으로 보아 대학생들에 대한 징집도 틀림없이 실시될 것입니다. 그에 대처하는 우리의 태도는 두 가지밖에 없습니다. 징집에 응하느냐 거부하느냐 그겁니다. 또 이 두 가지 중에서 선택은 하나뿐입니다. 징집 거붑니다. 그럼 징집을 거부할 경우 어떻게 할 것인가 하는 문제가 대두합니다. 국내에서 징집을 피하며 투쟁을 하는 경우와, 국외로 탈출하여 국제연대 속에 투쟁을 하는 경우입니다. 그러나 일본이나 조선이나 경찰 수사망은 거미줄 치듯 되어 있고, 앞으로 강화되었으면 강화되었지 약화될 리는 없습니다. 그런 견지에서 볼 때 국내에서 징집을 피하며 투쟁한다는 것은 거의 불가능한 일입니다. 우리에게 남은 것은 국외로 탈출하는 길밖에 없지 않은가 합니다."

"예, 대학생들도 전쟁터에 끌려갈 거라는 판단에 저도 동의합니다. 그 경우 징집을 거부해야 한다는 것은 재론의 여지가 없는 우리의 근본 이념입니다. 또한 징집을 거부한 다음의 행동방향인데, 징병을 기피한 지하투쟁이란 완전히 불가능하고, 그건 투쟁의 포기가 될 뿐입니다. 결론은 국외로 탈출하여 국제연대투쟁을 모색하는 길인데, 연대세력으로는 첫째 쏘련, 둘째 중국공산당이 있습니다. 그러나 쏘련은 현재 파쇼투쟁을 공개화하지 않고 있습니다. 그러면 남는 건 중국공산당입니다. 이것이 우리의 유일한 선택이 아닌가 합니다."

"예, 그 유일 선택의 의견에 동의합니다. 그러나 제가 알기로는 중국공산당의 홍군은 국민당군과 합작을 하면서 제8로군으로 바뀌었고, 그외에 여러 부대들이 여러 지역에서 활동하고 있는 모양인데, 그 부대들 중에 어느 부대와 연계를 해야 하는지도 문젭니다. 그런데 현재 우리 회원들은 그 부대가 어떤 것들이 있는지 실상을 잘 모르고 있는 실정입니다. 혹시 회장님이 그 정보를 가지고 계시면 공개해 주시기 바랍니다."

"예, 이 상태에서 논의를 구분했으면 합니다. 지금까지 발언자 전원이 국외연계투쟁을 제안했습니다. 이에 대한 가부를 묻고, 중국공산당의 문제는 그 다음 단계의 구체안으로 논의했으면 어떨까 합니다."

회장의 말이었다.

"예, 좋습니다."

"동의합니다."

"예, 가부를 묻겠습니다. 찬성하시는 분 거수해 주십시오."

모두가 손을 들어올렸다.

"예, 만장일치로 국외연계투쟁이 결정되었음을 밝힙니다."

그들은 손바닥이 서로 엇갈려 소리 안 나는 공박수를 쳤다.

"그런데 한 가지 문제가 있습니다. 여성동지들은 어떻게 합니까."

"또 여성차별인가요? 의식교육 새로 시작해야 되지 않겠어요?"

싸늘한 대꾸가 날아갔다. 그건 지요코였다.

"그건 차별이 아니라 우대지요. 남자들이야 어차피 어느 쪽으로든 나가야 하니까 가는 거지만 여자들이 어떻게 전쟁터에 나간다는 겁니까."

"그런 우대 사양하겠어요. 그 우대는 여자는 약하다는 차별의식이 전제되어 있으니까요. 그런 의식이나 빨리 뜯어고치세요."

"이거 생각해 주다가 뺨 맞는군."

남자들이 소리 죽여 웃었다.

"예, 여성의 문제는 따로 구분할 필요가 없을 것 같습니다. 그건 남녀평등을 규정한 우리 규약에도 맞지 않습니다."

회장이 결론을 내렸다.

"중국공산당군 문제로 넘어갑시다."

"예, 그 문제는 만주에서 동북항일연군이 몇 년에 걸쳐 치열하게 싸우다 궤멸상태에 빠졌다는 것과, 그외의 부대들이 중국 관내에서 싸우고 있다는 것을 막연하게 알 뿐 정확한 정보는 저도 갖고 있지 못합니다. 앞으로 최단시일 내에 정확한 정보를 확보하도록 하겠습니다." 회장은 계면쩍은 듯 웃고는, "그럼 국외연계투쟁의 결정에 따라 회원 배가 문제를 논의해 주시기 바랍니다." 그는 회의록을 넘기며 말했다.

"예, 회원은 많을수록 좋습니다. 그러나 많이 확대시키지 못하는 건 회원이 곧 조직의 존폐를 좌우하는 생명선이기 때문입니다. 종전과 같이 신중을 기할 것을 제의합니다."

"예, 신중을 기하자는 의견에 찬성합니다. 그러나 그동안 우리는 반파쇼 선전사업을 암암리에 전개해 오는 동시에 회원 물색에도 노력해 왔습니다. 국외세력과의 연대가 결정된 마당에 한 사람이라도 더 국외로 나가는 것이 중요합니다. 그 자체가 적극적인 반파쇼 투쟁이기 때문입니다. 한 사람이 국외로 탈출하는 것은 파쇼군대의 인원을 한 명 줄이는 것으로 끝나지 않습니다. 그 사람이 전투에서 파쇼군을 많이 죽일수록 그 효과는 열 배, 스무 배로 증폭됩니다. 그러므로 신중을 기하되 그동안 회원들이 심중에 두었던 사람들 중에서 엄선했으면 합니다."

"예, 두 동지의 의견은 모두 일리가 있습니다. 그런데 두 의견에 각기 장단점이 있습니다. 신중을 기하자는 것은 조직의 안전을 보호하는 데는 좋지만 조직의 확장을 도모할 수가 없습니다. 그리고 엄선하자는 것은 조직을 확장할 수는 있지만 조직의 생명에 위험이 따를 수 있습니다. 그러므로 두 가지 안을 절충하는 것이 어떨까 합니다. 다시 말하면, 조직을 확장하되 안전을 도모하기 위해서 그 시기를 우리가 국외로 탈출하기 직전으로 하는 것입니다. 그럼 두 가지 목적을 동시에 달성할 수 있지 않을까 합니다."

더 발언자가 없이 좌중에 침묵이 흘렀다.

"예, 신중론과 확장론, 그리고 절충론이 나왔습니다. 이 세 가지 의견을 표결에 부치면 어떨까 합니다."

"예, 좋습니다."

"찬동합니다."

"예, 그럼 발언의 역순으로 절충론부터 묻겠습니다. 찬성하시는 분 거수해 주십시오."

신중론과 확장론을 내놓은 두 사람을 빼고 전부 찬성을 표시했다.

"예, 발언자를 제외한 전원일치로 절충론이 채택되었습니다. 이상으로 오늘의 중요 안건 두 가지의 결의를 마칩니다. 보류한 두 가지 문제, 중국공산당 부대들의 실태 파악과, 우리의 탈출 시기에 대해서는 추후 논의키로 하겠습니다. 기타 문제점이나 논의사항이 있으면 발언해 주십시오."

회장이 총정리를 했다.

회원들은 긴장을 풀며 편한 자세를 취하거나 담배를 피워물거나 했다.

"이건 그냥 의문점입니다. 일본군이 계속 승리하고 있다는 보도는 사실일까요? 그게 도대체 얼마나 신빙성이 있을까요?"

누군가가 말을 꺼내놓았다.

"글쎄요, 초반이니까 그게 사실일지도 모르죠. 진주만 기습하는 식으로 전쟁터를 확장시키고 있는, 뭐랄까 기습작전 시기니까요."

"모두 예측하기 어렵겠습니다만, 이 전쟁의 승산을 어떻게 보십니까?"

"예, 저는 중국과의 전쟁을 보면서 이번 전쟁의 답을 찾습니다. 중일전쟁은 벌써 몇 년이 되었습니까. 다 아시다시피 만 5년이 넘었습니다. 그때 정부와 군부에서는 뭐라고 큰소리 꽝꽝 쳐댔습니까. 몇 개월이면 중국대륙을 완전 장악한다고 했습니다. 그런데 보십시오, 그 몇 개월이 벌써 몇 년이 되고 말았습니다. 그러고서도 중국대륙은 반도 차지하지 못했습니다. 중국이 공업이 발달한 나랍니까? 현대무기를 생산할 수 있는 나랍니까? 다 아시다시피 농업국가에, 현대무기를 생산할 수 있는 공업 발달은 없습니다. 중국이 가지고 있는 무기는 많은 인구뿐이고, 현대무기는 구라파 쪽에서 사들여 싸우고 있습니다. 그런 나라를 상대로 일본은 예상보다 열 배가 훨씬 넘는 세월을 소모해 가며 고전을 면치 못하고 있습니다. 그런데 영국과 미국을 상대로 또 전쟁을 일으켰습니다. 그럼 영국은 어떤 나랍니까. 세계 최초의 산업혁명을 일으켜 공업을 발전시켰고, 세계 도처에 식민지를 많이 가지고 있어서 자칭 해가 지지 않는 나라라고 자랑하고 있는 나랍니다. 미국은 또 어떤 나랍니까. 거대한 신대륙의 풍부한 자원을 바탕으로 영국의 공업기술을 받아들여 세계 강국으로 급부상하고 있는 나라 아닙니까. 과학기술로 볼 때 중국은 영국과 미국에 비교조차 될 수 없는 원시상태의 나랍니다. 그런 나라를 상대로 일본은 고전을 면치 못하고 있습니다. 그런데 영국과 미국에 전쟁을 걸었습니다. 그 결과가 어찌 되겠습니까. 일본은 분명하고도 확실하게 패망합니다. 파쇼통치의 광기가 저지른 이번 전쟁으로 일본의 무고한 인민들만 군부의 제물이 될 뿐입니다. 그러므로 우리는 하루빨리 국외로 탈출해 인민구출전쟁에 가담하지 않으면 안 됩니다."

"아, 그것 참 탁견이오."

"아, 속이 다 시원하오."

"자아 그럼, 여기도 너무 오래 머물 장소는 못 됩니다. 모두 아쉽지만 오늘 회합은 이것으로 끝냈으면 합니다."

회장의 말에 회원들은 모두 소리 없는 박수를 쳤다. 그리고 서로 서로 악수를 나누었다.

올 때처럼 그들은 둘씩 짝이 되어 시간차를 두고 앞뒤 문으로 흩어져 갔다. 전동걸과 지요코는 아까와는 반대로 뒷문을 통해 두 번째로 나섰다.

전동걸과 지요코는 큰길까지 전혀 모르는 사람처럼 나왔고, 전차도 서로 다른 것을 탔다. 그리고 그들은 한 시간쯤 뒤에 긴자의 어느 카페에서 다시 만났다. 누가 보아도 그들은 흔히 있는 다정한 연인 사이였다.

전동걸은 자리에 앉자마자 물잔을 단숨에 비웠다.

"그것도 너무 표나는 짓이에요."

지요코가 눈을 샐쭉 흘겼다. 그 눈은 아까와는 달리 여자의 눈으로 돌아와 있었다.

"아, 그게 또 그렇소?"

전동걸이 비식 웃으며 담배를 꺼냈다.

"아까 그 마지막 발언, 압권이었어요."

지요코가 성냥을 켜서 내밀며 전동걸을 빤히 쳐다보았다.

"아이고, 이거 황송하게." 전동걸은 황급히 상체를 굽혀 담배에 불을 붙이고는, "그 얘긴 하지 말아요." 담배연기를 내뿜으며 낮게 말했다.

"그 얘길 하게 만든 사람이 누군데요."

지요코는 진득한 느낌의 미소를 지으며 고개를 끄덕였다.

"배고픈데 빈민구제부터 합시다."

"네, 고기로 드세요. 제가 살게요."

"에이, 무슨 돈이 있다고."

"돈벌이했어요. 교수님 원고를 정서해 드렸거든요."

"그런 양심적인 교수도 다 있소?"

"양이 많아 미안했나 봐요."

"아이고, 얼마나 양이 많았으면 돈을 다 줬겠소. 훈장 똥은 개도 안 먹는다는데."

"그러게 말이에요."

지요코가 쿡쿡거리고 웃었다.

"그 짠 돈으로 산 밥맛이 어떤가 어디 먹어봅시다."

전동걸도 웃으며 말했다. 지요코는 공장노동자의 딸이었다. 도저히 대학을 다닐 형편이 못 되었지만 그 명민한 머리 덕에 가정교사로 학비를 해결하고 있었다. 지요코를 만날 때마다 돈은 거의 전동걸이 썼다. 저녁을 사지 못하게 하고 그 돈을 딴 데 쓰게 하고 싶었지만 지요코의 마음을 다치게 할까 봐 전동걸은 모처럼의 제의를 순순히 받아들였다.

"노래를 하고 싶은 마음은 없었어요?"

지요코가 성냥을 만지작이며 물었다.

"가수라는 것 말이오?"

전동걸이 의아스럽게 되물었다.

"아니, 대중노래 말고 성악가라는 것 말이에요."

지요코는 약간 장난스럽게 웃고 있었다.

"왜 갑자기 성악가는?"

"갑자기가 아니라 가끔 그런 생각을 해요. 그 목소리 때문에."

지요코는 아까 그 마지막 발언에서 아직도 깨어나지 못하고 있었다. 그 넓은 안목과 종합적 논리도 탁월했지만, 그것이 울림 좋은 목소리에 실려 전동걸의 발언은 좌중을 압도했던 것이다. 그런 종합적 인식과 판단은 유난히 책을 빨리 읽는 많은 독서량과 철학도다운 깊은 사고의 결과로 얻어진 것일 거였다. 그런데 전동걸은 일반 철학도들이 갖는 병적인 나약함이나 비위 상하는 현학취미 같은 것은 전혀 없이 육체적으로나 정신적으로나 건강성을 확보하고 있었던 것이다. 그건 동지로서는 물론이고 남자로서도 마력적이지 않을 수가 없었다.

"난 또 무슨 소리라고. 고보 때 창가 선생이 그런 말을 하긴 했지요."

그때 종업원이 음식을 날라왔다.

"언제 강변 같은 데서 노래하는 걸 한번 듣고 싶어요."

전동걸을 바라보는 지요코의 눈에 안개 같은 기운이 서리고 있었다.

“어디 기회를 봅시다. 자아, 시장한데 어서 먹읍시다.”

전동걸은 탁자에 바짝 다가앉으며 나이프와 포크를 집어들었다.

며칠이 지나 전동걸은 이미화를 만나 활동사진을 보았다. 애절한 사랑이야기였다. 전동걸은 사랑이야기 같은 활동사진에는 별 취미가 없었다. 감상적인 이미화가 너무 좋아해 동무해 주는 것이었다.

“또 울었소?”

길을 걸으며 전동걸은 이미화를 쳐다보았다.

“아이, 몰라요.”

이미화는 부끄러워하며 고개를 떨구었다. 전동걸은 또 얼핏 어머니의 모습을 느꼈다. 이미화의 여자다운 어떤 모습들은 언뜻언뜻 어머니를 떠올리게 했다.

“니도 다 장성혔응게 알겄지만 독립운동언 못혀도 친일얼 해서넌 안 된다.”

그러나 어머니는 이런 강한 면이 있었다. 일본으로 떠나오기 전날 밤 어머니가 하신 한마디였다. 곰곰이 생각해 보니 그 말은 독립운동을 하라는 말보다 더 무서운 말이었던 것이다.

전동걸은 이미화와 나란히 걷고 있었다. 그건 활동사진을 보고 나면 으레껏 따르는 순서였다. 활동사진에 취한 이미화가 그 감정을 수습할 때까지 이런저런 감상을 나누는 시간이었다. 전동걸은 그 대화의 시간이 활동사진을 보는 것보다 더 좋았다. 이미화의 내면을 들여다보는 기회였고, 의식을 조금씩 바꿔나갈 수 있는 기회였기 때문이다.

"어머……!"

길 건너에서 다정하게 걷고 있는 전동걸과 이미화를 보고 소스라치는 여자가 있었다. 그건 지요코였다.

36

그 까닭

햇살이 도타워지고 순한 바람이 산골을 타고 하늘하늘 넘놀기 시작하면서 눈 녹는 산비탈은 질펵거렸다. 그즈음이면 또 한 해 겨울 숯구이가 마감되는 것이었다. 긴 겨울 동안 구워낸 숯은 싸리나무 줄기로 엮은 원통형 망태에 담겨 여기저기 산더미를 이루고 있었다.

"사람으 심이 무섭기넌 무섭다. 저 많은 숯얼 우리가 다 구워냈시니."

"실답잖기넌. 어디 저것만이여? 그간에 차로 쉴새없이 실어낸 것얼 생각히 봐. 저것이야 댈 것도 아니제."

"그렁게 사람 심으로 만리성도 쌓는 것이제."

"그러자니 우리가 얼매나 좆빠지게 고상고상혔냐 그것이여."

"씨부랄 눔에 것, 고상도 고상이제만 삼동 내내 홀애비 신세 되는 것이 질로 개좆겉은 것이여."

"공자님 말씸이시. 염병허고 이놈으 만주 삼동언 어찌 그리 또 징허게도 진고."

"긍게 말이시. 봄가을언 쥐좆만허고 삼동이 반년이니 사람 환장헐 일이제."

"그 사람 인심 후허시. 쥐좆만이라도 허면 좋게? 개미좆에 베룩좆이여."

"허, 저 사람! 자네가 개미좆이고 베룩좆 봤어?"

"아이고 잘났능거. 개미고 베룩이고 좆이 있응게 알을 까든 새끼럴 낳든 허는 것 아니여."

"그나저나 삼동에넌 따땃헌 구둘 지고 마누래 궁뎅이 맨지는 맛으로 사는 것인디, 해마동 그 재미 못 보고 산 지가 발써 멫 년이여?"

"긍게 말이여. 니나 나나 이리 숯껌댕이 숯쟁이 될라고 만주땅에 온 것이 아닌디."

"근디 요놈에 숯언 은제꺼정 꿉어야 허는 것이여?"

"고것얼 누가 알겄어. 전쟁얼 더 크게 벌였당게 끝도 한도 없는 일이겄제."

"참말로 왜놈덜언 어찔라고 그리 전쟁판얼 자꼬 크게 벌리고 그렁고?"

"아, 배불른 놈이 욕심 더 큰 것 몰라서 그려?"

"아이고, 인자 요 빌어묵을 짓도 더는 못허겄는디 무신 수가 없으까?"

"아이고 이사람아, 심 파허는 소리 허덜 말어. 항일연군인가 머신가도 다 없어져분 판에 우리럴 돕는 사람덜이 어디가 있겄어. 하늘서 왜놈덜만 골라 한날한시에 베락얼 쳐뿔기 전에넌."

"그려, 더 심해지지나 않기럴 바래야제. 우리 신세야 진작에 금가고 깨진 옹구 팔자 아니드라고."

"그나저나 또 한 해 큰탈 없이 넘갰응게 그것이나 다행으로 생각허고 처자석 만내로 갈 채비나 어서덜 허드라고. 요것이 워디 사람 사는 시상이간디."

저녁밥을 먹고 난 남자들은 한바탕 푸념을 늘어놓고는 자기네 숯막으로 흩어져 갔다. 그들은 모두 지치고 시들어 있었다. 또 그들의 몰골은 흡사 까마귀떼였다. 긴 겨우내 숯을 구워내고, 숯을 담아 옮기고 하느라고 그들은 꼴마저 온통 숯검정투성이였다. 옷만이 시꺼먼 것이 아니었다. 얼굴이며 손도 일부러 숯가루를 바른 것처럼 시꺼멨다. 잘 씻지 않아서 그런 것이 아니었다. 비누 없이 씻는 데다 날이 날마다 숯검정을 뒤집어쓰니 숯검정이 겹겹으로 끼여 살갗으로 배들고 배든 것이었다.

그들은 내일이면 숯구이에서 풀려 집으로 돌아가는 날이었다. 그러나 집에 가면 또 농사일이 기다리고 있었다. 그 농사일도 숯구이와 마찬가지로 아무 이득이 없는 것이라서 그들을 더욱 맥빠지고 시름겹게 했다.

그들이 챙길 짐이라곤 따로 없었다. 베개 삼아 굴렸던 때 전 옷보퉁이 하나씩이 전부였다.

"어이, 담배 있능가?"

김진배가 벽에 몸을 부리며 물었다.

"야아, 여그……."

남만석은 쌈지를 매형 앞으로 밀어놓았다. 남만석은 매형 앞에서는 그저 죄인이었다. 매형이 무슨 타박을 하는 것도 아닌데 만주로 온 다음부터 한시도 죄지은 마음에서 벗어나지 못하고 있었다. 매형이 한숨만 쉬어도 가슴이 뜨끔했고, 혀만 차도 마음이 섬뜩했다.

그 죄지은 마음은 바로 숯구이 때문에 씻을 수 없는 것이 되었다. 겨울마다 되풀이되는 숯구이만 없었더라도 고향에서 소작살이하나 만주에서 고용살이하나 매일반이라고 치부할 수가 있을 거였다. 고향에서는 아무리 소작살이를 한다고 해도 겨울 한 철은 쉬어가며 몸을 추스를 수가 있었던 것이다. 그런데 만주에서는 오히려 겨울에 더 고생을 하니 남만석은 매형 앞에서 도무지 얼굴을 들 수가 없었다. 자신이 오자고 바람을 넣지 않았더라면 매형은 만주에 왔을 리가 없었던 것이다.

"아이고메, 저 꽃불에 괴기 지글지글 꾸워 쐬주 한잔 짝 힜으면 소원이 없겄다."

누군가가 기지개를 켜며 크고 늘어지는 소리로 말했다.

밤이 되자 써늘해져 화덕에 불을 피운 것이었다. 여기서 한 가지 풍족한 것이 나무였다. 소가 얼어죽도록 혹독한 날씨에도 잠만은 춥지 않게 잘 수 있었다.

"하이고, 바래기도 오지게 바래네. 회만 동헌게 되지도 안헐 소리넌 허지럴 말어."

"아니여, 묵덜 못헌다고 말도 안 허면 사람이 팍팍히서 어찌 살으라고. 말이라도 험서 신 침이라도 넘개야 그래도 기분풀이가 되제."

"괴기 지글지글 꾸워 쐬주 한잔 짝 허는 것도 좋제만 그보담도 틉틉헌 막걸리 한 사발 쭈욱 허고 코 톡 쏘는 홍어 한 점 척 걸치면 더 부런 것이 머시가 있드라고."

"워따, 환장허겄다. 고것이야 더 말헐 것 없이 개 흘레붙는 것 보고 맘 동헌 과부 붙어묵는 맛 아니여!"

"아이고, 참말로 춤 꼴딱 넘어가네. 홍어맛 못 본 지가 은제여?"

"홍어넌 너무 과만허고 가오리라도 한 점 맛봤으면 한이 없겄다."

"어디 그뿐이여. 살 통통허니 올른 낙지 살짝 디쳐서 시큼새콤헌 초장에 착 찍어 막걸리 한잔 쭈욱 허면 그 짠득짠득 쫀득쫀득 씹히는 맛이 워디 과부 묵는 맛에 비허겄어."

"히, 고것이야 상전 마누래 엎어묵는 맛이제."

"아니, 기왕 묵을라면 뉘어놓고 묵제 으째 엎어놓고 묵어, 엎어놓고 묵기럴."

"저런 둔자럴 봤능가. 상전 마누래럴 덮치는 것인디 뉘고 자시고 헐 새가 워딨어. 꼼지락달싹 못허게 팍 엎어놓고 속곳 밑얼 착 벌래야제."

"고것이 무신 맛이여."

"어허, 갈수록 둔자 소리만 허네. 씹맛 중에 질이 번개씹이라는 말도 못 들어봤능감. 간 통게통게허는 상전 마누래에다 도적질허는 번개썹이니 그 맛이 얼매나 꼬시고 오지겄어."

"크크크크……."

"흐흐흐흐……."

"하이고, 말허다 봉게 눈물난다. 굶고 배곯아도 고향 산천이 질인디."

"그려, 세월만 이리 무정허니 가고 은제나 고향에넌 가게 될랑고."

"살다 보면 가질 날이 있겄제. 왜놈덜이 천년만년 갈라고."

타아햐앙살이 며엇해에더언가아…….

누군가가 노래를 시작했다.

사람들은 기다리기라도 한 것처럼 하나로 어우러졌다. 노래가 이어질수록 그 구성진 소리는 축축하게 젖어들고 있었다.

그들은 이튿날 아침 일찍 산을 내려가기 시작했다. 하루종일 쉬지 않고 걸어 어둑어둑해져서야 집단부락에 도착했다. 장정들이 점심때 주먹밥 한 덩이씩을 먹은 짧은 시간만을 빼고 하루종일 걸었으니 100리가 훨씬 넘는 거리였다. 나무를 따라 옮기다 보니 해마다 산이 멀어지고 있었던 것이다. 조선의 산들을 뒤따라 만주의 산들도 마구잡이로 황폐해져 가고 있었다.

그들이 도착하자 집단부락 집집마다 반가운 소란으로 들떴다.

"아부지!"

"아부지!"

남만석이 집으로 들어서자 아들딸이 반가움에 넘쳐 달려들었다.

"이, 그려, 그려."

남만석은 아이들을 보는 둥 마는 둥 하고 피그르르 주저앉았다.

"음마, 어디 아프신게라?"

그의 아내가 눈이 휘둥그레졌다.

"아니시, 나 물 한 그럭 주소."

남만석은 너무 기진맥진해서 말할 기운도 없었다.

머쓱해진 아이들이 숯검정을 뒤집어쓴 아버지를 걱정스럽게 쳐다보고 있었다.

남만석은 물 한 사발을 벌컥거리며 다 들이켜고는 뒤로 벌렁 누워버렸다.

"밥 얼렁 헐 것잉게 쬐깨 기둘리시게라."

그의 아내는 허둥거리며 돌아섰다.

남만석은 이내 코를 드렁드렁 골기 시작했다. 윗목에 쪼그리고 앉은 아이들이 빠끔한 눈으로 아버지를 지키고 있었다. 기름기라고는 없이 꺼칠한 아이들의 얼굴에는 마른버짐이 피어 있었다.

남만석만이 아니라 다른 남자들도 마치 앓듯이 하며 사나흘씩 잠만 잤다. 군인들도 그들의 피로를 아는지 닷새 동안 아무 말도 없었다.

동북항일연군의 저항이 사그라졌지만 집단부락에 군인이나 경찰은 그대로 배치되어 있었다. 다만 그 수가 절반 정도로 줄어 있었다. 그건 여러 가지 목적 때문이었다. 미약하나마 항일연군의 암약이 포착되고 있었고, 언제 또 그런 식의 무장조직이 출현할지 몰랐던 것이다. 그리고 그런 통제조직 아래서 군량미를 확보하는 것이 최고로 효과적이었다. 그러나 무엇보다도 중요한 것이 소련과의 만일의 사태에 대비한 전시체제의 유지·강화였다. 특히 소련과의 국경지역에서는 집단부락이 갈수록 증설되고 있었다. 그건 조선사람들을 실컷 부려 곡물을 생산해 내게 하는 동시에 조선사람들로 1차적 방어벽을 쌓는 셈이었다.

꽃바람 뒤에 이슬비가 스치고, 개울물이 돌돌거리면서 살가운 바람이 불자 북만주에도 짧은 봄이 찾아왔다. 새싹이 파릇파릇 돋자 제일 먼저 활갯짓하고 나선 것이 처녀들이었다. 처녀들은 끼리끼리 짝을 지어 나물을 캐러 나섰다. 봄나물을 먹어야 입맛이 돌고, 또 한 해 농사를 시작할 기운을 차리게 되는 것이라서 집집마다 딸네들이 나물 캐오는 것은 대환영이었다. 그건 결코 미신이 아니었다. 뿌리까지 무쳐먹는 봄나물에는 비타민을 비롯해서 여러 가지 영양소와 약효까지 내는 요소가 포함되어 있어서 입맛을 돋울 뿐만 아니라 활력이 생기게 했던 것이다.

나이 열예닐곱씩 되는 처녀 셋이 도란도란 이야기를 하다가 킥킥거리기도 하며 나물을 따라 자리를 옮겨가고 있었다. 처녀들은 서로의 이야기에 팔리고 나물에 끌려가며 집과 멀어지고 있는 것을 모르고 있었다. 그들의 바구니에 나물이 그득하게 찬 만큼 집단부락은 까마득하게 멀어져 있었다.

세 처녀들이 등지고 있는 둔덕 위에서 무엇인가가 히끗히끗 움직이고 있었다. 그건 사람들의 머리 부분이 빠르게 움직이는 것이었다. 잠시 후에 얼굴들이 천천히 솟아올랐다. 그건 다섯 남자의 얼굴이었다.

한 남자가 손을 치켜듦과 동시에 그들은 세 처녀를 향해 둔덕을 달려 내려오기 시작했다. 그들은 일본의 국민복 차림이었다. 그런데 처녀들은 아무것도 모르고 재잘재잘 이야기에 정신이 팔려 있었다. 다섯 남자는 처녀들을 덮쳤다.

"워메……."

"엄니……."

"어엄……."

세 처녀는 입이 가려지며 소리들도 끊기고 말았다.

세 처녀는 제각기 발버둥을 치고 몸부림을 쳐댔다. 그러나 남자들은 익숙한 솜씨로 세 처녀를 끌고 이내 둔덕을 넘어갔다. 처녀들이 있던 자리에는 바구니와 나물들만 어지럽게 흩어져 있었다.

둔덕을 넘어온 처녀들은 다섯 남자에게 둘러싸여 쪼그려앉은 채 와들와들 떨고 있었다.

"아주 잘들 했다. 이건 셋 다 아다라시니까 돈을 톡톡히 받겠는걸."

턱에 칼자국이 있는 사내가 일본말로 지껄이며 한 처녀의 빨간 댕기머리를 잡아흔들었다. 소매를 걷어붙인 그의 팔뚝에는 푸른 문신이 새겨져 있었다. 흔히 낭인이라 부르는 일본 불량배들이었다.

"오야붕께서 오늘 밤 시식을 하고 넘기시지요. 군인들이야 아다라시든 뭐든 여자만 있으면 환장들 아닙니까."

한 사내가 담배연기를 날리며 아첨하듯 말했다.

"모르는 소리 하지 마. 그건 졸병들이나 그렇지. 장교들은 아다라시만 찾아. 아다라시에 미인이면 다섯 배도 더 받는다는 걸 몰라? 자아, 담배들 끄고, 가자!"

세 처녀는 징징 울며 사내들에게 끌려가고 있었다.

날이 어두워지기 시작하면서 남만석네 집단부락에서는 소동이 일어났다. 행여나 행여나 기다리고 있던 처녀 셋이 날이 어두워지는데도 돌아오지 않은 것이었다.

"안 되겄다. 찾어나서야제!"

김진배가 부르짖듯 했다. 그의 큰딸이 셋 중에 들어 있었던 것이다.

"얼렁 나습시다."

딴 처녀의 아버지가 목메는 소리로 말하며 이를 뿌드득 갈았다.

"이럴지 알었으면 진작에 나섰어야 허는 것인디."

또다른 처녀의 아버지가 발을 굴렀다.

"어이, 남정네덜 다 나오고, 싸게 홰덜 맨글어, 홰!"

부락 대표격인 나이든 남자가 외쳤다.

집집마다 남자들이 나오고, 여자들은 홰를 만들 갈대들을 한 아름씩 옮겨오느라고 분주했다. 그 웅성거림 때문에 군인들이 나타났다.

"무슨 일인가? 왜들 이래?"

대장이 수상쩍어하며 눈을 치떴다.

"나물 캐러 간 처녀 셋이 아직도 안 돌아와서 찾으러 가는 겁니다."

일본말을 잘하는 젊은 사람이 나서서 말했다.

"뭐라고? 저 갈대는 뭔가?"

"예, 횃불을 켜야 하니까……."

"닥쳐라! 이 밤에 수십 개의 횃불을 켜들고 사방으로 돌아다니겠다 그거야! 그러면 어떻게 되는지 모르나? 중국놈들 쏘련놈들 비행기가 폭격을 가해온다 그 말이야. 방공훈련을 그렇게 시키고, 등화관제하라고 그렇게 훈육하는데도 무슨 말인지 못 알아듣나. 처녀 셋 찾으려다가 수백 명이 몰살당하고 싶어? 무슨 말인지 알아듣겠어!"

대장은 핏대를 올리면서 소리질러 댔다.

젊은이의 말을 듣고 모든 사람들은 한숨을 쉴 수밖에 없었다. 밤에 등잔도 켜지 못하고 지낸 것이 벌써 2년이었던 것이다.

"빨리 해산해, 빨리!"

대장이 칼을 휘두르며 소리쳤고, 부하들이 총으로 사람들을 밀어댔다.

"벨수 없구만. 낼 아칙 일찍 나서야제."

"요것이 무신 귀신이 곡헐 노릇이랴."

"글씨 말이여. 산이 있으니 질얼 잊어부렀겄어, 물이 있으니 빠지기럴 혔겄어."

"못헐 말로 누구헌티 잽혀갔능가? 여자덜 잡어간다는 소문덜 있덜 안혀?"

"아서, 아서. 그런 소리 입에 올리덜 말어. 부모덜이 들으면 팔딱 미치고 환장헐 일잉게."

"그나저나 요것이 예사 병통언 아닌갑는디."

사람들이 흩어져 가며 수군거리는 말이었다.

"허! 요것이 무신 일이다냐."

김진배는 고개를 젓히며 한숨을 토해냈다. 남만석은 죽고 싶은 심정으로 그 옆에 서 있었다. 차라리 자신의 딸이 당한 일이었으면 더 나을 것 같았다. 이런 일까지 생겼으니 매형 앞에서는 더 큰 죄인이 된 것이었다.

사람들은 다 흩어지고 마당에는 세 처녀의 부모들과 가까운 몇 사람만 남았다.

"들어덜 가야제라. 이러고 있다고 무신 수가 생기는 것도 아닌디."

누군가가 한숨 묻혀 침통하게 말했다.

"참말로 환장헐 일이시. 어찌 요런 얄궂은 일이 다 있능고."

어느 여자의 울음 섞인 말이었다.

"다덜 들어갑시다."

김진배가 말하며 돌아섰다. 남만석 내외도 그 뒤를 따랐다.

김진배의 아내는 소리를 억누르며 울기 시작했다. 딸 찾는 것을 포기하게 되자 그동안 참고 있던 울음이 터진 것이었다. 그녀는 집으로 들어서며 더는 소리를 참아내지 못하고 울음이 커졌다.

"아, 시끄러! 재수대가리 없이."

김진배가 버럭 소리질렀다.

"글먼 나보고 으쩌라고……."

그의 아내의 울음에 뒤섞인 말이 서럽고 절박했다.

"여자가 밤에 울면 액이 끼는 법이여."

김진배의 목소리가 더 커졌다.

그의 아내는 가슴이 섬뜩해지며 울음을 참느라고 속입술을 깨물었다.

"불도 쓰지 못헝게 자네넌 들어올 것 없이 그냥 가소."

김진배가 방으로 들어가며 처남에게 한 말이었다.

남만석은 그만 엉거주춤했다. 그 말이 너무 싸늘하고 매서웠다.

"야아……."

남만석은 다른 말 한마디 못하고 쫓겨나듯 물러섰다.

이튿날 새벽 먼동이 트기 전에 벌써 사람들은 집단부락을 나섰다. 그들 중에 몇 사람이 세 개의 바구니와 흩어진 나물들을 찾아낸 것은 해뜰 무렵이었다. 사람들은 해가 질 때까지 그 일대를 뒤졌다. 그러나 세 처녀의 종적은 묘연하기만 했다.

"거그서 어디로 갔을꼬? 하늘로 솟았능가 땅으로 꺼졌능가."

"산도 없는 거그서 호랭이가 물어갔을 것이여, 곰이 업어갔을 것이여? 보나마나 뻔허제. 어떤 불량헌 놈덜헌티 잽혀간 것이로구만."

"어찌 그리 장담혀?"

"딱 보면 몰라? 바구니에 얌전허니 있어야 헐 너물덜이 어찌서 그리 사방으로 흩어지고 널려 있겄능가. 너물덜이 즈그 발로 걸어나갔겄어? 불한당놈덜헌티 안 잽혀갈라고 큰애기덜이 몸살얼 대고, 그놈덜언 잡아갈라고 난리고, 그러다 봉게 바구니가 채이고 엎어지고 히서 그리된 것 아니겄어."

"그려, 필시 그렇구마."

"맞어, 쪽찝게 점쟁이시."

사람들은 모두 그 말에 동의했다. 달리는 더 생각나는 것이 없기도 했다.

"글먼 그 일얼 어쩐댜?"

"글씨 말이여……."

사람들은 서로서로 쳐다보며 더 말이 없었다. 이 넓디나 넓은 만주벌판에서 어디로 찾아나서야 할지 막막했던 것이다. 그리고 감시받고 살면서 마음대로 나설 수도 없는 처지였다.

"저그 머시냐……, 경찰에라도 찾어달라고 말해 보는 것이 어쩔랑고?"

누군가의 기운 없는 말이었다.

"경차알? 그려, 그리라도 히보기넌 히보는 것이 낫겄제."

다른 사람이 한숨을 내쉬었다.

세 처녀의 아버지와 몇 사람은 경비대장을 찾아가 사정을 이야기하고 경찰서에 가게 해달라고 했다.

"경찰서? 그거 좋소. 허나 경찰서가 너무 머니까 당신들이 갈 것 없이 내가 연락을 취해주겠소. 너무 걱정 말고 일들이나 빨리 시작하도록 하시오."

경비대장의 이런 말이 과히 달갑지 않았지만 사람들은 더 어쩔 수가 없었다. 한번 말을 그렇게 해버린 이상 직접 가게 해달라고 해서 될 일이 아니었던 것이다.

"글먼 꼭 부탁디리겄구만요."

"사람 생사가 달린 일인게라."

그들은 애원하듯 다짐했고

"알겠소. 당장 조치하겠소."

경비대장은 흔쾌하게 응답했다.

그러나 열흘이 지나고 보름이 가도 처녀들의 소식은 들려오지 않았다. 사람들은 농사일에 휘말려들면서 처녀들의 일을 차츰차츰 잊어가고 있었다.

봄비가 서너 차례 내리면서 사람들의 일손은 눈코 뜰 새 없이 바빠졌다. 물을 논에 가두랴, 물길을 잡으랴, 논을 갈아엎으랴, 모내기 채비에 밤낮이 없었다. 경비대에서도 배급량을 늘려주었다. 잘 부려먹어 군량미 생산을 높여야 했던 것이다.

"빌어묵을 놈덜, 똑 소 부래묵디끼 헌당게. 드러와서 참."

"글먼, 저놈덜 눈에 우리가 소가 아니면 머시여. 실답잖게 사람 대접받고 잡은감?"

"참 드런 놈으 팔자시. 쌀농새 쌔빠지게 져서 새끼덜헌티 쌀밥 한 끄니 못 믹이고 말이여."

"긍게 누가 나라 뺏기라고 힜간디. 백번 천번 말혀 봤자 입만 아프고 심만 파허제."

"그려, 그 죄가 누구헌티 있는지 원."

남자들은 뜬내 나는 조밥을 생밥으로 먹으며 쓰게 웃고 하늘을 쳐다보았다.

어른들은 군인들의 감시 아래 농사일에 정신이 없지만 열두세 살짜리 어중간한 나이의 아이들은 딱히 할 일이 없었다. 학교도 없어서 아이들은 속절없이 무식꾼으로 커가고 있었다. 아이들은 농사일을 등 너머로 익혀가며 이런저런 소일거리를 찾아다녔다. 그 중의 하나가 고기잡이였다. 고기잡이는 즐거운 놀이이면서 반찬을 장만하는 일이라 어른들에게 칭찬까지 받았다. 모내기철이 되면 물이 불어나면서 물고기들도 살이 올랐다. 그래서 아이들은 물줄기를 따라 고기잡이를 나서고는 했다.

열서너 살쯤 먹은 아이들 여섯 명이 물길을 따라 빠르게 걸으며 시끌덤벙하게 떠들고 있었다. 그들의 손에는 크고 작은 그릇들이 들려 있었다. 물도 푸고 고기도 담아갈 그릇이었다. 두 명은 삽과 괭이도 들고 있었다. 그물이 있을 리 없는 그들은 자기들이 할 수 있는 가장 손쉬운 방법인 보막기 고기잡이를 나서고 있는 참이었다.

보막기 고기잡이는 아무 물줄기에서나 하는 것이 아니었다. 논에 물을 대는 물줄기 같은 것이 아니라 물이 늘 흐르고 있는 개울이어야 했다. 개울도 물살이 세거나 폭이 넓어서는 안 되었다. 보를 막기가 어렵기 때문이었다. 물살이 아주 느리면서 폭이 좁장하고 물풀이 자라나고 있는 개울이어야 했다. 그런 데는 메기며 붕어 같은 것이 많았다.

아이들은 10리가 넘게 걸어 마음에 드는 개울을 찾아냈다. 그들은 개울가로 우르르 내려갔다.

"시끄럽게 허덜 말어. 괴기덜 놀래 도망간게."

몸집이 제일 큰 아이가 낮춘 소리로 말하며 아이들을 휘둘러보았다. 그 눈초리가 매웠다. 아이들이 움찔해졌다. 그가 대장이었던 것이다.

"물이 얼매나 짚은지 봐야제."

그 아이가 괭이를 거꾸로 들었다. 그리고 손잡이를 개울 가운데로 조심스럽게 넣었다. 괭이자루는 반 넘게 들어가다가 멎었다. 그 아이는 몇 번 위치를 옮겨가며 손가늠을 해보고 괭이자루를 꺼냈다. 그리고 그것을 제 다리에 대보았다. 괭이자루의 물 묻은 끝은 그의 무릎에 이르렀다.

"되았다. 여그서 한바탕 허자."

그 아이는 만족스러워하며 아이들을 둘러보았다. 아이들의 얼굴에 웃음꽃이 피어났다.

그 아이는 개울 위아래를 둘러보더니 "여그" 하면서 괭이로 한 번 찍고, 두 다리를 짝짝 벌려 한 20보쯤 걸어가더니 또 "여그" 하며 괭이로 표시를 했다. 그건 보를 막을 위치를 정한 것이었다.

곧바로 아이들은 일을 시작했다. 두 아이가 삽과 괭이를 가지고 개울가를 파기 시작했다. 그러나 삽질과 괭이질을 아무데나 하는 것이 아니었다. 큼직한 풀포기를 골라 그 둘레를 네모지게 팠다. 그리고 삽으로 떠올리면 풀뿌리와 함께 뒤엉켜 있는 흙은 흡사 흙벽돌처럼 네모를 유지하고 있었다. 그건 물속에서 흙이 허물어내리지 않게 해서 보를 빠르고 단단하게 막으려는 지혜였다.

두 아이가 풀포기벽돌을 떠놓으면 다른 아이들은 그것을 부지런히 아까 표시해 놓은 양쪽 위치에다 옮겼다. 그 작업은 한동안 계속되었고, 아이들의 이마와 콧등에는 땀이 송골송골 맺히기 시작했다.

그 일을 마친 아이들은 셋씩 양쪽으로 갈라졌다. 그리고 한쪽에 두 명씩이 바지를 허벅지까지 단단히 걷어올리고 조심조심 개울물 속으로 들어섰다. 밖에 있는 한 아이가 풀포기벽돌을 들어 두 아이에게 건네기 시작했다. 양쪽에서 보막기가 동시에 시작된 것이었다. 고기가 도망가지 못하고 가운데로 몰리게 하기 위해서였다.

양쪽의 보가 물 위로 솟겠다. 그런데 위쪽의 보가 한 뼘 이상 높았다. 보 안의 물을 퍼내는 동안 흘러 내려오는 물이 넘치지 않게 하기 위해서였다.

보막기가 끝나자 아이들은 제각기 그릇을 들었고, 밖에 있던 두 아이도 물속으로 들어섰다. 그리고 그들은 맹렬한 기세로 물을 퍼내기 시작했다. 그 일을 하기까지 허튼소리를 한 아이는 하나도 없었고, 그들은 철저한 협동작업을 해내고 있었다. 그러니까 잡은 고기를 똑같이 나누는 것은 더 말할 것도 없었다.

그들은 이제 땀을 뻘뻘 흘리며 물을 퍼내고 있었다. 보 안의 물이 반나마 줄어들고 개울가 양쪽에 진흙이 드러나면서 고기들이 수면으로 푸득푸득 튀기 시작했다.

"와아아―."

"야아아―."

아이들은 마침내 환성을 터뜨렸다.

개울바닥의 진흙이 다 드러나도록 물을 퍼낸 아이들은 마음 놓고 떠들어대며 고기잡기에 정신이 없었다. 손바닥만큼씩 한 붕어가 진흙탕 여기저기서 펄떡거렸고, 팔뚝보다 더 굵고 큰 메기들이 진흙을 파고들며 숨거나 개울둑에 판 굴속의 진흙탕에 없는 듯 모습을 감추고 있었다.

"아이고 미끄러라!"

메기를 잡았다가 놓치는 아이가 소리쳤고

"워메 기운 씬거!"

그릇에 담겼다가 튀어오르는 메기를 되잡는 아이의 외침이었다.

아이들은 붕어는 쉽게 잡았지만 미끄럽고 기운 센 메기를 잡느라고 옷이 진흙투성이가 되어갔다. 그러나 아이들은 그런 것은 아랑곳하지 않고 마냥 신바람이 나기만 했다. 고기를 잡아가기만 하면 옷을 더럽힌 것쯤 어머니가 못 본 척했고 아버지는 껄껄껄 웃으며 머리를 쓰다듬어주었던 것이다. 어머니가 장만하는 붕어조림이나 메기매운탕은 그렇게 맛있을 수가 없었다.

"메기 숨은 놈 더 없능가 찬찬히 잘덜 봐!"

몸집 큰 아이의 외침이었다. 메기는 못생긴 것에 비해 아주 영리했던 것이다. 그리고 그 말은 이제 곧 보를 튼다는 신호이기도 했다.

"메기 지놈이 숨으면 어디 숨을 것이여."

"하먼, 지놈이 숨어봤자 우리 눈얼 끝꺼정 속일 수야 있간디."

"근디 참 요상헌 것이 한 가지 있드라."

"머시가?"

"우리 고향서넌 성님덜이 고기잽이헐 직에 보먼 붕어고 메기고 벨라 크덜 안혔는디 여그 만주 것덜언 어찌 이리 큰지 몰르겄어."

"아이고 빙신, 고것도 몰르냐?"

"니넌 아냐?"

"그려, 안다. 여그가 만주닝게 그러제 어째."

"니가 빙신이다, 좆겉은 놈아. 고것도 대답이라고 허냐?"

"하 씨팔놈, 누구보고 좆겉은 놈이여, 좆겉은 놈이. 우리 아부지가 그랬는디도 좆겉은 놈이냐!"

"머시, 느그 아부지가 그러셨어? 글먼 나가 잘못혔다."

아이들은 마지막으로 진흙탕 속을 손발로 헤집고 더듬어대면서 이렇듯 신명나게 떠들어대고 있었다.

"야 이 조선놈의 새끼들아!"

그때 갑자기 터진 중국말 고함이었다.

"이새끼들이 건방지게 어디서 떠들어대."

또다른 고함이었다.

아이들은 깜짝 놀라 일제히 고개를 치켜들었다. 개울둑에는 두 청년이 버티고 있었다.

"이새끼들, 당장 올라와!"

한 청년이 빠르게 손짓했다.

"빨리빨리 못해!"

다른 청년이 발길질을 했다.

아이들은 무슨 영문인지 모른 채 그저 두 청년의 사나운 기세에 눌려 비실비실 둑 위로 오르기 시작했다. 아이들은 중국말을 알아들을 리 없었다.

"요런 조선놈의 새끼들아, 똑바로 줄 서!"

발길질했던 청년이 좌우로 손짓했다.

겁난 아이들은 무슨 말인지 알아듣지 못하고 고기들이 든 그릇을 꼭 끌어안으며 눈만 뒤룩거렸다.

"요런 일본놈 주구 새끼들아, 이렇게 줄 서란 말야, 줄!"

다른 청년이 먼저 올라온 두 아이의 따귀를 사정없이 올려붙이며 옆으로 나란히 세웠다. 그러자 다른 아이들은 눈치 빠르게 그 옆으로 늘어서기 시작했다.

"이 일본놈 주구 새끼들아, 우리 농토 뺏은 것도 모자라 고기까지 네놈들 것인 줄 아냐."

그 청년은 나머지 아이들의 따귀를 찰싹찰싹 때려나갔다.

"이봐, 그것 가지고 돼? 이새끼들 버릇을 뜯어고치려면 전부 물속에다 처박아야 돼. 저쪽으로 옮기게 해."

다른 청년이 독 오른 얼굴로 턱짓했다.

"그래, 그것 좋다. 이새끼들아, 저쪽으로 옮겨!"

그 청년이 또 아이들의 따귀를 빠르게 갈겨대며 왼쪽을 손짓했다. 그러자 아이들은 가라는 것인 줄 알고 내뛰기 시작했다. 그쪽이 자기네들 집이었던 것이다.

"저새끼들 잡아라!"

“저것들이 도망을 가!”

두 청년이 소리치며 아이들을 뒤쫓았다. 한 아이가 여지없이 넘어졌다. 찌그러진 양철그릇이 나뒹굴어지면서 고기들이 쏟아졌다. 붕어며 메기들이 푸득푸득 뛰었다. 아이들은 곧 잡히고 말았다.

“이 주구놈의 새끼들이 도망을 가!”

“그 애비에 그 새끼들이야!”

두 청년은 아까보다 훨씬 더 화가 나서 소리쳤다. 그리고 아이들을 사정없이 걷어차며 떠밀기 시작했다. 아이들은 고기가 든 그릇을 안은 채 뒤로 벌렁벌렁 넘어가 개울물에 처박히고 있었다.

“아이고, 고기!”

“워메, 내 고기!”

아이들은 물을 뒤집어쓰고 허우적거리면서 울부짖고 있었다.

“으하하하하…….”

“아하하하하…….”

두 청년은 물에 빠진 아이들을 내려다보며 통쾌하게 웃어대고 있었다.

아이들은 반대편 개울둑으로 기어올라 슬금슬금 달아나기 시작했다. 어떤 아이는 다리를 절룩거리고 있었고, 또 어떤 아이는 배를 움켜잡고 있기도 했다. 두 청년은 계속 웃어대며 아이들을 더 뒤쫓지 않았다.

두 청년이 말끝마다 ‘일본놈의 주구 새끼들’이라고 욕을 해댄 것은 그럴 만한 이유가 있었다. 만척에서는 조선사람들을 북만주로 이민시키면서 관동군과 짜고 중국사람들의 농토를 시가의 10분의 1 정도만 주고 빼앗았다. 총을 들이댄 강압에 중국사람들은 억울하게 당할 수밖에 없었다. 만척에서는 그 땅에다가 집단부락을 짓고 조선사람들에게 농사를 짓게 했다.

만척에서 군이 중국사람들의 농토를 빼앗아 조선사람들에게 농사를 짓게 한 것은 조선사람을 위해서가 아니었다. 그들은 군량미로 쌀이 필요했다. 그래서 밭농사밖에 지을 줄 모르는 중국사람들을 몰아내고 논농사에 능한 조선사람들을 채운 것이었다. 그 속임수 강제이민이 논농사 많은 전라도와 경상도에서 집중적으로 이루어진 것도 그 까닭이었다. 이주한 조선사람들이 가장 먼저 한 일은 밭을 논으로 바꾸는 것이었다.

농토를 빼앗기고 가난뱅이가 된 중국사람들은 일본사람들만 미워하고 증오하는 것이 아니었다. 일본군의 보호를 받아가며 자기네 땅에 농사를 지어먹고 있는 조선사람들에게도 똑같은 원한을 품고 있었다. 조선사람들의 입장에서는 엄연히 일본군의 감시를 받으며 고통스럽게 살고 있는데도 중국사람들의 입장에서 보자면 조선사람들이 일본군의 보호를 받고 있었던 것이다.

"참 큰일이다……."

"예삿일이 아니시, 아그덜헌티꺼정……."

아이들의 말을 전해 들은 어른들은 무거운 한숨들만 쉴 뿐이었다. 어른들은 그 까닭을 알고 있었던 것이다.

37

신탁통치설

식단 중앙에는 태극기가 구김살 하나 없이 반듯하게 부착되어 있었다. 태극기는 그 아래 앉아 있는 사람들이 왜소해 보일 만큼 엄청나게 컸다. 식단 앞면의 천장에서부터 드리워진 길고 폭넓은 현수막에는 '신탁통치설 비판 자유한국인대회'라고 큼직큼직한 글씨가 적혀 있었다. 그 현수막에 적힌 내용과 커다란 태극기가 묘한 대조를 이루고 있었다. 그 커다란 태극기는 마치 "나를 신탁통치해? 안 돼, 절대로 안 돼" 하며 엄하게 외치고 있는 것 같았다.

식장에는 300여 명이 빽빽하게 들어차 있었다. 그 사람들 중에는 여자들도 꽤나 많았다. 그들은 모두 숙연하고 엄숙한 얼굴로 앉아 있었다. 단상의 태극기가 유난히 큰 것은 그들의 마음의 표현인지도 몰랐다.

"만장하신 여러분, 오래 기다리셨습니다. 그럼 지금부터 신탁통치설 비판 자유한국인대회를 개최하겠습니다. 다같이 기립하시어 단상의 태극기를 향해 국기에 대한 배례를 올리겠습니다. 일동 기립!"

사회자의 말에 따라 식장의 모든 사람들이 일어섰다.

"국기에 대하여 배례!"

그들은 다같이 오른손을 왼쪽 가슴에다 올렸다. 투명한 고요 속에 모든 사람들의 얼굴은 더욱 숙연하고 엄숙해져 있었다.

"바로! 다음은 애국가 봉창이 있겠습니다."

검은 양복을 입은 남자가 지휘봉을 들고 단상 위로 올라갔다. 그 남자는 단상 앞쪽 중앙에 자리잡고 서더니 두 팔을 들어올렸다.

"동해물과 백두산이 마르고 닳도록……, 시이작!"

모든 사람들은 지휘자에 맞추어 애국가를 부르기 시작했다.

애국가는 1절에서 끝나지 않았다. 사람들은 2절을 부르고 다시 3절로 넘어갔다. 어떤 여자들은 손수건으로 눈물을 찍어내고 있었고, 노랫소리는 갈수록 우렁차면서도 슬픈 음조가 강해지고 있었다. 사람들은 애국가를 4절까지 다 불렀다. 오늘만 그러는 것이 아니었다. 모든 공식적인 예식에서는 애국가를 4절까지 부르도록 되어 있었다. 4절까지 부르면서 조국의 독립을 생각하고 투쟁의 의지를 북돋우고 단결의 화합을 이루자는 것이었다.

"다음은 독립투쟁의 전선에서 혁혁하게 싸우시다 장렬하게 순국하신 독립투사들을 추모하는 묵념을 올리겠습니다. 다같이 묵념 시작!"

깊은 침묵이 장내에 흐르고 있었다. 방대근의 뇌리에서는 지나온 날들의 기억이 빠르게 스쳐가고 있었다. 그는 그 기억들을 따라 비로소 목이 메고 있었다. 빠르게 스쳐가는 얼굴, 얼굴들은 수국이 누나에서 멈추어졌다. 수국이 누나는 어디서 어떻게 죽었는지 생각할수록 가슴이 아렸다.

"바로! 예, 모두 착석해 주시기 바랍니다."

자리에 앉는 모든 사람들의 얼굴은 경건하고도 침통했다. 그들은 모두 독립투쟁과 직접 관계되는 사람들이었고, 남의 나라 땅 중국 중경에서 올리는 국민의례였던 것이다.

"그럼 지금부터 오늘의 본행사 첫 번째 순서로 신탁통치설 비판 자유한국인대회 추진위원장님의 인사말씀이 있으시겠습니다."

머리가 희끗희끗한 50대 중반의 남자가 연단에 나와 섰다. 보통 키에 마른 편인 그 남자의 얼굴에는 고난에 찬 삶의 역정을 말하는 듯 굵은 주름이 잡혀 있었다. 그 모습을 얼핏 보면 시들고 지친 것 같았다. 그러나 그 눈은 형형하게 빛나고 있었다.

"만장하신 여러분, 오늘 우리는 비통한 심정으로 이 자리에 모였습니다. 현하 세계정세는 독일과 일본을 적으로 하고 중국 영국 미국 불란서를 중심으로 연합국 사이에 대전쟁이 벌어지고 있는 것은 여러분들도 너무나 잘 알고 계시는 주지의 사실입니다. 우리 대한민국 임시정부 또한 진작에 대일선전포고를 함과 동시에 우리 청장년들이 이 전쟁의 일익을 담당하고 있는 것도 여러분이 잘 알고 계시는 명백한 사실입니다. 그런데 최근에 심히 유감스러운 설(說)이 들려 우리 조선인들을 분노케 하고 실망케 하고 있습니다. 그건 다름 아닌 대한민국의 신탁통치설입니다. 그건 연합국 중의 두 나라 대표인 영국의 처칠 수상과 미국의 루스벨트 대통령이 종전 후 처리 문제 중의 중대사인 아세아와 아프리카 식민지국가들의 문제를 논의하는 과정에서 나온 것이라고 합니다. 여러분, 대한민국의 신탁통치란 무엇입니까! 일본이 패망하면 우리는 우리 민족의 자주 독립국가를 세우지 못하고 연합국의 통치를 받아야 한다는 뜻입니다. 그 이유는 어디에 있는가! 그건 우리 민족이 스스로 국가를 세울 능력도 없고, 국가를 운영할 자질도 없기 때문이라는 것입니다. 이것이야말로 강대국의 일방적인 횡포이며, 처칠과 루스벨트의 무지를 백일하에 드러내는 것이 아니고 무엇이겠습니까. 재론할 여지도 없이 신탁통치란 우리나라를 또다시 식민지로 만들겠다는 음모이며, 우리 민족에 대한 모독인 동시에 조선인들의 자존심을 능멸하는 처사가 아닐 수 없습니다. 이에 대하여 석 달 전인 지난 2월에 임정의 조소앙 외교부장께서 비판의 선언문을 발표했습니다. 그러나 그것으로는 족하지 않아 우리는 좌시할 수 없어서 오늘 이렇게 비판대회를 열게 되었습니다. 우리는 오늘 이 자리를 통하여 신탁통치의 부당성을 통렬하게 비판하고, 신탁통치를 절대 거부하는 조선인들의 불굴의 결의를 만천하에 밝히고, 그리하여 처칠과 루스벨트가 자신들의 무지를 자각할 수 있도록 해야 할 것입니다. 여러분들의 기탄없는 비판을 바라 마지않습니다. 이상으로 인사의 말씀을 갈음하고자 합니다."

회장에 모인 사람들은 손 모아 박수를 쳤다.

“추진위원장님의 인사말씀이었습니다. 그럼 지금부터 대한민국 신탁통치설 비판의 순서로 들어가겠습니다. 첫 번째 비판자는 이동광 씨입니다.”

40대 중반의 건장한 남자가 연단에 나섰다. 짙은 눈썹과 큰 입이 야성을 풍기고 있었다.

“불초 소생은 나이 스물에 압록강을 건넌 이후로 26년이 지난 지금까지 여러 가지 고초도 겪고 분한 일도 많이 당했습니다만 오늘처럼 죽고 싶도록 분통한 경우는 없었습니다. 믿는 도끼에 발등 찍히더라고 한편인 줄 알았던 연합국들이 우리 조선을 신탁통치한다니, 이 어인 일입니까. 좋습니다, 너희들이 나라를 빼앗겼으니 나라를 다시 세울 능력도 없고 또 나라를 지탱해 갈 자질도 없다, 그런 뜻인 모양입니다만 그건 천만의 말이올시다. 첫째 알아두어야 할 것은 나라를 팔아먹은 것은 친일파 조정대신놈들이었지 백성들이 아니라는 사실입니다. 둘째로 알아두어야 할 것은 우리 민족의 역사는 자그마치 반만년인 5천 년에 이르고, 그 장구한 세월 동안에 많은 독립된 국가를 세우고 운영해 온 확실 분명한 증거를 가지고 있습니다. 셋째로 알아두어야 할 것은 매국노들이 나라를 팔아먹은 이후 오늘에 이르기까지 장장 33년 동안 조선의 백성들은 나라를 되찾기 위하여 단 하루도 빼놓지 않고 왜놈들과 피흘려 싸워오고 있고, 싸우다 죽어간 분들만도 100만 숫자를 넘습니다. 넷째로 알아두어야 할 것은 우리 민족은 거족적인 3·1운동을 일으키는 것을 계기로 임시정부를 수립하여 엄연히 오늘에 이르고 있습니다. 다시 봅시다, 나라를 세울 능력이 없고 나라를 지탱해 갈 자질이 없는 민족이 5천 년의 독립된 역사를 보유할 수 있는 것입니까. 또 나라를 세울 능력이 없고 나라를 지탱해 갈 자질이 없는 민족이 폭압과 살육을 밥 먹듯이 하는 일본놈들을 상대로 33년 동안이나 피 어린 투쟁을 끈질기게 전개할 수 있는 것입니까. 그리고 나라를 세울 능력이 없고 나라를 지탱해 갈 자질이 없는 민족이 그 어느 나라의 경제적 원조도 없이 24년 동안이나 자력으로 망명 정부를 유지할 수 있었겠습니까. 모든 사실이 이렇듯 엄연한데 신탁통치라니 그 무슨 망발입니까! 연합국의 수뇌들은 이제라도 늦지 않았으니 강대국의 자만에 빠져 있지 말고 두 눈 똑똑히 떠서 조선민족의 역사와 조선사람들의 심중을 직시하지 않으면 안 될 것입니다. 만약 그러한 노력과 성의를 보이지 않고 신탁통치를 강행하게 되는 경우에는 조선사람들 전체는 연합국을 일본과 똑같은 적으로 간주해서 제2의 독립투쟁을 전개하게 될 것임을 엄중히 경고해 두는 바입니다. 그리고 끝으로 지적하고자 하는 것은 대한민국 임시정부의 승인에 관한 건입니다. 그동안 대한민국 임시정부는 현재의 연합국들을 중심으로 해서 세계 여러 나라에 수없이 승인을 요청해 왔습니다. 그럼에도 불구하고 연합국들은 대한민국 임시정부를 승인하지 않았습니다. 물론 태평양전쟁이 일어나기 전에는 일본과의 관계 때문에 기피했다고 할 수도 있습니다. 그러나 이제 연합국이 결성된 이상 일본은 우리 대한민국과 연합국의 공적인 것은 명백한 사실입니다. 그러므로 이제 연합국은 신탁통치 같은 망상을 하루빨리 철회하고 대한민국 임시정부를 마땅히 승인하여 3천만 조선민족을 동지로 삼을 것을 촉구하는 바입니다. 이상으로 소생의 말씀을 마치고자 합니다."

"옳소, 옳소!"

"옳소, 명비판이오!"

"최고요, 최고!"

사람들은 환성을 지르며 열렬하게 박수를 쳐댔다. 그칠 줄 모르고 이어지는 박수소리를 따라 장내의 열기는 고조되고 있었다.

"저 사람 누구지요?"

송가원은 박수를 치며 방대근에게 물었다.

"아, 3·1운동 적에 학생 대표로 나섰다가 상해로 온 사람이오."

"그럼 민수희 여사하고 같은 경력의 소유자로군요."

"이, 그런 심이오."

"그후로는 임정에서 일했나요? 많이 배운 것 같은데."

"저 사람이 임정서 공부시킨 사람덜 중에 한나요."

"임정에서 공부를 시켜요?"

"그적에 공부럴 다 마치지 못허고 상해로 온 학생덜이 많었는디 그중이서 머리 존 학생덜얼 골라 김구 주석이 학비럴 댄 것이오. 나가 상해에 있을 적에 저 사람은 영어럴 잘허기로 소문나 있었소."

"김구 주석께서 인재들까지 길러내셨군요."

송가원은 처음 듣는 그 말에 가슴이 뭉클해지고 있었다.

"그적에 반대허는 사람덜도 있었다는디, 앞을 내다보신 것 아니겄소. 그렁게 이리 잘 써묵덜 않소."

긴 박수소리가 끝났다.

여자 한 사람과 남자 한 사람이 더 비판연설을 했다. 그때마다 열렬한 박수가 터져나왔다.

"그러면 이상으로 비판연설을 마치고 우리 3천만 민족의 결의를 나타내는 구호를 삼창하기로 하겠습니다. 모두 힘차게 복창해 주시기 바랍니다."

사회자의 말이 끝나자 한 젊은이가 단상 앞으로 나섰다.

"대한민국 3천만 민족의 결의를 합쳐 신탁통치 결사반대를 삼창하기로 하겠습니다. 신탁통치 결사반대!"

젊은이가 주먹쥔 오른손을 치뻗어올렸다.

"신탁통치 결사반대!"

일어선 사람들이 모두 외쳐대며 팔을 치뻗어올렸다.

"신탁통치 결사반대!"

"신탁통치 결사반대!"

목소리들이 더 우렁차게 커졌다.

"신탁통치 결사반대!"

"신탁통치 결사반대!"

그 어느 때보다도 뜨거운 박수가 터져올랐다.

"우리의 이 열렬한 외침이 오늘 발표된 비판연설문들과 함께 연합국 수뇌들에게 전해질 것입니다. 이제 마지막 순서로 만세 삼창이 있겠습니다."

추진위원장이 연단으로 나왔다.

"대한독립 만세에!"

"대한독립 만세에에—."

"한국광복군 만세에!"

"한국광복군 만세에에—."

"연합국 승리 만세에!"

"연합국 승리 만세에에—."

"이상으로써 신탁통치설 비판 자유한국인대회를 전부 마치겠습니다."

사회자의 말이 끝났지만 사람들은 부동자세로 서 있을 뿐 움직일 줄을 몰랐다. 그들이 바라보고 있는 것은 정면 단상의 태극기였다.

그 모임은 임정의 간부들이나 광복군의 간부들이 관여하지 않은 조선사람들의 순수한 뜻이 합쳐진 것이라는 데에 의미가 있었다. 더구나 중경까지 와 있는 그들은 어떤 방법으로든 독립투쟁에 헌신하고 공헌한 사람들이었다. 그래서 그들이 3천만 조선민족을 대표한다고 해도 과히 지나칠 것은 없었다.

식장을 나선 방대근 일행은 가까운 음식점을 찾아갔다. 점심때가 다 되어 있었다.

"참 분하기도 하고 감격스럽기도 하고 기분이 묘하군요."

중국식 둥근 탁자에 모두 자리를 잡자 민수희가 말했다. 그녀의 눈 가장자리에는 아직도 눈물의 흔적이 남아 있었다.

"판이 어찌 될란지 참 큰일이오."

방대근이 담배를 꺼내며 한숨을 쉬었다.

"저걸 보내면 좀 효과가 있기는 있을까?"

윤주협이 혼잣말처럼 말했다.

"아까 구호를 외칠 때 사진도 찍었으니 그걸 보면 그 사람들도 달라지지 않을 수가 없을 거예요."

민수희의 말이었다.

"글씨……, 배불른 놈이 배고픈 사람덜 사정 아는 법 없는 것잉게."

방대근이 담배연기를 내뿜으며 쓰게 웃었다.

"예, 그럴 확률이 큽니다."

송가원이 고개를 끄덕였다.

"그럼 어쩌지요? 괜히 헛일만 하는 거 아니에요."

민수희가 안타깝게 말했다.

"그래도 우리로선 하는 데까지 해봐야지요. 이것도 독립운동의 한 방법이니까요."

송가원이 담배에 불을 붙였다.

"강대국이란 게 다 그 모양이라. 결국 개인이고 국가고 힘없는 쪽만 억울하고 서러운 거야."

윤주협이 한숨을 쉬었다.

"참, 고것이 그리만 안 됐어도……."

무슨 생각인가를 하고 있던 방대근이 불쑥 말했다.

"뭐가 말인가?"

윤주협이 눈길을 돌렸다.

"광복군 말이시. 광복군이 시방 5천 명만 됐어도 요 일이 달라질 수 있을 것이란 말이시. 시기가 안 맞어서 그런 것인디, 왜놈덜이 한 3년만 일찍 태평양전쟁을 일으키고 만주 동북항일연군 조선 병력얼 이짝으로 이동시켜서 광복군얼 맨글었으면 연합국도 우리럴 무시 못헌단 말이시. 그런디 시기가 안 맞어 만주서 수천 명 아깝게 죽어가고 인자 광복군 300여 명이니 강대국덜이 우리럴 무시 안 헐 수가 있겄능가. 다 사후 약방문이기넌 헌디."

방대근이 한숨을 쉬며 눈을 내리감았다. 담배를 든 그의 손이 가늘게 떨리고 있었다.

"예, 그 말씀에 일리가 있습니다. 5천 명은 안 되더라도 이삼천 명만 있어도 달라지겠지요. 힘에는 힘밖에 효과를 내는 게 없으니까요. 연합군이 동남아전선에서 우리 병력을 이용하기 위해서라도 임정을 승인할 수 있고, 정부를 승인한 상태에서는 신탁통치니 뭐니가 나올 수가 없는 일이지요."

송가원의 말이었다.

"그럼 이런 사태에 대비하지 못한 임정의 잘못도 크지 않소?"

윤주협이 정색을 했다.

"아니시, 이 일언 그 누구도 어쩔 수가 없는 일이시. 일본이 그리 비밀리에 전쟁을 일으킬지 몰르고 미국도 당헌 판 아닌가. 우리넌 그간에 도처에서 최선얼 다해 싸운 것이고, 인자 새 싸움에 직면헌 것이나 알먼 되네."

방대근이 이야기를 정리하듯 말했다.

"참 옥비 씨, 얼마 전에 말한 부인회 있잖아요, 곧 재건대회를 갖게 될 거예요. 꼭 가입하도록 하세요."

민수희가 말머리를 돌리며 옥비를 건너다보았다.

"지가 무신……."

그때까지 없는 듯 앉아 있던 옥비는 부끄럽게 웃었다. 머리모양이며 옷이 완전히 중국식이었다. 남자들도 그렇듯 여자들도 철 따라 한복을 갖춰입기 어려운 형편 때문이었다. 그런 옥비의 모습은 천상 중국여자였다.

"아니에요, 부인회에는 옥비 씨 같은 분이 꼭 필요해요. 그 특출한 재주로 회원들의 마음도 좀 위로해 주고, 학예반에서 아이들도 좀 지도해 주고, 할 일이 얼마나 많은데 그래요. 송 선생님, 웃고만 계시지 말고 응원을 좀 하세요."

민수희는 송가원을 쳐다보았다.

"예, 저는 권하고 있습니다."

"그런데 왜 그러시죠, 옥비 씨? 명창으로 무대에 많이 서셨을 것이니 부끄러워서 그럴 리 없고, 만주서 항일연군으로 투쟁하셨으니 애국심이 약해서 그럴 리 없고, 뭐가 맘에 안 드는 게 있으세요?"

민수희는 아주 진지한 얼굴로 옥비에게 시선을 고정시키고 있었다.

"아, 아니구만요. 애기가 안직 에래서……."

옥비는 수줍게 웃었다.

"아아, 지극한 모성애 때문에 그렇군요. 그건 염려 안 하셔도 돼요. 평소에는 애도 데리고 나와서 세상 구경도 좀 시키시고, 애를 떼어놓고 해야 될 행사에는 당분간 빠지면 되니까요. 어떠세요?"

민수희는 그 성격답게 적극적으로 공략하고 있었다.

"그거 괜찮은 방안잉게 가입허는 것이 좋겄소. 여그서 조선사람으로 그저 손놓고 있어서넌 안 된게."

방대근의 나직한 말이었다.

"예에……."

옥비는 다소곳이 고개를 숙였다.

"아니 방 대장님, 무슨 마술 부리세요? 제 권유는 그렇게 안 듣는데 어찌 그리 한마디로 해결을 지으시나요?"

민수희가 어리둥절해했다.

"여보, 방 대장님하고 당신하고가 어디 같소? 방 대장님은 그야말로 옥비 씨의 대장님 아니오. 항일연군, 그게 어디 예사 군대요. 이 세 분들 손에 남아 있는 동상 흉터를 보시오. 이 흉터가 남아 있는 한 이분들은 영원히 항일연군이란 걸 알아두시오. 허허허……."

윤주협의 농담 같은 말이었다.

"어머, 그렇군요. 방 대장님하고 당신이 영원히 의열단인 것처럼."

민수희가 의미 깊게 고개를 끄덕였다.

옥비는 탁자 아래로 자신의 손을 내려다보며 만주의 설한풍 몰아치는 소리를 듣고 있었다. 그리고 환자들의 모습이 스쳐 지나가고 있었다. 자신이 부르는 입 속의 노래를 듣고 눈물 글썽이며 좋아하던 환자들, 그들 중에 몇 사람이나 살아남았는지 모를 일이었다. 그때 어떻게 그 추위와 위험 속에서 견디고 살아났는지 언제 생각해도 꿈만 같았다. 모든 것이 생시 같지가 않은데 한 가지는 확실한 것이 있었다. 송가원을 의지하고 믿은 것이었다. 그가 있기만 하면 그 어떤 고초든 참고 이겨낼 수 있었던 것이다.

"그나저나 앞으로가 참 큰일이오. 지원병이라고 허는 조선청년덜이 왜놈덜 전선에 배치되고 있는디. 기맥히게도 동족상쟁얼 허게 생겼시니."

방대근이 쓴 입맛을 다셨다.

"지원병은 또 그렇지만, 곧 징병제가 실시된다고 하지 않습니까. 그럼 더 많은 청년들이 끌려올 텐데 그때는 정말 동족상쟁의 비극을 피할 수 없게 될 겁니다."

송가원의 침통한 말이었다.

"나가 알아보닝게 지원병이라는 것도 태반이 친일파나 민족반역자라고 헐 수가 없는 것이 문제요. 왜 그런고 허니, 살기넌 에룹고 돈언 준다고 허고 헝게 가난헌 소작인 자석덜이 나슨 경우가 너무 많으요."

방대근이 혀를 찼다.

"그럼 그만 일어나보실까요."

민수희가 손목시계를 들여다보았다.

"이거 점심이 너무 부실해서 죄송합니다."

송가원은 돈을 치르려고 먼저 일어났다.

"임정 간부덜도 점심 굶는 날이 많은디 이만허면 성찬이오."

방대근이 대꾸하며 잔에 남은 물을 마저 마셨다. 그들이 한 식사는 면 종류로 간소했다.

음식점을 나와 방대근과 윤주협이 짝지어 떠났고, 옥비는 아이가 기다린다며 발길을 서둘렀다. 송가원과 민수희는 병원으로 향했다.

"방 대장님은 생각보다도 용케 혼자 잘 견디시네요."

민수희가 멀어져 가는 방대근을 돌아다보며 말했다. 그녀는 아직도 방대근을 결혼시키지 못한 아쉬움을 가지고 있었다.

"평생 그렇게 살아오신 분이니까요. 저런 분들은 오히려 누구하고 함께 사는 걸 불편해하실 겁니다."

송가원이 말하는 '저런 분들'이란 아직까지도 총각으로 살아가고 있는 몇몇 의열단원을 가리키는 것이었다.

"천상 타고난 투사들이지요. 저런 분들이 신탁통치설을 듣고 어떤 심정일까를 생각하면 막 눈물이 쏟아지려고 해요."

"예, 그 흉금을 형용할 수가 없겠지요. 윤 선생님은 뭐라고 하시던가요?"

"너무 분해하면서 자꾸 술만 마시려고 해요."

"당연하지요. 나 같은 사람이 감정을 주체하기 어렵게 분한데 평생 혈투를 벌여온 분들 심정이야 오죽하겠어요. 가끔 술 좀 드시게 하세요."

"후원금 낼 돈도 모자라는걸요. 근데 한 가지 의문이 있어요. 혹시 우리나라가 독립을 해도 나라를 지탱해 갈 능력이 부족한 건 아닌가요? 30여 년 동안 능력 있는 분들이 너무나 많이 희생되어서 말이에요."

"아 예, 그거 좀 특이한 발상이군요. 그동안 유능한 분들이 너무 많이 희생된 건 사실이지요. 그러나 신학문을 통해 배출된 지식인들이 그동안 또 얼마나 많습니까. 제가 대충 알기로 국내와 만주의 감옥에 갇혀 있는 분들만 2만이 넘습니다. 그리고 국내에서 타협하지 않고 침묵을 지키고 있는 양심적인 지식인들과 중국에서 활동하는 분들을 합하면 또 2만 명은 될 겁니다. 그뿐만 아니라 지금 대학과 고등학교를 다니고 있는 학생들이 있습니다. 그리고 더 중요한 것은 식민지의 역사를 체험하고 자각한 대중들이 있습니다. 타민족의 지배는 절대 용납할 수 없다는 대중들의 역사체험과 자각은 우리 민족이 300년, 아니 3천 년을 굳건히 설 수 있는 더없이 튼튼한 지반이 될 것입니다. 다시는 나라를 빼앗기지 말자는 전 민족적 결의와 결속이 이루어진 상태에서 나라를 세우고 그 나라를 보존해 나가는 데 4만여 명의 지식층은 너무 많을 수도 있습니다. 저는 전문가는 아닙니다만 그 점에 대해서는 낙관하셔도 좋을 것 같습니다."

"어머, 전문가가 따로 없으시네요. 지금 말씀하신 측면에서 송 선생님이 오늘 비판자로 나섰더라면 참 좋았을 걸 그랬어요."

민수희는 걸어가면서 정색을 하고 송가원을 쳐다보았다.

"아이, 무슨 말씀을……."

송가원은 쑥스럽게 웃으며 고개를 저었다.

"그리고 저는 또 한 가지 걱정이 있어요. 연합국이 전후 처리문제를 논의하는 걸 보면서 일본이 전쟁에서 질 거라는 건 확신하게 되는데, 우리가 해방이 되고 나라를 세우면 그 많은 친일파나 민족반역자들은 다 어쩌나 하는 걱정이 생기거든요."

"다 죽여야지요!"

거침없이 터져나온 송가원의 목소리는 단호하기 이를 데 없었다.

"네에……?"

민수희는 깜짝 놀라 송가원을 쳐다보았다.

"왜 그리 놀라십니까?"

송가원의 얼굴은 냉정했다.

"그자들이 얼마나 많은데 다……."

"예, 대충 150여만이라고 보지요."

"그런데 그 사람들을 다……."

"많은 게 문제가 아닙니다. 그 두 배, 300만이라도 다 죽여야 합니다. 왜냐하면 그놈들은 왜놈들과 함께 동족을 살해한 공동살인범들이기 때문이고, 민족 전체를 박해하고 고통 속에 몰아넣은 공동가해자들이기 때문이고, 그놈들이 훼손시킨 민족정기를 되살리고 그놈들이 짓밟은 민족정의를 바로세워야 하기 때문입니다. 일제 강점 이후 지금까지 도처에서 죽어간 동포들이 과연 얼마나 되겠습니까. 줄잡아 300만이 훨씬 넘습니다. 그래도 그들을 다 죽이는 게 수가 너무 많습니까? 그놈들 하나가 동포 둘을 죽인 꼴입니다. 그러나 앞으로 또 얼마나 더 죽일지 모릅니다. 그런데도 그들을 다 죽이는 게 수가 너무 많습니까? 그건 왜놈들이 죽였지 그들이 죽인 게 아니라고 말하진 맙시다. 그건 해방이 되는 날 바로 그놈들이 하게 될 뻔뻔스럽고 파렴치한 변명이니까요. 물론 그놈들 중엔 직접 죽인 놈들도 있고 그렇지 않은 놈들도 있지요. 그러나 한 가지 분명한 것은 직접적이든 간접적이든 그들 모두가 왜놈들의 살육에 가담한 공동살인범들이라는 사실입니다. 민 선생도 3·1운동의 선봉에 섰으니까 잘 아시겠지만 그때 총질을 하고 고문을 한 게 왜놈 순사와 형사들뿐이었습니까? 그때의 사실을 잊지 마십시오. 2년 전인 41년에 임정이 발표한 대한민국건국강령에서 제일 마음에 드는 게 친일파와 민족반역자들에 대한 가차없는 처벌을 첫 번째로 꼽은 점입니다. 그 문제의 처리는 독립투쟁만큼 중요합니다."

송가원의 뇌리에는 아버지와 함께 항일연군 전사들의 모습모습들이 선명하게 떠올라 있었다.

"네, 알겠어요. 전 역시 여자의 한계를 못 벗어나나 봐요."

민수희는 마치 수술실에서 의사의 지시를 받는 간호원 같은 태도로 말했다.

"아닙니다. 여자의 한계라기보다 인정이 너무 많은 거지요. 인정은 선인에게 베풀 때 선이지 악인에게 베풀면 악이 될 뿐입니다."

"……."

민수희는 가슴 서늘함을 느끼고 있었다. 송가원이 의지가 굳고 절도가 있는 사람인 줄은 알았지만 그렇게 가혹하리만큼 단호한 의식을 품고 있는 줄은 몰랐던 것이다. 하기는 그런 의식 없이 편안한 의사생활을 버리고 항일연군으로 뛰어들었을 리 없기도 했다. 항일연군의 가열찬 투쟁은 관내에까지 잘 알려져 있었다.

"방 대장님은 요새도 맡으신 직책이 없으신가요?"

민수희는 좀 가벼운 이야기를 꺼냈다.

"그저 광복군 노병이지요 뭐."

"참 대단하신 분이에요. 어찌 그리 직위에 초연할 수 있으신지."

"글쎄요, 속이 넓은 분이지요."

민수희가 말하는 것은 광복군 개편 때를 가리키는 것이었다. 김원봉이 이끌던 조선의용대는 작년 5월에 한국광복군에 편입되었다. 그에 따라 광복군은 개편되면서 간부들의 변동도 생기게 되었다. 그 과정에서 필연적으로 양쪽의 갈등이 야기되었다. 그런데 투쟁경력이 그 누구보다 혁혁한 방대근은 제일 먼저 백의종군을 선언하고 자리다툼에서 물러서고 말았다.

"아니 왜 그러십니까? 능력대로 일을 맡아야지요."

송가원은 힐책하듯이 말했다.

"나가 송 선생 춘부장 어러신얼 왜 높이 받드는지 아시오? 그 어러신언 당신으 능력얼 알아보고 맽기는 직책언 맡으셨어도 감투럴 탐해 암투럴 벌인 적은 한 번도 없으셨기 땜시요. 그러고 아랫사람덜헌티도 하찮은 감투에 연연히서 대의럴 그르치지 말라고 갤치셨소. 나가 그 가르침얼 어겨야 되겄소?"

방대근이 지그시 웃으며 한 말이었다.

송가원은 더는 아무 말도 하지 못하고 말았다.

그러나 방대근은 평복 차림처럼 아무 직책도 없는 것이 아니었다. 그는 비밀감찰대장이었다. 그에게 맡겨진 그 직책은 어느 조직표에서도 찾을 수 없이 그야말로 비밀에 부쳐져 있었다. 중경에 잠입하고 있는 첩자나 밀정들을 색출해 내는 것이 그 조직의 임무였다. 그래서 송가원마저도 그가 광복군의 노병인 줄만 알고 있었다.

방대근은 며칠이 지나 송가원한테서 연락을 받았다. 허국이 위독하다는 것이었다. 윤주협과 함께 병원으로 달려갔다. 그러나 허국은 이미 숨이 끊어진 뒤였다. 폐결핵 합병증으로 입원한 그는 혼자 외롭게 세상을 떠난 것이었다.

"하루쯤 일찍 가르쳐주지 그러셨소."

윤주협이 원망스러운 듯 송가원을 쳐다보았다.

"죄송합니다. 어제까지만 해도 그런 기미가 보이지 않았습니다. 인체란 워낙 예측하기 어렵고……, 아닙니다, 제가 서툴러서 그렇습니다."

송가원이 죄진 듯 고개를 숙였다.

"아니오, 그런 뜻이 아니오. 하도 허망해서 그냥 하는 소리요."

윤주협이 당황해서 송가원의 팔을 붙들었다.

"자네 맘 허망허다고 그간에 애쓴 의사 선생 입장 난처허니 맨글지 말어. 가세, 장례준비허로."

방대근이 걸음을 떼어놓았다.

"참, 사람은 죽어도 백화는 난만이군."

현관을 나서던 윤주협이 걸음을 멈추었다.

병원의 넓은 마당에는 눈부신 햇살이 가득했고, 담을 따라 가꾸어진 화단에는 온갖 꽃들이 흐드러지게 피어 있었다.

"인생무상이제……."

방대근은 담배에 불을 붙였다.

"참, 자네 허국이가 시 썼던 것 알지?"

윤주협이 무슨 생각이 난 듯 물었다.

"그려, 시 써서 여자덜 꾀고 그랬제."

"인생은 무상하다. 그러나 역사는 치열하다. 식민지의 슬픈 역사 위에 나는 불붙어 타고 싶은 하나의 가랑잎. 이런 시 기억나나? 허국이가 쓴 거야."

"참, 기억력도 좋네."

"기억력이 좋은 게 아니라 상해 있을 때 우리 심정을 얼마나 잘 나타냈나. 그래서 한번 읽은 뒤로는 영 잊혀지지가 않아."

"그렇구만. 아조 절절헌 맛이 있네."

"이렇게 저렇게 하나하나 떠나가고 이제 신흥무관학교 출신은 몇 안 남았네."

신흥무관학교!

그때 문득 떠오르는 얼굴이 있었다. 노병갑이었다. 살려달라면서 벽 쪽으로 밀려가던 그 겁에 질린 모습. 그 모습은 가끔 꿈에 나타나고는 했었다. 절친한 친구 중의 하나였는데 살려줄 길이 없었다. 언젠가 술을 마시고 지난날을 회상하면서 윤주협이가 노병갑이 어디서 무엇을 하는지 궁금해했었다. 그러나 모른 척할 수밖에 없었다.

방대근은 노병갑의 이야기를 할까 생각했다. 그러나 그 생각을 지우고 말았다. 그렇다고 마음의 괴로움이 가실 것도 아니었고, 노병갑의 잘못이 고쳐지는 것도 아니었다.

"가세."

방대근은 먼저 계단을 내려섰다.

"단장님한테 연락부터 해야 되지 않겠나?"

윤주협이 한 계단 뒤에 따라오며 말했다. 그가 말하는 단장이란 김원봉이었다. 김원봉은 이제 광복군 부사령관이었지만 그들 사이에서는 오래 입에 붙은 대로 그저 '단장'이었다. 김원봉이 의열단 단장이 된 이후 여러 차례 그 직함이 바뀌었지만, 직함 앞에 '부'자가 붙은 것은 이번이 처음이었다. 임정에서는 그동안 배척해 왔던 공산주의자나 무정부주의자들을 수용하기로 태도를 바꾸었고, 그 실현은 광복군 개편으로 나타났다. 모든 이념이나 정파의 통합은 김원봉이 오랜 세월에 걸쳐서 추진해 왔던 바라 그는 광복군 '부사령관'의 직책을 흔쾌히 수용했던 것이다. 그러니까 대한민국 임시정부의 군대인 한국광복군은 민족주의자 공산주의자 무정부주의자 들이 각자의 이념을 초월하여 조국의 광복을 위해 싸우자고 한 덩어리로 뭉친 통합체였다.

"기왕 떠나부렀응게 이따가 일과 끝나고 허는 것이 낫제. 허국이도 일에 방해되는 것 원허덜 않을 것잉게."

방대근이 정문을 나서면서 말했다.

윤주협은 그 예사로운 것 같은 말에서 가슴 섬뜩한 것을 느꼈다.

그 말은 상급간부가 하는 독립의 일은 잠시도 멈추어서는 안 된다는 냉정이었다.

한편, 하와이에서 한 달을 넘겨 중경에 도착한 여섯 명의 지원자들은 그동안 군사훈련을 마치고 광복군으로 활동하고 있었다. 그들은 미국땅 하와이에서 온 이색적인 존재로서 사람들의 이목을 집중시키기에 충분했고, 그 멀고 먼 땅 하와이에서 조국의 광복을 위해 싸우러 온 애국심은 광복군 병사들의 사기를 드높이기에 모자람이 없었다. 그런데 그들의 능력이 실질적으로 발휘되기 시작했다. 광복군 부사령관 김원봉과 인도 주둔 영국군 대표 매켄지가 체결하는 상호군사협정 과정에서 그들은 영어회화 실력을 유감없이 발휘하고 있었던 것이다.

〈12권에 계속〉

아리랑 11

제1판 1쇄 / 1995년 7월 15일
제1판 29쇄 / 2001년 2월 20일
제2판 1쇄 / 2001년 10월 10일
제2판 23쇄 / 2006년 10월 10일
제3판 1쇄 / 2007년 1월 30일
제3판 36쇄 / 2019년 8월 15일
제4판 1쇄 / 2020년 10월 15일
제4판 4쇄 / 2023년 12월 31일

저자 / 조정래
발행인 / 송영석

발행처 / (株)해냄출판사
등록번호 / 제10-229호
등록일자 / 1988년 5월 11일(설립일자 | 1983년 6월 24일)

04042 서울시 마포구 잔다리로 30 해냄빌딩 5·6층
대표전화 / 326-1600 팩스 / 326-1624
홈페이지 / www.hainaim.com

ISBN 978-89-6574-941-7
ISBN 978-89-6574-943-1(세트)